四川省科联2019后期资助项目（SC19H014）

王万洪 ◎著

《文心雕龙》文学思想渊源论

新 华 出 版 社

图书在版编目（CIP）数据

《文心雕龙》文学思想渊源论 / 王万洪著 . —北京：
新华出版社，2020. 8
ISBN 978-7-5166-5280-0
Ⅰ. ①文… Ⅱ. ①王… Ⅲ. ①《文心雕龙》—古典文
学研究 Ⅳ. ①I206. 2
中国版本图书馆 CIP 数据核字（2020）第 147702 号

《文心雕龙》文学思想渊源论

作　　者：王万洪
责任编辑：徐文贤
封面设计：人文在线
出版发行：新华出版社
地　　址：北京石景山区京原路 8 号　　邮　　编：100040
网　　址：http：//www. xinhuapub. com
经　　销：新华书店
购书热线：010-63077122　　中国新闻书店购书热线：010-63072012
照　　排：北京人文在线文化艺术有限公司
印　　刷：天津雅泽印刷有限公司
成品尺寸：170mm × 240mm　1/16
印　　张：21. 75　　字　　数：311 千字
版　　次：2021 年 1 月第一版　　印　　次：2021 年 1 月天津第一次印刷
书　　号：ISBN 978-7-5166-5280-0
定　　价：85. 00 元

前　言

本书正面问答了“《文心雕龙》的文学思想是什么”这一长期悬而未决的问题，并全面梳理了各家理论渊源，是《文心雕龙》文学思想及其理论渊源研究的最新成果。

本书指出：《文心雕龙》的文学思想是源出儒家的雅丽思想，雅丽思想在序论中萌芽，在枢纽论中正式提出，作为指导文体论、创作论、批评论的理论红线，不仅贯穿全书，而且是对“文学自觉”时代文学理论的再次“自觉”。

在渊源上，雅丽文学思想源出儒家，吸取了先秦至《文心雕龙》成书时期道家、阴阳家、纵横家、兵家、法家、神秘文化、魏晋玄学等流派的相关思想，并化合了部分艺术思想而成。汉代儒家地位的显著上升与儒家文献称经的历史变化，是儒家主导《文心雕龙》的学术背景，孔子、孟子、荀子、扬雄、曹丕等人是儒家著名代表，又以孔子为尊，扬雄为主，而汉代形成的《毛诗序》与《礼记》等诗歌、音乐文艺理论，在《文心雕龙》成书过程中也起到了重要的作用。先秦道家哲学与魏晋玄学则是《文心雕龙》大力吸收的另一思想宝库，《文心雕龙》主张的原道、神思、体性、风骨、情采、隐秀、养气、物色、才略等文论主要由此而出。先秦阴阳家、纵横家高超的语言艺术，兵家、法家辩论奇正、尚法论术的思想，汉代谶纬神学与部分佛学思想，也是雅丽文学思想的渊源对象。此外，史传著作以其丰富多姿的术语运用、严密的组织结构、纵论百家的历史素材、原始表末的写作手法、春秋笔法的成功运用，也成为《文心雕龙》雅丽文学思想取法与建构折中商周的文学史观的重要对象。

目 录

上编 《文心雕龙》文学思想论

下编 《文心雕龙》文学思想渊源论

上编　《文心雕龙》文学思想论

《文心雕龙》论述写作问题，阐述对“为文之用心”的方方面面的研究，涉及文学发生、文学本质、文学功能、文学史论、写作思维、内容形式、审美鉴赏、修辞技法、主体修养、外在影响、学术思潮、鉴赏批评等问题，显然，“体大虑周”的《文心雕龙》，不会孤立地、只有专题篇章而没有内在逻辑地论述上述问题，它们之间，一定会有前后贯通的文学思想聚集、统摄这些有关写作的全方位论述。前辈学者中有不少研究意见认为“宗经”是《文心雕龙》全书的重要理论主张甚至是核心主张，这是有创见、有深度的。但文学毕竟不是经学，“宗经征圣”只能解决《文心雕龙》的儒家主导思想这一问题，而不能解决“《文心雕龙》的文学思想是什么”这一问题①，因为《文心雕龙》讨论创作、审美与批评，涉及作家、作品、读者、时代、学术思潮、写作时尚等各个方面，这些问题，并不是“宗经”观念能够包含得了的。也有研究者出版了关于《文心雕龙》文学理论渊源、文学美学思想研究的专著②，但主要针对书中的部分文学、美学、诗学范畴进行诠释，并未梳理出其文学思想是什么。

---

① 关于《文心雕龙》主导思想的研究成果较为丰富，主要有儒家主导说、道家主导说、佛学主导说、玄学主导说、三教合一说、综合意见说等。笔者认为：主导思想是从渊源角度还原的哲学思想之所出，不能等同于文学思想。

② 参见郭鹏先生《文心雕龙的文学理论和历史渊源》、戚良德先生《文心雕龙文学美学思想研究》等专著。

因此，关于“《文心雕龙》的文学思想是什么”这一问题，目前尚未得到正面回答。本书将述评《文心雕龙》主导思想、文学思想研究的国内外情况，然后回到《文心雕龙》文本内容的论述，从序言入手，贯通探索全书的各大版块，以求有新的发现和收获。

第一章 《文心雕龙》文学思想研究概述

二十世纪以来，“龙学”是一门显学，除围绕《文心雕龙》文本这个核心进行理论研究和繁多的校、注、评、译外，学术界同时进行了许多外围问题的研究，以外围研究来深化、拓展对《文心雕龙》的研究。在外围研究上，涉及的一些问题范围很广，如关于刘勰出身士族还是庶族、家道是贫是富、不婚娶的原因、生卒年、追随僧佑的时间与目的、加入定林寺的原因、加入的是哪一个定林寺、博通的经论当中有无儒家典籍、作品分布、年谱等等，对这些问题，总体上看，“龙学”界目前已经有了略存细小分歧而整体相对一致的研究意见。

而关于研究的核心，即《文心雕龙》本身的研究，则尚有许多问题意见纷杂，甚至存在较大差异与矛盾，如《原道》之“道”“风骨”何指、《隐秀》真伪、体例判定、“文笔之辨”、文学思想等，都呈现出这个特点。对这些分歧较大的问题逐一整理归类，笔者发现，它们主要牵涉到了《文心雕龙》的哲学、文学、美学思想几个方面。而在对这些问题进行讨论的时候，研究者或多或少都会遇到一个无法回避的核心问题，这个问题是：《文心雕龙》的主导思想是什么，以及主导思想出自哪一家？不梳理并辨正这个问题，前述存在的纠结问题将继续难以论说清楚。

对于这个问题的研讨，从时间跨度上来看，从唐代刘知几开始算起，超过一千三百年；从讨论范围来看，散见于各家诗、词、曲、赋、文、书画、音乐等著作之中；从明代至今对《文心雕龙》之批、注、疏、译、释、札、校、评等侧重于译注、校证或感悟评点的数十家论著来看，各家意见很不统一；近四十年来，关于这个核心问题各方面的单篇研究文章数量在一百篇以上，也是意见不一，在二十世纪八十年代初期还对此进行了一场持续多年的思想大论战；从新近出版的专著来看，有两篇博士学位论文论述及此，而又将主要笔墨用于美学范畴研究或渊源讨论上，回避于此。

上述研究，不管是专门的、零散的还是印象式的，所遇到的主要阻力，大约存在于如下几个方面：

第一，《文心雕龙》“体大虑周”。这是其特点、优点，对研究者来说，则是其难点。

第二，《文心雕龙》思想驳杂。从先秦两汉到魏晋六朝，只要是成书之前甚至写书之时出现过的有关写作的理论、思想，作者刘勰都有所涉及。研究者一踏进去，进行单篇或集中于某个专题的研究还好，进行贯通式的思想梳理，往往有四顾茫然、举步维艰、挂一漏万之感；如果面面俱到，论述到各家思想的影响，又显然无法突出重点，抓住核心。

第三，诸家研究相对集中于思想渊源与举证已见两个方面，由是，关于《文心雕龙》思想的研究，出现了以下几种意见：一是纯粹的儒家核心说，认为《文心雕龙》的思想就是单纯的儒家思想；二是儒家主导说，认为儒家思想是《文心雕龙》的主导思想，其余为辅；三是道家主导说，主张“道家为体，儒家为用”；四是佛教主导说，提出《文心雕龙》以佛家思想为主，主张“以佛统儒，儒佛合一”；五是三教合一说，认为《文心雕龙》融合了释、道、儒三家，不分主次，主张“三教合一”；六是玄学主导说，认为魏晋玄学是《文心雕龙》取法的主要对象，并主张融合释、道、儒、玄四家；七是认为兵家、阴阳家对《文心雕龙》也有所影响。诸家讨论意见主要集中在儒、佛、合三种上，其余则相对势弱。

第四，除了《文心雕龙》思想的研究外，还涉及刘勰本人思想的研究，以及刘勰运用的折衷方法论的来源问题。

第五，所有关于“思想”的研究，最后指向的都是《文心雕龙》的文学思想研究，但是又并不主要讨论这个问题。文学具有审美的特点与哲学的思辨，故各家在论述《文心雕龙》思想的时候，往往将其哲学、文学、美学思想并举论证，这就又出现了混合三者，或者同时以三者之一取代、统摄三者的现象。所以，看到讨论《文心雕龙》思想的文章，往往是在讨论其文学思想的同时，或论述其哲学思想，或重点阐发其美学思想。三十年以来，关于其美学思想的研究占了上风，詹锳、易中天、缪俊杰等先生已经出版相关专著多部，而以文学思想为研究对象的单篇论文逐渐减少，专著则仅有戚良德先生一部与此有关，但进行的主要研究又不是针对文学思想而发的。

上述五个方面的困难，当然是以第三方面，即思想渊源为核心，因为这个问题不解决，其余所有的问题都会剪不断，理还乱。第五方面的文学思想，是顺着这个问题体现出来的深层问题，讨论并无结果。文学思想又另外附带包含了两个子问题，一是刘勰本人的思想，二是《文心雕龙》思维方法论的来源与运用。现将这些问题的有关基本情况梳理于下。

第一节　儒家主导说

对于《文心雕龙》儒家思想的研究意见，可以分为四大类：

第一类是认为《文心雕龙》的思想属于纯正的儒家思想，因此，刘勰的文学思想也纯粹是出于儒家的。这类意见主要是针对佛学核心说而言，属于泛论，稍显绝对。在这类意见中，整体上是依据《文心雕龙》的内证，如主要根据《序志》《宗经》等篇的论述得出此说，代表学者是范文澜、杨明照和王运熙先生。范文澜先生《中国通史简编》说："刘勰自二十三四岁起，即寓居在僧寺钻研佛学，最后出家为僧，是个虔诚的佛教信徒，但在《文心雕龙》（三十四岁时写）里，严格保持儒学的立场，拒绝佛教思想混进来，就是文字上也避免用佛书中语（全书只有《论说篇》偶用'般若''圆通'二词，是佛书中语），可以看出刘勰著书态度的严肃。"① 范先生认

① 范文澜：《中国通史简编》第二编（修订本），北京，人民出版社，1949：422页。

为刘勰属于纯粹纯正的儒家思想，这个说法和他在《文心雕龙注》当中主张的意见是相互矛盾的。与范先生“严格儒学立场”意见相似的是杨明照先生。杨先生的“儒家核心说”以《文心雕龙》内证为主，显得更为扎实。在《增订文心雕龙校注》一书的《前言》部分，杨先生指出：

> 《文心雕龙》是我国古代文学理论批评专著，所原的道，所征的圣，所宗的经，皆中国所有；所阐述的文学创作理论，所评骘的作家、作品，亦为中国所有。与佛经著作或印度文学都无直接间接关系。所以全书中找不到一点佛家思想或佛学理论的痕迹，而是充满了浓厚的儒学观念。这固然可以看出刘勰著书态度的严肃，但更重要的则是由于《文心雕龙》本身的内容所决定。①

在《从文心雕龙〈原道〉〈序志〉两篇看刘勰的思想》一文中，杨先生继续申说上述意见：“是文心之作，乃述儒家‘先哲之诰’，为我国古代文论专著。所谓道也，经也，纬也，骚也，皆中夏所有，与梵夹所论述者无关。且其‘搦笔和墨’，‘寻根索源’之日，儒家思想适居主导地位。”②“他把文章与经书的关系说得那么深湛，把圣人与经书的功能说得那么伟大，是曹丕《典论·论文》以来各家文论中不曾有过的说法。这又足以说明刘勰从事《文心雕龙》的写作，是由于他那浓厚的儒家思想所指使……正因为刘勰儒家思想浓厚，单是他在《序志》篇里所表现的，无往而不从圣人和经书出发。事实也正是这样，‘先哲之诰’是贯注着全书的。”③ 王运熙先生则认为刘勰本人的思想虽然兼综儒佛，但在文学思想方面儒家居于绝对主导的地位，其理由有：第一，从《文心雕龙》全书涉及的内容看，他对经、史、子、集四部的许多典籍，都相当熟悉。第二，刘勰一生兼长儒学和佛学，他的思想也是兼综儒佛，只是由于著作的性质与内容不同，分别

---

① 杨明照：《增订文心雕龙校注》，北京，中华书局，2000：6页。

② 杨明照：《杨明照论文心雕龙》，上海，上海科学技术文献出版社，2008：41页。

③ 杨明照：《杨明照论文心雕龙》，上海，上海科学技术文献出版社，2008：57页。

表现出不同的思想倾向。《文心雕龙》是在儒家思想指导下写作的。第三，《文心雕龙》的指导思想，是文学应当积极入世，服务于政治，因此不可能用佛家思想来指导。综观《文心雕龙》全书的思想性质，绝少佛家的影响，仅在个别场合，使用了佛书中的术语（如《论说》篇中偶用“般若”一词）。① 王先生说明的是全书体系完整、具体论证精密，有佛典的启发，而不是以“佛家思想来指导”全书的思想性质。

第二类是认为刘勰兼备众家，而以儒学为优。刘永济先生认为刘勰是“学识广博明通之学者，其主导思想属于儒家”。“从他的《灭惑论》来看，他是想调和儒、佛两家，从他的《文心雕龙》来看，他的主导思想是传统的儒家思想，关于道的本体方面交织着玄学的意味。”② 刘先生是认为刘勰兼备三家思想而主导思想属于儒家。陆侃如先生说：“要理解刘勰的文艺理论，首先要理解他的基本思想体系。他是儒家学说的信徒，同时也精通佛理。”“刘勰的思想，的确是属于东汉王充以来的唯物主义体系的。”陆先生的意见是《文心雕龙》以儒家为主导，属于唯物主义一脉。此外，陆先生还具体指出了刘勰属于儒家古文经学一派，其理由是借鉴了范文澜先生《中国通史简编》所阐述的意见：“儒学古文学派的特点是哲学上倾向于唯物主义，不同于玄学和佛学。尽管刘勰精通佛学，但在论文时，却明确表示唯物主义的观点。”③ 杨明照先生也主张此说，认为刘勰写作《文心雕龙》，是站在古文经学的立场上，不满六朝形式主义的文风，为矫弊而作。④ 这又论述到了《文心雕龙》的写作目的。上述诸家而外，陈良运、朱清等先生则从两汉《易》学对《文心雕龙》影响的角度申说刘勰属于汉代古文经学一派的意见。

第三类是从儒家经典角度追根溯源，集中到五经之首的《周易》一书。这类成果可以分为五组内容。第一组认为该书是《文心雕龙》思想之本，

① 王运熙、周锋：《文心雕龙译注·前言》，上海，上海古籍出版社，1998：2页。
② 刘永济：《文心雕龙校释》，北京，中华书局，2007：179页。
③ 陆侃如：《陆侃如古典代文学论文集》（下册），上海，上海古籍出版社，1989：847页。
④ 杨明照：《杨明照论文心雕龙》，上海，上海科学技术文献出版社，2008：6页。

如王小盾、戚良德等先生。王小盾先生认为《周易》与《文心雕龙》之间存在三层关系：一是源与流的关系，二是体与用的关系，三是论点与论据的关系，《文心雕龙》是在《周易》宇宙哲学思想影响下写成的。① 戚良德先生则认为《文心雕龙》的文学美学思想主要是从《周易》中流出来的。② 持有这类意见的研究者很多，马白先生是用力最勤、发表文章最多的研究者。第二组是认为《周易》数理关系对《文心雕龙》产生了很大影响。1990 年，夏志厚先生撰文指出《文心雕龙》全书五十篇的结构关系，是《周易》天数地数“二十有五”的对应运用，上下篇各按一、三、五、七、九之数组合排列而成。③ 2005 年，王小盾先生撰文指出：《文心雕龙》的“八体”风格理论，其渊源在于《周易》所阐释的文王八卦及其宇宙哲学；刘勰《体性》“八体”，各体特征都是向《周易》八卦取材得出的。④ 第三组是讨论《周易》对《文心雕龙》风格理论产生的影响。三十多年前就有研究者认为《周易》对《文心雕龙》的风格理论产生了巨大的影响，尤其是“辞如其人”与阴阳刚柔的气论思想，敏泽先生就持这样的看法；詹锳、王小盾等先生认为《文心雕龙》之《风骨》与《隐秀》篇，是对应刚柔风格论的专篇；陈望道、詹锳、童庆炳先生则在各自专著中以《周易》八卦图示来分析整合八体风格类型理论及其转化关系。第四组是关于《文心雕龙》运用《周易》个别关键词的研究，《征圣》提出“四象精义以曲隐”，《隐秀》提出“互体变爻，化成四象”，对于“四象”的解释，从唐代孔颖达开始一直到当代的研究者，提出了诸如“老少阴阳”“实假义用”“春夏秋冬”“含弘光大”“互体变爻”等多种不同的说法。这些研究，从微观精义的角度将《周易》的影响体现了出来。第五组是对《文心雕龙》征引《周易》的梳理。杨明照先生在《增订文心雕龙校注》中将刘勰引用、化用

---

① 王小盾：《〈文心雕龙〉风格理论的〈易〉学渊源》，载《清华大学学报（哲社版）》，2005（5）。

② 戚良德：《〈周易〉：〈文心雕龙〉的思想之本》，载《周易研究》，2004（4）。又见《〈文心雕龙〉文学美学思想研究》第一章第一节，山东大学文史哲研究院 2007 年博士学位论文。

③ 夏志厚：《〈周易〉与〈文心雕龙〉理论框架》，载《文艺理论研究》，1990（3）。

④ 王小盾：《〈文心雕龙〉风格理论的〈易〉学渊源》，载《清华大学学报（哲社版）》，2005（5）。

《周易》原文或理论之处详细地罗列出来；台湾王更生先生集中指出《文心雕龙》运用了《周易》一百四十二处之多。上述单篇论文的研究，论证深入，讨论清楚，属于专题性质的讨论，而注释的梳理则将《周易》对《文心雕龙》发生的巨大影响做出了文献上的对应实证。①

《周易》之外，其他儒家经典对《文心雕龙》的影响研究则相对沉寂，而各家注、释、疏、证等则对此记载比较充分。吴明德先生《遍照隅隙，通观衢路——〈文心雕龙〉全书组织体系之探析》一文认为：

> 宗经是贯穿《文心雕龙》全书的一大动脉，全书五十篇无一处不见有经典的踪迹，“全书引经典之处，于《周易》凡一百四十二处，于《尚书》凡一百二十四处，于《诗经》凡一百零九处，于《尚书》经传凡七十余处，于三《礼》凡九十二处，于《论语》凡五十二处。”可见宗经构成《文心雕龙》之内在思想体系。②

吴先生的这个说法来自其师王更生先生。根据这个统计，《文心雕龙》仅仅对儒家五经的引用或运用就接近六百处，这是其他任何一家所不可望其项背的殊遇。说《文心雕龙》以儒家思想为主导，在内证方面实事求是。

第四类是从经典影响过渡到儒家先贤的影响研究。当前的意见集中在儒家学术大师荀子及其著作上，李泽厚、刘纲纪、戚良德先生认为荀子的思想对《文心雕龙》影响颇大。笔者以为，荀子的思想是先秦儒家思想结合诸子思想之后的新变产物，荀子重情论心、尚法论术、尚正论中，在保持儒家文论雅正传统的同时大力吸收道家思想而尚美尚丽，思想立场上指斥各家而

---

① 从内容来看，《周易》具有兼收并蓄各家思想的特点，绝非传统儒家思想一家所能概括。郭沫若先生认为《易传》成于荀子，进而成为儒家的第一经典；李泽厚、刘纲纪等先生曾指出《周易》思想驳杂，道家思想的影响自不待言，而阴阳五行家思想的影响痕迹似乎更深。两汉魏晋解经，《易》是重要的一经，孟喜、京房、王弼等人的学说对《易》之丰富发展具有重要贡献。因此，我们可以这样来理解：儒家在上千年的发展历史中，不乏吸收各家思想的举动与代表人物出现，不乏新变的现象与新出的主张，故而《易》能化合各家，成为群经之首。

② 吴明德：《遍照隅隙，通观衢路——〈文心雕龙〉全书组织体系之探析》，载台湾《中国技术学院学报》2001（7）。

独尊儒术，写作技巧上运用辩证思维模式来写作论辩，这些都对刘勰写作《文心雕龙》产生了深刻的影响。但《文心雕龙》思想以儒家为主，是对先秦两汉儒家代表人物孔子、孟子、荀子、扬雄、王充、曹丕等人文艺思想的化合继承，不是只有荀子一家，从全书实际情况来说，荀子影响远不及孔子，这从刘勰对孔子的极端尊崇与《文心雕龙》对孔子文艺美学思想的继承运用两个方面可以清楚地看出来。不过研究者能在泛论儒家影响的同时进行这种具体个案的对应分析，在论述“儒家主导说”时有拓展新路的启示意义。①

上述儒家主导说的四大类意见存在一个共同的问题：对儒家代表人物或儒家经典的研究相当薄弱，整体上看，属于泛论状态。例如，许多研究者论述到《文心雕龙》书中是以儒家思想、儒家文论为核心来立论的，但是，儒家思想与文论内容非常丰富，有哪些对《文心雕龙》产生了影响？这些影响具体体现在哪里？刘勰身在六朝重情尚美、谈玄论佛的环境里，他是如何选取独尊儒家的？独宗儒家的意义何在？这样的研究其实并不多，也不见深入，不显具体。这是《文心雕龙》儒家思想主导说的一大不足。这个不足不弥补上的话，将使“儒家主导说”继续停留在泛论状态，继续停留在读者印象状态，而不是条分缕析、清楚明白地展示出来以事实说服读者的还原状态、实际状态。同时，若干儒家主导说的意见，只是讨论到儒家思想主导《文心雕龙》的思想倾向性，那么，有没有主导《文心雕龙》的文学思想以及美学思想呢？这个问题仍然不见有人回答。

事实上，本书所要做的主要工作，就是回答儒家思想何以在《文心雕龙》中是其思想倾向与文学、美学思想的主导这一问题。

第二节　道家影响说

尽管道家思想是华夏本土孕育的思想精华且历史地位极为显赫，尽管刘

① 笔者在第三章论述儒家思想的影响时，就受到这种新思路的启发，集中讨论了孔子、孟子、荀子、扬雄。

勰吸收运用了许多道家思想在《文心雕龙》的写作中，并在结构上安排道家思想占据了重要的理论地位，但遗憾的是，在有关《文心雕龙》主导思想的研究中，道家处于被忽略被冷落的状态。就目前的研究情况来看，只有极个别的研究者提到了道家思想的影响，其论述也仅仅局限于诸如“自然”在《文心雕龙》中的运用情况之类的小论题上。对于《原道》之“道”究竟何意的论述，目前至少已有十三家之多，如儒道、佛道、玄学之道、三教合一之道等，只有少数人认为是道家之“道”，如罗宗强先生提出了《淮南子》对《文心雕龙》的影响以及《原道训》对刘勰《原道》有影响的意见；对于《神思》的研究文章很多，几乎都谈到《神思》继承了陆机《文赋》的思维理论，而少有人从《庄子》一书的相关论述来研究该篇；对于《养气》篇，研究者多从该篇为《神思》补充的角度来讨论作家修养与灵感思维的养成，而忽略了其本源是道家以《庄子》、葛洪思想为主的养生养气理论；对于《物色》篇，大家都说这是刘勰文学写作的重要内容来源之一，以此讨论“物感说”的影响，而没有看到该篇实则《原道》之延续的本质。上述现象说明一个问题，研究者多半认为《文心雕龙》是以儒家思想为主导来论述文学理论的——事实确也如此——但是，儒家主导说也成为研究者偏执儒家而忽略道家的原因。事实上，在倡导儒家主导的同时，如果说将《文心雕龙》的思想渊源一分为二，另一半天下就是属于道家思想与道家文论的。

忽略道家思想的另外一个原因是，有的研究者认为《文心雕龙》的“道”“自然”等范畴是魏晋玄学的产物，刘勰是取法玄学“越名教而任自然”的思想来论述“道”与“自然”及二者关系的。更有研究者指出，刘勰的思想是佛、道、儒三教合一，他论述问题，也是站在佛、道、儒三教合一的立场来进行的。这两种意见的优点是看到了刘勰生活的时代背景与当时社会思潮的特点，实际上运用的是孟子“知人论世”原则。这一原则的好处是注重文本外围的实际背景，阐释社会思潮的普遍性，作为身在其中的个体，必然受外在思潮的影响，这是从外围到圆心的意见。这一原则的不足在于，往往忽略个体在具体语境中的特殊性，忽略其学术思想的相对独立性。

所以，上述意见中，不论是论述包含道家思想的玄学影响说，还是三教合一的综合影响说，往往都是将重点放在儒、佛两方面，而基本上忽略了对道家思想的研究。

相对于专题的研究，各家注释、疏证、校注等著作中则持以客观的态度，对源出道家文献的东西罗列较详，为研究者提供了翔实的文献依据。

第三节　佛学影响说

在《文心雕龙》思想研究的成果中，佛学影响说占了很大的比例，从规模、深度、范围、专题各个方面来看，远远超过道家思想对《文心雕龙》的影响研究，甚至也超过了儒家思想影响的研究。为什么呢？因为儒家思想、儒家文论与征圣宗经的理念在书中是随处可见的，研究者往往对此熟视无睹，就算谈论儒家影响的研究文章，也只是在《序志》《征圣》《宗经》等核心篇目上打转转，并不讨论儒家思想在书中哪些地方发生了具体的影响，以及这些影响达到了什么样的程度。这反而就不如佛学影响说的研究文章，这一大类文章往往以细小深入的专题研究为主，而不仅是泛论佛学思想，因此立论清晰，显得相当深入。给人的印象就是具体落实，言之有理，言之有据。这就使得在许多重要的方面，如思想取法、思维方法、文学观念，儒家和道家思想的影响反而退居次要的位置。这表明“龙学”研究繁荣昌盛的局面与走向深入的研究趋势，同时也暴露出一些研究存在的问题，需要辩证地对待与接受。

从观点态度来看，关于佛学影响《文心雕龙》的研究成果，主要可以分为积极影响与消极影响两大类，前者占据绝对多数的比重。

多数研究者认为佛学积极影响了《文心雕龙》。王元化、马宏山、牟世金、张少康等学者曾指出，刘勰是受了佛家理论、因明学逻辑思维、龙树“中道”认识论的影响。其中，由马宏山先生于 1980 年提出的“佛学核心说”，曾引发了一场关于《文心雕龙》主导思想归属的大论战。马宏山先生认为《原道》之“道”，主要是指佛学之“道”，刘勰的思想是“以佛统儒，儒佛兼综”的。这个意见被多数研究者认为并不正确，吴林伯、牟世金、吕永等先生先后撰文与马先生进行辩论，杨明照、詹锳等先生也曾撰文指出佛学主导说的失误，前后持续了15年之久。① 这场论战最大的收获是，借此深入推动了学界关于《文心雕龙》指导思想的研究。牟世金先生《文心雕龙译注》的《引论》部分对佛学影响持肯定态度，认为范文澜先生“纯粹儒家说”是不正确的，刘勰生长于佛学大兴的齐梁年间，其文学征圣宗经的思想与佛教徒征圣宗经的思想在本质上是一致的，而且，刘勰在“般若绝境”这个问题上是以佛家思想来统摄其余的，只不过佛学的这种影响并不是“以佛统儒”，而是儒佛并存的。张少康先生就龙树“中道”观对刘勰折中方法论的影响做出了深入的分析，阐发较详。邱世友先生则以为，刘勰对于玄学“有无”之争，持“有无皆空”之“般若绝境”来予以化解的佛学“中观”态度。张辰先生《刘勰美学思想发微》一文从六朝崇尚佛教、帝王百姓积极参与的时代风气方面持有此论。该文认为，影响刘勰的主要是佛学因明学的形式逻辑，以及中观论辩方式。普慧先生则认为佛学因明学在彼时尚未传入中土，是佛家的成实学对刘勰产生了巨大的影响，大凡认为因明学思想影响刘勰的说法都是不对的。在上述意见中，“中道”观因为占据了有无皆空、“中边皆甜”的理论优势，而在“佛典影响说”中居于理论优势地位。

与上述积极影响诸说不同，有研究者认为佛典对刘勰的影响是存在的，

---

① 这次论战所发表的论文较多，比较重要的有以下一些：马宏山：《论文心雕龙的纲》，《中国社会科学》1980年第4期；吴林伯：《论〈文心雕龙〉的纲》，《江汉论坛》1980年第6期；马宏山：《有关〈文心雕龙〉的一些问题——答吴林伯同志的辩难》，《江汉论坛》1981年第3期；邱世友：《关于〈文心雕龙〉之“道”》，《哲学研究》1981年第5期；马宏山：《〈文心雕龙〉之“道”再辨——兼答邱世友同志》，《新疆大学学报（哲学人文社会科学版）》1981年第3期；孟二冬：《〈文心雕龙〉之“神理”辨——与马宏山同志商榷》，《文学遗产》1982年第3期；马宏山：《〈文心雕龙〉的理论体系——与牟世金同志商榷》，《学术月刊》，1983年第3期；牟世金：《实事求是地研究〈文心雕龙〉——答马宏山同志》，《学术月刊》，1983年第10期；詹锳：《〈文心雕龙〉的思想体系》，《暨南学报（哲社版）》，1989年第1期等。其后孙立先生发表《文心雕龙主导思想之辨析》（《湖北民族学院学报（哲学社会科学版）》，1994年第4期）一文，对此进行了总结。

不过主要是消极不良的影响。陆侃如先生说："至于佛教给予刘勰的影响，他学习了佛经分析理论的方法，使自己的论述做到了既深刻又明确。除此之外，刘勰思想中某些唯心主义的局限性，和佛经也不是没有关系的。"① 陆先生认为佛经对刘勰的影响，主要体现在全书分析理论的方法上，也就是折中的方法论和问题的论述深度上。佛学没有对他的文学思想产生多么深刻的影响，而且还有部分消极的干扰。陆先生的这个意见提出于数十年前，按照今天研究的成果来看，佛学思想在《文心雕龙》书中确实没有产生多大的影响，但这些影响并不是消极的，而是积极的。

从佛学影响的具体专题研究来看，研究者所论证的佛学影响或多或少，或轻或重，或清晰或模糊。这些影响主要体现在如下八个方面：

第一是书名之争。范文澜先生《文心雕龙注》认为"文心"出自对《阿毗昙心》书名的模仿借鉴。② 第二是体系组织论。各家一致认为佛典影响到了《文心雕龙》的体系结构。杨明照先生指出刘勰受佛经影响，因而《文心雕龙》有"严密细致的思想方法"。③ 王运熙先生认为"全书体系完整，论证精密"，④ 都与佛典有关。范文澜先生则认为《文心雕龙》完全是刘勰模仿学习佛典的转化结果，因而《文心雕龙》"科条分明，往古所无"。⑤

---

① 陆侃如：《陆侃如古典代文学论文集》（下册），上海，上海古籍出版社，1989：847 页。

② 范文澜：《文心雕龙注》，北京，人民文学出版社，1958：728 页。

③ 杨明照：《增订文心雕龙校注》，北京，中华书局，2000：6 页。

④ 王运熙、周锋：《文心雕龙译注 · 前言》，上海，上海古籍出版社，1998：2 页。

⑤ 范文澜：《文心雕龙注》，北京，人民文学出版社，1958：728 页。范先生注《序志》时阐述了佛典对《文心雕龙》的写作影响："彦和精湛佛理，文心之作，科条分明，往古所无。自书记篇以上，即所谓界品也，神思篇以下，即所谓问论也。盖采取释书法式而为之，故能鰓理明晰若此。"佛学著作以因明学为基础，重体系，重逻辑，因而受其影响的《文心雕龙》"科条分明，往古所无"。范先生据此认为《文心雕龙》的研究方法与结构体例是全系模仿《阿毗昙心》一书而来，并把上篇拟为"界品"，下篇拟为"问论"。这个说法和他的"儒家主导论"极端对立。最近有作者依据范先生此说继续发挥道："《文心雕龙》的体例结构与佛家经典多有相似之处，特别是《阿毗昙心论》一书，此书共分为十品，其中第十品为圣贤品，第八品为契经品，刘勰《文心雕龙》之征圣、宗经之篇，可能即源于此种思想。《文心雕龙》的布局方式与该书也多有相似之处。"该文除了继续将《阿毗昙心》影响《文心雕龙》一说加以申述外，更以为刘勰作《征圣》《宗经》两篇是出于对《阿毗昙心》内容的模仿。饶宗颐先生《文心与阿毗昙心》一文详细指正了范先生的失实，认为《阿毗昙心》全书"十品"之结构"与（续下页）

饶宗颐先生在《文心与阿毗昙心》一文中则认为此论失实。①第三是佛典思维说。周振甫先生据《梁书·刘勰传》的记载分析说："看他对《文心雕龙》，也作了序录……把全书分成枢纽、文体论、创作论、文学史、作家论、鉴赏论、作家品德论七部分。跟他编佛经的方法一样。"②周先生的这个推测是

（续上页）《文心》布局方式全不相干，'问论'在最末，安得谓《神思》以下即所谓'问论'？可谓拟于不伦。"这篇文章在证误范先生意见的同时，也（提前二十年）从事实举证上驳斥了"征圣、宗经源于佛典"一说的谬误。其实，范先生之所以认为《阿毗昙心》是刘勰《文心》之所本，不仅在指出二者体例结构的相似性问题，更主要的是此书有一"心"字，欲借此"心"揭示刘勰《文心》命名的渊源所在。当然，这个意见是不对的。范先生的意见，是看到了刘勰此书结构严谨、论述深刻的特点，在中国文论史上非常突出。就此，我们可以发现几对矛盾现象：第一，以范先生为代表的"儒家主导说"论者，几乎都异口同声地认为《文心》之结构论证取法佛经，这两种意见无论怎样看都显得非常唐突——儒家思想、佛典方式，二者就这样结合在一起了，难道中间没有一个中介环节将它们联系起来吗？既然刘勰以儒家思想为主导，他就没有想过要运用儒家经典的组织结构或者论说方式来写《文心雕龙》吗？或者说，儒家经典在写作的条理性和论证的深刻性方面，与佛典相比就真的并无可取之处了吗？以至于做梦都在念叨孔子，一心想要"树德建言"并思慕积极入世的刘勰，要抱着儒家思想的内核，却不得不披上佛典形式的外衣？这是值得我们深思的。如此，就给了许多研究者如下的立论主张以空间：既然写作受了佛典影响，那么佛学思想不可能不体现在《文心雕龙》一书中，以此来论述佛学影响的文章层出不穷，甚至于刘勰对数字的使用都是佛典影响的结果。笔者以为，佛学典籍逻辑思维的影响当然存在，但是我们不能够忽略的事实是，中国古代的文献典籍，有许多是刘勰直接取法的，这些典籍具有严密的逻辑思维和论述组织，是不争的事实。例如《孟子》的辩论艺术、《墨子》的形式逻辑、《老子》《庄子》的辩证思维论证方法、《孙子兵法》首尾圆合的严密结构、《荀子》取法论述问题的清晰深刻、《史记》宏大严谨的体系组织与结构安排——无一不在说明，《文心雕龙》完全有中国传统文献影响的因素在内。仅以刘勰取法并不多的《孙子兵法》为例，就有一个全面完整的体系，《孙子兵法》全书十三篇，第一是《计篇》，打仗之前要算计、要谋略，这是核心问题，所以《计》放在第一篇；第二篇是《作战篇》，计算好了就要准备怎样打；准备充分的时候，要行动，要谋攻，后面的《行篇》《势篇》《虚实篇》《军政篇》《九变篇》都是在讲一些具体的作战要领；最后是论述地形、行军、火攻等具体的战术问题，更为细化；到最后第十三篇是用间之术，围了个圆圈，又转回到计算问题上。《孙子兵法》这个案例可以证明，中国古代的文献著作是有逻辑体系而且相当严密的，绝不是只有佛学典籍才论述严谨。事实上，刘勰在《文心雕龙》书中就分外推崇史学典籍的条理组织，在《史传》篇中对《史记》《汉书》大加赞赏，很大的原因就是因为《史记》等著作结构体例组织完备。因此，对于《文心雕龙》的结构体例、写作思维等问题，笔者提出源出"华典"说，并且主张综合"佛典"说，取二者之所长来整体观照之。这本来就是刘勰论述文学问题所采用的折衷方法论。

① 饶宗颐：《文心与阿毗昙心》，载《暨南学报（哲学社会科学）》，1989（1）。

② 周振甫：《文心雕龙今译》（附词语简释），北京，中华书局，1986：5页。

佛典影响说中最具体的意见。但据詹锳先生《文心雕龙义证·序志》所引纪评："古人之序皆在后。"仅仅这一个说明，就足以推翻周先生的上述推测。① 第四是思维方法论。刘永济先生指出："刘勰精于佛学，故他立论能圆到周遍不倚不偏。"② 王元化、张辰等先生认为刘勰的思维方法主要是出自佛典的因明学，持有此论者甚多，而普慧先生则认为是出自成实学；③ 对于最明显的折中方法论，张少康等先生认为是出自龙树"中道"观，其说甚详。④

---

① 詹锳：《文心雕龙义证》，上海，上海古籍出版社，1989：1899 页。其说曰："孔安国《尚书序》：'书序，序所以为作者之意。'陈懋仁《文章缘起注》：'序者，所以序作者之意，谓其言次第有序，故曰序也。'纪评：'此全书之总序。古人之序皆在后，《史记》《汉书》《法言》《潜夫论》之类，古本尚斑斑可考。'如《吕氏春秋》之《叙意》篇，《史记》之《太史公自序》，《论衡》之《对作》篇与《自纪》篇，《抱朴子》之《外篇·自叙》均在后。至萧统编《文选》，钟嵘作《诗品》，乃将序提至书前。"中国古代典籍最迟在《吕氏春秋》与《史记》中，序言就已经写于文末，《文心雕龙》也一样，与佛典有序关系不大。司马迁《史记·太史公自叙》之清晰明了，篇幅结构之宏大完整，不在《文心雕龙》的《序志》与任何佛典序言之下；至于简介版块，《史记·太史公自叙》则远比《序志》的介绍详细清晰很多。于此可见《文心雕龙》写有序言是模仿佛经一说颇有比附佛经，强行对接之意。对这个问题稍加归纳，就会发现其提出背景以及当下流行的局限性，这就是忽视我国古代文献经典的杰出成就与写作水平，认为它们是印象式的、描述式的、评点式的，是零散、感性而没有体系的、论述不深刻不严谨的；据此，反向看到佛经的逻辑性、条理性、思辨性，于是或多或少地认定出身寺庙的刘勰，一定是在佛典影响下才可能完成《文心雕龙》的写作的。这些影响意见，直接导致了如下几方面的佛典影响说：《文心雕龙》的体例结构、写作思维、论述方法，甚至主导思想，均出佛典，而与中土学术和文献无关。

② 刘永济：《文心雕龙校释》，北京，中华书局，2007：175 页。

③ 普慧：《〈文心雕龙〉与佛教成实学》，载《文史哲》，1997（5）。

④ 对此，研究者有较多的论述。例如"在《文心雕龙》中对因明和中道的运用，可以说俯拾皆是""至于'中道'论也是贯穿全书"。各家的一致缺陷是，似乎只有因明理论才有演绎推理，而中土典籍中缺乏演绎推理。其实，《孟子》一书中那些层层设问、层层论难的论辩场面，无一不是思维严谨演绎推理的结果。不仅儒家，在墨子说公输班与楚王的论辩中、在烛之武退秦师、触龙说赵太后、毛遂自荐说楚王、邹忌讽齐王纳谏等案例中，哪一个不是推理演绎极为精彩的例子？以为佛学思想孕育出《文心雕龙》的说法是片面的，是以偏概全的。笔者绝不否认"博通经纶"的刘勰，会运用佛学思维与中道观念于写作中去，而是觉得，只是这样片面地论述刘勰思维方法论的来源，本身就是偏执一端，而不是"折衷""圆照"的研究。《文心雕龙》所述，尽是我国的文化与文学，不可能不对《文心雕龙》的思维方法发生影响。事实上，刘勰标举儒家思想，孔子"中庸之道"、孟子"中道"思想、荀子"中道"理论、《周易》"分而为二"、《中庸》"执两用中"、《论衡》"折累中平"之说，势必影响到《文心雕龙》的折衷说；道家诸子中，老子"反者道之动"、庄子"中道""中和"的辩证思维方法与经典个案的具体运用，反复地出现在《荀子》书中，顺流而下，《文心雕龙》体现了重要的道家"中道"思想；儒家道家共举的古代音乐美学"中和"之美的原则，也是刘勰进行取法的重要对象。笔者以为，这些才是刘勰思维方法与折衷方法论之根本所出，我们不能够无视道家严谨的（续下页）

第五是佛教语源之争。在这一方面，普慧先生是进行整体研究的主要代表。[①]在他之前，则主要是零散研究，如《文心雕龙》使用了个别的佛典语汇，如《论说》篇之“般若”，刘永济、牟世金、王运熙等先生认为“圆通”一词也是出自佛典。但有的研究者就此衍生出意见，认为凡是带有“圆”这一术语的，都是来自佛典，这当然是错误的，仅以“圆”为例，《孙子兵法》《庄子》等古代典籍中早就有了多义、普遍的运用。[②]

（续上页）辩证思维逻辑、儒家中道思维理论、兵家重度原则的存在与运用的事实。经具体分析，我们可以看到：《文心雕龙》从句子生成、语段篇章、体例结构层层体现出来的正反对比、顺向铺排、正反相合等论述技法，与《孟子》《荀子》《庄子》等经典文献有巨大的相似性，甚至句法段篇的论述技法几乎完全一致，这当然不会是偶然的巧合。在中国传统文化中，“中道”思想是贯通各家的重要思想方法论。儒、道两家的中道思想自不待言，就以最为推崇“诡道”的兵家为例，也处处体现出了中道适度、物极必反的哲学理念。《孙子兵法》之所以体系严密，一个重要的原因就在于著者论述了至少十对相反相成而又取其中和之度的作战原则，这十对对立统一的原则是，义与利、力与谋、常与变、物与我、虚与实、利与害、迂与直、事与节、全与偏、知与行，十组对立统一，这些看似矛盾的范畴，最后升华为战役战术理念与人生的大智慧。之所以得到这样的协调解决，就是因为并不死守两端，而是主张从对立的两极往中间运动，取其中和适度的“量”而用之。《九变篇》讲到了作为将领常犯的五种错误和危险：必死、必生、愤术、廉洁、爱民，实际上孙子强调的就是对度的把握问题。我们都知道，不怕牺牲、善于保全、爱好名节、同仇敌忾、爱护百姓，都是一个将军非常好的品德，问题就在于这五条原则上面都多了一个“必”字，做过头了，偏执一隅之见，就会走到事物的反面。古代典籍中的这种对立统一的矛盾论述，《孙子兵法》只能算是并不清晰的小儿科，在《庄子》《荀子》等运用纯熟的著作中则俯拾皆是，举不胜举，《文心雕龙》对于许多问题的论述，都是这样来进行的。因此，我们不应该只从佛典中去找依据。

① 普慧：《〈文心雕龙〉审美范畴的佛教语源》，载《文学评论》，2009（3）。

② 《文心雕龙》全书中带有“圆”这一术语的例证共计十七条。有的研究者认为既然“圆通”是佛教用语，那么这些“圆”也都是受佛学思想影响并精通佛典的刘勰借以论文的例子。其实，这个说法是经不起推敲的。《文心雕龙》例证中，“圆”之含义为方圆、规矩、法度之比喻用法不在少数；含义为周全、完备、全面之用法亦不在少数。因为中国文化从古以来就追求“圆满”“圆周”“圆通”甚至“圆滑”之义，这种追求当然不可能是佛典影响的结果。仅举《孙子兵法》与《庄子》两书中对“圆”的运用为例证明之。《孙子兵法》中论述兵势时以“圆”为喻，形象具体：《兵势》：“纷纷纭纭，斗乱而不可乱；浑浑沌沌，形圆而不可败。”《兵势》：“木石之性，安则静，危则动，方则止，圆则行。故善战人之势，如转圆石于千仞之山者，势也。”同篇又以“圆”之同义词汇“环”来论述兵势：“战势不过奇正，奇正之变，不可胜穷也。奇正相生，如循环之无端，孰能穷之哉！”《庄子》书中对“圆”的论述则显然更为多义，《齐物论》：夫大道不称，大辩不言，大仁不仁，大廉不嗛，大勇不忮。道昭而不道，言辩而不及，仁常而不成，廉清而不信，勇忮而不成。五者圆而几向方矣。《骈拇》：常然者，曲（续下页）

第六是文学理论之争。有研究者认为,《体性》篇论述的“心性”思想源自

(续上页)者不以钩,直者不以绳,圆者不以规,方者不以矩,附离不以胶漆,约束不以纆索。《马蹄》:陶者曰,“我善治埴,圆者中规,方者中矩”。《知北游》:今彼神明至精,与彼百化,物已死生方圆,莫知其根也,扁然而万物,自古以固存。《徐无鬼》:吾相马,直者中绳,曲者中钩,方者中矩,圆者中规,是国马也,而未若天下马也。《外物》:君曰,“渔何得?”对曰,“且之网得白龟焉,其圆五尺”。《盗跖》:若是若非,执而圆机;独成而意,与道徘徊。《说剑》:上法圆天,以顺三光;下法方地,以顺四时;中和民意,以安四乡。《天下》:矩不方,规不可以为圆,凿不围枘。上述例证以“方圆”义为主,这是“圆”之本义,又衍生出了“圆周”“圆机”“圆通”“圆备”等含义。古籍中的这些含义,完全有可能进入翻译后的佛经中去,更有可能是刘勰直接取法的地方。不仅如此,《庄子》中也以“环”论述“圆通”“圆备”之义,《齐物论》:彼是莫得其偶,谓之道枢。枢始得其环中,以应无穷。《则阳》:冉相氏得其环中,以随成兴物,无终无始,无几无时。“得其环中”一说,显然是《文心雕龙·体性》篇“得其环中”的本源所在。《体性》:“八体虽殊,会通合数;得其环中,则辐辏相成。”本段是刘勰在论述“因内符外”的情性风格论之后,指出作文之道与风格习染的重要意义,风格虽然有八种类型,但是只要能够会通合数,就可以得到车轮正中间的“雅丽”文风。“得其环中”不仅是庄子“中道”观念的产物,也是刘勰借以论文的语源。以下例证中对“环”的使用,是明显与“圆”同义的论述。《宗经》:百家腾跃,终入环内。《明诗》:四始彪炳,六义环深。《诠赋》:斯并鸿裁之环域,雅文之枢辖也。《杂文》:扬雄《解嘲》,杂以谐调,回环自释,颇亦为工。《风骨》:思不环周,索莫乏气,则无风之验也。《通变》:夫夸张声貌,则汉初已极。自兹厥后,循环相因,虽轩翥出辙,而终入笼内。《章句》:其控引情理,送迎际会,譬舞容回环,而有缀兆之位;歌声靡曼,而有抗坠之节也。《序志》:按辔文雅之场,环络藻绘之府。上述用“环”论文的例子,主要取法于圆周、周全、完备、完整、循环之意。“圆”“环”是刘勰《文心雕龙》使用频率非常高的术语,其含义,主要是对先秦典籍中这些术语含义的继承与拓展。同样,与“圆”“环”同意或者近义的若干术语,如“周”“完”等,其指向均为论述文学各方面问题的充分完整,进一步,又指向中和之美与执中的思维方法论。因此,我们至少可以这样认识:“圆”很早就在我国典籍中运用起来,佛典借此论述佛学精义,刘勰有向二者共同取法的用意,而以古代典籍为语源。所以,笔者不敢认同《文心雕龙》中所谓“圆照”“圆鉴”“圆该”“圆合”之属是否始自佛教语源。退一步说,即使这些术语果真出现在佛典之上,也不能排除以下这种可能现象的存在,即佛典东渐之初,是将梵语直译过来的,故而明其义者渺渺;僧众反思之后,即采用意译之法,在尊重经典本意的前提下,用中国世俗语言翻译为大众都可听懂看懂的“中国特色”的佛典,即进行了佛学教义与经典文献的中国化。这个过程大量借鉴、使用了我们国家已有的语言文字术语乃至方言俗语。我们不能简单地说,一看见《文心雕龙》中带“圆”“慧”“智”“了”“因”“缘”“觉”“悟”等字眼的术语,就说它们源自佛典。正确的态度是,这些术语是否受到佛教影响,是否有佛学的含义,需要参看《文心雕龙》原文的论述,看刘勰是不是在用佛教理论来论述文学问题,而不能只因为刘勰用了来自佛典的术语就说他是在用佛教思想论文学,更不能因为他托身寺庙、博通经纶、晚年出家就断定《文心雕龙》有浓厚的佛教思想甚至是“以佛统儒”。例如“道”这一术语,反复于书中出现了四十一次之多,我们是不是也可以说刘勰是在“以道统儒”呢?当然不能。一句话,既然是研究《文心雕龙》,就应该以《文心雕龙》本身的论述为准,以内证为(续下页)

佛家；[①]《原道》之“道”指的是佛道（马宏山），或者“道”是三教合一的产物（张文勋）；复次，还有研究者认为刘勰的最高文学标准是“般若绝境”（邱振中）。上述意见中，“佛道”说已在三十年前的论争中被证伪，而“般若绝境”是刘勰最高文学标准的说法显然也不能成立。因为玄学之“无”源自于道家“虚无”之论，与佛家“空无”的观念并不一致，文学创作不是指向空无的寂灭之境。[②]第七是有关《灭惑论》的研究。有的研究者认为通过《灭惑论》可以窥见《文心雕龙》的思想取法。张少康先生据此提出刘勰早年与中年的思想是没有发生过变化的，因此《文心雕龙》也是三教合一思想的产物；杨明照、王元化、王运熙等先生则认为二者思想、内容、宗旨均不一致，《灭惑论》有较多的佛学思想，而《文心雕龙》没有；戚良德先生则以为《灭惑论》有较多佛学思想，遂据此来论述《文心

（续上页）准，而不是以脱离文本的外部原因、甚至是与文本毫无关联的外部原因为准。外证只能是我们研究讨论《文心雕龙》的辅助材料或辅助观点。更何况，有些外证本来就是研究者先入为主设定完成之后，再顺势推论得出的。例如有一篇论述《文心雕龙》数字运用的文章，首先就直接设定刘勰没有受到过儒家、道家的影响，只谈佛家的影响，这样，《文心雕龙》书中的若干数字运用，就全部是佛典影响的结果，完全与传统典籍无关。

① 姚素华：《从〈体性〉篇看〈文心雕龙〉的思想渊源》，载《齐齐哈尔高等师范专科学校学报》，2011（1）。

② 关于“般若绝境”是刘勰最高文学标准的说法不能成立。“般若绝境”是刘勰对王衍与裴頠之间所展开的儒学与玄学“有无之辨”的合观统照，刘勰认为，不论是“有”是“无”，最后都将归于“空无”，何必偏执地争论不休呢？这个意见，并不是说“有无之辨”已经是文学发展的较高层次，并以“般若绝境”来统摄之，而是认为合观二者更好一些。玄学之“无”，源自道家“虚无”之论，与佛家“空无”的观念并不一致。“虚无”是一种“存身之道”的哲学思想、处事原则、养身理论，也就是以“虚静”“心斋”的方式，外保性命而内修智慧的方法论，强调的是避世隐身、全身全性之道。“空无”是世界万物皆归之于空，思维物质皆归于无的理论。文学显然不是归之于“空无”的东西，而是由内到外、从无到有、“沿隐至显”的实体艺术。《文心雕龙》全书论述文学的起源、体裁、创作、鉴赏、风格、作家作品与发展变化等，这些方面全部指向如何创造文本这个实体存在之物，而不是指向空无的寂灭之境。实际上，刘勰用“般若绝境”，就是《定势》篇里所说的“兼解俱通”的折衷方法论，主张合观“有无”，并非归向于“无”。《定势》篇在论述文体风格的时候指出，对于刚柔不同的文风、对于奇正不同的风格，都要注意全面地掌握和判断，不要偏执于自己的喜好而忽略风格的两面性或多样性，因此提出“兼解具通”之说，告诉作者在写文章的时候，如何做到文风的正确创造，在鉴赏的时候，如何做到对不同风格文章的正确评价。

雕龙》的佛学思想渊源。详细对比，杨明照等先生的意见是正确的。第八是史传研究。研究者根据《梁书》与《南史》两书《文学传》的说法，认为刘勰“博通经纶”，读了大量的佛典；刘勰在定林寺编过经书，并且“区别部类”；刘勰“为文长于佛理”；刘勰为亡故高僧与名刹大寺写过若干碑文；沈约评价刘勰“深得文理”，昭明太子对刘勰“深爱接之”。凡此等等，成为佛学影响《文心雕龙》，甚至佛学思想指导《文心雕龙》的重要证据。也就是说，刘勰读的书、编的佛经、写的文章、善写文章的令名，都是以佛学为核心体现出来或得来的。这样的研究文章数量众多。①

---

① 笔者对此持理解支持的意见，同时也提出自己的几点思考：其一，刘勰“为文长于佛理”，这个“为文”，指的是什么“文”？是碑文、经文、《出三藏集记》的序文，还是《文心雕龙》？从两书《文学传》的记载来看，有两种理解：一是前者，二是泛指刘勰善写文章。不论在这两层意见中取哪一种说法，都不是指《文心雕龙》，或者不是专指《文心雕龙》。所以，据此推论《文心雕龙》也是“长于佛理”的说法，就是以点带面的理解，并不对。其二，刘勰“博通经纶”，反映他博学多识，与《文心雕龙》倡导博学、博观、“精阅”、“穷照”相一致。这个“经纶”，是不是指的佛经？或者仅仅是指佛经？有没有传统文献，如道家、儒家等诸子文献，如历代以来的文学作品、史书传记、文学理论著作等等？翻阅《文心雕龙》一书，这个问题是可以得到肯定的回答呢？还是继续认为刘勰只是博通佛典之“经纶”？其三，沈约评价《文心雕龙》，认为“深得文理”，有研究者于是以为这个“深得文理”就是“为文长于佛理”的意思。连沈约这样的大家都开始称赞刘勰“深得文理”是源自佛典浸染，那么，佛学影响《文心雕龙》，还有什么好说的呢？其实，这个问题是不能成立的。六朝史书中记载写文章具有“文理”者举目皆是，上至王公贵族，下至肉体凡胎，其中不乏隐士、儒生、凡人，何止刘勰？例证凡数十，论略。其四，两书皆有“昭明太子深爱接之”的说法，有的研究者以为昭明太子生长于佛学世家，梁武帝执政前后，都是体佛论经、以身垂范的典型，当是因为刘勰“长于佛理”之故，昭明太子才对他颇有好感并引为知音的。杨明照、王运熙等先生论述说，刘勰曾在《文选》的编撰上对昭明太子发生过影响。杨先生认为，刘勰后来担任萧统的通事舍人，他的文学思想，尤其是文学分类思想，对萧统编辑《文选》影响巨大：“昭明太子后来选楼所选者，往往与文心之‘选文定篇’合；是文选一书，或亦受有舍人之影响也。”王运熙先生认为：“萧统编纂的《文选》一书，内容多与《文心雕龙》相通，当是受到刘勰文学观的影响。”这个说法有道理，但是，两位先生并没有说刘勰的佛学思想与昭明太子相契合。因为《文选》之中，其体例与选文标准，看不出佛学影响之所在。太子“爱接”刘勰，完全是刘勰作为太子记室，他的本职工作——“章表奏议”这些文章写得好；或许也有刘勰文学理论综合素养高，《文心雕龙》深刻博大之故。其实，太子与刘勰，两人在文学观念上是有很大分歧的。刘勰《文心雕龙》对陶渊明只字不提（按：《隐秀》篇真伪未定，“彭泽豪逸”一说，暂不采纳），而昭明太子为陶渊明编辑诗集文集，为陶渊明作传记，在《文选》中选录陶诗数首，对其相当之重视，评价甚高，另外，《文心雕龙》绝口不谈谢灵运、鲍照等“宋来才英”，而太子甄选甚多——二人意见相差何其之大！这实际上是刘勰征圣宗经文学思想的弊端——站在复古文学立场、站在贵族文学立场所带来的限制以及对文学新变的认识不足所致。说太子“深爱接之”，是对刘勰才华的赏识，不一定就是指二人文学理论的知音共鸣，也不见得就是因为以佛学为中介的缘故。

笔者以为，在“《文心雕龙》的文学思想”这一特定论题上，佛学思想是没有多大影响的。仅在极个别问题的讨论，如玄学“有无之辨”的争论上，刘勰用佛学“般若绝境”来化解之；在写作组织上，我们不可能否认熟知佛典的刘勰，没有运用过佛典思维或组织结构于《文心雕龙》的写作中，这是肯定存在的。但是，从《文心雕龙》本身的论述来看，无论在全书的理论比重、理论地位还是理论影响上，佛学思想显然无法与儒家、道家、纵横阴阳，甚至法家或兵家思想相媲美。上述八个方面意见的得来，主要的原因，是研究者认为中土学术或文献理论水平不高、逻辑思维不强、感性零散所致。其实这是一种误解，仅以儒家为例，《孟子》《荀子》等著作在组织体系、逻辑思维、论辩方法等方面就是异常优秀的。从折中方法论来看，儒家“执两用中”“中道”“中平”思想显然更可能是《文心雕龙》思维方法论的本源。在微观的句段生成层面，《文心雕龙》所经常运用的正反对比、顺向铺排、正反合观的写作技术，在《庄子》《荀子》等著作中举目皆是。当然，片面地看待问题本就是《文心雕龙》所不主张的态度，因此，上述佛学影响说的意见，虽然比附甚多，论多有失，但对于深化、细化《文心雕龙》的思想研究，是有积极意义的。

第四节　综合意见说

持有这类意见的研究者认为，刘勰的思想兼备数家，《文心雕龙》本身也带有折中众说的意味。这类意见的代表有周勋初、王运熙、张少康等先生。

周勋初先生《刘勰的主要研究方法——“折衷”说述评》一文，是研究刘勰方法论较为深入全面的一篇文章。周先生认为：“刘勰主要研究方法，正是从儒家学术和玄学中得来的。”同时，该文并不否定佛学的影响。又指出：“但他运用的主要研究方法，则应当如《序志》篇所说的，出之于儒。”周先生认为折中的具体方法主要包括裁中、比较、兼及三项内容；认为《文心》论文有纵、横两个方面。《情采》着重于横，《通变》着重于纵。将刘勰视为折中派，以与当时（齐梁）裴子野等守旧派和萧子显、萧纲等趋新派相区别。① 这一论说又见于周先生另一篇文章《梁代文论三派述评》。《述评》指出："刘勰曾经介绍过自己的论文要旨：'擘肌分理，唯务折衷。'所谓折衷，就是分析同一事物矛盾着的两端，较其得失，然后取其所长，弃其所短，融合成为一种较全面平稳的理论。这种做法虽有时不免流于调和，但若处理得当，则其中确可包含若干辩证法的因素。"② 这是认为刘勰折衷思想出于儒家的主要代表论文。同时，《述评》一文指出了刘勰折中方法论"包含辩证法的因素"，这个认识已经超越了单纯的儒家思想的范围，而涉及传统文化的哲学思想与辩证思维。

王运熙先生《刘勰文学理论的折中倾向》一文将当时文论派别也分三派，王先生认为对永明文学及其以后文学的"新变"现象，可分为反对派、赞成派与折中派，以裴子野等为反对派，沈约、萧子显、萧纲、萧绎等为赞成派，而刘勰与钟嵘、萧统等为折中派。③ 周、王两位先生将齐梁文论派别三分的论述，虽然具体划分稍异，但意见基本相同，其立论的基点，是齐梁时代广阔的社会风尚与文学理论背景，刘勰的"折中"论产生于这个时代，符合这个特殊时代的特殊审美风气。

张少康先生在《擘肌分理，唯务折衷——刘勰论〈文心雕龙〉的研究方法》一文中认为：应该从释、道、儒三教会通的角度看问题，并认为刘勰的折衷论主要表现为三个方面的内容，一是强调"识大体""观衢路"，二是强调"圆通""圆照"，三是强调善于"适要""得其环中"。④ 这种融合三教的看法，在张少康先生《中国文学理论批评史教程》里也有所分析，《教程》指出："刘勰的思想是以儒家为主而兼有佛道思想。""他的《文心

① 周勋初：《周勋初文集》第三卷《文史探微》，南京，江苏古籍出版社，2000：110－137页。
② 周勋初：《周勋初文集》第三卷《文史探微》，南京，江苏古籍出版社，2000：79－102页。
③ 王运熙：《文心雕龙探索》（增补本），上海，上海古籍出版社，2006：243－252页。
④ 张少康：《文心雕龙新探》，济南，齐鲁书社，1987：256－265页。

雕龙》虽然儒家思想比较突出，但在创作思想上则受老庄道家思想影响很深，而在论述方法和全书严密的逻辑体系方面又表现出了佛学思想的明显影响，贵在‘圆通’。”“清代刘毓崧《通谊堂文集·书文心雕龙后》一文对此有很精到的考证和分析，他的说法是可信的。”① 张先生的意见，其实是主张儒家为体，道佛为用，而在《文心》全书的论证组织及其方法选择上，体现了佛家为主的印迹。

戚良德先生《〈文心雕龙〉文学美学思想研究》认为，《文心雕龙》文学美学的哲学基础有四个部分：《周易》为本、《荀子》为用、玄学甚多、佛学也有，② 这是对《文心雕龙》学术思想渊源与时代背景所做的共同考察。不过，既然是论述哲学基础，道家“自然之道”是整个《文心雕龙》文学发生与尚丽主张的基本哲学依据，不应该被忽略。而对于兵家、法家、阴阳纵横与两汉谶纬神学的作用，略而不论也是遗憾的。

詹锳先生《文心雕龙的风格学》认为，《文心雕龙》的《定势》《程器》等篇运用了《孙子兵法》中的“奇正”“兵势”“军国”观念来论述文学问题。③ 李泽厚、刘纲纪先生《中国美学史》（第二卷下）则在儒家、佛家、玄学之外，还论述了阴阳五行家以及道家思想对《文心雕龙》的影响。④ 这是目前为止关于《文心雕龙》思想渊源最为全面的论述，但是其不突出重点的写法，则是一大憾事。

上述儒家主导、佛学影响、兼综数家的三大类意见，代表了截至目前“龙学”界对《文心雕龙》思想归属及其来源的研究面貌。从中，我们可以看到几个有趣的现象：

第一，不管是儒家核心说、佛家影响说还是兼综数家说，都指出了《文心雕龙》和佛学典籍有密切的关系。研究者不管是否认同《文心雕龙》

---

① 张少康：《中国文学理论批评史教程》，北京，北京大学出版社，1999：119 页。

② 戚良德：《〈文心雕龙〉文学美学思想研究》，山东大学文史哲研究院 2007 年博士学位论文，第 14－44 页。

③ 詹锳：《文心雕龙的风格学》，北京，人民文学出版社 1982：63 页。

④ 李泽厚、刘纲纪：《中国美学史》（第二卷下），北京，中国社会科学出版社，1987：623－655 页。

有无佛学思想或佛学思想是否明显，但一致认同其写作组织受到了佛典的影响，范文澜、刘永济、杨明照、王运熙等先生均有类似意见。

第二，有的研究者先后持有不同的论述意见。例如张少康先生，曾主张兼综数家之说，新近以来，又力主刘勰折衷方法论源于龙树“中道”观，与中土学术思想并无关联。这种现象表明了“龙学”研究的深入发展趋势。

第三，许多研究者的看法前后矛盾，相互抵牾，如范文澜先生，既主张纯粹儒家说，又提出佛典全面影响的意见，引起无数纷争。笔者以为，这些研究者所体现的矛盾，主要是顺着“佛学影响”的思路产生的。因此，又必须讨论到著者刘勰的思想与他特殊身份的关系等外部问题，而这样的讨论已经有了很多。

第五节　刘勰思想论

除了《文心雕龙》的思想来源外，研究者还对刘勰本人的思想进行了讨论。对于刘勰青年时期与中晚年时期思想是否前后一致的问题，也有多种说法。杨明照先生等人认为刘勰青年时期信奉儒家，期盼积极入世，后期则以佛家为主；王元化先生等人认为刘勰早期思想以儒家为主，中晚年则以三教融合为主；张少康先生则认为刘勰早期思想与中年思想都是“三教合一，前后一致，没有变化”；牟世金先生认为刘勰生活于儒教衰落、佛学兴盛的齐梁年间，他“自幼深受佛教洗礼”，“在写《文心雕龙》之前，已‘为文长于佛理’，到写《文心雕龙》的时候，他的佛教思想不可能绝然中止；问题只在于刘勰怎样处理他满脑子已有的佛教思想。”这样，关于刘勰思想的研究，整体看法是，刘勰一生主要信奉佛教，在青年时期渴望入世致用，所以在写作《文心雕龙》时以儒家思想为主。

上述意见的得出，主要是研究者根据《梁书》与《南史》的刘勰本传、刘勰流传下来的著作以及当时的时代风气、僧家传记等资料辗转互证得出的。其中，最重要的研究思路是进行《文心雕龙》与《灭惑论》的比较研究。研究者以刘勰《灭惑论》为重要的理论出发点，结合《文心雕龙》进行了若干对比或相似研究。据此，讨论到刘勰《灭惑论》的写作时间是在《文心雕龙》之前还是之后，又讨论到《灭惑论》三教合一的思想倾向与《文心雕龙》思想倾向之间或异或同的联系。这样的研究一分为三：一种意见认为《灭惑论》与《文心雕龙》思想不同，二者写作目的与理论差异很大；另一种意见认为《灭惑论》与《文心雕龙》理论相似度很高，都是刘勰"三教合一"思想的产物；第三种意见看到了《灭惑论》的写作背景与佛学思想，于是"推定"同一作者所写的《文心雕龙》含有很多的佛学思想。这三种意见之间，不同研究者的考证、比较与论述，其差异之大，往往令人怀疑这是不是对同一本书所作的研讨结果。仅以各家对《灭惑论》写作时间的考证为例，成书于《文心雕龙》之前与之后的两类意见，就有一二十年的时间差，并且都是有理有据的。

这样的比较研究，或者称之为对刘勰思想的集合研究，如果以《文心雕龙》为出发点、为核心，当然是好的，但是如果以"刘勰"为核心，则显然是值得商榷的。从上述"结合"研究的多数成果来看，不仅不能将《文心雕龙》的思想讨论清楚，反而因为问题拓展到了两结合之后的"刘勰"之故，使《文心雕龙》这个核心退居次要位置。许多研究成果忽视对《文心雕龙》一书的论证，以《灭惑论》的思想融入、对应，甚至代替《文心雕龙》的思想。例如有一篇研究《文心雕龙》受佛学思想影响的文章，撇开正题，主要去分析"刘勰的佛学思想"与"《灭惑论》的佛学思想"，这恐怕并不是正确的。

研究者之所以要结合《灭惑论》，主要是要"知人论世"，主张文如其人，看到了刘勰进寺庙、编经书、写碑文，最后当和尚所演绎的"佛教人生"的一面，欲以此来讨论《文心雕龙》与佛学思想这一难题。这个难题包含三层意见：一是《文心雕龙》内容上有无佛学思想？二是如果有，佛学思想对《文心雕龙》的文学理论有没有产生影响？三是佛学思想对《文心雕龙》的影响，究竟是居于主要地位呢，还是居于次要的地位？对前两个问题，依据《文心雕龙》本书内证，可以得到肯定的回答：《文心雕龙》

书中有佛学思想，刘勰在极个别问题的讨论上运用过，所以佛学思想对其产生过影响。对第三个问题，争论意见就开始大起来。有的研究者认为，既然书中有佛学思想，刘勰也使之发生过影响，于是盯住这种极个别的影响深挖下去，这些影响便逐渐被放大、扩大，弥漫开来，甚至到了全书都是佛学思想影响，并且刘勰引之为极则的程度。

另外的一个原因也对此推波助澜：学界几乎是异口同声地一致认同《文心雕龙》一书在写作组织、体例结构方面全方位地受到了佛学思维、佛典逻辑的影响。出现这种认同的原因是，中国传统思维下写出来的古籍文献、学术论文没有多大的逻辑性、条理性与深刻性。这种认识当然是片面而有失公允的。但是，因为这样的一致认同，加剧了部分学者无视《文心雕龙》内证，偏执地进行佛学思想对《文心雕龙》全面渗透的研究，并且借助《灭惑论》的论述，提出刘勰的文学思想，折衷方法论，文学绝境说，圆通圆照观，心、性、奇、正与数字运用等通通来自佛学的论说。上述“知人论世”的研究法，其短处在于研究者没有看到刘勰入寺的目的，著书的目的，依附僧佑、拦道沈约的目的，以及在梁代做官三十余年、死前一年方才出家的“非佛教人生”并以之为主的这一方面的事实。最主要的，是部分研究者往往只看到佛典上有这些东西，忽略、脱离、无视《文心雕龙》本身的论述，简单比附或片面强说而成。“知人论世”原本是为了更好地研究作品本身，而不是为了只停留在“论世知人”这个不涉及作品的外围层面上。

第六节　思维方法论

与《文心雕龙》思想研究联系紧密，一个非常热门的问题是对刘勰思维方法论及其渊源的研究。对此，研究文章层出不穷，各家提出折衷方法论、辩证思维论、综合认识论三大类不同的说法，整体上呈现出互不相谐的现象。

第一类是折衷方法论，这是刘勰思维方法论的主流意见。研究者论述到了刘勰为文条分缕析、公正深刻的问题，认为除了受到佛典逻辑思维的影响之外，另一个原因是他所采用的“惟务折衷”的方法论在起作用。王运熙、张少康等先生都对此有代表性的论述文章。对刘勰思想方法论的主要分歧与争论，是在折衷方法论究竟是源出儒家还是佛家上。就目前的研究成果来看，可以分为四类：一是源出佛家，这一意见相对居于上风，这种意见以张少康先生为代表，认为主要是龙树“中道”思想影响了刘勰，应者众多。二是源出儒家，这类研究意见以李平先生为先导，认为刘勰是运用了“允厥执中”的传统方法论来论文。第三类是不谈儒佛，从六朝文论时代整体面貌的角度提出折衷意见，周勋初、王运熙等先生则将南朝文论以文质关系为标准分成三派，认为刘勰属于折中一派，文质并重。第四类是折衷诸家，合观综论，这类研究者认为刘勰论文的思想方法，首先是受到佛家中道观的影响，其次吸收了儒家的中道思想，同时还吸收了墨家形式逻辑的成果，是化合这些理论来论文的。这种意见带有调和众说的意味，代表人物是张辰先生。

第二类是辩证思维论。张长青先生在《文心雕龙新释》中总结性地提出了“辩证思维说”，认为是我国传统的道家、儒家、兵家共执的辩证方法在影响刘勰。张先生的意见是：“从刘勰天人合一的宇宙观和方法论来说，我们可以把刘勰《文心雕龙》的研究方法，归并于中国传统哲学中的辩证思维。”“我们的祖先很早就注意到从两点论的角度看待世界，而不是一点论。以阴阳范畴为核心，在文化的轴心时代先秦时期，我国就形成了三个辩证学说系统。第一个系统是道家的‘贵柔’辩证法，以老子为代表；第二是兵家的‘尚刚’的辩证法，以孙子为代表；第三个是儒家的‘执中’辩证法，以《易传》为代表。先秦哲学家奠定的辩证思维基础，为后代的学者所继承，形成中国哲学注重辩证思维的传统。”① 张先生认为，刘勰正是吸收并运用传统的辩证思维与“贵柔”“尚刚”“执中”辩证方法来进行

① 张长青：《文心雕龙新释》，长沙，湖南大学出版社，2009：619 页。

《文心雕龙》文学理论观点的论述的。还有的研究者指出：刘勰的“折衷”论，不仅出自佛家，还有道家的“枢中”观念，而尚“中”思想是我们的重要的文化传统精神。不能从儒道释三教尚“中”与用“中”之思想的交融会通角度，去深入研究，立论本身就不够“圆通”，而且也是与刘勰主张“折衷”“会通”的精神不相符合的。这种意见也可称之为辩证思维论。

第三类是综合方法说。这类意见是不点明刘勰思想方法论出自何家，只论述其优点，以杨明先生为代表。杨明先生在《文心雕龙精读·导论》中说：“长于分析和综合，是《文心雕龙》的一个重要特点和优点。一般来说，我国古人论文，往往是直观印象式的，感悟式的。这种感悟常常颇有灵气，也颇为准确，但缺少细致的分析说明。《文心雕龙》却颇不相同。刘勰在概括表述时，还进行细致的分析，‘擘肌分理’（《序志》），‘剖析毫厘’（《体性志》）。然后在分析的基础上，将前人的观点、成果和自己的心得体会融会贯通，综合起来，组成一个秩序井然、富有逻辑性的结构体系，使《文心雕龙》呈现出此前的文论著作未曾有过、此后也难与并能的体大思精的面貌。《总术》篇有云：‘圆鉴区域，大判条例。’‘圆鉴区域’是说凡与写作有关的各种理论、方法都要了解、掌握，‘大判条例’则是说对这些理论、方法要条分缕析，使其井然有序，便于自觉运用。既求齐全，又求其细；既弥纶综合，又深入分析。刘勰正是自觉地按照这样的原则写作《文心雕龙》的。”① 杨明先生的论述，主要是立足于《文心雕龙》自身的表现特点。他没有去追述这种特点究竟是出自佛家还是别家，或者是数家之合。这种方法采用内证为据而非推证比较，有它明显的好处：搁置争议，只谈事实。

其实，整个《文心雕龙》的思维方法论，或者依据刘勰所说，叫“折衷”方法论，与他的“原道”思想密切相关，是折衷儒道而主要取法于儒家中庸、中道理论的。其中，以老子、庄子、孔子、孟子、荀子、《周易》、《中庸》影响最大。同时，这种方法不光是刘勰用来论文的方法论武器，更

① 杨明：《文心雕龙精读》，上海，复旦大学出版社，2007：20 页。

是刘勰组织全书，从句子生成、语段篇章到篇目结构、全书体例一以贯之的写作思维理论。折衷思维论以正反对比、顺向铺排为基本形式，演化出正反、反正、正正、反反、正反合、反正合等基本的行文思维结构，然后折衷相合，得出新论或结论。

第七节 文学美学思想论

对《文心雕龙》文学思想的研究，往往是伴随对其思想渊源、创作原则、美学思想来进行的。诸家所指，文学思想成为一个无所不包、无处不用的多功能、多含义概念。因此，它的文学思想究竟是什么，还没有明确的说法。所以，笔者将其放在最后来讨论。

截至目前，对《文心雕龙》文学思想的研究，呈现出如下几个特点：

第一，是与其学术思想渊源紧密联系，学术思想即成为文学思想的代称，文学思想也就与学术思想同义。例如，认为《文心雕龙》思想出于儒家的研究者会说“刘勰的文学思想”或“《文心雕龙》的文学思想”是儒家文学思想，与出于佛家者类似。

第二，是文学思想与美学思想浑然不分，甚至二者相互指代。近三十年来，《文心雕龙》美学思想的研究显然处于上风的位置，专著甚多，如詹锳先生的风格学研究，缪俊杰、易中天先生的美学思想研究，李天道先生的审美心理研究等。单篇的论文就更不用说了，如对《风骨》、风格、《隐秀》、《定势》、《情采》、《声律》、《宗经》“六义”等专题的研究文章，多如牛毛。整体的特点是越来越清晰，越来越深入。但对有些问题则是越论述越混乱，仅以对《风骨》篇的研究为例，早在1988年，香港陈耀南先生就整理指出，“风骨”所指，已达六十四家之多。① 再经过三十年的研究发展，有关“风骨”问题的研究文章乃至专著纷纷问世，研究视野也拓展了不少，

① 陈耀南：《〈文心〉“风骨”群说辨疑》，载《求索》，1988（3）。

还是没有办法讨论清楚“风骨”内涵、“风”与“骨”的关系、“风骨”与“文采”的关系等问题。[①] 有关《文心雕龙》美学问题的研究主要集中在审美风格、审美心理、审美修饰、风骨隐秀等问题上。这方面的著作与论文相当之多。相对而言，文学思想的研究则处于次要状态。

第三，是因为诸家对于《文心雕龙》学术思想的渊源问题就已经争论不休，深入分析其文学思想的著作是没有的，论文也很少。有的是如下几种情况：

一是在论述学术思想的同时，附带提及文学思想之所出或之表现，属于泛论。

二是在论述到某些争论较大的问题时，展开对《文心雕龙》整体文学思想的勾勒。例如“风骨”问题，刘永济先生以《镕裁》篇“三准”说为《文心雕龙》全书的论文准则，并以此来解说“风骨”之内涵以及情、风、气、骨、采等术语关系问题；牟世金先生则认为《文心雕龙》的主要贯通脉络是文质理论，“风骨”论是文质论的一种理想状态。

三是论说时以创作原则、贯通思想、脉络线索等说法指称，不说文学思想。黄侃先生认为《序志》论述文采之美是贯通《文心雕龙》全书的。王运熙先生认为《文心雕龙》的创作总的原则是《辨骚》篇提出来的“凭轼以倚《雅》《颂》，悬辔以驭楚篇，酌奇而不失其真，玩华而不坠其实”，这是诗骚结合的原则，是“华实奇正”结合的原则。童庆炳先生则认为《情采》篇文质说、内容形式说是《文心雕龙》的贯通原则。

四是提出文学思想与美学思想，在二者并举的同时，以美学思想为主。戚良德先生的博士学位论文就是这样论述的。

笔者发现，文学思想与美学思想并存研讨现象存在的一个原因是：研究者往往将美学思想和文学思想混为一个东西，集合论述，不分彼此。诚然，

---

① 曹顺庆，李泉：《为什么中国人读不懂中国文论？——从黄侃先生的“风即文意，骨即文辞”谈起》，载《山东社会科学》，2013（11）。

文学作为一门专门的语言艺术，肯定有其审美特质，用刘勰的话来说，美是文学天然的特征："无识之物，郁然有采，有心之器，其无文欤?"因此，一些研究者认为，《文心雕龙》以美学理论为主。进一步，从文体分类的主次出发，许多研究者认为，《文心雕龙》是以论述《诗》《骚》为代表的纯文学理论为主，那么，纯文学理论伴随的审美理论研究，就是贯通全书的，于是《文心雕龙》便成为一部美学著作，所以若干审美研究专著应运而生。这当然是一个好现象，拓宽面的研究，必然带来体的深入。但是，这又引出了下一个问题，就是关于《文心雕龙》的性质问题，有的研究者认为《文心雕龙》是美学著作，有的认为是审美心理学著作，有的认为是哲学性质明显的作品，有的认为是写作学著作、文章学著作；传统的理解则认为是古代文学理论著作或文学批评著作；还有的意见模糊不清，笼统提出"写作之道""作文法则""文章精义""写作理论"等若干意见。其中，王运熙先生的意见较有代表性，王先生早年认为《文心雕龙》是文学理论著作，后来觉得此说不妥，修正为"论述写作问题的作文法则"。笔者同意王先生的意见，因为《文心雕龙》全书论述写作问题，从写作哲学的"文源于道"开始，论述了写作的思想标准、艺术标准、创作原则、审美原则、创作技法、主体修养、作品鉴赏、文学自身的发展规律等直接与写作相关的内部原因，同时拓展到时代政治、学术思潮、帝王影响、习染得失、为文致用等有关写作的外部因素。同时，《文心雕龙》所谓的文学或文章，是杂文学，是杂文体，主要指的是应用文体。尽管古代应用文体带有明显的审美性和抒情性，如陆机《文赋》等，这与西方应用文体截然不同。但是，《文心雕龙》对应用文体的研究，是以其发展先后与使用功能为主的，而不是以其审美特质为主要内容的。刘勰论述的二十篇文体论，分"原始以表末，释名以章义，选文以定篇，敷理以举统"四个部分来进行"论文叙笔，囿别区分"的工作，其主要指向，显然是在论述分体文学史及其创作得失，而不是文体美学论。因此，说《文心雕龙》不是文学理论著作，而是研究写作理论的著作，是站得住脚的。

又有研究者指出，《文心雕龙》所论述的“写作之道”，是以纯文学体裁为主的，是以《诗》《骚》传统为主的诗学理论、美学理论。这当然有一定道理，因为《文心雕龙》论述了不少以《诗》《骚》为文体代表的创作理论、审美理论、技法理论。但是，说《诗》《骚》传统代表了《文心雕龙》的文体论以及“写作之道”的文术论，是片面的。“文之枢纽”论五篇确立了儒家五经的核心地位及其在文学发展史上的思想标准与艺术标准，这就明确告诉我们，纯文学的《诗》与应用文体的《书》《礼》《易》《春秋》是并列的。《宗经》篇列出二十类源出五经的文体，只有“赋颂歌赞，则《诗》立其本”的四种是纯文学体裁，其余“论说辞序，则《易》统其首；诏策章奏，则《书》发其源；铭诔箴祝，则《礼》总其端；记传盟檄，则《春秋》为根”，主要是应用文体。“论文叙笔”部分的二十篇专论，尽管“文笔不分”，但显然以应用文体为主，其主要的依据是刘勰按照文体发展的历史先后顺序和功能大小顺序来安排文体顺序，而不是范文澜先生所说的“先文后笔”“有韵无韵”的顺序。下篇创作论的二十篇，《神思》论述的是所有文体写作都要面临的思维问题，《体性》论述的是从所有文体、作品、时代、作家中归纳出来的风格类型问题，《风骨》论述的是“风骨”所产生的感染力、创作法，并举相如《赋》与潘勖《文》为例证明之，《通变》论述的是共时的时代文风与历时的文学发展史，《定势》囊括若干体裁的“本采”风格，《情采》则通论“正采”的主张——这几篇最核心的创作原理论，都是论述的杂文体而不是纯文学体裁，而且，应用文居于明显主要的部分。至于从《镕裁》到《总术》的十多篇，分别论述裁剪、声律、结构、修辞、修养、用典、措辞、正误、审美等若干具体写作的内外因素，仅有《比兴》《隐秀》为纯文学论，《声律》《丽辞》虽同属新兴骈文，也通用于纯文学和应用文体。而从《时序》到《程器》的“附论”部分，《时序》论述文学发展的政治影响、学术思潮等外部因素，《物色》论述文学写作的自然内容，《才略》褒贬数千年的一百多位作家作品，《知音》论述阅读鉴赏的态度与“六观”方法论，《程器》论述文武之瑕疵而主张“梓才”之目标——更是泛论，并不专指纯文学体裁。

正是因为有这样的多样意见与丰富内容的存在，《文心雕龙》才在研究者心目中洋溢着迷人的魅力。仅仅以《序志》篇“文心雕龙”这一书名解析为例，目前就有十多种不同的说法，各家提出的意见似乎都很有道理，都能自圆其说，又好像与刘勰本人的论述始终不相和谐，或不完整。

笔者以为，《文心雕龙》论述写作之道，其文学思想必然包含美学思想，美学思想是从属于文学思想的一个分支。原因如下：第一，《文心雕龙》的文学概念，不是今天的纯文学概念，而是杂文学观，其中与《诗》《骚》等纯文学体裁相关的理论，必然是论述美学思想较多的内容；第二，刘勰的写作哲学首先主张“文源于道”，提出“郁然有采”的形文、声文与“有心之器”的人文都应该是文采华美的，顺此逻辑，这就必然使得后世文章充满了文采之美；第三，萌芽于先秦两汉而兴盛于魏晋南北朝时期重情尚美、尚丽尚艳的时代风气、文学创作实践以及文学理论的发展，必然为《文心雕龙》自身尚丽精神的写作理论带来相对应的影响；第四，文采之美与时代风气，仅仅只是《文心雕龙》论述的写作理论的一部分内容，而不是全部内容；在思想标准与艺术标准中，文采美与时代风气甚至只占了艺术标准的一部分，至于政治因素、主体修养、思维问题、文体理论、裁剪技法等内容，主要就不是美学问题。说写作包含美，写作体现美，写作传达美，是有道理的，但是美学问题只是文学问题中的一个部分，只是写作理论中的部分内容，这是没有疑义的。

因此，到目前为止，《文心雕龙》的文学思想是什么这一关键的问题，还没有得到圆满的回答。

结　语

上述七个方面关于《文心雕龙》思想归属及其渊源问题的研究成果，整体上呈现如下三个特点：

其一，讨论深入而矛盾频现。这显示了《文心雕龙》研究的繁盛局面，以及研究的难度。没有其他任何古代文论再像《文心雕龙》这样千年以下百家争鸣、纷争迭出。

其二，关于《文心雕龙》思想的归属与渊源讨论，归属佛家、源出佛家的意见占据了主要比例，虽然这样的比例与“儒家主导”的事实严重地矛盾不符。其实，源出佛家的讨论，核心就集中在《梁书》传记、时代背景、《灭惑论》、结构体例、思想方法论与个别佛学语源这六个方面。可以说，佛学有可能对《文心雕龙》产生影响的所有的方方面面，都被研究者充分论证过了。这也是这篇述评虽然主张“儒家主导”而必须将主要篇幅用于讨论佛学影响的原因。我们必须看到这样的事实：虽然《文心雕龙》并不以佛学思想为主，研究者都能做出这样深刻全面、以外证内的研究，写出数以百计的论文，并在许多专著中对这些问题加以论述——那么，“儒家主导”尽管在实际上非常坚实，但在实证上却做得非常薄弱，并没有被发掘出来、阐释出来。而且，随着《文心雕龙》美学研究的后起与兴盛，这一缺少实证的现象，将会越来越明显。所以，泛论《文心雕龙》以儒家思想为主导，但是却看不到具体的研究成果，我们拿什么来与非常丰富的佛学影响诸说相抗衡，并让后学者肯定、确立儒家思想的主导地位呢？

其三，在分清《文心雕龙》文学思想与美学思想的不同之后，我们失望地发现：目前，学术界还没有《文心雕龙》到底具有什么样的文学思想或到底具有什么样的美学思想的明确意见或论述。前代的研究者只对《文心雕龙》论述的文学、美学现象或观点进行对应性的分析，并没有明确的、总结性质的、统摄性质的文学美学思想理论主张提出来。因为没有中轴与主线，以至于许多问题常常混淆不清，在点与面的论述上相互扯皮，没有办法拓展到立体整合的维度上去。《文心雕龙》论述写作之道，论述哲学理论、文学理论、美学理论，显然不可能一盘散沙地只在点与面上进行，诸家皆说《文心雕龙》“体大虑周”“体大思精”，那么，组织这些“体”“虑”“思”，吸附这些哲学、文学、美学理论的中轴主线，究竟是什么主张呢？

笔者以为，解决这三个难题的最好办法，是回到《文心雕龙》本身，去分析书中自有的论述。这是回答《文心雕龙》思想渊源与理论主线的最好办法。

第二章 《文心雕龙》雅丽文学思想的提出

《文心雕龙》论述写作问题，阐述对“为文之用心”的方方面面的研究，涉及文学发生、文学本质、文学功能、文学史论、写作思维、内容形式、审美鉴赏、修辞技法、主体修养、外在影响、学术思潮、鉴赏批评等问题，显然，“体大虑周”的《文心雕龙》，不会孤立地，只有专题篇章而没有内在逻辑地论述上述问题，它们之间，一定会有一个前后贯通的主导思想聚集、统摄这些有关写作的全方位论述。李建中、詹福瑞、孙蓉蓉等学者认为“宗经”是《文心雕龙》的重要理论主张，这是有创见、有深度的。但文学毕竟不是经学，“宗经征圣”只能解决《文心雕龙》的儒家主导思想这一问题。《文心雕龙》讨论创作、审美与批评，涉及作家、作品、读者、时代、学术思潮、写作时尚等基本方面，这些问题，都不是“宗经”观念所能够完全包含得了的。

我们将回到《文心雕龙》本身的论述，从序言入手，贯通探索全书的不同部分，以求有新的发现和收获。

第一节 《文心雕龙》标举的美丽文学精神[①]

《序志》篇作为全书的序论，实际上处于集中全书重要文学思想观念的

① 文学的“美丽精神”一说，由笔者根据王岳川先生“中国文化的美丽精神”一说演化而来。王先生是以汉字的书写之美看待中国文化（意蕴、视觉）之美；《文心雕龙》论述文学特质，重美尚丽，主张文学的美丽精神，这与其时的时代风气也有密切关系。

特殊地位，而不仅是论述写作缘起、体系框架、思维方法。在文章一开头，刘勰就说：

> 夫“文心”者，言为文之用心也。昔涓子《琴心》，王孙《巧心》，心哉美矣，故用之焉。古来文章，以雕缛成体，岂取驺奭之群言雕龙也？①

本段虽短，但是包含的信息极为丰富，而且有的内容长期被研究者误解。首先，刘勰明确地告诉读者：《文心雕龙》这本书的主要内容与写作宗旨，是在讨论“为文之用心”，简单地说，就是讨论写作问题。因此，将《文心雕龙》视为诸如文学理论、文学批评、美学著作、哲学著作、子书、审美心理学著作等说法是不太准确的。② “涓子《琴心》，王孙《巧心》”，见于班固《汉书·艺文志·诸子略》，论儒家著作有“《王孙子》一篇。一曰《巧心》”的记载，论道家著作有“《涓子》十三篇。名渊，楚人，老子弟子”的记载。对《涓子》一书的别名，詹锳先生《文心雕龙义证》曰：

> 黄注：“《文选》注：涓子，齐人，好饵术，隐于宕山，着《琴心》三篇。”《札记》：“涓子，盖即《史记·孟子荀卿列传》之环渊。环渊，楚人，为齐稷下先生（此《列仙传》所以称为齐人），言黄老道德之术，著书上下篇（《琴心》盖即此书之名，犹《王孙子》一名《巧心》也）。‘环’，一作‘蠉’，一作‘蜎’，声类并同。”③

刘勰云：“昔涓子《琴心》，王孙《巧心》，心哉美矣，故用之焉。”这就清楚地表明：《文心雕龙》书名之“文心”，根本就不是向佛典以“心”为名取法得来的，而是向古代经典著作取法而得来的，儒家、道家各占一半。儒家著作王孙子之《巧心》与道家著作涓子之《琴心》，均以“心”为名，

---

① 杨明照：《增订文心雕龙校注》，北京，中华书局，2000：609－610 页。

② 有关《文心雕龙》一书的性质，是“龙学”研究长期争论的一个问题。笔者比较认可王运熙、王志彬、潘新和、万琦等先生主张的“写作理论”说。其余十余种说法也各有理由，是很值得参考的研究意见。

③ 詹锳：《文心雕龙义证》，上海，上海古籍出版社，1989：1900 页。

书名甚美，故而作为本书命名取法渊源之一。实际上也在暗中说明《文心雕龙》成书的思想渊源，主要是在儒、道两家。

其次，虽然《文心雕龙》论述写作问题，而且高举“宗经征圣”的思想大旗，但是《文心雕龙》的基本文学观念却是“古来文章，以雕缛成体”，即追求文章写作的华丽之美。刘勰认为从古至今的文章都是有华丽文采的，将其作为《文心雕龙》书名取法的渊源之二。因此，这本书取名“文心雕龙”，却并不是对驺奭语言艺术“雕龙驰响”（《时序》）美誉的借鉴。刘勰又以阴阳家著作书名之美、功效之大，并盛赞其伟业。① 班固《汉书·艺文志·诸子略》论阴阳家著作，有二邹子：“《邹子》四十九篇。名衍，齐人，为燕昭王师，居稷下，号谈天衍。”这是讲的邹衍及其著作。另有“《邹奭子》十二篇。齐人，号曰雕龙奭”。这是讲的邹奭及其著作。但本书命名“雕龙”，不是语言艺术之美，而是文章天然的属性之美。②

刘勰自述《文心雕龙》书名的得来，一是向儒家和道家经典中有“心”的著作取法学习，二是认为文章雕缛成体，华美艳丽，是天然具有文采的。所以，一方面向阴阳家的邹子学习取法，另一方面又认为文章本然具有文采的特点，远远高于阴阳家的言说技艺之术：“古来文章，以雕缛成体，岂取邹奭之群言‘雕龙’也。”一句话，文章因“雕龙”而尚丽，天经地义；驺奭因“雕龙”而驰名，不入法眼。③

---

① 《文心雕龙》对阴阳家邹子等人的赞美，主要表现在文体论的《诸子》《论说》与批评论的《时序》等篇章中。

② 这一观念主要集中地体现在枢纽论的《原道》、创作论的《情采》与批评论的《物色》等篇章中。论述见后文。

③ 从本句语气来看，“岂取”一说，反问诘责的语气非常明显，因此，刘勰更有可能是在辩说自己这本书取名为“雕龙”，并不是取法驺奭因语言艺术高超而被称为“雕龙奭”（《史记·孟子荀卿列传》）的原因。也就是说，文学写作辞藻华丽，需要精雕细琢的写作技法，这是文学天然具有的美丽本质，这个意见在《原道》等篇的论述中非常明确。因此，笔者认为“文心雕龙”这个书名是刘勰从驺奭语言“雕龙”借鉴而来的说法并不正确，刘勰“岂取”以反问语气表肯定的说法不能成立（王运熙先生《〈文心雕龙〉是怎样一部书》、黄霖先生《文心雕龙——中国第一部写作心理学论著》等文章认为刘勰是在以反问语气取肯定意思）。文章因为“文源于道”的哲学依据而文采华美，显然高于阴阳家语言艺术的“雕龙驰响”。

于是，从“文心雕龙”这一书名的解读可知：刘勰旗帜鲜明地主张文学尚丽，并广泛地向先秦诸子及其典籍取材来论述自己的文学观念。

这个推论的得出，可以用《文心雕龙》确定书名的术语运用为例证来检验之。“文心”一词，共计在《序志》篇中出现两次：一是解释书名“文心”的含义是“言为文之用心也”；二是阐述“盖文心之作”，简述全书之枢纽、上篇之纲领、下篇之毛目的结构体例。“雕龙”一词，在书中共出现两次：一是解释书名“雕龙”的来历，“古来文章，以雕缛成体，岂取驺奭之群言雕龙也”；二是在《时序》篇论述战国诸子文学艺术的时候，有“邹子以谈天飞誉，驺奭以雕龙驰响”之语，这是从《史记·孟子荀卿列传》及《汉书·艺文志·诸子略》的记载中引用、转化而来的话。

在刘勰本人的自述中，“文心”之“心”甚美，自古以来的文章具有“雕缛成体”的特性。据此可知，“文心雕龙”这一书名，是在向读者传达一种尚美尚丽的文学精神。王志彬先生曾指出：“《文心雕龙》的书名表明以文章写作为中心：‘作文的用心在于把文章写得像精雕细刻的龙纹一样精美。’即用心写出风清骨峻、情采兼备的优美文章。”①

从字面意思来看，“文心”一词之“文”，先秦甲骨文、金文中多有内心的一点，马正平教授从时空美学角度出发阐释道：这一点表明了“文”是一个从象形字转化来的指示字，表明人应具有胸怀博大的境界之义，转化为写作主体领悟并表现历史时空、自然时空博大的境界之美、情怀之美，复次具有纹采、纹饰之美。② 顺此推论，《原道》篇文本意义上的文学、文章、

① 万奇：《居今探古：论王志彬对〈文心雕龙〉的研究与应用》，载《2018 国际汉语应用文研究高端论坛论文集》，2018（8），澳门大学。

② 2005—2008 年，马正平教授在四川师范大学写作学硕士培养课程中多次以王国维《人间词话》、刘勰《文心雕龙》为案例，专题讲授时空美学原理，对“境界说”“风骨论”等多有创新阐释。本段中对“文”字本义的理解，是马老师当时授课分析众多古文字的内容之一。其后的推论，则是笔者运用时空美学原理做出的对“文心”尚美的个人解释。时空美学原理是马老师 1980 年就学于西南师范大学时即开始研究的内容，这是他立体地研究写作美学、写作哲学、写作思维学等写作学理论的起点。特作说明。

文采之美已经是“文”从天道到形器转化的最后结果，文字的产生，是上古圣人伏羲等仰观俯察天地自然，领悟博大境界，表现文采之美的结果。这就表明：“文心”本就具有“文之为德也大矣”的表现天道、洞察自然、内化为美、外化成文（文字、文学、文采）的多层含义。“文心”即源自自然之道的文学美丽之心，这是与美丽文学精神相关的本义，从道的层面规定了文学天然尚美的特质。

而“雕龙”一词，则主要指的是文学用语言来进行表达、修饰的技巧性特点，是从技的层面展现文学尚美的属性，与美丽文学精神的关联直接得多。“雕”本指一种大型猛禽，假借为雕琢、凋零之义，“雕”与其异体字“彫”都有刻镂、美饰之义；“龙”本指传说中的一种神物，是中华民族的图腾象征，假借为封建社会的帝王，又比喻杰出人才、豪杰之士，还可以比喻文章、书法的雄健华丽之美。“雕龙”合用，在这里指善于撰写文章，文辞犹如雕刻龙纹一样精美。

以上分析告诉我们一个重要的信息：《文心雕龙》全书的基本文学主张是“尚丽”观念，文学的本质是其美丽精神。这一观念在《序志》篇中还有显性与隐性、正面与反面的多处表达。

显性的表达遍布全书。在《原道》篇阐明“文源于道”的文学发生论时，刘勰不仅花费大量笔墨阐释天地、日月、星辰、草木、林泉、龙凤、虎豹等自然事物天然地具有华美的文采，指出“傍及万品，动植皆文”，更以为形文、声文之外的人文，同样是天然地具有华美文采的，提出“无识之物，郁然有采，有心之器，其无文欤”的逻辑推理结论，从哲学之道的高度规定了后世一切文章必然华美的天然属性。正是在这个哲学原理的基础上，《征圣》篇论述儒家经典，以为“衔华佩实”，不仅华美，而且质实，是文质彬彬的“雅丽”之美。《情采》以为：“圣贤书辞，总称文章，非采而何？”主张创造“正采”，以达到“雕琢其章，彬彬君子”的状态。从经典原道发展到文出五经，一切文体都向儒家经典的雅丽之美取法，在“衔华佩实”的基础上各具特色。顺此，《文心雕龙》全书动辄几十上百次地论述到美、丽、文、采、华、艳等术语,① 在这些术语的大量运用之中，又特别指出要做到“华实相胜”“符采相胜”“风归丽则”，在尚美尚丽的同时，更要追求正采之美、雅丽之美。

第二节 《文心雕龙》主张的雅正文学精神

《文心雕龙》不仅主张尚美尚丽，更极力提倡征圣宗经，主张“正采”之“雅丽”。这一思想不是孤立的，而是贯通全书的，在不同的版块中有着不同的提法。例如，刘勰在《序志》中有这样的隐性表达：

> 予生七龄，乃梦彩云若锦，则攀而采之。齿在逾立，则尝夜梦执丹漆之礼器，随仲尼而南行。旦而寤，乃怡然而喜：大哉！圣人之难见哉，乃小子之垂梦欤！②

刘勰二梦，后遇孔子，其“征圣”之后的“树德建言”之心显露无遗，也有研究者认为这是刘勰的“北人意识”在支配着他。③ 而对于其中“彩云若锦”的绚丽之美与“丹漆礼器”的庄重之美，还没有人看到其特殊意义。试想：为什么刘勰要将梦设定在美轮美奂的彩云之巅而不是高山大海呢？“丹漆”乃朱红正色，这不是儒家孔子、扬雄所一直主张的“崇朱恶紫”正色观念的最佳表现吗？④ 所以，刘勰二梦，实际上在表明自己“征圣立言”

---

① 笔者通过电脑检索的方式，将相关术语使用情况做了详细梳理与分类，故有此说。这种以类相从的穷尽式方法，有助于全面理解《文心雕龙》对该术语的所有运用情况，创始人是周振甫先生。武汉大学李建中教授称其为“关键词”研究方法，自 2007 年提出之后，带领他的团队、指导他的学生，已经在该领域内取得了较多研究成果。笔者在信息不通的情况下，偶然与李老师提倡的研究方法近似，这是一件好事。本处因引文文字内容太多，在此不再赘述。

② 杨明照：《增订文心雕龙校注》，北京，中华书局，2000：610 页。

③ 持有这样看法的研究者主要有汪春泓、乔守春、陶礼天先生等人。

④ 儒家礼乐规范下的雅正思想，不仅对礼仪制度、音乐雅俗严格限制，对朱紫正色与间色、黼黻文章的服饰规范也有严格的使用场合与等级规定。《论语》《法言》等经典著作中有鲜明的崇尚正色、贬斥间色的主张。《文心雕龙》论述文学的风格或发展，提出“正采耀乎朱蓝”（《情采》）、“雅丽黼黻”（《体性》）、“朱紫乱矣”（《正纬》）等许多尚正色、斥间色的主张。这显然是儒家“雅正”礼乐文化思想在文学审美问题上的表现。由此也可看出雅丽思想的基本渊源是在儒家。

的同时，还表明了自然物色华丽之美与尊崇儒家正色的雅正观念，二者的结合，就是“既雅且丽”的正美观念。这在文章“雕龙”纯美的基础上，设定了一个正色的限制。显然，这种隐性的表达暗示了刘勰在“雕缛成体”的基础上的更为理性的主张。

刘勰认为，近当代文学的创作和理论研究都存在不小的问题。首先，《序志》认为曹丕、陆机、曹植、应玚、李充、挚虞等人的文论主张“各照隅隙，鲜观衢路”，都不全面。而且，更重要的问题是，桓谭、刘桢等理论家“泛议文意，往往间出”，自言自语，不管影响效果，“不述先哲之诰，无益后生之虑”。这尽管有刘勰自视甚高的可能，但是反过来看，刘勰写作《文心雕龙》“欲述先哲之诰，有益后生之虑”的良苦用心则是可知可嘉的，这就是，首先，要在写作理论上指导正确的写作观念。魏晋宋齐“文学自觉”时代文论的核心，是主张“缘情绮靡”与轻艳靡丽，既然这些主张不正确，那就该给予规范。其次，当前最严重的问题是，文学创作片面追求华丽之美，而远离雅正规范，以至于讹滥丛生：

> 去圣久远，文体解散。辞人爱奇，言贵浮诡；饰羽尚画，文绣鞶帨；离本弥甚，将遂讹滥。①

通观《文心雕龙》一书，我们知道，所谓“辞人爱奇”“将遂讹滥”的说法，是有所指向的，这就是“近代以来”的不良文学创作实践，而“近代”所指，则是“魏晋浅而绮，宋初讹而新”（《通变》）的魏晋宋齐文学。“近代辞人”的创作“饰羽尚画，文绣鞶帨”，华丽至极，物极必反，因而走向了“丽而不雅”的不正之路。从历史的背景来说，中国文学一向主张重情尚美，先秦两汉的文学创作尽管有“诗言志”（《尚书·尧典》）、“思无邪”（《论语·为政》）、“主文谲谏”（《毛诗大序》）的限制，仍然在“诗可以怨”（《论语·阳货》）、“发愤为作”（司马迁《报任安书》）、“情动于中”

---

① 杨明照：《增订文心雕龙校注》，北京，中华书局，2000：610页。

(《毛诗大序》)、“郁郁乎文”（《论语・八佾》）以及“文质彬彬”（《论语・雍也》)、“丽淫丽则”（《法言・吾子》）等理论支持下，涌现出了《诗经》《楚辞》与汉赋等体物尚丽的不朽经典。萌芽于两汉、兴盛于魏晋的“文学自觉”运动，更是将这一传统大加发挥，“尚丽”主张在曹丕、陆机的文学理论支持与若干创作实践的作品支持下，“缘情绮靡”（陆机《文赋》)、“离本弥甚”，丽则丽矣，但不是雅正之“丽则”，而是讹滥之“丽淫”。

据此我们知道，刘勰写作《文心雕龙》这本书的当下动因，是因为文学理论的片面主张与文学创作的尚丽过度，因而失去了雅正的特点，是“丽而不雅”的创作。反过来看，刘勰的主张是什么呢？就应该是“丽而且雅”的理论主张与创作主张。这种创作的标准在哪里可以找到呢？在儒家经典“衔华佩实”（《征圣》）的“雅丽”（《征圣》）文风之中。主张既雅且丽的“丽则”文风，反对华而不实的“丽淫”文风，就成为《文心雕龙》的基本审美追求，也就必然影响到全书对各类文体创作要求和各种创作技法的论述。

这种影响，最为鲜明地体现在全书对“雅”“正”等术语的运用和雅丽文风、技法、审美、创作标准的论述之中。

作为五篇“文之枢纽”的理论核心，《宗经》篇在文源于道、圣人则之的哲学基础上极力赞美经典内容之美、文采之美，大力提倡文出五经的观念，明确要求从五经流出的所有文体的创作，都应该“禀经以制式，酌雅以富言”，以经典之雅正文风、雅正言辞为最高法则来进行创作。因此，“典雅”风格成为《文心雕龙》全书综论所有作家、作品、时代风格的最高标准，《体性》篇说：“若总其归途，则数穷八体：一曰典雅，……典雅者，熔式经诰，方轨儒门者也。”将一切文章的最高风格标准树立起来。《定势》以为：“模经为式者，自入典雅之懿。”要求后世作家在学习、创作的时候，一定要以经典儒家著作为标准。在作家作品的范围内，汉末魏初的潘勖《九锡》一文“典雅逸群”（《诏策》)，是学得最好的，《风骨》篇以之为“潘勖锡魏，思摹经典，群才韬笔，乃其骨髓峻也”，是取法经典、学习经典的结果。在各类文体的创作范围内，章表奏议因为直接与帝王相同，事关国家政治等军国大事，是文出五经之后，在功能上的最佳代表，故而要求“准的乎典雅”。

在上述基本原则之外，一百多则“雅”论广泛运用于全书各个板块之中，体现出巨大的阐释功能和文学创作、审美、评论的标准功能，其核心结果，是以经典为法则，在文学创作、审美的标准和评论上主张雅丽文学思想。《毛诗序》提出“雅者，正也”的正统王政观念，转化到《诗经》的文学功能上，就形成了反应王政、归正其他的功能。《文心雕龙》对雅、正观念的提倡紧密结合，与“雅”论相似，近百则“正”论也有丰富多样的运用情况，范围极大、所指极多，但其核心，仍然指向儒家经典的雅丽思想标准以贯通全书的各类雅、正主张为基础，《文心雕龙》特别主张儒家圣人及其经典的雅正作用，在论述圣人经典时，以其言辞为“正言”，《征圣》指出：“是以子政论文，必征于圣；稚圭劝学，必宗于经。《易》称辨物正言，断辞则备，《书》云辞尚体要，弗惟好异。故知正言所以立辩，体要所以成辞，辞成无好异之尤，辩立有断辞之义。虽精义曲隐，无伤其正言；微辞婉晦，不害其体要。体要与微辞偕通，正言共精义并用，圣人之文章，亦可见也。”① 同时认为儒家经典具有规范学习与修养的作用，《宗经》指出：“义既埏乎性情，辞亦匠于文理，故能开学养正，昭明有融。”② 以此为依据，刘勰还在《宗经》篇中指出文学史上楚汉文学华丽过度的弊端，主张“正末归本”，回到儒家经典上去：“夫文以行立，行以文传，四教所先，符采相济。励德树声，莫不师圣，而建言修辞，鲜克宗经。是以楚艳汉侈，流弊不还，正末归本，不其懿欤！”③ 楚汉文学丽而不雅，近代文学的创作“率好诡巧”“反正效奇”，新变不雅，相当糟糕，就更应该批评。《定势》篇指出：“自近代辞人，率好诡巧。原其为体，讹势所变；厌黩旧式，故穿

① 杨明照：《增订文心雕龙校注》，北京，中华书局，2000：17－18页。
② 杨明照：《增订文心雕龙校注》，北京，中华书局，2000：26页。
③ 杨明照：《增订文心雕龙校注》，北京，中华书局，2000：27页。

凿取新。察其讹意，似难而实无他术也，反正而已。故文反正为乏，辞反正为奇。效奇之法，必颠倒文句；上字而抑下，中辞而出外：回互不常，则新色耳。”① 在批评结束之后，立刻在同篇之中提出解弊的原则：“夫通衢夷坦，而多行捷径者，趋近故也；正文明白，而常务反言者，适俗故也。然密会者以意新得巧，苟异者以失体成怪。旧练之才，则执正以驭奇；新学之锐，则逐奇而失正。势流不反，则文体遂弊。秉兹情术，可无思耶！”② 因此，在各类体裁文风的把握上，《文心雕龙》提倡各体皆通、并总群势：“然渊乎文者，并总群势：奇正虽反，必兼解以俱通；刚柔虽殊，必随时而适用。”③ 奇正、刚柔各类风格兼通之后，雅丽文风自然能够熟练掌握并运用之，创作之新变弊端自然也就消解了。

刘勰主张一切文学的创作，都应该具有“正采”。《情采》篇指出：“夫能设模以位理，拟地以置心；心定而后结音，理正而后摛藻。使文不灭质，博不溺心；正采耀乎朱蓝，间色屏于红紫：乃可谓雕琢其章，彬彬君子矣。”④ 同时，主张一切文学的创作，都应当“确乎正式”。《风骨》以为：“若能确乎正式，使文明以健，则风清骨峻，篇体光华。”⑤ 并将这一原则用于一切文学的批评之中。《知音》提出：“是以将阅文情，先标六观：一观位体，二观置辞，三观通变，四观奇正，五观事义，六观宫商。斯术既行，则优劣见矣。”⑥ 然后将其运用于文学创作的总体要求之中，并合观统照、去弊整合，提出了论述文学创作的总纲领：

若能凭轼以倚《雅》《颂》，悬辔以驭楚篇，酌奇而不失其真，玩华而不坠其实，则顾盼可以驱辞力，欬唾可以穷文致，亦不复乞

① 杨明照：《增订文心雕龙校注》，北京，中华书局，2000：407 页。
② 杨明照：《增订文心雕龙校注》，北京，中华书局，2000：407－408 页。
③ 杨明照：《增订文心雕龙校注》，北京，中华书局，2000：406 页。
④ 杨明照：《增订文心雕龙校注》，北京，中华书局，2000：416 页。
⑤ 杨明照：《增订文心雕龙校注》，北京，中华书局，2000：389 页。
⑥ 杨明照：《增订文心雕龙校注》，北京，中华书局，2000：592 页。

灵于长卿，假宠于子渊矣。①

这个总的纲领提出于《辨骚》篇末，表面上是对楚辞、汉赋创作的总要求，实则《辨骚》位于“文之枢纽”论五篇之末，因此，上述纲领具有真正的创作总纲性质，正是论述文学创作的“文之枢纽”。

综上所述，雅正思想是刘勰一以贯之的根本思想，体现在全书的方方面面。例如四言正体、确乎正式、提倡正采、运用正言等等，与之对应，则提出“反”这一论述范畴，要求不得反言、不能反本、文势不反、不能反正等等。正反对比，既是出于宗经尚雅的文学思想，也是对雅正宗经思想的反向推演，这样可以大大拓宽论述的空间和深度。汉代京房易学提出飞伏观点，简言之，即对比思维。对比思维不仅运用于卦象的解读，也运用于对学术理论或自然万物的本质分析，使其全面深刻。同时，刘勰标举折衷之法，在论述时采用正—反—合的写作思维模式，这是《文心雕龙》本身写作思维对后人的一大启发。

第三节 《文心雕龙》雅丽文学思想的提出

《文心雕龙》主张美丽文学精神，并在全书的各个版块与篇目中多层次地反复论述之，同时，《文心雕龙》更主张雅正的文学观念，将其作为全书论述文体、创作、批评的主要观念。美丽精神与雅正观念的结合，即成为雅丽文学思想，并贯通全书。雅丽文学思想在《文心雕龙》中的直接表述有以下几个方面：

首先，《征圣》指出“圣文之雅丽，固衔华而佩实者也”，雅丽文风衔华佩实，华实相符，是最高的文体风格。随后，《辨骚》篇引用班固评屈“其文辞丽雅，为词赋之宗”的话，指出了屈原辞赋的风格特点。《体性》在综合论述“八体”风格之后特意总结出“雅丽黼黻，淫巧朱紫”的赞语，

① 杨明照：《增订文心雕龙校注》，北京，中华书局，2000：51页。

作为概括一切作家作品风格类型的总标准，而《通变》篇指出“商周丽而雅”，不仅该书商周两代文学的总体时代风格，还将其作为历代文风的折衷标准，雅丽文风完成了从文体风格到时代风格再到文学发展史最高评价标准的变化。

进一步，依据《宗经》篇“文出五经”的论述，从经典流变而出的各类文体，其基本风格或雅或丽，或雅丽兼备，或雅丽皆失，与衔华佩实的儒家经典文风出于或正向对应，或反向背离的状态，是各类文体创作与得失评价的主导意见，如《明诗》篇指出诗歌创作的总纲：“若夫四言正体，则雅润为本；五言流调，则清丽居宗，华实异用，惟才所安。”① “雅润”与“清丽”的结合，正是标准的雅丽风格，“华实异用”则表明了雅丽风格的多样变化的特点。《诠赋》篇指出辞赋创作的“大体”：“原夫登高之旨，盖睹物兴情。情以物兴，故义必明雅；物以情观，故词必巧丽。丽词雅义，符采相胜，如组织之品朱紫，画绘之著玄黄。文虽新而有质，色虽糅而有本，此立赋之大体也。”② 这一分体文学创作标准，鲜明地主张“丽词雅义，符采相胜”，与“圣文雅丽，衔华佩实”如出一辙。诗赋而外，二十篇文体论在创作“纲要”“纲领”“大要”上对雅丽文风多有发明与体现，再举《章表》为例：“原夫章表之为用也，所以对扬王庭，昭明心曲。既其身文，且亦国华。章以造阙，风矩应明，表以致策，骨采宜耀：循名课实，以文为本者也。是以章式炳贲，志在典谟；使要而非略，明而不浅。表体多包，情伪屡迁。必雅义以扇其风，清文以驰其丽。然恳恻者辞为心使，浮侈者情为文屈，必使繁约得正，华实相胜，唇吻不滞，则中律矣。”③ 章表是应用文体，刘勰主张“雅义以扇其风，清文以驰其丽”，提出“繁约得正，华实相胜”，表明中国古代应用文体具有崇尚华美文风而与西方古代应用文体大相径庭的特点，也表明古代应用文在文风方面与儒家经典雅丽文风“衔华佩实”的

① 杨明照：《增订文心雕龙校注》，北京，中华书局，2000：65 页。
② 杨明照：《增订文心雕龙校注》，北京，中华书局，2000：97 页。
③ 杨明照：《增订文心雕龙校注》，北京，中华书局，2000：307 页。

要求有相似的一面!

顺流而下，依据《文心雕龙》版块组织的设定，在“剖情析采”部分，雅丽文风转化为指导文学创作的基本法则。《情采》篇指出：“昔诗人什篇，为情而造文；辞人赋颂，为文而造情。何以明其然？盖风雅之兴，志思蓄愤，而吟咏情性，以讽其上，此为情而造文也；诸子之徒，心非郁陶，苟驰夸饰，鬻声钓世，此为文而造情也。故为情者要约而写真，为文者淫丽而烦滥。而后之作者，采滥忽真，远弃风雅，近师辞赋，故体情之制日疏，逐文之篇愈盛。”① 刘勰综论千年诗赋之异，总结出“为情者要约而写真，为文者淫丽而烦滥”的创作得失，在正反对比的论述中体现了“雅而且丽”为最好标准的意见，附带批判后代文学习染不正，丽而不雅，并大力批评之。在具体的修饰技法、写作技法部分，同样深刻而全面地体现了雅丽创作规范的贯通表现，《夸饰》指出：“然饰穷其要，则心声锋起；夸过其理，则名实两乖。若能酌《诗》《书》之旷旨，翦扬、马之甚泰，使夸而有节，饰而不诬，亦可谓之懿也。”②《诗》《书》尚雅为正，扬、马尚丽过度，二者的结合，就是雅丽创作思想。

在全书居于末端的批评论部分，雅丽思想同样贯穿其中，并成为《文心雕龙》论述文学批评理论的主导意见。《时序》论述“质文代变”的九代文学，是历时的文学批评史，概括这些论述可知：刘勰为我们描述出了一篇文质交加、由质趋文的文学发展史论，这与《通变》篇简要论述文学发展史的观点是高度一致的，居于其中核心位置的，就是雅丽文学思想。《物色》篇则从比较分析的角度细化了这一观念：“是以诗人感物，联类不穷。流连万象之际，沉吟视听之区。写气图貌，既随物以宛转；属采附声，亦与心而徘徊。……并以少总多，情貌无遗矣。虽复思经千载，将何易夺？及《离骚》代兴，触类而长，物貌难尽，故重沓舒状，于是‘嵯峨’之类聚，

---

① 杨明照：《增订文心雕龙校注》，北京，中华书局，2000：416 页。
② 杨明照：《增订文心雕龙校注》，北京，中华书局，2000：466 页。

葳蕤之群积矣。及长卿之徒，诡势瑰声，模山范水，字必鱼贯，所谓诗人丽则而约言，辞人丽淫而繁句也。”① 刘勰高度概括的“诗人丽则而约言，辞人丽淫而繁句”之说，其母本是扬雄提出的“丽则丽淫”说，赞美《诗经》丽则，批判辞赋丽淫，这与《诠赋》《情采》《夸饰》诸篇的意见完全一致，其目的，就是要确立雅丽思想这一创作标准。

在打通全书之后，我们已经可以自信地认为：雅丽文学思想完全可以确立起来。现在，让我们再次回到“文之枢纽”部分的重要内容中去。《宗经》篇以为经典之美，有六层体现：“故文能宗经，体有六义：一则情深而不诡，二则风清而不杂，三则事信而不诞，四则义贞而不回，五则体约而不芜，六则文丽而不淫。”② 详观此说，从正反两个方面梳理如下信息：

六义——正——反——所指

情——深——诡——主体论

风——清——杂——风格论

事——信——诞——客体论

义——贞——回——思想论

体——约——芜——文体论

文——丽——淫——审美论

我们运用刘勰在《序志》篇中提出的折衷思维方法论，折衷“六义”所指之正面论述与反面论述，合观统照，即可得出雅丽思想这一核心标准，刘勰表面上是在进行儒家经典的创作评论与审美评论，实际上是在进行所有文体的创作标准与审美标准的建立工作。因为经典的细化，就会产生各类文体。例如，《正纬》篇指出：“若乃羲农轩皞之源，山渎钟律之要，白鱼赤乌之符，黄金紫玉之瑞，事丰奇伟，辞富膏腴，无益经典而有助文章。是以

① 杨明照：《增订文心雕龙校注》，北京，中华书局，2000：566－567页。

② 杨明照：《增订文心雕龙校注》，北京，中华书局，2000：27页。

后来辞人，采摭英华。”① 这是从丽而不雅的角度阐明纬书的优点与缺点，纬书出于经典，走向了偏路。那正路在哪里呢？在《辨骚》篇：“若能凭轼以倚《雅》《颂》，悬辔以驭楚篇，酌奇而不失其真，玩华而不坠其实，则顾盼可以驱辞力，欬唾可以穷文致。”② 这就是《文心雕龙》在“文之枢纽”部分概括提出的创作论总纲，这一总纲在创作论方面表现的，就是雅丽文学思想论。

《知音》篇是《文心雕龙》专论文学批评的篇章，提出了著名的“六观”说：“是以将阅文情，先标六观：一观位体，二观置辞，三观通变，四观奇正，五观事义，六观宫商。斯术既行，则优劣见矣。”③ 笔者认为，“六观”与“六义”在全书中有明显的对应关系，我们运用折衷方法论，对“六观”说进行一次排列观照：

六观——所指——所论及所出

位体——文体论——体约而不芜（《宗经》）

置辞——措辞论——辞奇而不黩（《风骨》）

通变——古今论——斟酌质文，隐括雅俗（《通变》）

奇正——风格论——执正以驭奇（《定势》）

事义——思想论——据事类义，援古证今（《事类》）

宫商——声律论——声有飞沉，宫商大和（《声律》）

折衷“六观”之核心，正是雅丽文学思想。位体指文体，渊源于儒家经典；置辞指语言，要求正言与奇辞相谐；通变指历代文学发展循环相因、互补新变的发展规律，核心是“商周丽而雅”；奇正指风格，雅丽文风汇通八体，“得其环中”；事义指用典修辞与思想内容，毫无疑问，雅正之儒家经典为先；宫商指音律，中正为上——如此，文学批评的六大方面，无一不指向雅丽文学思想这一核心！

---

① 杨明照：《增订文心雕龙校注》，北京，中华书局，2000：41 页。
② 杨明照：《增订文心雕龙校注》，北京，中华书局，2000：51 页。
③ 杨明照：《增订文心雕龙校注》，北京，中华书局，2000：592 页。

据此，我们可以大胆提出："雅丽"文学思想，是《文心雕龙》救弊当下，指导文学创作、批评、审美的主导思想。推论如下：

第一，"雅丽"尚丽，这与《文心雕龙》尚丽的文学本质论是一致的。《序志》而外，《文心雕龙》论述文学尚丽这一主张贯通全书，《原道》《定势》《情采》《丽辞》《夸饰》《物色》等篇目从"郁然有采""自然之势""立文之道""自然成对""夸饰恒存""物色动心"等若干专题角度来阐释为什么"古来文章，以雕缛成体"的这一尚丽主张。

第二，尚丽之余，刘勰在《征圣》《明诗》《诠赋》《风骨》《通变》《定势》《情采》《比兴》《夸饰》《物色》等重要专题中进一步主张"衔华佩实""雅润清丽""丽辞雅义""风归丽则""确乎正式""商周丽而雅""执正驭奇""正采彬彬""夸而有节""诗人丽则"等有关审美、创作、批评相互结合的正确规范，对尚丽主张加以雅正的规范限制，力图使文学创作"丽而不淫"，丽而有则。

第三，主张"雅丽"的目的，是在指导正确创作的同时，用以纠正"楚艳汉侈"（《宗经》）、"无实风轨"（《诠赋》）、"竞今疏古"（《通变》）、"逐奇失正"（《定势》）、"淫丽烦滥"（《情采》）、"离本弥甚"（《序志》）的不良弊端。这就将"雅丽"从原属五经的文体风格标准扩大到了如下几个层面：

一是"雅丽"明显结合了宗经的雅正规范与辞赋等文学体裁的华丽特点，是文体风格与作品审美的最高原则。"论文叙笔"的作品论与《体性》《才略》等专题的风格论是其主要体现。

二是在《辨骚》篇末明确提出"若能凭轼以倚《雅》《颂》，悬辔以驭楚篇，酌奇而不失其真，玩华而不坠其实，则顾盼可以驱辞力，欬唾可以穷文致"这一"诗骚结合""华实结合""雅丽结合"的创作总原则（王运熙先生语）。"剖情析采"的十九篇创作论是其主要体现，并贯穿于"论文叙笔"的二十篇文体论所包含的数十种文体的创作"纲要""大体"

等论述之中。

三是从对当下讹滥创作的救弊，拓展到对历代文学创作的评价，《通变》论述历代文风时指出：“黄唐淳而质，虞夏质而辨，商周丽而雅，楚汉侈而艳，魏晋浅而绮，宋初讹而新”，这一历代文风总括之论，鲜明地体现了“从质及讹，弥近弥澹”的文学发展趋势，运用折衷思维论观照之，可以清楚地看到：《文心雕龙》以“商周丽而雅”（《通变》）为折衷历代文风的核心标准和基本的要求，建立起以《通变》《时序》为主要载体的“质文代变”（《时序》）的文学发展史论。

四是贯穿《文心雕龙》全书，在序论、枢纽论、文体论、创作论、批评论中都有贯通式的体现。详论见后文之《表现论》部分。

五是用于指导创作、批评与审美，并且作为全书“为文之用心”的核心指导思想，同时呈现出相互交织、立体运用的特点。详论见后文之《内涵论》《表现论》《运用论》部分。

如此，“雅丽”首先作为五经的文体风格，发展成为对时代文风批评的指导原则，接着用于对历代作家作品的鉴赏评价，最后上升为对创作论部分风格体制、谋篇布局、修辞技法的规范指导思想。在《文心雕龙》每一个大的理论板块中，雅丽思想处处不离“为文之用心”这一宗旨，并成为贯通全书探讨写作问题的核心中轴。因此，“在儒家思想主导下的《文心雕龙》的文学思想是什么”这一问题，可以有一个明确的意见：《文心雕龙》的文学思想是雅丽思想。

第四节　雅丽思想：对“文学自觉”的“自觉”

有关《文心雕龙》文学思想的研究，曾有“折中”一说，以周勋初、王运熙先生为代表。周勋初先生《刘勰的主要研究方法——“折衷”说述评》一文将刘勰的文学思想视为折中派，与当时（齐梁）裴子野等守旧派和萧子显、萧纲等趋新派相区别。[1] 王运熙先生《刘勰文学理论的折中倾向》一文认为对永明文学及其以后文学的“新变”现象，可分为反对派、赞成派与折中派，以裴子野等为反对派，沈约、萧子显、萧纲、萧绎等为赞成派，而刘勰与钟嵘、萧统等为折中派。[2] 周、王两位先生将齐梁文论派别三分的论述，虽然具体划分稍异，但意见基本相同，其立论的基点，是齐梁时代广阔的社会风尚与文学理论背景。刘勰的文学思想是“折中”齐梁文论的产物。

本论文通过对《文心雕龙》雅丽文学思想的理论渊源、内涵特点、具体表现、审美运用等问题的研究，认为上述两家的意见有其合理的一面，即“知人论世”的一面，但是这个“折中”文学思想并不是复古与新变直接结合的产物，“折中”说在看到时代背景等外围因素的同时，即重视“知人论世”的同时，忽略了“以意逆志”，即对《文心雕龙》内证的分析和研究。《文心雕龙》雅丽思想高举的文学尚丽大旗，并非刘勰取法时风的产物，而是在哲学依据上取法文学原道、自然生丽的产物，并非魏晋玄学思潮重情论性、“馥采曲文，经理玄宗”（《体性》）的产物，而是远取儒家雅丽、阴阳诡丽、楚辞奇丽的结果。相反地，魏晋宋齐的文学之美与文学之丽，恰恰是《文心雕龙》除“枢纽”论以外，在几乎所有篇章中大加贬斥的对象。刘勰以为，“魏晋浅而绮，宋初讹而新”，近代文学浮浅诡俗、讹滥丛生，取法不正、争奇斗艳，“竞今疏古”“莫肯研术”，近代文学已经不雅，即使尚丽，也是轻艳浮浅之丽，因此，《文心雕龙》要求“执正驭奇”“正末归本”，以“圣文雅丽，衔华佩实”为最高准则来指导文学创作。《文心雕龙》于是跳出时风，上寻自然之道，渊源儒家经典，远远超过同时代文学理论“复古、新变、折中”的理论水平。如果以“文学自觉”称呼六朝文学抒情尚美的特点，那么，《文心雕龙》雅丽思想就是对“文学自觉的自觉”，是对“文学自觉”感性过度的理性回拉。

---

① 周勋初：《周勋初文集》第三卷《文史探微》，南京，江苏古籍出版社，2000：110—137 页。
② 王运熙：《文心雕龙探索》（增补本），上海，上海古籍出版社，2005：243—252 页。

古代文学理论界讨论甚多的关于“文学自觉”的命题，有汉代开始说（张少康、袁济喜先生等）、魏晋自觉说（鲁迅先生开端）等不同的意见和争执。①诚然，汉代文论与创作实践体现了鲜明的尚丽特色，出现“文学自觉”的萌芽，但是，文学本质特征的抒情性、审美性是明显依附于汉代经学与政治王权的，因此，尽管《毛诗序》“情动于中”、《礼记·乐记》“和乐之美”、扬雄《法言》“丽淫丽则”等文论在文学创作与文学理论界产生了很大的影响，“文学自觉”的命题仍然无法得到独立的回应。最典型的例子莫过于两汉时期对屈原与楚辞的若干评价，这些评价往往出现互相矛盾的对立意见。即使同一个人的评价，也往往因为其所处立场与角度的差异而呈现出大相径庭的分歧，如班固等。这样，真正摆脱经学附庸、探索文学纯粹特质的理论主张，是在汉末建安的曹丕与西晋年间的陆机才开始的工作。曹丕、陆机在前人基础上提出了“诗赋欲丽”“缘情绮靡”“体物浏亮”的尚丽文体风格论，提出了作家气质与文章风格类型的“文如其人”论，提出了文章功能的“伟业不朽”说，提出了文学鉴赏的态度意见，提出了文学写作思维探索与“物—意—文”的写作过程理论，对“物感说”“灵感论”“言意关系”等问题进行了实践探索和具体主张——这些直接关系文学审美、抒情、思维、风格、内容、功能、鉴赏的具体意见，直面写作本质与过程，直面实践与意义，直面技法与鉴赏，这才是文学真正自觉的到来。

---

① 学术界对“文学自觉”的起始问题有三种主要的观点：其一，以张少康、袁济喜、詹福瑞先生为代表的“西汉说”；其二，以刘跃进先生为代表的“宋齐说”；其三，以鲁迅先生为代表的“魏晋说”，王遥、游国恩、李泽厚等人对此做了进一步引申和拓展，把“文学自觉”的起始时间延长至魏晋。学术界的主流意见是以鲁迅先生的意见为主，集中代表这个意见的是袁行霈先生《中国文学史》中的看法：“文学的自觉是一个相当漫长的过程，它贯穿于整个魏晋南北朝，是经过大约三百年才实现的。所谓文学的自觉有三个标志：第一，文学从广义的学术中分化出来，成为独立的一个门类；第二，对文学的各种载体有了比较细致的区分，更重要的是对各种体裁的体制和风格特点有了比较明确的认识；第三，对文学的审美特性有了自觉的追求。《文心雕龙》以大量篇幅论述文学作品的艺术特征，涉及情采、声律、丽辞、比兴、夸饰、练字等许多方面，更是文学自觉的标志。”袁先生认为《文心雕龙》是“文学自觉的标志”的意见很深刻。在此基础上，我们还可以看到，《文心雕龙》还对“文学自觉”的成败得失进行了深刻的分析和总结，并提出具体解决办法和发展思路，超越了“文学自觉”时代的理论水平。

文学理论的自觉探索是文学创作自觉的保证，《文心雕龙》的理论水平超越了之前“文学自觉”的文论水平。我们可以通过《序志》来分析雅丽思想何以是对“文学自觉的自觉”。《序志》有一段话，专论“文学自觉”的文论主张：

> 详观近代之论文者，多矣：至如魏文述典，陈思序书，应玚《文论》，陆机《文赋》，仲治①《流别》，弘范②《翰林》：各照隅隙，鲜观衢路。或臧否当时之才，或铨品前修之文；或泛举雅俗之旨，或撮题篇章之意。魏典密而不周，陈书辩而无当；应论华而疏略，陆赋巧而碎乱；《流别》精而少功，《翰林》浅而寡要。又君山、公干之徒，吉甫、士龙之辈，泛议文意，往往间出：并未能振叶以寻根，观澜而索源；不述先哲之诰，无益后生之虑。③

这一段话涉及魏晋时代的一些著名文学理论家及其著作，累计有曹丕《典论·论文》、曹植《与杨德祖书》、应玚《文论》④、陆机《文赋》、挚虞《文章流别论》、李充《翰林论》六家，其后又简述了东汉桓谭与刘桢、应贞、陆云四家“泛议文意”的主张。上述十家中，应玚《文论》与应贞文论今已不传，其余八家的文论主张我们都还能够查看到。尽管挚虞《文章流别论》与李充《翰林论》仅剩残文数条，但仍和桓谭、曹丕、曹植、刘桢、陆机、陆云的文论主张一起影响到了《文心雕龙》的理论观点，尤其是曹丕《典论·论文》与陆机《文赋》，更是对《文心雕龙》产生了巨大的影响，这种影响已经得到学界公认和深入研究。⑤

---

① 按：“仲治”，一作“仲洽”，西晋学者挚虞的字。牟世金先生《文心雕龙译注》作“仲洽”，杨明照、詹锳等先生认为作“仲治”为宜。

② 按：“弘范”，一作“弘度”，字形相近之误，东晋学者李充的字。各家通行作“弘范”。清黄叔琳与杨明照、詹锳、吴林伯先生等以为作“弘度”为宜。

③ 杨明照：《增订文心雕龙校注》，北京，中华书局，2000：610－611页。

④ 《文心雕龙》的多数注本以为这里的《文论》是指应玚《文质论》，牟世金先生《译注》认为确实应为《文论》，此文已经散佚，《文质论》与论文无关。

⑤ 有关曹丕、陆机文论对《文心雕龙》影响的研究文章非常之多。各家主要的意见是，曹丕主要是在文学批评理论方面、陆机主要是在文学创作理论方面对《文心雕龙》发生了积极影响。

曹丕《典论·论文》是我国文论史上第一篇文学理论专文，以论述文学评论为主，其文体风格、文气清浊、文体差异、鉴赏态度、文学功能诸说，对《文心雕龙》的刚柔风格论、文体风格论、作家才性论、知音鉴赏论、“树德建言”说有着深刻的影响。陆机《文赋》以论述文学创作为主，其说折中儒道，不仅论述“缘情绮靡”“体物浏亮”之丽，更将重点指向文学创作“如何能丽”的探讨，其思维论、物感说、风格论、情性论、写作过程论等理论，都被刘勰继承了下来，尤其是“诗缘情”一说，直接《毛诗序》《乐记》，是魏晋六朝诗赋理论中重情尚美一块的理论开启点。《文心雕龙》全书论美谈丽，论述情性，提出诸如“人禀七情，莫非自然”“辩丽本于情性”“情经辞纬”“圣贤书辞，非采而何”“古来文章，以雕缛成体”“圣文雅丽，衔华佩实”等重情尚美的文学理论主张，这既有魏晋玄学的影响，更有曹丕、陆机文学理论主张的直接影响。例如，仅仅以《文心雕龙》的风格类型理论为例，就可以看到这两家的影响所在。《文心雕龙》论述的“八体”基本风格类型是“典雅、远奥、精约、显附、繁缛、壮丽、新奇、轻靡”，至少从术语运用角度来看，与曹丕和陆机的文体风格论有明显的继承关系，如“繁缛者，博喻酿采，炜烨枝派者也”与“说炜晔而谲诳”近似，“炜烨”即“炜晔”字形之异。“精约、显附”二体，即合“论精微而朗畅”之意。曹丕说“奏议宜雅”，陆机说“奏平彻以闲雅”，刘勰归纳出来的“典雅”一体，正是对曹、陆二人所使用术语的继承与发展，如此等等。甚至于“圣文雅丽”的风格，作为八体“得其环中”之核心，与曹丕、陆机之“雅”“丽”文体风格论也是关系密切的，同时，《定势》篇论述文体风格的六种基本类型是“典雅、清丽、明断、核要、宏深、轻艳”，与曹陆两家所论，一样的极为近似。

但是，刘勰对上述十家文论是抱以贬抑之心来论述的。对曹丕等六家，刘勰认为他们“或臧否当时之才，或铨品前修之文；或泛举雅俗之旨，或撮题篇章之意”，各有自己的见解，但是六家“各照隅隙，鲜观衢路”，不够完整全面，论文不从大处着手，因此评价为“魏典密而不周，陈书辩而无当；应论华而疏略，陆赋巧而碎乱；《流别》精而少功，《翰林》浅而寡要”，他们各自有着“密、辩、华、巧、精、浅”的优点，同时存在着“不周、无当、疏略、碎乱、少功、寡要”的不足，整体上看，对六家是不满的，同时认为桓谭、刘桢等四家没有文论专著，不过是偶有论文之语，即使中肯的话也显得偶然。

这就提出了一个非常值得思考的问题：上述十家，每一家都是声名显赫的“大家”，多数还具有文学家与文学理论家的双重身份，影响甚大，如王充就对桓谭极为赞赏。对于如此优秀的前代贤才，刘勰为什么要这么评价呢？

前六家文论太多，《文心雕龙》对其直接或间接的引用不少，此不赘述。对于后四家，《文心雕龙》书中对桓谭论文之语有三处引用，第一处是在《哀吊》篇中：“及相如之吊二世，全为赋体。桓谭以为其言恻怆，读者叹息；及卒章要切，断而能悲也。”① 桓谭评价司马相如《吊二世文》“其言恻怆，读者叹息”，有很强的感染力，是典型的“曲终奏雅”的好作品。刘勰引用桓谭的话，是在证明吊体经典作品的基本特点。第二处是在《通变》篇中：“桓君山云：‘予见新进丽文，美而无采；及见刘扬言辞，常辄有得。’此其验也。”②《通变》简略地论述十代文学发展史，以为“从质及讹，弥近弥澹”，近代文学发展不良，是因为“竞今疏古，风末气衰”所致。刘勰指出近代写作者“近附而远疏”，习染不正，师法不古，“多略汉篇，师范宋集”，因此养成不良技法之后，难以改变。桓谭的话就是为了证明“刘扬言辞”等“汉篇”的美而有采而发的，是刘勰拉来为自己的见解做正面论据的典型。第三处是在《定势》篇中：“桓谭称：‘文家各有所慕，或好浮华而不知实核，或美众多而不见要约。’”③ 刘勰引用桓谭的话，是为了证明文家“势殊”的存在事实，是为本篇文体风格各有不同的“本采”

① 杨明照：《增订文心雕龙校注》，北京，中华书局，2000：168 页。
② 杨明照：《增订文心雕龙校注》，北京，中华书局，2000：397 页。
③ 杨明照：《增订文心雕龙校注》，北京，中华书局，2000：407 页。

论寻找到的正面论据，桓谭所说“浮华、实核、众多、要约”的不同风格，是“文家各有所慕”的情性风格论，各体之间并无高下差异，其意思是说应该对各种风格“兼解具通”，不要偏解执一。对刘桢论文之语则有两处引用，第一处是《风骨》篇：“公干亦云：‘孔氏卓卓，信含异气；笔墨之性，殆不可胜。’”① 刘勰在《风骨》篇中引用曹丕与刘桢论述“文气”的话，认为二者均是“重气之旨”，即所论重视“文气”。《风骨》篇论述“文气”，主张作家“缀虑裁篇”时要“务盈守气”，这样作品才会有“刚健既实，辉光乃新”的充实辉光之美，“文气”论实际上是从主体修养角度对“文如其人”论的另一种说法。第二处是在《定势》篇中：“刘桢云：‘文之体势，实有强弱；使其辞已尽而势有馀，天下一人耳，不可得也。’公干所谈，颇亦兼气。然文之任势，势有刚柔；不必壮言慷慨，乃称势也。”② 刘桢的话是认为文学风格有“强弱”之分，主张阳刚风格为美。刘勰认为他论述的仍然是阳刚“文气”思想，不过文学风格虽有“刚柔”之别，但不能片面强调“壮言慷慨”的阳刚风格，其言外之意是认为柔性风格同样重要，应该刚柔兼备，才是对文风的全面把握。这与他在本篇中持有的“兼解以俱通”的方法有关，正是因为有了“兼解以俱通”“随时而适用”的方法论基础，刘勰才对“奇正”“刚柔”“典华”“雅郑”分析得深刻透彻，以“惟务折衷”的态度来客观地分析这些风格各自存在的理由，而不是以个人好恶为准来片面理解。上述两处引文，刘勰一褒一贬，符合自己见解的予以赞美，不合自己见解的予以辨正。对于陆云文论的引用一共有四处，分别是《定势》篇：“陆云自称：‘往日论文，先辞而后情，尚势而不取悦泽。’”③ 刘勰以“情固先辞，势实须泽，可谓先迷后能从善也”评价之，认为应该“情经辞纬，先情后辞”，既要重视“文势”，也要重视文采，不可偏废，在论述文势的同时，为《情采》篇打下了基础。第二处是在

---

① 杨明照：《增订文心雕龙校注》，北京，中华书局，2000：388 页。

② 杨明照：《增订文心雕龙校注》，北京，中华书局，2000：407 页。

③ 杨明照：《增订文心雕龙校注》，北京，中华书局，2000：407 页。

《镕裁》篇："至如士衡才优，而缀辞尤繁；士龙思劣，而雅好清省。及云之论机，亟恨其多，而称'清新相接，不以为病'，盖崇'友于'耳。"①本篇论述文章裁剪，主张不要繁杂，陆机"情苦芟繁"，陆云也"亟恨其多"，不过因为"雅好清省"之故，对陆机以"清新相接，不以为病"相称，刘勰认为陆云仅仅从个人喜好出发而不能公正地论述文学，这是错误的。第三处是在《章句》篇："陆云亦称：'四言转句，以四句为佳'。观彼制韵，志同枚、贾。"② 刘勰认为陆云"改韵从调"的看法有一定道理，但是改韵稍快，因此主张与"百句不改"的用韵之法相互结合，以"折之中和"为宜，这显然是刘勰"惟务折衷"的思维方法在起作用。第四处是在《养气》篇："陆云叹用思之困神，非虚谈也。"③ 刘勰将王充、曹操等人关于写作伤神的话与陆云"用思困神"的话联系在一起，作为正面论据来支持他"写作宜养气"的谋篇宗旨，这是唯一从正面来看陆云文论的地方。

上述分析表明，桓谭等四家文论有得有失，刘勰认为他们"泛议文意，往往间出"，是有道理的，如陆云之论，刘勰主要是以之为反面论据来看待。但是，评价他们"未能振叶以寻根，观澜而索源；不述先哲之诰，无益后生之虑"，就显得非常严重，简直一无是处，如此上纲上线，意在为何？

笔者以为，这正是《文心雕龙》雅丽文学思想的创新意义之所在。简言之，雅丽思想在继承吸收魏晋文学理论"自觉"成果的同时，又对这些"理论自觉"所出现的不足一面进行纠正与提升，呈现出更高、更新、更精的内容与超越时代的特点。雅丽思想的"再次自觉"在《序志》中体现有三：

第一，写作动机。《序志》篇明确告诉读者，《文心雕龙》的写作动机有三：一是求得令名。刘勰以为生命脆弱，为了"树德建言"，一定要写本书留下来，这是《左传》"三不朽"说与孔子、司马迁、扬雄等人"名德"

---

① 杨明照：《增订文心雕龙校注》，北京，中华书局，2000：426 页。

② 杨明照：《增订文心雕龙校注》，北京，中华书局，2000：441 页。

③ 杨明照：《增订文心雕龙校注》，北京，中华书局，2000：511 页。

思想影响的结果。① 二是方向选择。写作最好的是进行注解儒家经书的工

① 上述诸人中，扬雄论“名”最多。扬雄认为，圣人之所以被后人尊敬，是因为德行政教样样兼备，因此留下了美好的名声。《重黎》提出“令名”一说：“曰：‘名者，谓令名也。忠不终而躬逆，焉攸令?’”韩信、黥布因为叛逆汉室而“成名”于天下，他们大逆不道，不是好名声，不足为法。因此，扬雄对于令名的追求成为他征圣思想的重要一环。《学行》论述学习，以为“名誉以崇之”是必然的追求，其令名意识最主要的还是来自孔子，《问神》，或曰：“君子病没世而无名，盍势诸名卿，可几也。”曰：“君子德名为几。梁、齐、赵、楚之君非不富且贵也，恶乎成名？谷口郑子真，不屈其志，而耕乎岩石之下，名震于京师，岂其卿！岂其卿!”孔子“疾没世而名不彰”，于是述而且作，写出了《春秋》一书。孔子的重名思想对扬雄有直接的影响。“君子病没世而无名”的“德名”一说，就是孔子的翻版。孔子之后，司马迁主张“发愤著书”，认为文王、孔子、孙膑、韩非等人虽然处境不佳，但是留下美好的著作来，名显后世，泽被千秋。《报任安书》说到先贤与自己的著书目的：“古者富贵而名摩灭，不可胜记，唯倜傥非常之人称焉。盖西伯（文王）拘而演《周易》；仲尼厄而作《春秋》；屈原放逐，乃赋《离骚》；左丘失明，厥有《国语》；孙子膑脚，《兵法》修列；不韦迁蜀，世传《吕览》；韩非囚秦，《说难》《孤愤》；《诗》三百篇，大底圣贤发愤之所为作也。此人皆意有所郁结，不得通其道，故述往事、思来者。仆诚以著此书，藏之名山，传之其人，通邑大都，则仆偿前辱之责，虽万被戮，岂有悔哉?”司马迁认为，令名的追求是很困难的，一般人想的是如何享受富贵，轻身安乐，所以说这种“发愤著书”以求令名的精神“可为智者道，难为俗人言”。扬雄《孝至》篇说：“不为名之名，其至矣乎！为名之名，其次也。”要求在追求美名声誉的时候，不要一味只想着出名，要有道义精神，做事不以出名为要义。《法言・渊骞》篇对蜀中名家李仲元极为推崇，显示了扬雄征圣不仅取古，也取法近代的新变意识。其主要原因，就是李仲元名德昭彰，榜样感化力量十分巨大。所以，扬雄的求名思想，主要还是主张通过德义精神的修养来完善自我，修得令名。所以，扬雄对君国将相、功臣名卿有自己辩证的看法，不是有名就行，《渊骞》篇论述“近世名将”“近世名卿”“外交大臣”“著名作家”几十人，在赞美他们的功德之时，也批评他们有不合儒家教义的地方。同时，还主张以实际行动来彰显令名，《先知》篇论述“为政日新”的重要一环，就是“乐其义，厉之以名，引之以美，使之陶陶然”，重视美言美行，美名美誉。《君子》篇说：“人必先作，然后人名之”，要求在行动上有过人之处，美名才会得到彰显。如此看来，孔子、司马迁等人“疾名德之不彰”的做法，著书立说、立名不朽的做法，是有传统的。这也是道家无为而无不为思想的影响，不刻意为之，心态更好。《汉书・扬雄传》说他：“实好古而乐道，其意欲求文章成名于后世，以为经莫大于《易》，故作《太玄》；传莫大于《论语》，作《法言》；史篇莫善于《仓颉》，作《训纂》；箴莫善于《虞箴》，作《州箴》；赋莫深于《离骚》，反而广之；辞莫丽于相如，作四赋；皆斟酌其本，相与放依而驰骋云。”扬雄晚年轻鄙辞赋，转向学术研究，主要的用意，是“意欲求文章成名于后世”，也就是立言不朽之心在推动他的著述研究工作，使他在哲学思想、小学文字、辞赋写作等方面都取得了很高的成就。《文心雕龙》的写作目的之一，就是“树德建言”，传之其人，成一家言，要求出名。令名思想，是儒家经世致用的目的之一，拥有功德、拥有令名，是一个人毕生的追求；如果还能够“修齐治平”，那简直是圣人再世。所以，在评论作家作品的时候，刘勰不仅从写法技巧、风格特点、影响作用方面来谈，还往往以儒家经典的思想标准来衡量他们是否合适，是否违背经典、有无奇谈怪说、作家思想是否健康等等。而刘勰从入定林寺、博通经纶、写作《文心》、拦道沈约到出仕梁代、做官多年的大半生，都是在令名功德思想的支配下完成的。孔子、司马迁、扬雄的名德思想，《左传》立功立德立言的“三不朽”说、曹丕认为文章“经国不朽”的观点，是《文心雕龙》“树德建言”目的的基本渊源。刘勰写作目的的令名功德心态，也是《文心雕龙》以儒家思想为主导的重要证据。

作，但是前人已经达到了很高的水平，“就有深解，未足立家”，很难超越，刘勰认为文章之“运用”是儒家经典的“枝条”，功能巨大，于是选定写作“文章”。三是写作的针对性。刘勰写作“文章”，不是写诗赋之类的文学作品借以名家，而是写理论专著，专门研究“为文之用心”，针对当下文坛讹滥的离本趋势而发。近代文学不遵守经典的根本规范，形成了很严重的弊病。因此，《文心雕龙》的直接写作动机就是为了纠正文坛当下的不良创作，间接动机则是为了著书留名，以求不朽。这就首先确立了一个尊崇儒家、崇古抑今的基调：古代经典是好的，近代文学是该批评的——魏晋“文学自觉”时代大量的文学创作，不入刘勰法眼，可见刘勰的文学思想标准，一定会高于“文学自觉”时代的理论水平。

第二，体系完备。通过刘勰自述其书之体系结构，我们可以看到，《文心雕龙》全书五十篇，采用“位理定名，彰乎大《易》之数，其为文用，四十九篇而已”的《周易》数理来确定篇目数量，① 吸收道家“自然之道”来作为论文根本，以儒家圣人和经典为论文之体、宗法之经，吸收纬书、《离骚》的优点，在思想取法上广取各家，为其所用，因而立论深刻，论述充分，见解独到。全书“论文叙笔”部分采用“原始以表末，释名以章义，选文以定篇，敷理以举统”的综合立体方法，篇目众多，“囿别区分”，比上述十家细致、完备、深刻。“剖情析采，笼圈条贯”的二十四个篇章，论述思维论、风格论、技法论、文学史、心物论、鉴赏论、修养论等有关写作的全方位问题，并且非常具有可操作性——这是前述十家所不可比拟的。刘勰以为“铨序一文为易，弥纶群言为难”，也就是说，前述十家的文论主

① 《易·系辞上》：“大衍之数五十，其用四十有九。分而为二以像两，挂一以像三，揲之以四以象四时，归奇于扐以象闰；五岁再闰，故再扐而后挂。天数五，地数五。五位相得而各有合，天数二十有五，地数三十，凡天地之数五十有五，此所谓成变化而行鬼神也。”夏志厚先生等研究者指出：《文心雕龙》全书五十篇，《序志》一篇是总目，其余四十九篇是个案专题，对应“大衍之数五十，其用四十有九”的数理关系。又，周绍恒先生等研究者指出，《文心雕龙》全书避“衍”字之讳，实则因为成书于梁代初年，必须避讳梁武帝萧衍之名“衍”字之故，所以此处改“衍”为“易”。

张，最多不过是“铨序一文”而已，远没有达到“弥纶群言”的地步。“弥纶群言”就会“照隅隙，观衢路”，文论功能与影响上就会“振叶以寻根，观澜而索源；述先哲之诰，益后生之虑”。一千五百多年的历史证明，《文心雕龙》论述写作之道，理论体系完备充分，在功能影响上确实比上述十家更高更深，而且迄今没有任何文论专著可以超越。

第三，论文方法。《文心雕龙》自觉使用“惟务折衷”的思维方法，这是其理论水准超越前人的最根本原因。折衷方法论源出儒家、道家、兵家，刘勰也有可能借鉴了佛家的“中道”思维。① 刘勰认为上述十家文论最大的问题就是“各照隅隙，鲜观衢路”，不全面，不完整，因此《文心雕龙》要以全面完整为目标，超越他们。《定势》篇批评刘桢片面推崇“壮言慷慨”的阳刚风格而忽略柔性美的风格，所使用的就是折衷方法，其说曰：

> 然渊乎文者，并总群势：奇正虽反，必兼解以俱通；刚柔虽殊，必随时而适用。若爱典而恶华，则兼通之理偏；似夏人争弓矢，执一不可以独射也。若雅郑而共篇，则总一之势离；是楚人鬻矛誉楯，两难得而俱售也。②

文体风格多样，评论家应该全面掌握，并总群势，兼解俱通，方为上策。《章句》篇引用陆云四句换韵的话，认为应该“折之中和”，方可“庶保无咎”。因为折衷方法论的使用，刘勰还在《知音》篇中提出了鉴赏的正确态度和“六观”的操作方法，尽管有曹丕“文人相轻”的影响，但是理论见

① 关于《文心雕龙》“折衷”方法论的渊源，“龙学”界有源出佛家与源出儒家之争。源出佛家的意见主要是认为“折衷”方法论是龙树“中道”论的产物，以张少康先生论述最为充分，张辰先生等同持此说；源出儒家的研究者认为“折衷”观念是儒家“执两用中”“分而为二”“中庸之道”“折累中平”的产物。两说都有道理。除此之外，笔者认为道家也有中道思维，体现为正反对比的辩证思维模式；兵家也有奇正结合、正反结合而取其适度与适中的思想，实际上，“中道”思维是我国古代学术思想的一种传统思维。因此，片面地说“折衷”思维方法出自儒家或者佛家的争论，虽然都有各自成立的理由，但是如果注意到《文心雕龙》思想驳杂而以儒家为主导这一点，就应该采取合观各家的方法来讨论“折衷”方法论的渊源。这本来也是刘勰自己提倡的一种论文方法。

② 杨明照：《增订文心雕龙校注》，北京，中华书局，2000：406 页。

解绝非曹丕可比，如此等等。

因此，从写作动机、体系内容、思维方法来看，《文心雕龙》远远超越了魏晋“文学自觉”时代的所有文学理论。

通观《文心雕龙》，对于汉魏晋十家“文学自觉”的文论主张，《文心雕龙》对此进行了坚持正确方向、主张重情尚美、提倡文学新变的积极阐释，吸收、运用了相当多的十家文论。但是，曹丕、陆机开启的文学理论“自觉”，最后并没有走在一条健康发展、良性发展的正路上，而是在战乱频仍、世积乱离、杀人如麻、残酷血腥的时代政治格局下，在儒学式微、经学崩溃、思想混乱、玄佛思潮乘虚而入的学术思想局面下，文人学者一方面向重情尚美大力进军，逐渐出现了美文丽辞、绮丽巧艳、奢华淫靡的靡靡之音，另一方面恐惧现实，谈玄论佛，走向了寄情山水、讽喻外物、远奥隐情、玄虚空淡、为文不用之势。这两种趋势并存而以靡丽轻艳为主，使得六朝文坛“辞人爱奇，言贵浮诡；饰羽尚画，文绣鞶帨：离本弥甚，将遂讹滥”，刘勰于是在重视文学美丽精神的同时，也对新变轻艳、师法不古、创作讹滥、思想不雅、作用有限的创作实践提出了批评与救弊主张，这一文学理论主张就是贯穿《文心雕龙》全书的雅丽文学思想。

雅丽思想是对“文学自觉的自觉”，从《文心雕龙》全书来看，其“自觉”体现有三：

第一，理论渊源。《文心雕龙》以儒家思想为主导，结合道家思想与其他各家思想为辅助，体现了兼收诸家而独尊儒学的鲜明思想取向。具体而言，“雅”出于儒家，儒家主张“雅丽”并重，而“丽”还有汇聚诸家思想的理论渊源。道家文艺美学思想重视对“美”和“妙”的探讨，同时，从《庄子》开始谈“丽”，《淮南子》大量论“丽”，但是道家论隐幽，谈避世，不论政，不谈雅，即“丽而不雅”。这样，“雅”与“丽”的结合，需要在整体上综合儒家和道家文艺美学思想，才能得到既雅且丽的结果。再按照刘勰《辨骚》篇的说法，“丽”来自楚辞之“奇”，汉赋随流而下，“追风以入丽”；而根据《时序》《才略》等篇的论述，屈宋楚辞的源头，是“纵横之诡俗”，是出于谈天飞誉、雕龙驰响、飞辩驰术的阴阳家和纵横家。由此联系到刘勰对《文心雕龙》书名解释中提到的邹奭“谈天雕龙”的言说之术，瑰丽迂回，虚诞莫测；联系到端木赐、烛之武、苏秦、张仪、范雎、蔡泽、李斯等人的游说君王、干预政治的言辞技巧之术，以及孟子的雄辩无敌、墨子的难楚存宋、鬼谷子的《飞钳》精术——这些“诡丽”的言辞技巧才是辞赋“奇丽”特点的根本来源。这就是说，是语言之“丽”影响到了文学之“丽”，从而形成“言文皆丽”的历史演变脉络。以儒家经典为代表的作品，其主要特点是思想内容与语言文辞的雅正规范，于是，五经之“雅”与辞赋之“丽”的结合，就成为“衔华佩实”的雅丽文学思想。《风骨》篇说：“熔铸经典之范，翔集子史之术”，经典雅正，史书实录，子书技法思想多样而丰富，这不仅是刘勰主张的作文如何才能有“风骨”的取法原则，实际上更是刘勰本人文学美学思想博杂精深、熔铸百家的来源所在。《文心雕龙》一书，其雅丽文学思想除了儒家外，比较明显地，还包含道家、阴阳家、纵横家、法家、兵家、玄学思想，并融会贯通，熔为一炉。而在所有的这些学术思想中，最主要的是儒家。雅丽思想在千年以降的各家思想中吸收精华，在“文学自觉”、重情尚美过度的时风中寻找正途，以求归正。

第二，内涵特点。雅丽思想体现了“文源于道，郁然有采”的文学本源与文学尚丽的哲学依据，体现了“自然之道”循环相因的新变意识，体现了征圣宗经的经典意识与思想规范，体现了折中“雅”“丽”的思维方法，体现了上溯先秦、取法两汉的史学意识，既包含了魏晋六朝重情尚美的文学美丽精神，又能崇尚雅正的思想内容，润色华丽的文采，上溯数千年，超越同时代，达到全面立体整合所有写作技法与文学规律，借以指导正确写作的目的。

第三，道器兼备。雅丽思想在“枢纽论”中得以提出，具有非常崇高的理论高度，是写作之“道”，但具体体现是在文体论的创作规范、写作得失与创作论和批评论部分，因此，讲究写作技法、追求“执正驭奇”、崇尚

“执术驭篇”、探索文学发展的内外因素就必然成为《文心雕龙》论述写作问题的主要内容，从而又成为写作之“器”。雅丽思想成为既是形而上之的写作之道，又是形而下之的操作技法，体现了“本乎道，进乎技”的原理性质与技术层面的结合，成为理论性与操作性完美结合的文论主张。

综上所述，《文心雕龙》雅丽文学思想是对数千年文学创作、文学理论、创作得失的整体综合，是对萌芽于两汉、成熟于魏晋齐梁之“文学自觉”的再次理论自觉，是对“文学自觉的自觉”。

下编 《文心雕龙》文学思想渊源论

《文心雕龙》雅丽思想主要取法于先秦两汉儒家文论，并吸收了先秦道家、魏晋玄学等流派的部分思想。因此，探寻雅丽思想的渊源，首要的是在儒家思想中来进行。其根源有二：首先，汉代儒家地位的显著提升与儒家著作称经的变化，是整个中国政治、文化乃至民族思维共性形成的历史转折，《文心雕龙》论文以周、汉儒家为正宗，这就决定了儒家思想一定是居于全书主导位置的。其次，顺应前述理由，儒家文艺思想居于中国古代文艺思想的核心地位，自先秦时代即已征圣宗经，尚雅尚正，以之作为垂范后世的千年传统，自不待言，同时，儒家文论尚美尚丽，追求新变，在坚持“德义”大道的同时也向其他各家学习吸收，这一点也有传统。《文心雕龙》继承了先秦两汉儒家一脉的传统雅论与丽论主张，这些主张清晰地体现在全书的前后脉络中。总体上看，孔子、扬雄是其中最重要的两家。

先秦道家论美讲妙，老子笔下即有“美言不信，信言不美”的美信两难论题①；从庄子开始论丽，对于美丽精神的追求还在儒家之前，而道家对“自然之道”的论述以及对魏晋玄学的影响，是《文心雕龙》文学尚丽思想的重要渊源；其余奇正观念、辩证思维、逍遥之游、养生全性、言意之辨、

① “美信两难”是马正平教授讲授时空美学原理时在课堂上提出来让写作学专业学生思考的写作美学论题，特作说明。

诡丽之辞等，对《文心雕龙》文学风格论、折衷方法论、写作思维论、养气修养论、措辞技法论等各个方面都有深刻影响。先秦阴阳家与纵横家语言艺术高超，穷究技法，这是辞赋文学虚辞、尚丽、动人的最主要来源，因而成为《文心雕龙》雅丽之“丽”的来源之一；兵家重视奇正、诡道、方法论，法家尚法论术，追求实用价值与批判意识；谶纬神学与经典同源，而具有“辞富膏腴，有助文章”的特质；佛学思想部分地影响了《文心雕龙》的组织结构与论文方法；魏晋玄学重视思辨，崇尚人的主体性的解放，讨论情性、才性、本末等重要的问题，这是雅丽思想“源于自然”“郁然有采”“正末归本”“辩丽本于情性”说的最主要取法对象；东汉魏晋时期人物品藻与六朝书法、绘画、音乐等相关言论与理论，对雅丽思想的形成也有作用。这些儒家之外的思想主张，对《文心雕龙》雅丽思想也有重要的影响。因此，雅丽思想化合百家，为我所用，是在历史长河中广泛涉猎、取舍、整合之后，创造性地形成的。

前代关于诸家思想“渊源”问题的讨论，略显零散。有的研究者指出《文心雕龙》中的“自然”论，是道家思想影响的结果；詹锳、李泽厚、刘纲纪等先生的研究曾涉及如兵家、阴阳家等对刘勰文学理论的影响；张文勋先生则认为刘勰的原道思想，不是取于儒家、道家、佛家中哪一家之道而成，而是融合诸家，在三教合一的时代背景下借鉴而来的。事实上，依照《文心雕龙》自身的论述，其文学思想以儒家思想为主导。但是，对于先秦两汉魏晋南北朝学术思想的吸收，又绝不只有儒家一家，而是取法多家，融会贯通，汇聚一炉的。《文心雕龙》的体大思精、丰富多样、深刻无涯，也与这个特点有关。

第三章　儒家思想的影响

先秦时期，孔子提出“郁郁乎文”“绘事后素”“尽善尽美”“文质彬彬”诸说，论文采，讲文质，谈美素，提倡中和诗教与雅乐正声，是建立在礼乐政教思想基础上的尚雅兼美；孟子文艺思想尚正论气，征圣宗经，虽不讲“丽”，但谈“美”较多，其知人论世、以意逆志、知言养气的三大主题对《文心雕龙》有较大影响；荀子建立了“道—圣—经”的理论体系，并对“美”“丽”“法”“术”开始了大力讨论，这是吸收各家思想之后的儒家新变理论主张。

两汉文论，儒家占据了绝对优势。《毛诗序》提出“吟咏情性”“四始六义”“变风变雅”的文学抒情、写作方法与文学新变说；《乐记》主张“和乐”之美与音乐“物感”原理，二者为因情生丽、“辩丽本于情性”说的提出提供了理论基础；扬雄提出“五经含文”“丽淫丽则”“心声心画”“沉博绝丽”“自然之道”等折中儒道的主张，在儒家文论史上第一次明确了“原道”“华实”“正丽”的观念，成为雅丽思想的直接理论来源；王充则大量论述尚美尚丽的物、人、情、心、文、篇的文学内容与风格特征的美丽精神，同时主张“疾虚妄”，求真实，反夸饰；汉末曹丕提出了“诗赋欲丽”的风格理论、“气有清浊”的主体情性论、“经国大业”的文章功能说与文学批评态度论等专门论题，为《文心雕龙》所全面继承，并进行了大幅度新变。伴随辞赋创作的繁荣发展，两汉辞赋评论非常发达，诸家站在经与不经的立场上，对屈原与屈赋进行了矛盾交织但精彩迭出的许多论述，淮南王刘安认为屈赋兼备“好色而不淫，怨诽而不乱”的中和正采；班固以史学家、文学家、政治家的数重身份，尽管对屈原及其辞赋有所非议，也提出了屈赋“文辞丽雅，为词赋宗”的意见；司马相如、扬雄、王逸、王充等人也有重要的评价。整体上看，辞赋评论是汉代经学与时代政治的附庸产物，这些意见被《文心雕龙》吸收、运用、提升，成为论述辞赋文学与雅丽创作标准审美批评的重要来源。

魏晋南北朝时期，虽然儒学式微，但是陆机《文赋》成为《文心雕龙》近代取法的主要来源，《文赋》折中儒道，深受玄学思想影响，不仅论述“缘情绮靡”“体物浏亮”之丽，更将重点指向文学创作“如何能丽”的探讨，其物感说、风格论、情性论等与论丽相关的理论，都被刘勰继承了下来，尤其是“诗缘情”一说，直接承接《毛诗序》《礼记·乐记》和《典论·论文》，是魏晋六朝诗赋理论中重情尚美一块的理论开启点。《文心雕龙》继承了先秦至魏晋儒家一脉的传统雅论与丽论主张，这些主张清晰地体现在全书的前后脉络中。

儒家诸子中，刘勰取法甚多，而以孔子、孟子、荀子、扬雄等人的文艺思想为主要对象。在所有儒家代表文论家之中，孔子、扬雄是最重要的两家。在儒家五经立体交织于《文心雕龙》的事实面前，王小盾、马白、戚良德等先生已经将《周易》对《文心雕龙》的影响研究推到了极致，余下四经论述则相对极少。但是本书不拟在五经影响角度展开渊源探索，因为五经直接与许多具体文学现象、体裁、创作得失、技法理论相关，并不是主要作为文学原理存在的。扬雄论“征圣宗经”，提出“在则人，亡则书”的观点，儒家诸子与五经，刘勰与《文心雕龙》，符合这一原则，而历代以来对《文心雕龙》文学思想研究的若干人、文，或在或亡，都是笔者取法学习的对象资源。

故而，本章内容意图通过《文心雕龙》儒家渊源的理论梳理，突出重点，在思想上探寻刘勰征圣宗经的经典意识与复古救弊的良苦用心和具体方法，在理论上探索《文心雕龙》雅丽思想的具体内容与先后传承的脉络。

第一节　儒家独尊的主导地位

杨明照、王运熙等先生认为《文心雕龙》中体现了比较纯粹的儒家思想。他们的意见，主要是针对刘勰思想主导归属何家而发，符合刘勰自己的论述。不足在于，这些纯粹的儒家思想表现在哪里？除了先生们普遍举证的《序志》《征圣》《宗经》，也就是序言和枢纽论部分确立儒家思想为主导之外，在文体论、创作论、附论①部分是否也是尊崇儒家并以之为主导？

儒家思想在书中的体现，是需要专文乃至专著详细论述才可能讲清楚的问题。② 仅以书中直接论"儒"之意见为例，除去《谐隐》篇"侏儒"之论，《文心雕龙》对儒家的推崇，贯穿全书，褒赞之情，无以复加：

(1)《征圣》　《邠诗》联章以积句，《儒行》缛说以繁辞，此博文以该情也。③

(2)《正纬》　通儒讨核，谓伪起哀平；东序秘宝，朱紫乱矣！④

(3)《辨骚》　王逸以为："诗人提耳，屈原婉顺。《离骚》之文，依《经》立义。……名儒辞赋，莫不拟其仪表，所谓金相玉

---

① 关于《文心雕龙》五十篇的体系结构，各家分类并不一致，对有些篇目的归属迄今争论仍存。范文澜、杨明照、王运熙、周振甫、杜黎均、祖保泉、夏志厚等先生各出所见。笔者这里采纳的是王运熙先生的归纳意见。

② 2012年7月，笔者进入四川大学接受统招博士后研究训练，在旁听舒大刚教授开设的"儒学文献学导读"课程时，将这一感受与舒老师交流，舒老师指出：儒家文艺思想是《文心雕龙》得以成书的主导思想，可以专题研究，并建议笔者申报四川省哲学社会科学重点研究基地儒学研究中心年度项目。2013年6月，《儒家文艺思想对〈文心雕龙〉成书的影响》作为年度重点课题在儒学研究中心立项，这是笔者以《文心雕龙》为原点拓展进行儒学、诸子哲学研究的起点。其后，研究本书儒家思想渊源论、先秦诸子思想渊源论、儒家诸子论等课题先后获得儒学课题或出版项目重点资助。曹顺庆、李建中教授均认为：《文心雕龙》囊括百家，必须要深入四部文献，从元典出发，深度梳理其"博而能一"的思想渊源，才能准确把握其文学理论主张，才能更好地研究《文心雕龙》。笔者认为：反而论之，研究《文心雕龙》，必然助推对经学、诸子、史传综合研究素养的养成，必然从文论研究走向文化研究，走向思想研究。

③ 杨明照：《增订文心雕龙校注》，北京，中华书局，2000：17页。

④ 杨明照：《增订文心雕龙校注》，北京，中华书局，2000：41页。

质，百世无匹者也。”①

（4）《祝盟》 汉之群祀，肃其旨礼，既总硕儒之义，亦参方士之术。②

（5）《杂文》 唯《七厉》叙贤，归以儒道；虽文非拔群，而意实卓尔矣。③

（6）《史传》 及班固述《汉》，……其《十志》该富，赞、序弘丽，儒雅彬彬，信有遗味。④

（7）《诸子》 孟轲膺儒以磬折。⑤

（8）《诏策》 观文景以前，诏体浮杂；武帝崇儒，选言弘奥。策封三王，文同训、典；劝戒渊雅，垂范后代。⑥

（9）《奏启》 自汉以来，奏事或称上疏；儒雅继踵，殊采可观。⑦

（10）《奏启》 观孔光之奏董贤，则实其奸回；路粹之奏孔融，则诬其衅恶：名儒之与险士，固殊心焉。⑧

（11）《奏启》 墨翟非儒，目以羊彘；孟轲讥墨，比诸禽兽。⑨

（12）《奏启》 立范运衡，宜明体要：必使理有典刑，辞有风轨；总法家之裁，秉儒家之文。⑩

（13）《议对》 及后汉鲁丕，辞气质素，以儒雅中策，独入高第。⑪

---

① 杨明照：《增订文心雕龙校注》，北京，中华书局，2000：50 页。
② 杨明照：《增订文心雕龙校注》，北京，中华书局，2000：123 页。
③ 杨明照：《增订文心雕龙校注》，北京，中华书局，2000：181 页。
④ 杨明照：《增订文心雕龙校注》，北京，中华书局，2000：206 页。
⑤ 杨明照：《增订文心雕龙校注》，北京，中华书局，2000：229 页。
⑥ 杨明照：《增订文心雕龙校注》，北京，中华书局，2000：265 页。
⑦ 杨明照：《增订文心雕龙校注》，北京，中华书局，2000：317 页。
⑧ 杨明照：《增订文心雕龙校注》，北京，中华书局，2000：318 页。
⑨ 同上。
⑩ 同上。
⑪ 杨明照：《增订文心雕龙校注》，北京，中华书局，2000：333 页。

（14）《体性》　典雅者，镕式经诰，方轨儒门者也。①

（15）《隐秀》　若篇中乏隐，等宿儒之无学，或一叩而语穷；句间鲜秀，如巨室之少珍，若百诘而色沮：斯并不足于才思，而亦有愧于文辞矣。②

（16）《时序》　爰至有汉，运接燔书；高祖尚武，戏儒简学。……施及孝惠，迄于文景，经术颇兴，而辞人勿用：贾谊抑而邹、枚沉，亦可知已。③

（17）《时序》　逮孝武崇儒，润色鸿业；礼乐争辉，辞藻竞骛：……遗风馀采，莫与比盛。④

（18）《时序》　及明、章叠耀，崇爱儒术；肄礼璧堂，讲文虎观。……帝则藩仪，辉光相照矣。⑤

（19）《时序》　自和、安以下，迄至顺、桓，则有班、傅、三崔，王、马、张、蔡。磊落鸿儒，才不时乏；而文章之选，存而不论。然中兴之后，群才稍改前辙：华实所附，斟酌经辞，盖历政讲聚，故渐靡儒风者也。⑥

（20）《时序》　逮晋宣始基，景、文克构，并迹沉儒雅，而务深方术。⑦

（21）《才略》　荀况学宗，而象物名赋；文质相称，固巨儒之情也。⑧

（22）《才略》　仲舒专儒，子长纯史，而丽缛成文，亦《诗》

---

① 杨明照：《增订文心雕龙校注》，北京，中华书局，2000：380 页。
② 杨明照：《增订文心雕龙校注》，北京，中华书局，2000：495－496 页。
③ 杨明照：《增订文心雕龙校注》，北京，中华书局，2000：539 页。
④ 杨明照：《增订文心雕龙校注》，北京，中华书局，2000：539－540 页。
⑤ 杨明照：《增订文心雕龙校注》，北京，中华书局，2000：540 页。
⑥ 同上。
⑦ 杨明照：《增订文心雕龙校注》，北京，中华书局，2000：541 页。
⑧ 杨明照：《增订文心雕龙校注》，北京，中华书局，2000：574 页。

人之告哀焉。①

(23)《才略》 马融鸿儒，思洽登高，吐纳经范，华实相扶。②

(24)《程器》 然子夏无亏于名儒，浚冲不尘乎竹林者，名崇而讥减也。③

(25)《序志》 敷赞圣旨，莫若注经；而马、郑诸儒，弘之已精，就有深解，未足立家。④

以上二十五条例证，共计二十六次论述到“儒”之不同含义，涉及对著名作家、时代文风、著名作品、著名学者、风格类型、诸子论战的评价，除了“墨子非儒”条讲述事实外，其余二十五处均为褒义。对伟大作家或学者，刘勰称之为“名儒”“硕儒”“鸿儒”“巨儒”“专儒”“宿儒”，崇敬之情深及骨髓而溢于言表。对历时的文学发展，尤其是断代文风，刘勰指出，凡是崇儒尊儒、儒道兴盛的时代，其文学发展就繁荣昌盛，如汉武帝时代；凡是戏儒抑儒、儒道不兴的时代，文学发展就沉寂混乱，如秦代文学与汉高祖时代。儒学是否兴盛，本来是统治者选取或否定的治国策略在文化事业、学术思潮上的反应，刘勰洞察到儒学与文学发展之间的这层深刻的体用关系，而不是仅仅从审美、创作、技法角度来看待文学的发展，一方面说明他敏锐深刻的分析能力、洞察能力，另一方面，不得不说是因为对儒家思想的尊崇学习，使他走在了以儒学立其文论根本的终南捷径上。

笔者认为，儒家在《文心雕龙》中主导地位的取得，其原因有三：第一，在国家思想层面，以汉武帝实行“独尊儒家”的思想政策为标志，儒家取得了诸子各家不可比拟的政教特权，以上层建筑意识形态的方式被确立为治国思想，这一国策将儒家从先秦诸子中比较显赫的地位显著提高到一家独尊的地位。两千多年来，这一地位在整体上未曾被动摇过，更没有被替换

① 杨明照：《增订文心雕龙校注》，北京，中华书局，2000：574 页。

② 杨明照：《增订文心雕龙校注》，北京，中华书局，2000：575 页。

③ 杨明照：《增订文心雕龙校注》，北京，中华书局，2000：599 页。

④ 杨明照：《增订文心雕龙校注》，北京，中华书局，2000：610 页。

过，这就保证了儒家思想传承的政治条件。《文心雕龙》在齐梁儒家地位下降的时期追思孔子与两汉，就有坚决支持、积极恢复儒家正统地位的动机在内。第二，随着儒家政治地位的提高，儒家著作在汉武帝时代开始称经，汉武帝首先确立五经博士制度，使之成为经学独立的标志。自此，中国历史各个阶段在选材、用人、教化方面均以儒家经典及其要义为主，在隋唐时期还发展为科举考试制度，儒家经典上升到思想文化垄断地位。两千多年来，以经学为主的文化制度在整体上未曾被动摇过，更没有被替换过，这就保证了儒家思想传承的学术机制优先运行。《文心雕龙》在魏晋玄学思想与高层政治集团推崇佛教的大背景下成书，经学地位是被明显削弱了的，刘勰有恢复经学独大地位的潜意识和显写作行动。第三，在政治背景和学术条件之外，儒家思想主张积极入世，讲究伦理观念，重视个人修养，突出国家民生，这是与其他各家思想明显不同的地方，历史上一代又一代读书人以“修身，齐家，治国，平天下”为毕生奋斗的理想，以仁爱、友善、诚信、成为君子为个人目标，这是中华民族传承至今的美好品质，也是当今社会公民基本道德规范的核心内容，儒家思想的积极有为、艰苦奋斗、百折不回精神，是《文心雕龙》作者刘勰从底层出身、坚持树德建言的必然选择。

回到上述例证中来，它们还仅仅是带有“儒”这一术语的举证。笔者曾耗费大量时间与精力，对全书中涉及儒家的内容进行了详细的搜集与梳理，发现：如果算上对古代圣贤，如黄唐、尧舜、文王、周公、孔子等人物及其言论的评价，以及对儒家经典文献的评价——即对“圣”与“经”的评价，那么，儒家“圣”“言”“经”“论”在《文心雕龙》中累计被反复论述、征引了至少八百七十次以上！如此，整个一部《文心雕龙》，从前到后的五十篇，从哲学、文学、美学理论一脉而下得出的主导思想，从体例结构、枝干章句乃至用词，在神髓、骨骼、体貌、脉络、血肉、细胞的各个层面上来看，儒家思想是占据绝对主导地位的。这是事实俱在的定论，也是刘勰以儒家思想指导《文心雕龙》写作的本意所在，毋庸置疑。

需要特别指出的是，对孔子、孟子所称颂的商周文学，刘勰论述了五十二次之多，加上对上古三代与夏代文学的评价，全书对春秋、战国以前的文学论述合计有九十七处之多，相对集中于“枢纽”论和文体论部分，在这两部分篇目中几乎每篇都有。这些论述，仅有极个别略有微词，如《诸子》论夸饰，而绝大多数是赞美的评价。因为这些文学作品是由先贤创作或是在先贤统治下创作的，遂由征圣而赞文，由爱屋而及乌。

从《文心雕龙》全书的论述来看，除了思想倾向外，在具体的文学写作问题上，儒家的主导影响主要体现在以下两个方面：

第一，确立了征圣宗经的基本思想，主要是主张复古宗经的文学经典意识，在评价纬骚、论述文体、创作审美、执术驭篇、文学新变、写作习染、学术思潮等若干问题上，刘勰的基本主张就是“典诰之体”“还宗经诰”“熔铸经典”“必先雅制”“武帝崇儒”，以儒家五经为其主要的雅正思想标准与审美艺术标准。

第二，提出了“圣文雅丽，衔华佩实”的儒家经典的整体风格特点，并以“雅丽”为贯通全书的文学思想主张。这一主张包含这样几个构成因素：

一是华实相符的华丽文采与充实内容的和谐统一，即文学内容与形式的完美和谐，达到文质彬彬的状态。

二是既雅且丽的风格特征，包含了雅正为主的尚雅主张与五经含文的尚丽因素，是儒家文论雅正为主，兼及美丽的结合。

三是从五经源于“自然之道”出发，经典是文采郁然的“人文”，这就从哲学依据上分外突出了五经尚丽华美的特点，这主要是取法了道家文论尚美尚丽主张的结合产物。

四是伴随《文心雕龙》宗经的经典意识，在“枢纽论”中确立的“雅丽”主张，必然将影响到从五经流出的若干文体的创作与审美，对于文体论的“论文叙笔”、创作论的“执术驭篇”、附论部分的“知音”鉴赏等理论产生贯通性的影响。

五是“雅丽”主张既尚雅又尚丽，刘勰顺此提出雅言、雅体、雅制、雅篇、正采、正式、执正驭奇、尚雅贬俗等若干为文之术，又提出丽辞、辩丽、奇文、伟辞、壮丽、绮丽、艳丽等文体审美评价或时代文风评价，是创作宗经的规范要求与文学发展的审美因素的结合产物。

笔者认为，既雅且丽的这一主张，显然带有折中儒道的意味与明显的史学意识。儒家尚雅尚正，是为公认；道家讲美讲妙，人尽皆知。先秦诸子中，第一个大肆谈美论丽的人是道家的庄子；其后儒家的荀子折中儒道兵法数家，一改孔孟古板的面孔，大力宣扬情性、美丽、法术之说；两汉以来，以《淮南子》为代表的道家继续讲美论丽；以扬雄、王充、曹丕为代表的儒家人物也继续在尚雅基础上极尽尚美尚丽之能事。这样看来，《文心雕龙》“圣文雅丽”文学观念的得来，既有“文源于道，郁然有采”的哲学依据，也有儒家尚雅尚正的一贯主张，同时将儒道两家谈美论丽的若干思想认知折中于内，并从历史发展的角度加以继承，然后贯通运用于《文心雕龙》全书之中，表现了哲学规律、经典意识、折中思维与史学意识的完美结合。“雅丽”主张，是《文心雕龙》一以贯之的文学思想。

从具体的评价运用中，我们可以得到这样的具体支持：刘勰主张“雅丽”思想之后，评价纬书，是“无益经典，而有助文章”，丽而不经；评价楚辞，是“取镕《经》旨，自铸伟辞”，主张“酌奇而不失其真，玩华而不坠其实”的执正驭奇与华实相符；评价诗歌是“四言正体，则雅润为本；五言流调，则清丽居宗”，主张“华实异用，惟才所安”；评价《乐府》是“《韶》响难追，郑声易启”，带有明显的尚雅贬俗的正统儒家诗乐观念；评价辞赋，“大体”是“情以物兴，故义必明雅；物以情睹，故词必巧丽”，主张“丽词雅义，符采相胜”，提出“风归丽则”的雅丽创作观；评价“风骨”，主张“确乎正式”，“篇体光华”，论述“情采”主张文质相谐，“正采”彬彬；论述风格，主张会通“八体”，“得其环中”，“雅丽黼黻”；论述文学发展史则以“商周丽而雅”为其中轴，之前尚质，其后偏文；论述修辞技法之《比兴》《夸饰》时，皆以《诗》之“比显兴隐”“夸而有节”为范，对辞赋用比忘兴、夸饰无度加以规讽，照应“丽词雅义”之说；论述物色动人的描写时，对“诗人丽则，辞人丽淫”加以区分，复述“风归丽则”之旨。上述所及，是从枢纽论、文体论、创作论直到附论的明显例子，可见尚雅尚正与尚丽尚美的观念不仅贯通全书，而且是主导全书的文论思想。从理论特征强烈的《宗经》“六义”说与《知音》“六观”论，一首一尾，同样可以看出这是“雅丽”思想在审美、创作、鉴赏领域内的具体体现。

上述所及，是儒家思想在《文心雕龙》中占据主导地位的最基本分析，支撑这一独尊地位的儒家诸子思想与诗乐理论，将是本章的主要内容。

第二节　孔子的影响①

《文心雕龙》对孔子有无上的尊崇和敬爱之情，全书至少三十次直接论述到了孔子，集中地出现于《原道》《征圣》《正纬》《史传》《序志》诸篇中。②刘勰在论述文学写作之道的过程中，将孔子及其言行运用于思想标杆、著书

① 笔者按，本节的部分内容，曾以《孔子思想对〈文心雕龙〉的影响初探》为题，发表于《儒藏论坛》第七辑，纳入本书时有动。

② 这三十次论述分别出现在以下二十六句：❶《原道》：“人文之元，肇自太极，幽赞神明，《易》象惟先。庖牺画其始，仲尼翼其终。”❷《原道》：“至若夫子继圣，独秀前哲，熔钧六经，必金声而玉振。”❸《原道》：“爰自风姓，暨于孔氏，玄圣创典，素王述训，莫不原道心以敷章，研神理而设教。”❹《征圣》：“夫子文章，可得而闻，则圣人之情，见乎文辞矣。”❺《征圣》：“先王圣化，布在方册，夫子风采，溢于格言。”❻《征圣》：“征之周孔，则文有师矣。”❼《征圣》：“颜阖以为，仲尼饰羽而画，徒事华辞。虽欲訾圣，弗可得已。”❽《宗经》：“皇世《三坟》，帝代《五典》，重以《八索》，申以《九丘》。岁历绵暧，条流纷糅。自夫子删述，而大宝咸耀。”❾《正纬》：“有命自天，乃称符谶，而八十一篇，皆托于孔子，则是尧造绿图，昌制丹书，其伪三矣。”❿《正纬》：“于是伎数之士，附以诡术：或说阴阳，或序灾异，若鸟鸣似语，虫叶成字，篇条滋蔓，必假孔氏。”⓫《正纬》：“故河不出图，夫子有叹；如或可造，无劳喟然。”⓬《正纬》：“昔康王河图，陈于东序，故知前世符命，历代宝传。仲尼所撰，序录而已。”⓭《铭箴》：“周公慎言于金人，仲尼革容于欹器：列圣鉴戒，其来久矣。”⓮《诔碑》：“逮尼父之卒，哀公作诔；观其慭遗之辞，呜呼之叹，虽非睿作，古式存焉。”⓯《史传》：“昔者夫子闵王道之缺，伤斯文之坠；静居以叹凤，临衢而泣麟。于是就太师以正《雅》《颂》，因鲁史以修《春秋》；举得失以表黜陟，征存亡以标劝戒。”⓰《史传》：“比尧称典，则位杂中贤；法孔题经，则文非元圣。”⓱《史传》：“若乃尊贤隐讳，固尼父之圣旨，盖纤瑕不能玷瑾瑜也。”⓲《史传》：“史肇轩黄，体备周孔。”⓳《诸子》：“及伯阳识礼，而仲尼访问；爰序道德，以冠百氏。然则鬻惟文友，李实孔师；圣贤并世，而经子异流矣。”⓴《论说》：“昔仲尼微言，门人追记，故抑其经目，称为《论语》。盖群论立名，始于兹矣。”㉑《论说》：“迄至正始，务欲守文；何晏之徒，始盛玄论。于是聃、周当路，与尼父争途矣。”㉒《丽辞》：“刘琨诗言：‘宣尼悲获麟，西狩泣孔丘。’若斯重出，即对句之骈枝也。”㉓《练字》：“夫《尔雅》者，孔徒之所纂，而《诗》《书》之襟带也。”㉔《序志》：“自生人以来，未有如夫子者也。”㉕《序志》：“齿在逾立，则尝夜梦执丹漆之礼器，随仲尼而南行。旦而寤，乃怡然而喜：大哉！圣人之难见哉，乃小子之垂梦欤！”㉖《序志》：“盖《周书》论辞，贵乎体要；尼父陈训，恶乎异端：辞训之异，宜体于要。”《原道》主要谈到孔子继承先圣删述经典的伟绩，《征圣》主要谈到孔子作为经典作家的榜样示范作用，《正纬》主要抬出孔子来作为纬书“四伪”与反经不雅的照妖镜，《史传》主要讲到孔子在史记文学体裁的创造之功与千年影响，《论说》主要讲到了《论语》在论体文学的首创之功与魏晋玄学谈玄论虚对儒学正统地位的冲击影响，《序志》主要讲到刘勰对孔子深及骨髓的崇拜之情与征圣为文的理论依据。《文心雕龙》之中，没有任何人的地位有孔子高。

立说、文体发展、纠正弊端、具体创作、文字小学、文如其人、创作规律等等方面，除了直接抬出孔子为自己的论述找论据外，还处处以儒家五经为思想标准或艺术标准，作为衡量历时的文学史、具体的作家作品、深刻的文学规律的第一武器，而五经无一不与孔子关系密切。所以说，孔子对《文心雕龙》雅丽文学思想的影响毫无疑问是最为巨大的。就具体表现而言，主要包括如下几个方面：一是以孔子为精神教父，以“树德建言”、立言不朽为《文心雕龙》的直接写作动力与终极写作目的；二是孔子的礼乐政教观念对刘勰建立复古返本的文学秩序有深远影响；三是孔子全面深刻的学习修养观念是《文心雕龙》作家修养论的核心指导思想。

一、作为精神教父的孔子

孔子在思想准则上推崇周代的礼法制度，追求复古有序的理想社会政治制度。这些使他成为刘勰尊崇的精神教父，刘勰在内心渴望成为孔子在齐梁文坛的代言人，以“树德建言”、立言不朽为《文心雕龙》的终极写作目的和写作动力，这是《文心雕龙》成书的思想前提。

首先，青年时代相似的贫贱经历与起而拯之的奋斗精神，是刘勰以孔子为“征圣”对象的起点。据《梁书·文学传》记载：

> 刘勰字彦和，东莞莒人。祖灵真，宋司空秀之弟也。父尚，越骑校尉。勰早孤，笃志好学。家贫不婚娶，依沙门僧祐，与之居处，积十余年，遂博通经论，因区别部类，录而序之。①

《南史·文学传》的记载与此大同小异：

> 刘勰字彦和，东莞莒人也。父尚，越骑校尉。勰早孤，笃志好学。家贫不婚娶，依沙门僧祐居，遂博通经论，因区别部类，录而序之。②

---

① （唐）姚思廉：《梁书》（影印本），北京，中华书局，1997：710页。
② （唐）李延寿：《南史》（影印本），北京，中华书局，1997：1781页。

刘勰虽然出身士族，但到他这一代时，家道已经衰落，父亲早死，家贫不能婚娶，于是到上定林寺跟随名僧僧祐居处，一共有十多年的时间。关于刘勰出身究竟是庶族还是士族的问题，他为什么不婚娶的问题，以及他到定林寺跟随僧祐学习的动机与目的，杨明照、王元化、张少康等先生论之已详，虽然观点有差异，但不是本文所论述的范围，故于此不述。笔者想说的是，刘勰由一个家道殷实、地位中上的士族青年，因为家庭的衰败而成为一个无法在社会立足容身的贫寒青年，这个变化，对他的心灵成长与精神成长，是有很大的影响的。幸运的是，刘勰没有消沉，没有坐以待毙，他能够主动地到名僧僧祐那里去学习提高，本身就带有力争出头、重振家道的内在原因。但是，长期的贫贱生活，以及当时等级森严的门阀制度，使得他的进取求仕的理想难以实现。《文心雕龙》成书之后，刘勰是想以此晋身扬名的，所以他主动做出了拦道沈约而献书求誉的举动。① 因此，他在书中不方便直说当时社会用人制度的弊端与门阀垄断的森严。晚于刘勰的颜之推，因为已经身在北朝，所以在《颜氏家训·涉务》篇中对此做出了深入的分析与揭露：

> 吾见世中文学之士，品藻古今，若指诸掌，及有试用，多无所堪。居承平之世，不知有丧乱之祸；处庙堂之下，不知有战陈之急；保俸禄之资，不知有耕稼之苦；肆吏民之上，不知有劳役之勤，故难可以应世经务也。晋朝南渡，优借士族；故江南冠带，有才干者，擢为令仆已下，尚书郎中书舍人已上，典掌机要。其余文义之士，多迂诞浮华，不涉世务；纤微过失，又惜行捶楚，所以处于清高，盖护其短也。至于台阁令史，主书监帅，诸王签省，并晓习吏用，济办时须，纵有小人之态，皆可鞭杖肃督，故多见委使，盖用其长也。人每不自量，举世怨梁武帝父子爱小人而疏士大夫，

---

①《梁书·刘勰传》记载此事说：“(《文心雕龙》) 既成，未为时流所称。勰欲取定于沈约。约时贵盛，无由自达，乃负其书候约出，干之于车前，状若货鬻者。约便命取读，大重之，谓为深得文理，常陈诸几案。”这表明刘勰对《文心雕龙》质量的自信，也表现出他不惜采用特殊手段力求成名的内心想法。

此亦眼不能见其睫耳。

梁世士大夫，皆尚褒衣博带，大冠高履，出则车舆，入则扶侍，郊郭之内，无乘马者。周弘正为宣城王所爱，给一果下马，常服御之，举朝以为放达。至乃尚书郎乘马，则纠劾之。及侯景之乱，肤脆骨柔，不堪行步，体羸气弱，不耐寒暑，坐死仓猝者，往往而然。建康令王复性既儒雅，未尝乘骑，见马嘶歕陆梁，莫不震慑，乃谓人曰："正是虎，何故名为马乎？"其风俗至此。①

颜之推所论，实际上正是刘勰悲愤感慨的名位通塞而口不能言的弊端。这个弊端，从司马氏篡位曹魏以来，历经两晋宋齐四朝，愈演愈烈。寒门子弟无以出头，世家贵族则掌控了所有的高层权利，刘勰呼吁的"贵器用而兼文采"的"梓材"之士，往往散在民间草莽之中，不得为用。刘勰以此自况，但是绝不消极对待，这个处下而思进思想的本源，是来自孔子及其人生遭遇的。

司马迁《史记·孔子世家》载：孔子父亲叔梁纥本是鲁国贵族，晚年时"与颜氏女野合而生孔子"，孔子的出身是不光彩的。而且，出生不久父亲就死了，"丘生而叔梁纥死"，孔子很早就成了孤儿，母亲艰难地抚养他长大，甚至不告诉他父亲的坟墓在哪里。在十七岁以前，孔子生活非常艰难，他自述"吾少也贱"，做过许多为求生存而不得不干的卑贱之事，甚至被阳虎当众羞辱。在孔子一生的追求当中，他也主要是处于个人理想不能实现、政治抱负不能伸张的郁闷境地，《史记·孔子世家》曾精辟地总结过他的一生经历：

孔子贫且贱。及长，尝为季氏史，料量平；尝为司职吏而畜蕃息。由是为司空。已而去鲁，斥乎齐，逐乎宋、卫，困于陈蔡之

---

① 高潮、甘华鸣、徐兆仁：《中国韬略大典·颜氏家训》，北京，中国国际广播出版社，1997：2823－2824 页。

间，于是反鲁。①

但是，刘勰尊奉孔子，更主要的原因在于孔子经国致用的功业感召与恢复礼乐、独身卫道的崇高思想。孔子本人出生贫贱，青年时代生存艰难，但是坚持上进的精神，成年成名后文武双修、建功立业的壮举，使同样出身下层、早年丧父的青年刘勰内心产生了强烈的共鸣，可以说，孔子对刘勰的精神世界有巨大的影响。《文心雕龙·程器》篇主张文士应该文武双备，"摛文必在纬军国"，起源就在于对孔子学文尚用、维护立法、为国立功、刚毅坚强精神的尊崇，也是对当时国家政治人物精神气质孱弱不振风气的批评。②《颜氏家训》记载了颜之推亲眼看见的一些不良风气：

多见士大夫耻涉农商，差务工伎，射则不能穿札，笔则才记姓名，饱食醉酒，忽忽无事，以此销日，以此终年。或因家世余绪，得一阶半级，便自为足，全忘修学；及有吉凶大事，议论得失，蒙然张口，如坐云雾；公私宴集，谈古赋诗，塞默低头，欠伸而已。有识旁观，代其入地。何惜数年勤学，长受一生愧辱哉！

梁朝全盛之时，贵游子弟，多无学术，至于谚云："上车不落则著作，体中何如则秘书。"无不熏衣剃面，傅粉施朱，驾长檐车，跟高齿屐，坐棋子方褥，凭斑丝隐囊，列器玩于左右，从容出入，望若神仙。明经求第，则顾人答策；三九公宴，则假手赋诗。当尔之时，亦快士也。及离乱之后，朝市迁革，铨衡选举，非复曩者之亲；当路秉权，不见昔时之党。求诸身而无所得，施之世而无所用。被褐而丧珠，失皮而露质，兀若枯木，泊若穷流，鹿独戎马之间，转死沟壑之际。当尔之时，诚驽材也。有学艺者，触地而安。自荒乱以来，诸见俘虏，虽百世小人，知读《论语》《孝经》

① （汉）司马迁：《史记》（影印本），北京，中华书局，1997：1909页。

② 关于此点，论述较为充分的有刘永济先生《文心雕龙校释》与曹顺庆先生《中西比较诗学》等，可参。

者，尚为人师；虽千载冠冕，不晓书记者，莫不耕田养马，以此观之，安可不自勉耶？若能常保数百卷书，千载终不为小人也。①

颜之推后于刘勰，身在北朝，他敢于直接揭露这些弊端。刘勰身在南朝，采用了隐晦间接的表达策略。对于这种“上车不落则著作，体中何如则秘书”的腐败孱弱与“明经求第，则顾人答策；三九公宴，则假手赋诗”的舞弊擅权者进行了间接讽刺，说：

盖人禀五材，修短殊用；自非上哲，难以求备。然将相以位隆特达，文士以职卑多诮，此江河所以腾涌，涓流所以寸折者也。名之抑扬，既其然矣；位之通塞，亦有以焉。②

刘勰借古讽今，表达了自己对于名位抑扬与通塞的意见，对于因为门阀控制使自己名不扬且位不通的生存现实极为不满，他的人生愿望不得实现，极为苦闷。但是，他逆社会陋习而动，不坠青云之志：

盖士之登庸，以成务为用。鲁之敬姜，妇人之聪明耳。然推其机综，以方治国；安有丈夫学文，而不达于政事哉？彼扬、马之徒，有文无质，所以终乎下位也。昔庾元规才华清英，勋庸有声，故文艺不称；若非台岳，则正以文才也。文武之术，左右惟宜。③

刘勰决心“以成务为用”来勉励自己，以“安有丈夫学文，而不达于政事哉”的志向来鼓舞自己，以“文武之术，左右惟宜”的思想来激励自己。而上述种种内在理想动力的化身，孔子是最佳的人选。刘勰提出的“摛文必在纬军国，负重必在任栋梁；穷则独善以垂文，达则奉时以骋绩”的文士人生理想，孔子完全符合他的这些论述，可以说是量身定做的评价标准。刘勰借此寄托自己的人生理想，决心做一个“文武之术，左右惟宜”而且

① 高潮、甘华鸣、徐兆仁：《中国韬略大典·颜氏家训》，北京，中国国际广播出版社，1997：2852－2853 页。

② 杨明照：《增订文心雕龙校注》，北京，中华书局，2000：599 页。

③ 同上。

能够“丈夫学文，达于政事”的孔子式的人物，说孔子是刘勰的精神教父，是完全符合青年刘勰的精神追求的。《序志》篇有两个略带神秘色彩的美梦故事，显示了这种精神影响对刘勰成长的巨大作用：

> 予生七龄，乃梦彩云若锦，则攀而采之。齿在逾立，则尝夜梦执丹漆之礼器，随仲尼而南行。旦而寤，乃怡然而喜：大哉！圣人之难见哉，乃小子之垂梦欤！①

刘勰在童年与而立之时两次梦见孔子，是否真实，无法应的。其实他本人想说的是：圣人难见，而我见了两次，如何能够不高兴？是不是孔子要我做点什么事呢？有这个可能。读《序志》篇就知道，刘勰决定写《文心雕龙》，是因为解经不如汉儒，而文章功能巨大，加上生命极为脆弱，于是再难都不怕，得罪人（批评汉魏十家文论）也不要紧，他要的是求实，是表达自己对“为文之用心”的看法。这与孔子“迂”而不改何其相似？《文心雕龙》体大虑周，是在综合论述数千年的文学史、创作论、品评数以百计的作家作品并常常独创立论的基础上写出来的，其难度之大，是否也可以将刘勰看作六朝文学发展的理论卫道者呢？

至少在刘勰自己看来，他是具有这样“贵器用而兼文采”的本事的，属于《周书》论士称许的“梓才”，他模仿效法的对象就是孔子。《文心雕龙》独列《征圣》一篇，以周公、孔子为儒家两大圣人，而重心在于继续赞美孔子。

二、著书正乐与立言不朽

孔子从政受阻，退而求其次，开始著书立言。《孔子世家》载：“季氏亦僭于公室，陪臣执国政，是以鲁自大夫以下皆僭离于正道。故孔子不仕，退而修诗书礼乐，弟子弥众，至自远方，莫不受业焉。”孔子著书立言、正

① 杨明照：《增订文心雕龙校注》，北京，中华书局，2000：610 页。

定雅乐的壮举，对刘勰具有积极的影响。《文心雕龙》不仅处处张扬“宗经”的思想，还以孔子著书正乐的举动为榜样，阐明了自己的写作动力原因。孔子删述《周易》《诗经》《礼记》《尚书》，写作《春秋》，正定《雅》《颂》，后世相传的儒家五经中，都与他有直接关系。孔子从维护周礼的角度出发，主张继承传统：

> 子曰：“法语之言，能无从乎？改之为贵。巽与之言，能无说乎？绎之为贵。说而不绎，从而不改，吾未如之何也已矣。”①

这是孔子宗经思想的理论依据。孔子既强调法语之言，又主张改之为贵，重构已有的法语之言。《淮南子·氾论训》论述说：

> 王道缺而《诗》作，周室废，礼义坏，而《春秋》作。《诗》《春秋》，学之美者也，皆衰世之造也，儒者循之，以教导于世，岂若三代之盛哉！以《诗》《春秋》为古之道而贵之，又有未作《诗》《春秋》之时。夫道其缺也，不若道其全也。诵先王之《诗》《书》，不若闻得其言，闻得其言，不若得其所以言，得其所以言者，言弗能言也。②

这段话说到了孔子删述经典的背景与不足，大有一代不如一代，写了不如不写的意见在内。《淮南子》以为：先王之言已经不得而闻，今天传下来的《诗》《书》，记录的是文字，不如语言；万一先王的语言我们能听到的话，又比不上语言背后的王道规律，这个“言弗能言”的东西，实际上就是没有说出来的“道”。因此，道—言—文三者呈现出的由形而上到形而下的关系，这种从无到有的关系表明，文是无法载道的，何况《诗》《书》《春秋》是在“周室废，礼义坏”的“衰世”重定或写作的呢？这个意见有道理，因为孔子毕竟不是上古三王时代的人，他再怎么删述，也不可能复原经

---

① （魏）何晏等注，（宋）邢昺疏：《论语注疏》，上海，上海古籍出版社，1992：2491页。

② 陈广忠：《淮南鸿烈解》，合肥，黄山书社，2012：68页。

典，所以，承续文化礼制，首先靠的是直面惨淡人生、力挽周室危局的勇气。《孔子世家》记录了孔子重构经典的文化壮举：

孔子之时，周室微而礼乐废，诗书缺。追迹三代之礼，序书传，上纪唐虞之际，下至秦缪，编次其事。曰："夏礼吾能言之，杞不足征也。殷礼吾能言之，宋不足征也。足，则吾能征之矣。"观殷夏所损益，曰："后虽百世可知也，以一文一质。周监二代，郁郁乎文哉。吾从周。"故书传、礼记自孔氏。①

从文学的角度，这是文学经典与文风雅丽的来源。没有孔子，我们后人还能不能看到这些经典，是不好说的。《史记·儒林传·序》记载此事曰：

太史公曰：余读功令，至于广厉学官之路，未尝不废书而叹也。曰：嗟乎！夫周室衰而关雎作，幽厉微而礼乐坏，诸侯恣行，政由强国。故孔子闵王路废而邪道兴，于是论次诗书，修起礼乐。适齐闻韶，三月不知肉味。自卫返鲁，然后乐正，雅颂各得其所。世以混浊莫能用，是以仲尼干七十余君无所遇，曰"苟有用我者，期月而已矣"。西狩获麟，曰"吾道穷矣"。故因史记作春秋，以当王法，其辞微而指博，后世学者多录焉。②

司马迁两次说到"礼乐诗书"四经是经过孔子"论次""修起"而成的，并且雅颂之乐的正与《春秋》一书的"作"，都是孔子独立完成的工作。在删述、解构经典与重构经典的过程中，孔子最喜欢的是《周易》一书：

孔子晚而喜《易》，序彖、系、象、说卦、文言。读《易》，韦编三绝。曰："假我数年，若是，我于《易》则彬彬矣。"③

今天我们看到的《周易》，不是一人一时的创作，而是多人多时创作的结

① （汉）司马迁：《史记》（影印本），北京，中华书局，1997：1935－1936页。
② （汉）司马迁：《史记》（影印本），北京，中华书局，1997：3115页。
③ （汉）司马迁：《史记》（影印本），北京，中华书局，1997：1937页。

晶。其中，孔子是重要作者之一，刘勰《宗经》所说的“易张十翼”，就是孔子“序彖、系、象、说卦、文言”所作的内容。子曰：“加我数年，五十以学易，可以无大过矣。”（《论语·述而》）这不仅是孔子对儒家经典的重视，还体现了他对于读《周易》而能知天命的认识，《荀子·劝学》篇：“君子博学而参省乎己，则知明而行无过矣。”孔子认为学《易》可以使人语言行为没有大的过错，可见他对《易》是非常尊崇的。其喜《易》好《易》，达到“韦编三绝”的程度。杨树达《论语疏证》解此：“《易·系辞上·传》曰：‘是故君子所居而安者，《易》之序也；所乐而玩者，爻之辞也。是故君子居则观其象而玩其辞，动则观其变而玩其占，是以自天佑之，吉无不利。’”《周易》一书思想内容渊深无极，难以穷究，孔子也入了迷。刘勰《文心雕龙》一书中，以《周易》为五经之首，征引一百四十二处。王小盾、戚良德等学者以为《周易》是《文心雕龙》思想之本源。刘勰对《周易》如此重视，这不能不说与孔子著《易》而大增其内容与提倡其理论价值有关。

孔子严谨务实，他自述在政治追求失败后，写作《春秋》一书的缘起与目的时说：

> 子曰：“弗乎弗乎，君子病没世而名不称焉。吾道不行矣，吾何以自见于后世哉?”乃因史记作春秋，上至隐公，下讫哀公十四年，十二公。据鲁，亲周，故殷，运之三代。约其文辞而指博。故吴楚之君自称王，而春秋贬之曰“子”；践土之会实召周天子，而春秋讳之曰“天王狩于河阳”：推此类以绳当世。贬损之义，后有王者举而开之。春秋之义行，则天下乱臣贼子惧焉。①

君子“病没世而名不称”，孔子非常担心名节不彰，不能“自见于后世”，故而著述立论，写作《春秋》，是想以此载道之外，更能彰显名节。刘勰在

① （汉）司马迁：《史记》（影印本），北京，中华书局，1997：1943页。

《序志》篇里，非常明确地表达了自己写书的理想追求：

形同草木之脆，名逾金石之坚，是以君子处世，树德建言。岂好辩哉？不得已也！①

不得已“树德建言”的刘勰，是在向孔子学习，思慕之心，昭然如此。《文心雕龙·诸子》篇中充满了这样的名节观念。开篇就说：

诸子者，述道见志之书。太上立德，其次立言。百姓之群居，苦纷杂而莫显；君子之处世，疾名德之不章。唯英才特达，则炳曜垂文，腾其姓氏，悬诸日月焉。②

结尾又论：

身与时舛，志共道申；标心于万古之上，而送怀于千载之下；金石靡矣，声其销乎？③

赞语再申：

丈夫处世，怀宝挺秀。④

孔子“病没世而名不称”，刘勰“疾名德之不章”；孔子担心“何以自见于后世哉？”刘勰担心“金石靡矣，声其销乎？”孔子作《春秋》，是想“推此类以绳当世”，刘勰作《文心》，是想“文果载心，余心有寄”，“标心于万古之上，而送怀于千载之下”。两相比照，刘勰著书的目的，是以孔子为师，效法以作“文章”这一特定领域内的孔子第二，至少在扬名后世这一点上，是一致的。

孔子是想以《春秋》一书，作为记录历史，以绳当世的利器，达到“春秋之义行，则天下乱臣贼子惧焉”的效果。而且，严格按照自己的意见

① 杨明照：《增订文心雕龙校注》，北京，中华书局，2000：610 页。
② 杨明照：《增订文心雕龙校注》，北京，中华书局，2000：228 页。
③ 杨明照：《增订文心雕龙校注》，北京，中华书局，2000：230 页。
④ 同上。

标准来衡量国家政治，这个标准就是礼乐制度。故而采用纪实实录的笔法，不顾这样做会得罪于人的后果：

> 孔子在位听讼，文辞有可与人共者，弗独有也。至于为春秋，笔则笔，削则削，子夏之徒不能赞一辞。弟子受春秋，孔子曰："后世知丘者以春秋，而罪丘者亦以春秋。"①

这是春秋"实录"笔法的本义体现。孔子的意思，核心在于"以文载道"，而读者能够"观文明道"。孔子以身作则，以此教授弟子，从思想上规范他们的想法。对于"后世知丘者以春秋，而罪丘者亦以春秋"的事情，即使在遭遇困厄的时候，孔子也从来没有动摇过、惧怕过。《孔子世家》载，孔子中年遭遇齐国的反间计，被迫离开鲁国后游历天下，主要在卫、陈、蔡、郑等小国辗转流离，皆不被重用，而且时时遇到猜忌、陷害，数度流离失所，困厄不堪。在外十三年中，虽然差点得到楚昭王的七百里封赏，仍然被顾忌会最终威胁到楚国江山而不能得。在匡、蒲等小国，孔子还多次遇险，差点身死人手，可谓狼狈潦倒之至。但是，孔子从来没有动摇过自己的政治主张与内心要求，面对多次的机遇，都是这样，即便不被任用，也要继续坚持，做一个悲情的卫道者。他写作《春秋》，就是要实事求是地记录历史，使之成为以文述政的利器。刘勰完全继承了这个做法，《序志》自述写作《文心雕龙》一书的基本动机：

> 自生人以来，未有如夫子者也。敷赞圣旨，莫若注经；而马郑诸儒，弘之已精，就有深解，未足立家。唯文章之用，实经典枝条。五礼资之以成文，六典因之致用；君臣所以炳焕，军国所以昭明；详其本源，莫非经典。而去圣久远，文体解散。辞人爱奇，言贵浮诡；饰羽尚画，文绣鞶帨：离本弥甚，将遂讹滥。盖《周书》论辞，贵乎体要；尼父陈训，恶乎异端；辞训之异，宜体于要。于

---

① （汉）司马迁撰：《史记》（影印本），北京，中华书局，1997：1944 页。

是搦笔和墨，乃始论文。①

刘勰自述心路，告诉读者：我本来是想注解经书，以求对圣人的思想作最近距离的领悟的，但是前贤之作已经达到了很高的水准，我这条路就被堵死了。因为文章具有“经国之大业，不朽之盛事”（《典论·论文》）的巨大功效，是我看到了重新接近夫子的希望，而且，千年以来，文学的发展，已经从孔门四科之一的正确方向出现了许多问题，我现在写这本书，就是想通过指出这些问题，重申夫子的主张，使文学在正途上良好地发展下去。刘勰内心真诚地尊崇孔子的言行与思想，才说得出这样充满感激的话。

孔子重构文学经典之后，又从诗乐结合的角度，正定了雅乐，做出了另一项巨大的贡献：

孔子语鲁大师：“乐其可知也。始作翕如，纵之纯如，皦如，绎如也，以成。”“吾自卫反鲁，然后乐正，雅颂各得其所。”古者诗三千余篇，及至孔子，去其重，取可施于礼义，上采契后稷，中述殷周之盛，至幽厉之缺，始于衽席，故曰“关雎之乱以为风始，鹿鸣为小雅始，文王为大雅始，清庙为颂始”。三百五篇孔子皆弦歌之，以求合韶武雅颂之音。礼乐自此可得而述，以备王道，成六艺。②

孔子保存经典文献，并正定雅乐，这些在政治理想不得施展之后进行的种种著书立说的举动，是刘勰“树德建言”的写作动力之源泉。《宗经》篇说：

皇世《三坟》，帝代《五典》，重以《八索》，申以《九丘》。岁历绵暧，条流纷糅。自夫子删述，而大宝咸耀。于是《易》张十翼，《书》标七观，《诗》列四始，《礼》正五经，《春秋》五

① 杨明照：《增订文心雕龙校注》，北京，中华书局，2000：610页。
② （汉）司马迁：《史记》（影印本），北京，中华书局，1997：1936－1937页。

例。义既埏乎性情，辞亦匠于文理，故能开学养正，昭明有融。①

刘勰首先赞美了五经“自夫子删述，而大宝咸耀”的经过，然后指出其能够“开学养正，昭明有融”的作用。《程器》篇顺势说道：

是以君子藏器，待时而动，发挥事业。固宜蓄素以弸中，散采以彪外；楩楠其质，豫章其干。摛文必在纬军国，负重必在任栋梁；穷则独善以垂文，达则奉时以骋绩：若此文人，应梓材之士矣。②

刘勰的人生理想是“穷则独善以垂文，达则奉时以骋绩”，这种追求立功立德、待时而动的思想，不为外界改变自己追求的思想，是直接取法于孔子的人生遭际与坚持不屈精神的，这种精神对刘勰有着根本的影响。早就有研究者指出：刘勰写作《文心雕龙》一书，不得不说是带有“待时而动，发挥事业”的经世致用目的的，这个目的的实现，是“摛文必在纬军国，负重必在任栋梁”的内因使然，故而刘勰早年依托于僧祐、书成后拦道于沈约，都有出世求进的想法。③ 孔子作为重构儒家经典的圣人，名垂青史，滋养百代，他的著书立言行为深深地感染了刘勰，这是他决心写成《文心雕龙》并以孔子思想为准绳的重要原因。

《晋书·儒林传·序》称赞孔子重构经典的行为说：

昔周德既衰，诸侯力政，礼经废缺，雅颂陵夷。夫子将圣多能，固天攸纵，叹凤鸟之不至，伤麟出之非时，于是乃删《诗》《书》，定礼乐，赞《易》道，修《春秋》，载籍逸而复存，风雅变而还正。其后卜商、卫赐、田、吴、孙、孟之俦，或亲禀微言，或传闻大义，犹能强晋存鲁，藩魏却秦，既抗礼于邦君，亦驰声于

---

① 杨明照：《增订文心雕龙校注》，北京，中华书局，2000：26 页。

② 杨明照：《增订文心雕龙校注》，北京，中华书局，2000：599 页。

③ 杨明照、王元化、张少康先生等论此较多，可参。

海内。①

孔子的伟绩体现在两个方面：一是“载籍逸而复存，风雅变而还正”，为文化事业续脉；二是影响到卜商、孟子等人，继续干政诸侯、发扬儒道。更为重要的是，孔子重构的六经，具有伟大的功能：

> 爰自风姓，暨于孔氏，玄圣创典，素王述训，莫不原道心以敷章，研神理而设教，取象乎《河》《洛》，问数乎蓍龟，观天文以极变，察人文以成化；然后能经纬区宇，弥纶彝宪，发挥事业，彪炳辞义。故知道沿圣以垂文，圣因文而明道，旁通而无滞，日用而不匮。《易》曰：“鼓天下之动者，存乎辞。”辞之所以能鼓天下者，乃道之文也。②

用刘勰的话说，这些经典具有“贵器用而兼文采”的双优特点，其核心在于“为用”的一面：“能经纬区宇，弥纶彝宪，发挥事业，彪炳辞义”，能“旁通而无滞，日用而不匮”，能“鼓天下之动”，具有强大的政教功能与日用功能。

刘勰面对儒学不兴、文风讹滥的现状，迫使他注重从复古尊孔的角度入手，在礼法规矩中吸取有用因素，建立讲究秩序遵循规律的文学发展正途。这是刘勰所追求的核心目标之一。《序志》篇论述《文心雕龙》的写作动因说：

> 去圣久远，文体解散。辞人爱奇，言贵浮诡；饰羽尚画，文绣鞶帨；离本弥甚，将遂讹滥。盖《周书》论辞，贵乎体要；尼父陈训，恶乎异端：辞训之异，宜体于要。于是搦笔和墨，乃始论文。③

---

① （唐）房玄龄等：《晋书》（影印本），北京，中华书局，1997：2345 页。
② 杨明照：《增订文心雕龙校注》，北京，中华书局，2000：2 页。
③ 杨明照：《增订文心雕龙校注》，北京，中华书局，2000：610 页。

刘勰面对的齐梁文坛，是自“楚艳汉侈，流弊不还”（《宗经》）以来、建安与晋宋文学“从质及讹”“竞今疏古”（《通变》）从而“离本弥甚，将遂讹滥”（《序志》）的糟糕局面，因此，在现实创作与当代理论中去寻找救弊良方，已属不可能。因为刘勰深刻地洞察到，文学是不能离开社会思潮、审美思潮、政治制度乃至君王喜好而独立发展的，社会现实的变迁，是在往礼崩乐坏的局面发展，文学不能幸免。以下数例，或可说明当时儒学不兴、文学发展离经叛道的大坏局面：

《晋书·儒林传·序》　有晋始自中朝，迄于江左，莫不崇饰华竞，祖述虚玄，摈阙里之典经，习正始之余论，指礼法为流俗，目纵诞以清高，遂使宪章弛废，名教颓毁，五胡乘间而竞逐，二京继踵以沦胥，运极道消，可为长叹息者矣。①

《陈书·儒林传·序》　魏晋浮荡，儒教沦歇，公卿士庶，罕通经业矣。②

《南史·儒林传·序》　故自两汉登贤，咸资经术。洎魏正始以后，更尚玄虚，公卿士庶，罕通经业。时荀顗、挚虞之徒，虽议创制，未有能易俗移风者也。自是中原横溃，衣冠道尽。逮江左草创，日不暇给，以迄宋、齐，国学时或开置，而劝课未博，建之不能十年，盖取文具而已。是时乡里莫或开馆，公卿罕通经术。朝廷大儒，独学而弗肯养众；后生孤陋，拥经而无所讲习，大道之郁也久矣乎！③

《周书·儒林传·序》　雕虫是贵，魏道所以陵夷；玄风既兴，晋纲于焉大坏。④

《魏书·儒林传·序》　自晋永嘉之后，运钟丧乱，宇内分崩，

---

① （唐）房玄龄等：《晋书》（影印本），北京，中华书局，1997：2346页。
② （唐）姚思廉：《陈书》（影印本），北京，中华书局，1997：433页。
③ （唐）李延寿：《南史》（影印本），北京，中华书局，1997：1729－1730页。
④ （唐）令狐德棻等：《周书》（影印本），北京，中华书局，1997：805页。

群凶肆祸，生民不见俎豆之容，黔首惟睹戎马之迹，礼乐文章，扫地将尽！①

《隋书·儒林传·序》 自晋室分崩，中原丧乱，五胡交争，经籍道尽。②

《北史·儒林传·序》 自永嘉之后，宇内分崩，礼乐文章，扫地将尽。③

以上征引文献都共同指向了一个严峻的问题：自汉魏动乱以来，南北六朝的整体政治格局是动荡混乱的，学术思想“崇饰华竞，祖述虚玄”，儒学是式微的，文坛局面是“运极道消”而“礼乐文章，扫地将尽”的。最明显的莫过于刘勰生活的齐梁时代，这种状况更为糟糕。据《梁书·儒林传·序》所载：

汉末丧乱，其道遂衰。魏正始以后，仍尚玄虚之学，为儒者盖寡。时荀抃、挚虞之徒，虽删定新礼，改官职，未能易俗移风。自是中原横溃，衣冠殄尽；江左草创，日不暇给；以迄于宋齐。国学时或开置，而劝课未博，建之不及十年，盖取文具，废之多历世祀，其弃也忽诸。乡里莫或开馆，公卿罕通经术。朝廷大儒，独学而弗肯养众；后生孤陋，拥经而无所讲习。三德六艺，其废久矣。④

古自“汉末丧乱，其道遂衰”以来数百年崇尚玄虚、儒道陵替的结果是，当时的儒生，已经从“博学乎《六艺》之文”的“古之儒者”，蜕化成了“孤陋独学”“罕通经术”的家伙，刘勰面对的是“三德六艺，其废久矣”的孱弱局面。

① （北齐）魏收：《魏书》（影印本），北京，中华书局，1997：1841 页。
② （唐）魏征：《隋书》（影印本），北京，中华书局，1997：1705 页。
③ （唐）李延寿：《北史》（影印本），北京，中华书局，1997：2703 页。
④ （唐）姚思廉：《梁书》（影印本），北京，中华书局，1997：661 页。

这样，就必须在古代的创作或理论中去寻找解决办法。刘勰极力为自己的文论主张找到万人敬仰的复古经典范例，这个范例就是孔子及其复古尚法的理论主张。可以说，孔子的政教、诗教理论，使他成为儒家文论史上第一位主张征圣复古、建立文学发展秩序的理论家。《汉书·儒林传·序》详细记载了孔子的征圣、宗经思想：

> 古之儒者，博学乎《六艺》之文。《六艺》者，王教之典籍，先圣所以明天道，正人伦，致至治之成法也。周道既衰，坏于幽、厉，礼乐征伐自诸侯出，陵夷二百余年而孔子兴，衷圣德遭季世，知言之不用而道不行，乃叹曰："凤鸟不至，河不出图，吾已矣夫！""文王既没，文不在兹乎？"于是应聘诸侯，以答礼行谊。西入周，南至楚，畏匡厄陈，奸（按：同干）七十余君。适齐闻《韶》，三月不知肉味；自卫反鲁，然后乐正，《雅》《颂》各得其所。究观古今篇籍，乃称曰："大哉，尧之为君也！唯天为大，唯尧则之。巍巍乎其有成功也，焕乎其有文章！"又曰："周监于二代，郁郁乎文哉！吾从周。"于是叙《书》则断《尧典》，称乐则法《韶舞》，论《诗》则首《周南》。缀周之礼，因鲁《春秋》，举十二公行事，绳之以文、武之道，成一王法，至获麟而止。盖晚而好《易》，读之韦编三绝，而为之传。皆因近圣之事，以立先王之教，故曰："述而不作，信而好古。""下学而上达，知我者其天乎！"①

班固的记述，除了将孔子整理经典、创作《春秋》、正定雅乐的起因经过描述非常细致外，还强调了孔子是在征圣、宗经心态下完成这些工作的，揭示了孔子的内心取法与精神动力之源泉，是"皆因近圣之事，以立先王之教。"孔子面对礼崩乐坏的局面，尊奉周文王，感慨"文王既没，文不在兹

① （汉）班固：《汉书》（影印本），北京，中华书局，1997：3589－3590页。

乎？”尊崇唐尧，称曰：“大哉，尧之为君也！唯天为大，唯尧则之。”唐尧之世“焕乎其有文章！”周文王作《易》，于是孔子“晚而好《易》，读之韦编三绝，而为之传”。

同时，孔子对于周公的辅佐成王、制定“六经”、规范礼乐、经世致用、立功立德，孔子交口不绝地称赞，并以之为榜样，在《论语》中反复申述自己对周公仁政致用、化成天下、泽被后世言行的钦羡模仿之情。孔子毕生以复兴礼乐、宣讲仁政、投身政治为荣，他能历经困厄而百折不回，亲身卫道而规矩谨严，才使他成为周公之后的另一位标志式的儒家圣人，从而被孟子、荀子、扬雄、刘勰等人奉为毕生追摩的最高准则。

正是因为对孔子言行思想的极端崇拜，刘勰才会在梦里两次与孔子幸会，并以之为此生尊奉儒家思想的精神教父。《文心雕龙》的写作，实际上是刘勰以孔子为自身内在动力的外化成果。刘勰面对的六朝政治与文坛现状，同样是礼崩乐坏战乱频仍的政治格局，是流弊不还新奇讹滥的文学现实，是百家争鸣诸子交锋的思想大潮，文学的正确发展必须要有一个精神世界的领袖，如同孔子“征圣”尊奉文王与周公一样，刘勰“征圣”选定的是孔子。刘勰自己，实际上就是孔子思想在六朝文坛的现实使者，是为正本清源、指引文坛而来。《文心雕龙》一书，就是在孔子卫道精神的感染下，刘勰决心为纠正文学发展的不良倾向而作。

三、雅正的礼乐与文艺思想

孔子的政教、诗教理论，使他成为儒家文论史上第一位主张征圣复古并建立文学发展秩序的理论家，《汉书·儒林传·序》等文献详细记载了孔子的征圣宗经思想与著书正乐的行为及其动力源泉。

《文心雕龙》雅丽思想与孔子追求雅正的礼乐思想密切相关，主要有以下内容。

（一）正色观念

在推行中和礼法的过程中，孔子对正色服饰观念的提倡，也是礼仪尚中的一项重要外在修饰规定：

> 君子不以绀緅饰，红紫不以为亵服。当暑，袗絺绤，必表而出之。缁衣羔裘，素衣麑裘，黄衣狐裘。亵裘长，短右袂。必有寝衣，长一身有半。狐貉之厚以居。去丧无所不佩。非帷裳，必杀之。羔裘玄冠不以吊。吉月，必朝服而朝。①

这一段涉及古礼，以“君子”开头，严格来说，应该是孔门对弟子的具体穿着礼仪、服饰色彩的要求，当然孔子在平日也是如此着装。总的来说，可视为孔门自身学礼和习礼的教育或规范，对于服饰的颜色、款式、季节、场合有明确严格的规定。孔子曾态度鲜明地对比说：“恶紫之夺朱也，恶郑声之乱雅乐也，恶利口之覆家邦者。”（《论语·阳货》）孔子说：“我厌恶用紫色顶替红色，厌恶用郑国的音乐扰乱雅乐，厌恶以巧言善辩的嘴巴来倾覆国家的人。”这里提到的“朱”，是大红色，古代传统称为正色。紫是红色和蓝色混合而成的颜色，虽与红色接近，然而不是正色而是杂色，或称间色。在春秋时期，史载鲁桓公和齐桓公都喜欢穿紫色衣服，可见那时紫色已取代了朱色的传统地位，连诸侯的衣服都以紫色为正色了。而孔子认为：朱色的光彩与地位不应被紫色夺去。孔子提倡的正色观念，对刘勰雅正的文采观有巨大的影响。刘勰文学色彩观极为浓厚强烈，常常以自然、草木、鸟兽、云彩之色彩比喻文章，主张朱的正色，贬斥紫的间色，将孔子服饰正色的观念转化到了文学创作与理论研究上。

在《序志》篇里，刘勰为自己尊崇孔子的思想设置了一个美轮美奂的出场仪式：“予生七龄，乃梦彩云若锦，则攀而采之。”“彩云若锦”是绚烂七色的天地辉光，刘勰攀而采之，与他“文源于道”、自然有采的文学思想暗合：

> 《原道》　夫玄黄色杂，方圆体分，日月叠壁，以垂丽天之象；

---

① （魏）何晏等注，（宋）邢昺疏：《论语注疏》，上海，上海古籍出版社，1992：2494页。

山川焕绮，以铺理地之形：此盖道之文也。①

《原道》 傍及万品，动植皆文：龙凤以藻绘呈瑞，虎豹以炳蔚凝姿；云霞雕色，有逾画工之妙；草木贲华，无待锦匠之奇。夫岂外饰，盖自然耳。至于林籁结响，调如竽瑟；泉石激韵，和若球锽：故形立则章成矣，声发则文生矣。夫以无识之物，郁然有采，有心之器，其无文欤？②

在刘勰看来，天地万物是“郁然有采”的，人文文章源自自然，当然也应该色彩绚烂，故而于书中反复申说声文、形文，尤其人文应该华美之意：

《情采》 圣贤书辞，总称“文章”，非采而何？夫水性虚而沦漪结，木体实而花萼振：文附质也。虎豹无文，则鞹同犬羊；犀兕有皮，而色资丹漆：质待文也。③

《情采》 故立文之道，其理有三：一曰形文，五色是也；二曰声文，五音是也；三曰情文，五性是也。五色杂而成黼黻，五音比而成《韶》《夏》，五性发而为辞章：神理之数也。④

《定势》 是以绘事图色，文辞尽情；色糅而犬马殊形，情交而雅俗异势。⑤

刘勰辩证地指出，有文采当然是好事，但是片面追求文采就会走向只重视文采而忽略思想内容的极端，这是不对的。《序志》指出“辞人爱奇，言贵浮诡；饰羽尚画，文绣鞶帨；离本弥甚，将遂讹滥”的创作现象，而这类现象是普遍地存在于文学发展过程中的，如：

《杂文》 穷瑰奇之服馔，极蛊媚之声色：甘意摇骨髓，艳词

① 杨明照：《增订文心雕龙校注》，北京，中华书局，2000：1 页。
② 同上。
③ 杨明照：《增订文心雕龙校注》，北京，中华书局，2000：415 页。
④ 同上。
⑤ 杨明照：《增订文心雕龙校注》，北京，中华书局，2000：406 页。

洞魂识。虽始之以淫侈，终之以居正，然讽一劝百，势不自反。①

《书记》 然才冠鸿笔，多疏尺牍；譬九方堙之识骏足，而不知毛色牝牡也。②

《通变》 今才颖之士，刻意学文；多略汉篇，师范宋集：虽古今备阅，然近附而远疏矣。夫青生于蓝，绛生于茜；虽逾本色，不能复化。桓君山云："予见新进丽文，美而无采；及见刘、扬言辞，常辄有得。"此其验也。故练青濯绛，必归蓝茜；矫讹翻浅，还宗经诰。斯斟酌乎质文之间，而隐括乎雅俗之际，可与言通变矣。③

从文体的创造、言辞的运用、文意的表达、学习的模仿等方面，都存在色彩混杂、不辨本色、瑰奇讹滥的问题，刘勰主张一定要以正色、经诰为准纠正之。这又回到孔子那里，《序志》说："齿在逾立，则尝夜梦执丹漆之礼器，随仲尼而南行。"礼器外润丹漆，由彩云若锦的众色缩小到了孔子提倡的朱红正色。文学也应该像礼法规定那样，朱紫异分，主次分明，优劣得所："正采耀乎朱蓝，间色屏于红紫：乃可谓雕琢其章，彬彬君子矣。"（《情采》）于是，刘勰以正色为基准，绳墨文采。类似的例子在书中比比皆是，如：

《正纬》 通儒讨核，谓伪起哀平；东序秘宝，朱紫乱矣！④

《正纬》 世历二汉，朱紫腾沸。⑤

《诠赋》 丽词雅义，符采相胜，如组织之品朱紫，画绘之差玄黄。文虽新而有质，色虽糅而有本，此立赋之大体也。⑥

---

① 杨明照：《增订文心雕龙校注》，北京，中华书局，2000：181 页。
② 杨明照：《增订文心雕龙校注》，北京，中华书局，2000：349 页。
③ 杨明照：《增订文心雕龙校注》，北京，中华书局，2000：397－398 页。
④ 杨明照：《增订文心雕龙校注》，北京，中华书局，2000：41 页。
⑤ 同上。
⑥ 杨明照：《增订文心雕龙校注》，北京，中华书局，2000：97 页。

《祝盟》 季代弥饰，绚言朱蓝。①

《体性》 雅丽黼黻，淫巧朱紫。②

《风骨》 夫翚翟备色，而翾翥百步，肌丰而力沈也；鹰隼乏采，而翰飞戾天，骨劲而气猛也。文章才力，有似于此。若风骨乏采，则鸷集翰林；采乏风骨，则雉窜文囿。唯藻耀而高翔，固文笔之鸣凤也。③

《定势》 是以括囊杂体，功在铨别；宫商朱紫，随势各配。章、表、奏、议，则准的乎典雅；赋、颂、歌、诗，则羽仪乎清丽；符、檄、书、移，则楷式于明断；史、论、序、注，则师范于核要；箴、铭、碑、诔，则体制于宏深；连珠、七辞，则从事于巧艳：此循体而成势，随变而立功者也。虽复契会相参，节文互杂，譬五色之锦，各以本采为地矣。④

《隐秀》 故自然会妙，譬卉木之耀英华；润色取美，譬缯帛之染朱绿。朱绿染缯，深而繁鲜；英华曜树，浅而炜烨。⑤

《物色》 至如《雅》咏棠华，或黄或白；《骚》述秋兰，绿叶、紫茎：凡攡表五色，贵在时见；若青黄屡出，则繁而不珍。⑥

上述征引的材料，涉及文学风格、创作原理、时代文风、文体风格、景物描写、人工美与自然美的优劣问题等写作的方方面面。刘勰反复将“朱紫”“朱蓝”“朱绿”“青黄”“五色”等术语以比喻的方式进行对比论述，其目的就是要将源自孔子、折中于“朱紫”的正色观念借鉴过来，运用到文学理论的阐述上去。从《文心雕龙》全书的若干例证来看，这种借鉴非常成功。在理论主张上，刘勰提倡美文与正采；在方法论上，则是孔子中和正色

① 杨明照：《增订文心雕龙校注》，北京，中华书局，2000：124 页。
② 杨明照：《增订文心雕龙校注》，北京，中华书局，2000：381 页。
③ 杨明照：《增订文心雕龙校注》，北京，中华书局，2000：388 页。
④ 杨明照：《增订文心雕龙校注》，北京，中华书局，2000：406－407 页。
⑤ 杨明照：《增订文心雕龙校注》，北京，中华书局，2000：496 页。
⑥ 杨明照：《增订文心雕龙校注》，北京，中华书局，2000：567 页。

思想在起支撑作用。

（二）中和诗教

与“允执其中”“和为贵”“五恶四美”“朱紫”正色等政教礼教观念相一致，孔子提倡温柔敦厚的诗教原则与中和的审美标准：

> 子曰：“诗三百篇，一言以蔽之，曰：‘思无邪。’”①

“思无邪”原是《诗经·鲁颂·駉》诗第四章“駉駉牡马，在坰之野。薄言駉者，有骃有騢，有驔有鱼，以车祛祛。思无邪，思马斯徂”② 中的一句。朱熹《集注》曰：“《诗》三百十一篇，言三百者，举大数也。”“蔽”，概括之义。孔子说：“《诗经》中三百多首诗，用一句话来概括，就是思想纯正。”杨伯峻先生《论语译注》认为“思”是无实义的语音词，本来没有意义，是孔子独创性地将其作“思想”解释。清人俞樾《曲园杂撰·说项》中也这样说。关于“思无邪”，朱熹在《朱子语类》中说：“思无邪，乃是要使人读诗时思无邪也。若以为作诗者三百篇，诗，善为可法，恶为可戒。故使人思无邪也。”唐人孔颖达分析孔子诗教时说，孔子认为《诗三百》虽对王室政治有所讽刺，但不好做直接的、尖锐的揭露和批评，故而教人以“温柔敦厚”。这样，“思无邪”就转化成了“温柔敦厚”的儒家诗教理论。“温柔敦厚”见于《礼记·经解》：“孔子曰：入其国，其教可知也。其为人也温柔敦厚，《诗》教也；……其为人也，温柔敦厚而不愚，则深于《诗》者也。”③ 这是汉儒对孔子文艺思想的一种概括。孔颖达《正义》对此解释说：“诗依违讽谏，不指切事情，故云温柔敦厚是诗教也。”④ 又说：“此一经以《诗》化民，虽用敦厚，能以义节之。欲使民虽敦厚不至于愚，则是在上深达于《诗》之义理，能以《诗》教民也。”⑤ 孔颖达从作家的写作态

---

① （魏）何晏等注，（宋）邢昺疏：《论语注疏》，上海，上海古籍出版社，1992：2461 页。
② （汉）郑玄笺，（唐）孔颖达等正义：《毛诗正义》，上海，上海古籍出版社，1992：610 页。
③ （汉）郑玄注，（唐）孔颖达等正义：《礼记正义》，上海，上海古籍出版社，1992：1609 页。
④ 同上。
⑤ （汉）郑玄注，（唐）孔颖达等正义：《礼记正义》，上海，上海古籍出版社，1992：1610 页。

度和诗歌的社会作用入手，主张诗歌创作既需要运用温柔敦厚的原则，同时也必须以礼义对作家进行规范。“温柔敦厚”作为儒家的传统诗教，在汉代文论中最集中地体现在《毛诗大序》所强调的“发乎情，止乎礼义”“主文而谲谏”“风以动之，教以化之”等诗学主张中，要求为文要委婉言说，不允许尖锐地揭露批判，因而在汉代大一统的政治格局背景下很有市场。辞赋作为汉代文学的代表，其“曲终奏雅”“劝而不止”的主旨表达方式与讽谏之义，不能说没有受到这些主张的影响。

“思无邪”由伦理政教标准复归于文学理论，主要有两方面内容：一是文学创作强调作者的情感要真，动机要纯。所谓“思无邪”，即中正真诚之意。按照《易·文言》“修辞立其诚”的说法，要求诗人要有真情实感。刘勰《文心雕龙·宗经》篇列出经典之“六义”，第一条就是“情深而不诡”，讲究诚挚深厚的思想感情是经典作品的第一要义。二是从审美效果上说，要归于中和之美。孔子认为“思无邪”这句诗可以包括全部《诗经》的思想特点和美学意义。“无邪”，即正，就是中和之美。中和的最佳体现，是孔子认为《关雎》之“乐而不淫，哀而不伤。”（《论语·八佾》）《论语集解》引孔安国注：“乐不至淫，哀不至伤，言其和也。”朱熹《集注》：“淫者，乐之过而失其正者也；伤者，哀之过而害于和者也。”孔子要求快乐悲伤要以一种温和中正的度量表示出来，这是最高的原则。《关雎》是爱情诗，讲述青年男女的恋爱经过，孔子把它放在第一首的显著位置。以《关雎》为代表的爱情诗歌在《诗经》中的大量存在表明，孔子并不是不食人间烟火的绝对礼教主义者，他提倡正确的婚恋观念和婚恋行为，对于老百姓喜怒哀乐、七情六欲的正常表达，是持支持甚至同情态度的。孔子以为，诗歌有“兴、观、群、怨”的功能，这是对《尚书·尧典》“诗言志”诗学理论的展开运用，所以《国风》中选录许多爱情诗、战争诗、悲怨诗、劳动诗，在《雅》《颂》部分也有少量存在。从底层到最高层，从《风》诗到《颂》诗，在题材内容上相当广泛，只要符合“无邪”这个审美标准都可以，而这个标准的确立，是以执中方法论为理论武器得出的。司马迁在

《屈原列传》中说“国风好色而不淫，小雅怨诽而不乱”，是对“乐而不淫，哀而不伤”的转化表述。《文心雕龙·宗经》“六义”中的第六条“文丽而不淫”，贯穿全书，则是上述原则的文学理论要求。

（三）雅乐正声

与正色观念、中和诗教相协调，孔子赞美雅乐，提倡正音；贬斥淫乐，指责郑声。这表明了他尚雅贬俗的音乐美学思想，以及执中为用的评价方法。

> 子语鲁大师乐，曰：“乐其可知也。始作，翕如也。从之，纯如也，皦如也，绎如也。以成。”①

孔子非常重视雅乐的教化感染功能，对于音乐从始到终的演奏过程，以雅乐正音的中和之美作为衡量标准。他说：“师挚之始，关雎之乱，洋洋乎盈耳哉！”（《论语·泰伯》）这种中和雅乐的感染力对于听众熏陶内心、净化心灵作用很大，所以，他又具体举例说：

> 子谓韶：“尽美矣，又尽善也。”谓武：“尽美矣，未尽善也。”②

郭绍虞先生《中国文学批评史》评价说：“孔子论乐谓韶则尽美尽善，谓武则尽美而未尽善：以美善合一为标准，则文学作品尚美而不主于善，固亦宜其为世所废弃了。此种极端的主张，盖均出于孔子思想之暗示，而加以推阐而已。”③ 其实，孔子并不是“尚美而不主于善”，而是主张既要“尽美”，又要“尽善”，使美与善完满地统一起来。孔子避免了由于看到美与善的矛盾而用善去否定美的狭隘功利主义（如墨家），也没有企图脱离现实的社会伦理道德的制约去追求绝对的自由和美（如老庄），这就是孔子在解决美善矛盾这个重大问题上的杰出之处。而这种解决问题的思维方法，就是“分而为二”、执中为用的中庸方法论。

---

①（魏）何晏等注，（宋）邢昺疏：《论语注疏》，上海，上海古籍出版社，1992：2468 页。

②（魏）何晏等注，（宋）邢昺疏：《论语注疏》，上海，上海古籍出版社，1992：2469 页。

③ 郭绍虞：《中国文学批评史》，天津，百花文艺出版社，1999：18－19 页。

以尽善尽美为标准，孔子厌恶郑声，说“郑声淫”，也许不光是针对从郑声思想内容的浪漫奔放气质，郑声中的一些分节长歌，结构繁复，变化较多，这与中正适度的要求不一样，可能也是孔子厌恶郑声的一个原因。孔子以乐观政，将音乐审美理论与政治教化、国家治理原则合而论之，向弟子传授治国安邦的方法策略：复古礼，兴雅乐。《韶》乐优美动听，这是孔子理想的生活方式，也是他向往的文质彬彬、安然有序的古代理想政治。

《左传·襄公二十九年》记载了一个“季札观乐”的故事，也是著名的尚雅贬俗的例子：

> 吴公子札来聘。……请观于周乐。使工为之歌《周南》《召南》，曰：“美哉！始基之矣，犹未也，然则勤而不怨矣。”邶为之歌《邶》《鄘》《卫》，曰：“美哉，渊乎！忧而不困者也。吾闻卫康叔、武公之德如是，是其《卫风》乎？”为之歌《王》曰：“美哉！思而不惧，其周之东乎！”为之歌《郑》，曰：“美哉！其细已甚，民弗堪也。是其先亡乎？”为之歌《齐》，曰：“美哉，泱泱乎！大风也哉！表东海者，其大公乎？国未可量也。”为之歌《豳》，曰：“美哉，荡乎！乐而不淫，其周公之东乎？”为之歌《秦》，曰：“此之谓夏声。夫能夏则大，大之至也，其周之旧乎！”为之歌《魏》，曰：“美哉，沨沨乎！大而婉，险而易行，以德辅此，则明主也！”为之歌《唐》，曰：“思深哉！其有陶唐氏之遗民乎？不然，何忧之远也？非令德之后，谁能若是？”为之歌《陈》，曰：“国无主，其能久乎！”自《郐》以下无讥焉！为之歌《小雅》，曰。“美哉！思而不贰，怨而不言，其周德之衰乎？犹有先王之遗民焉！”为之歌《大雅》，曰：“广哉！熙熙乎！曲而有直体，其文王之德乎？”为之歌《颂》，曰：“至矣哉！直而不倨，曲而不屈；迩而不逼，远而不携；迁而不淫，复而不厌；哀而不愁，乐而不荒；用而不匮，广而不宣；施而不费，取而不贪；处而不

底，行而不流。五声和，八风平；节有度，守有序。盛德之所同也！”①

同篇又载其“观舞”之事：

见舞《象箾》《南籥》者，曰：“美哉，犹有憾！”见舞《大武》者，曰：“美哉，周之盛也，其若此乎？”见舞《韶濩》者，曰：“圣人之弘也，而犹有惭德，圣人之难也！”见舞《大夏》者，曰：“美哉！勤而不德。非禹，其谁能修之！”见舞《韶箾》者，曰：“德至矣哉！大矣，如天之无不帱也，如地之无不载也！虽甚盛德，其蔑以加于此矣。观止矣！若有他乐，吾不敢请已！”②

上述季札观乐与观舞的故事，其解读原理同于上节中我们讨论过的孔子以乐知人的方式。一方面，我们可以看到在各国外交场合中，演唱《诗经》、演奏音乐、乐舞合一的礼仪制度非常普遍，各国外交官都有较高的音乐文学修养；另一方面，以乐观政、复古雅乐的思潮相当普及。

季札故事包含了许多文学批评的因素。季札虽然是对周乐发表评论，其实也就是评论《诗》，因为当时《诗》是入乐的。虽然脱离了音乐的诗或许少了感发作用，而周乐中的舞已不能再现，但毕竟季札评论的周乐，其文字主体还能在《诗经》中看到。所以，我们可以从《季札观周乐》中总结出传统文学批评的一些特点。

首先是文学与政教的关系。《诗经》最先并非作为纯文学作品出现，相反地，它有具体实际的使用场合。郭预衡先生《中国古代文学史》指出：“春秋时政治、外交场合公卿大夫‘赋诗言志’颇为盛行，赋诗者借用现成诗句断章取义，暗示自己的情志。公卿大夫交谈，也常引用某些诗句。”并且，诗的采集，是有意识为政教服务的。《孔丛子 · 巡狩》篇：“古者天子

① （晋）杜预注，（唐）孔颖达等正义：《春秋左传正义》，上海，上海古籍出版社，1992：2006－2007页。

② （晋）杜预注，（唐）孔颖达等正义：《春秋左传正义》，上海，上海古籍出版社，1992：2008页。

命史采诗谣，以观民风。”《汉书·食货志》：“孟春之月，群居者将散，行人振木铎徇于路以采诗，献之太师，比其音律，以闻于天子。故曰：王者不窥牖户而知天下。”文学既然重视其社会功用，文学批评自然也强调政治教化。这集中体现在《论语》“兴、观、群、怨”的论述中。从季札对周乐的评论看，他正是把音乐文学和政教思想结合起来了。所以季札能从《周南》《召南》中听出“勤而不怨”，从《邶》《鄘》《卫》中听出“忧而不困”。反之，音乐文学对政治也有反作用，不好的音乐文学也会加速政治的败坏，于是季札从《郑》中听出“其细也甚，民弗堪也”，认为“是其先亡乎?”所以孔子认为要“放郑声”，是有先兆的。但必须指出并不是真的有所谓亡国之音，而是靡靡之音助长了荒淫享乐的社会风气，从而使得政治败坏，以致亡国。刘勰所处的齐梁时代，永明体大盛，公卿贵族心在艳歌淫词，《玉台新咏》等诗集应运而生。刘勰所面对的诗坛局面，与“郑声”实际上差不多。

其次是文学的中和之美。孔子论诗，强调“温柔敦厚”的诗教。季札论诗，和孔子非常接近，注重文学的中和之美。他称“勤而不怨”“忧而不困”“乐而不淫”“大而婉，险而易行”“思而不贰，怨而不言”“曲而有直体”等语，全面地表现了这种审美意识。更突出的表现是他对《颂》的评论：“直而不倨，曲而不屈，迩而不逼，远而不携，迁而不淫，复而不厌，哀而不愁，乐而不荒，用而不匮，广而不宣，施而不费，取而不贪，处而不底，行而不流。”连用了十四个语意对比的并列短语来形容！发出的感叹是“至矣哉”，因为“五声和，八音平，节有度，守有序”，所以是“盛德之所同”。季札对中和美的推崇确实到了极致。中和美是儒家中庸思想在美学上的反映。孔子认识到任何事不及或过度了都不好，事物发展到极盛就会衰落，所以他就“允执厥中”。在个人感情上也不能大喜大悲。体现在文学批评与音乐批评中，要求“乐而不淫，哀而不伤”，抑制过于强烈的感情，以合于礼。季札、孔子乐论之后，战国荀子音乐理论、汉代《毛诗序》、《礼记·乐记》等儒家音乐文学理论对他们的思想一脉相承。《文心雕龙·乐府》篇是集中论述刘勰雅乐正声观念的篇章，该篇有非常明显的尚雅贬俗倾向。其思想所本，来自儒家乐论。

《乐府》篇的主要观点来自孔子、《乐记》为代表的儒家雅乐正声理论。《乐记》继承了《毛诗序》音乐感化人心、反映政治的功能与特点，《文心雕龙》同样主张文学与音乐相通，认为文学与音乐的政教功能都是巨大的。顺此，雅乐正声的主张，又带来了尚雅贬俗的《乐府》专题。《乐府》篇开始就说：

> 乐府者，声依永，律和声也。钧天九奏，既其上帝；葛天八阕，爰乃皇时。①

首先，“乐府”声诗是指一种音乐文学的表达方式，这种表达以《尚书·尧典》“声依永，律和声”的咏歌长言为特点，《礼记·乐记》“说之故言之，言之不足，故长言之。长言之不足，故嗟叹之，嗟叹之不足，故不知手之舞之、足之蹈之也”② 是其具体阐释；其次，诗乐一体，诗乐不分，这就将萌芽状态的声乐与《诗经》合观统照，刘勰的目的，是要将有关《诗经》的种种神秘理论与政教功能转移到对乐府诗歌的评价上来，也就是说，将源自孔子的音乐理论中崇尚雅乐正声、贬斥郑声的观念运用过来。这一方面显示了刘勰宏观的诗歌发展研究视野，一方面也显示了他先入为主、尚雅贬俗的理论局限。这种特点贯穿《乐府》全篇：

> 师旷觇风于盛衰，季札鉴微于兴废，精之至也。
>
> 雅声浸微，溺音腾沸，秦燔《乐经》，汉初绍复。
>
> 迩及元、成，稍广淫乐：正音乖俗，其难也如此。
>
> 至于魏之三祖，气爽才丽，宰割辞调，音靡节平。观其《北上》众引，《秋风》列篇，或述酣宴，或伤羁戍，志不出于慆荡，辞不离于哀思。虽三调之正声，实《韶》《夏》之郑曲也。

---

① 杨明照：《增订文心雕龙校注》，北京，中华书局，2000：82 页。

② （汉）郑玄注，（唐）孔颖达等正义：《礼记正义》，上海，上海古籍出版社，1992：1545 页。

若夫艳歌婉娈，怨诗诀绝，淫辞在曲，正响焉生?①

通过这些摘录，我们可以清楚地看到，在《乐府》篇“原始以表末”部分对于音乐文学发展的整体历史梳理中，贯穿着孔子雅乐郑声、尚雅贬俗的理论主张，以及季札观乐与荀子《乐论》《毛诗序》《乐记》的诗乐政教理论。这些主张与理论，既有尚雅尚正的鲜明立场与正道正行的归化之功，也显示了刘勰雅丽思想在尚雅贬俗方面的局限。这就是，不能正确、通达地正视文学的新变现象，固守儒家礼乐政教观念，固守贵族上层阶级的思想立场，必然会或多或少地忽略民间文学、忽略雅体雅言之外的俗文学，并导致对它们的不公正评价。抱着“岂惟睹乐，于焉识礼”的鉴赏立场与诗乐致用的功能目的，刘勰对于“乐府”诗体在发展过程中出现的“雅郑”分流现象进行了深刻的探索。首先，他提出“乐本心术，故响浃肌髓，先王慎焉，务塞淫滥。敷训胄子，必歌九德，故能情感七始，化动八风”的教化感染“正教正风”说，以此为准，评骘历代。其次，他对汉代乐府诗歌改变前代中正典雅之变多有不满。刘勰认为，一则汉乐府融入了辞赋体裁与辞赋技法，“延年以曼声协律，朱马以骚体制歌，《桂华》杂曲，丽而不经；《赤雁》群篇，靡而非典”。汉乐府靡丽之风大盛，而典雅之风渐衰。二则汉乐府对秦代乐府声诗的管理制度多有效法，“秦世不文”“法家少文”本是刘勰定论，所以说，汉代乐府声诗“虽摹《韶》《夏》，而颇袭秦旧，中和之响，阒其不还”。顺流而下，“魏之三祖”则“或述酣宴，或伤羁戍，志不出于慆荡，辞不离于哀思”，内容多写自我，不及家国；思想慆荡哀思，怨而且露。这可不是“乐而不淫，哀而不伤”“主文谲谏”的论述，更不是“发乎情，止乎礼义”的中和之响。所以刘勰对他们举着“正声”的旗帜，写的却是“郑曲”的创作很不以为然。汉魏乐府虽然各有不足，但是毕竟还有可取之处，还没有完全背离雅乐正道。然而近代乐府声诗的创作

① 杨明照：《增订文心雕龙校注》，北京，中华书局，2000：82－83页。上述引文均出于同一篇，故集中作注。

则简直惨不忍睹：

> 然俗听飞驰，职竞新异，雅咏温恭，必欠伸鱼睨；奇辞切至，则拊髀雀跃：诗声俱郑，自此阶矣！①

对比《文心雕龙》全书的论述可知，刘勰此处所论，当是“近代以来”，即晋宋齐三代以来的乐府声诗创作。刘勰以之为“俗听飞驰”、标新立异、“奇辞切至”的“诗声俱郑”的不良创作。近代文学在刘勰眼里基本上是不值一提的，而且是越往近代发展，文学讹滥诡异的趋向就越是严重，不仅取法不高，“竞今疏古”，而且内容不雅，言辞反正，故而文风新奇，一无是处。这种贬斥近代文学的反向，是尊崇古代文学，崇古抑今的思想倾向，与尚雅贬俗的思想倾向一样，都是过于尊崇经典雅正的弊端产物。类似的意见，在《杂文》《谐隐》《诸子》等篇中也比较明显。

《论语》中还记载了孔子主张的“乐如其人”的意见与“听音知人”的鉴赏方法，充满着孔子复古征圣的思想，充满着他毕生追求的礼乐理想，对刘勰“文如其人”的《体性》篇风格论与“披文入情”的《知音》篇鉴赏论也有着很大的影响。这里主要讨论前一个问题。

《体性》篇指出，文学作品的产生，是一个“情动而言形，理发而文见；沿隐以至显，因内而符外”的过程，这个过程中，从作家内心情感到作品文本完成，是从无到有、由内到外的线型过程，具有“各师成心，其异如面”的特点，作家有什么样的修养和情感，就会表现出什么样的文章面貌和文风特点。而这些特点或风格，是因人而异的，没有完全相同的，就像人的长相一样差异巨大。造成这些差异的原因，是作家个体的才、气、学、习各不一样：“辞理庸俊，莫能翻其才；风趣刚柔，宁或改其气；事义浅深，未闻乖其学；体式雅郑，鲜有反其习。”② 学习深浅有别，才华高低有异，齐志强弱有分，取法雅郑不同，因此，历代以来的文学作品在整体上

---

① 杨明照：《增订文心雕龙校注》，北京，中华书局，2000：83 页。
② 杨明照：《增订文心雕龙校注》，北京，中华书局，2000：380 页。

就会出现“一曰典雅，二曰远奥，三曰精约，四曰显附，五曰繁缛，六曰壮丽，七曰新奇，八曰轻靡”这八种的不同风格。表现在具体的作家作品个案上，才会有“贾生俊发，故文洁而体清；长卿傲诞，故理侈而辞溢；子云沈寂，故志隐而味深；子政简易，故趣昭而事博；孟坚雅懿，故裁密而思靡；平子淹通，故虑周而藻密；仲宣躁锐，故颖出而才果；公干气褊，故言壮而情骇；嗣宗俶傥，故响逸而调远；叔夜俊侠，故兴高而采烈；安仁轻敏，故锋发而韵流；士衡矜重，故情繁而辞隐”① 的巨大差异。上述作家都是一时之选，他们的作品多数是麟凤之作，之所以差异如此之大，是和他们各自的个性特征相一致的，这个道理，就是“吐纳英华，莫非情性”的“文如其人”的规律，个性如何，作品就会对应呈现相同的风格。以这个规律“触类以推”，其他作家也必定“表里必符”。《时序》《才略》篇品鉴上古三代以至于晋宋年间的作家作品数以百计，② 现举王粲为例：

《明诗》 若夫四言正体，则雅润为本；五言流调，则清丽居宗：华实异用，惟才所安。故平子得其雅，叔夜含其润，茂先凝其清，景阳振其丽；兼善则子建、仲宣，偏美则太冲、公干。③

《诠赋》 及仲宣靡密，发篇必遒。④

《哀吊》 仲宣所制，讥呵实工。⑤

《杂文》 仲宣《七释》，致辨于事理。⑥

《论说》 详观兰石之《才性》，仲宣之《去代》，叔夜之《辨声》，太初之《本无》，辅嗣之《两例》，平叔之《二论》，并师心

---

① 杨明照：《增订文心雕龙校注》，北京，中华书局，2000：380 页。

② 根据笔者统计，《时序》篇论述著名作家 96 人，《才略》篇评介著名作家 98 人，二者多有重合；两篇之中的群体作家（如《五子之歌》等为集体创作）、断代之称（如唐虞）、历代帝王不计入内。

③ 杨明照：《增订文心雕龙校注》，北京，中华书局，2000：65－66 页。

④ 杨明照：《增订文心雕龙校注》，北京，中华书局，2000：96 页。

⑤ 杨明照：《增订文心雕龙校注》，北京，中华书局，2000：168 页。

⑥ 杨明照：《增订文心雕龙校注》，北京，中华书局，2000：181 页。

独见，锋颖精密，盖论之英也。①

《神思》 仲宣举笔似宿构。②

《体性》 仲宣躁锐，故颖出而才果。③

《才略》 仲宣溢才，捷而能密，文多兼善，辞少瑕累：摘其诗赋，则七子之冠冕乎！④

《程器》 仲宣轻锐以躁竞。⑤

《体性》论述王粲个性急躁、思维敏捷、才华横溢、新意颖出。刘勰以这个标准衡量他，在书中累计论述王粲十二次，本处辑录的九次，都笼罩在上述特点之中。这一方面说明刘勰的论述前后一致，贯通始终，另一方面也说明他对“文如其人”规律领悟深透，运用娴熟。同时，刘勰对王粲在体裁上诗赋为主、在创作提点上鲜明的评价，与曹丕《典论·论文》“王粲长于辞赋”和钟嵘《诗品·上》以为王粲“发愀怆之词，文秀而质羸”的评价，总体上是一致的，虽师心独见，也准确合时。

（四）审美原则

孔子的文艺美学思想依附于他的礼乐政教观念，提倡“思无邪”的诗教观念，“兴观群怨”的诗歌功能，“文质彬彬”的中和之美，“乐而不淫，哀而不伤”的中正敦厚的表现方式，“尽善尽美”的音乐美学思想，“雅乐郑声”的尚雅贬俗观念，对于这些有关政教与诗教的原则规范和美学思想已成为儒家文艺思想的基础理论，对《文心雕龙》雅丽思想产生了根本性的影响。

第一，孔子主张“绘事后素”、华实并重的审美原则。《论语·八佾》记载：

---

① 杨明照：《增订文心雕龙校注》，北京，中华书局，2000：246页。
② 杨明照：《增订文心雕龙校注》，北京，中华书局，2000：370页。
③ 杨明照：《增订文心雕龙校注》，北京，中华书局，2000：380页。
④ 杨明照：《增订文心雕龙校注》，北京，中华书局，2000：575页。
⑤ 杨明照：《增订文心雕龙校注》，北京，中华书局，2000：598页。

子夏问曰："'巧笑倩兮，美目盼兮。'何谓也？"子曰："绘事后素。"曰："礼后乎？"子曰："起予者商也，始可以言诗已矣。"①

"巧笑倩兮，美目盼兮，素以为绚兮"的前两句见《诗经·卫风·硕人》篇，在孔子看来，"素"的内质是打扮的根本依凭，绘画装饰是在"素"质基础上来进行的后一步动作。因此，孔子"绘事后素"论所主张的"礼"与"仁"的表现关系，略作转化，可以看作是孔子华实并重的美学原则，既质且文，既雅且丽。这个思想，移用到《文心雕龙》上，就是刘勰所说的"文附质"（《情采》）现象，自然界的事物，质地为本，文采为附，其基本生长状况本就如此。再化用到文学的创作上，就是"情理设位，文采行乎其中"（《镕裁》）的"文附情"现象，情志为根本，文采为后发。

第二，孔子主张文贵修饰，润色取美。在文章写作上重视文采的修饰之美。《论语·宪问》：

子曰："为命，裨谌草创之，世叔讨论之，行人子羽修饰之，东里子产润色之。"②

孔子所说的这句话，间接表现了一个意思，就是行政公文的写作程序与受重视的程度，另一层就是公文写作是非常讲究修饰润色的，不仅要使之符合外交辞令的通行规则，还要写出文采之美来。刘勰论述写作之道，不仅讲究"自然会妙"（《隐秀》）这一依据自然本质进行创作的原则，还非常主张"润色取美"（《隐秀》）的人工修饰之美。"论文叙笔"的二十篇文体论，论述了三十多种文体的写作要求，绝大部分应用文体都具有华美的特性，这是我国古代应用文的鲜明特征。

刘勰最大限度地吸收运用了上述散见于《论语》中的文艺思想和美学理论，形成了《文心雕龙》在《序志》《征圣》《宗经》《正纬》等篇目中集中论述，并作为全书红线贯穿始终的以儒家五经为思想标准与艺术标准的

---

①（宋）朱熹：《四书章句集注》，北京，中华书局，1983：63页。
②（宋）朱熹：《四书章句集注》，北京，中华书局，1983：150页。

“尚雅”精神与“尚丽”主张，以及《乐府》《谐隐》《诸子》中对民间文学的“贬俗”倾向；在《情采》篇里，刘勰集中地论述了“文附质”与“质待文”的两种文质关系，提出了“彬彬君子”的“正采”说，与《征圣》篇“衔华佩实”的“雅丽圣文”遥相呼应。全书在“文源于道”因而“郁然有采”的哲学依据之上，设定了宗经尚雅、真实质朴的思想规范与中和之美的审美主张，并从写作实际出发，提出了“润色取美”的人工修饰原则——将孔子“无邪”“文质”“绘素”“修饰”观点的中和审美思想发挥到了极致。孔子礼乐政教与文学、音乐思想，是《文心雕龙》雅丽思想的根本来源。

四、君子人格与学习修养

孔子是先秦两汉儒家诸子中最重视学习与教育的伟大思想家和教育家。他的许多学习理论与教育理论，直到今天仍然散发着熠熠生辉的耀眼光芒。尤其是，孔子对于君子人格的养成，对具体学习的态度、方法、对象、精神等问题的详细论述，成为刘勰《文心雕龙》才气学习论、作家修养论、文术习染论、创作鉴赏论的根本之源。

（一）君子人格

孔子在德行修养上提倡君子人格，主要表现在以下几个方面：

其一，做人要正直磊落。孔子提出修养的外在标准，就是“刚、毅、木、讷”，即刚强、果断、质朴、语言谦虚。要求学生修养时远“恶”、不“佞”、守“正”、尚“礼”。他自己对待君王也是不求避讳，敢于犯颜直谏，是一个正直磊落的人。

其二，做人要重视“仁德”，这是孔子多次强调的问题。孔子说：“弟子，入则孝，出则悌，谨而信，泛爱众，而亲仁。行有余力，则以学文。”（《论语·学而》）在他看来，礼义仁慈，是在学习之上更重要的根本的东西。孔子又说：“人而不仁，如礼何？人而不仁，如乐何？”（《论语·八佾》）这说明只有在仁德的基础上做学问、学礼乐才有意义。那么怎样才能算仁呢？颜渊问仁，子曰："克己复礼为仁。"（《论语·颜渊》）也就是说，只有克制自己，让言行符合礼就是仁德了。可见"仁"不是先天就有的，而是后天"修身""克己"的结果。同时他还提出实践仁德的五项标准："恭、宽、信、敏、惠"（《论语·阳货》）。他教人追求仁德的方法，那就是"博学于文，约之以礼"（《论语·颜渊》），即广泛地学习文化典籍，用礼约束自己的行为，这样就可以不背离正道。

其三，做人要重视修养的全面发展。《论语·宪问》记载说：

> 子路问成人。子曰："若臧武仲之知，公绰之不欲，卞庄子之勇，冉求之艺，文之以礼乐，亦可以为成人矣。"曰："今之成人者何必然。见利思义，见危授命，久要不忘平生之言，亦可以为成人矣。"①

在此基础上，孔子强调做人还要重视全面发展。子曰："志于道，据于德，依于仁，游于艺。"（《论语·述而》），即志向在于道，根据在于德，凭借在于仁，活动在于六艺（礼、乐、射、御、书、数），只有这样才能真正地做人。体现了孔子对人的社会性的认识，以及个人修养的相互制约作用，他说："兴于诗，立于礼，成于乐。"（《论语·泰伯》）所以，对于个人修养来说，全面发展显得极为重要。

其四，孔子提出"君子不党""君子不器"的标准，并且要求重义避利，追求道义。在这些论述的基础上，孔子提出了君子人格的集中表现要求。孔子曰："君子有九思：视思明，听思聪，色思温，貌思恭，言思忠，事思敬，疑思问，忿思难，见得思义。"② 孔子所谈的"君子有九思"，全面概括了人言行举止的各个方面，他要求自己和学生们一言一行都要认真思考和自我反省，这里包括个人道德修养的各种规范，如温、良、恭、俭、让、忠、孝、仁、义、礼、智等，所有这些因素集中构成了孔子的道德修养

---

①（魏）何晏等注，（宋）邢昺疏：《论语注疏》，上海，上海古籍出版社，1992：2511 页。

②（魏）何晏等注，（宋）邢昺疏：《论语注疏》，上海，上海古籍出版社，1992：2522 页。

学说。

（二）学习理论

此外，孔子还提出了许多学习理论，主要有以下几点：

其一，好学的态度。孔子认为，首先，学习在于爱学乐学。孔子赞扬颜回："一箪食，一瓢饮，在陋巷，人不堪其忧，回也不改其乐。"（《论语·庸也》）有一次，叶公向子路问孔子是个什么样的人，子路不答。孔子教导子路说："汝奚不曰：其为人也，发愤忘食，乐以忘忧，不知老之将至云尔。"（《论语·述而》）孔子自述其心态，"发愤忘食，乐以忘忧"，连自己老了都觉察不出来。孔子从读书学习和各种活动中体味到无穷乐趣，是典型的现实主义和乐观主义者，他不为身旁的小事而烦恼，表现出积极向上的精神面貌。其次，学习要有踏实的精神，主张"默而识之，学而不厌"（《论语·述而》）。再次，学习要专心致志，勤奋刻苦。子曰："我非生而知之者，好古，敏以求之者也。"（《论语·述而》）孔子尊崇古法，这句话一方面含有自谦的成分，另一方面告诉学生自己的一切知识都是勤奋努力学习的成果，鼓励学生发愤学习，成为各方面有用的人才。《史记·孔子世家》记载了孔子三十五岁时的一件事："孔子适齐，为高昭子家臣，欲以通乎景公。与齐太师语乐，闻韶音，学之，三月不知肉味，齐人称之。"① 这件事表现了孔子专注于学习用心细微的精神。同篇又记载了"孔子晚而喜《易》，韦编三绝"的故事，说的是穿书用的牛皮都翻断了好几次，可见孔子读书的勤苦。最后，学习要主动，不耻下问。孔子提倡和赞扬像孔圉那样"敏而好学，不耻下问"的学习精神，他说："生而知之者上也，学而知之者次也，困而学之，又其次也。困而不学，民斯为下矣。"（《论语·卫灵公》）主张一个人要学而知之，修养德行，主动追求进步。

其二，学习要讲究方法。孔子提出及时复习的方法。"学而时习之，不亦说乎。"（《论语·学而》）"温故而知新，可以为师矣。"（《论语·为

---

① （汉）司马迁：《史记》（影印本），北京，中华书局，1997：1910－1911 页。

政》）同时，孔子特别强调学思结合，他说：“学而不思则罔，思而不学则殆。”（《论语·为政》）另外，孔子还非常重视精益求精，“如切如磋，如琢如磨”，反对一知半解，浅尝辄止。

其三，内容要博而能精。孔子主张学习要广博，他提出“文，行，忠，信”，即文化、品德、忠诚、守信四项内容并重。《孔子世家》载达巷党人曰：“大哉孔子，博学而无所成名。”他本人就非常博学。同时强调学习要抓根本的东西，孔子在回答子贡的问题时，用“予一以贯之”的话表明学习重在抓住根本，间接地说明了博与精的关系，值得借鉴。

其四，明确的学习目的。孔子认为，学习的目的在于“学以致用”。子曰：“诵《诗》三百，授之以政，不达；使于四方，不能专对；虽多，亦奚以为?”（《论语·子路》）也就是说，熟读《诗经》，是为了完成政治任务，为了治理国家，是有为而学。由此可见，读书的目的，在于应用与实践。孔门弟子子夏也说：“仕而优则学，学而优则仕。”（《论语·子路》）这一思想实质上也体现了学与用的关系，间接体现了孔子办私学的目的，即通过教育培养德才兼备而能登上政治舞台的人才。当然，学习的目的主要在于对道义、真理的追求，“士志于道”，“朝闻道，夕死可矣”（《论语·里仁》）。

（三）积极影响

刘勰继承并化用了这些修养德行的原则，并特别强调博学多才的积极意义，以及学习的具体方法，构建了自己完整的作家修养理论体系。《文心雕龙·体性》篇集中地论述了“才、气、学、习”的作家修养原则，提出“因内而符外”的文学规律，作品的形成是由作家内在精神修养与写作技法锻炼来实现的。通过对汉魏十二名家及其作品特色的分析思考，指出作家个体“才有庸俊，气有刚柔，学有浅深，习有雅郑”的差异性，这种差异性通过后天的学习改变，是可以得到调整的。“童子雕琢，必先雅制”，主张向经典雅正的作品学习，向规范优秀的作品学习，养成优良的人格素质，再来写文章，就会“沿根讨叶，思转自圆”。在《附会》篇里，刘勰指出：

夫才量（童）学文，宜正体制：必以情志为神明，事义为骨

> 髓，辞采为肌肤，宫商为声气；然后品藻玄黄，摛振金玉，献可替否，以裁厥中：斯缀思之恒数也。①

就是说，写文章要注意情志的真实可信，讲究引用典故的准确得体，锻炼辞采，讲究声律，并运用“以裁厥中”的折中思想方法作为指导来写作文章，“献可替否”。这段话作为刘勰所论述的“缀思之恒数”，实际上涉及了《宗经》“六义”中“一则情深而不诡，……三则事信而不诞，四则义贞而不回”的创作原则，以及《知音》“六观”中“二观置辞，……五观事义，六观宫商”的情志宫商辞采等问题，同时笼罩了全书下篇的《体性》《风骨》《情采》《镕裁》《声律》《比兴》《事类》《丽辞》等文采创造的原理或具体方法，涉及写作的方方面面。没有广闻博观的见闻、精益求精的态度、具体可操作的方法技巧，刘勰作为理论家和写作实践者，就提不出这样的见解；作为读者，我们也看不到这样精深的论述。除了《体性》《附会》之外，在书中，刘勰往往以周公、孔子的典范精神作为榜样，指出经典在思想或艺术标准上的优良示范作用，要求后来的作家学习模仿其技法与文风，刘勰指出，五经具有“繁略殊形，隐显异术，抑引随时，变通适会”的优点，主张“征之周、孔，则文有师矣”。又说圣人之文章“体要与微辞偕通，正言共精义并用”，因此“后进追取而非晚，前修久用而未先”，具有最高的学习价值与模仿价值，在指导思想上点明了学习经典是走入正途的不二法门。

在写作学习上，刘勰表明了自己宗经复古的学习观，不这样就有可能误入歧途，他说：“模经为式者，自入典雅之懿。”（《定势》）对辞赋文学抱有贬义，指斥辞赋“楚艳汉侈，流弊不还”“效《骚》命篇者，必归艳逸之华”。对于近代学习写作的文人取法不古感到痛心疾首：“今才颖之士，刻意学文；多略汉篇，师范宋集；虽古今备阅，然近附而远疏矣。”（《定势》）在此基础上，刘勰归纳整个近代文学“从质及讹，弥近弥澹”的不良发展

---

① 杨明照：《增订文心雕龙校注》，北京，中华书局，2000：519 页。

原因是“竞今疏古”。没有正确的学习态度和学习内容，放弃了古代优良的文学作品而取法于近现代“风末气衰”的不良作品，不受根本，自创新色：“自近代辞人，率好诡巧。原其为体，讹势所变；厌黩旧式，故穿凿取新。察其讹意，似难而实无他术也，反正而已。”（《定势》）因此，全书无数次反复重申“还宗经诰”，主张“正式”“正采”“正言”“正辞”“正体”，以正确的“执正驭奇”“执术驭篇”的态度修养和技法学习来写好文章。

在正本复古的文学主张之外，作为一名成功的写作实践者，刘勰主张博学多识，主张借鉴儒家以外的古典优良作品，《风骨》篇指出：“若夫熔铸经典之范，翔集子史之术；洞晓情变，曲昭文体，然后能孳甲新意，雕画奇辞。”在以经典为本的同时，需要向史传文学学习，因为“原夫载籍之作也，必贯乎百氏，被之千载，表征盛衰，殷鉴兴废，使一代之制，共日月而长存；王霸之迹，并天地而久大”。史传文学具有伟大的现实意义，可以学习“实录无隐”的写法，领会“寻繁领杂之术，务信弃奇之要，明白头讫之序，品酌事例之条”的科条分明、体大虑周的特点，详查“讹滥之本源，述远之巨蠹”，保持正确真实的写作态度。

同时，向历代诸子学习，其“入道见志”的特点，有利于立德立言，达成彰显名德的目标。具体而言，诸子著作特点各异，有利于博见学习，取其精华：

> 研夫孟、荀所述，理懿而辞雅；管、晏属篇，事核而言练；列御寇之书，气伟而采奇；邹子之说，心奢而辞壮；墨翟、随巢，意显而语质；尸佼、尉缭，术通而文钝；鹖冠绵绵，亟发深言；鬼谷眇眇，每环奥义；情辨以泽，文子擅其能；辞约而精，尹文得其要；慎到析密理之巧，韩非著博喻之富；吕氏鉴远而体周，淮南泛采而文丽：斯则得百氏之华采，而辞气之大略也。①

上述所及，包括了先秦儒家、法家、道家、阴阳家、墨家、兵家、纵横家的

① 杨明照：《增订文心雕龙校注》，北京，中华书局，2000：230页。

优秀代表作品，刘勰主张向这些作品学习，汇通百家，总和文术，为我所用。这样开明求实的态度、博观精阅的取法、公正准确的评价，主要在于这些作品本身确实优秀，“六国以前，去圣未远，故能越世高谈，自开户牖”（《诸子》），因而值得学习。举个例子，刘勰说“鬼谷眇眇，每环奥义”，《鬼谷子》属纵横家书，《论说》篇称其“《转丸》骋其巧辞，《飞钳》伏其精术”，是培养言说技术的经典名篇。鬼谷子先生著书授徒，带出了苏秦、张仪、孙膑、庞涓、尸佼、尉缭等有名弟子，适应战国乱世而生，各擅所学，尤其苏秦和张仪：“一人之辨，重于九鼎之宝；三寸之舌，强于百万之师。六印磊落以佩，五都隐赈而封”（《论说》），达到了辩士纵横的最高峰。而论辩之术在战国时代，并非纵横家的专利，各家都有代表人物：

> 孟轲膺儒以磬折，庄周述道以翱翔；墨翟执俭确之教，尹文课名实之符；野老治国于地利，驺子养政于天文；申、商刀锯以制理，鬼谷唇吻以策勋；尸佼兼总于杂术，青史曲缀于街谈。承流而枝附者，不可胜算；并飞辩以驰术，餍禄而馀荣矣。①

上述所举十例之代表人物，其飞辩所驰之术，是非常值得学习甚至研究的。像这样的好东西，刘勰主张不要放过，要“翔集”其术，为我所用。

刘勰非常重视勤学与博见。《梁书·文学传》说他“笃志好学”，在依附沙门僧祐，与之居处的十余年时间内，博览群书，刻苦用功，达到“博通经论”的地步。僧祐主持佛典的编撰工作，就假手刘勰，由他来完成“区别部类，录而序之”的工作。后来刘勰声名日甚，以至于“京师寺塔及名僧碑志，必请勰制文”，青年刘勰已经是文坛名家，文章高手。正是因为有博观精阅的阅读经历与为文写作的实际经验，刘勰在《神思》中极力主张“博见为馈贫之粮，贯一为拯乱之药”的“博而能一”的原则，作为思维训练的有效途径，主张“积学以储宝，酌理以富才，研阅以穷照，驯致

---

① 杨明照：《增订文心雕龙校注》，北京，中华书局，2000：229 页。

以绎辞”的主体修养方法；在《通变》篇中提出“博览以精阅”的阅读思想，作为正确通变以求“规略文统”的第一原则；在全书中反复提出“雅正”的情感、措辞、写法、事例、风格等要求，并且以之为规范，作为后人学习写作的准绳。从孔子到刘勰，由修身到为文，一脉相承而下的中正思想与学习方法，实现了从人到文的转化和延续。

五、结语

综上所述，孔子首先建立起了征圣宗经、捍卫礼乐之道的思想品格，他的实际行动又表明，文人干政也可以成功，文武双修是可以实现的，在孔子一生对于复兴礼乐制度所做的努力中，零散可见他的文艺美学思想、言语观念、修养交际原则，孔子据此主张雅言、雅乐、正色、正音等尚雅贬俗、复古崇丽的理论，这些观念或理论中，贯通了中庸、中正的尚中原则与学礼尚用的道理。上述思想理论深刻地影响到了刘勰《文心雕龙》写作的方方面面，并成为其文学美学思想的主要来源。刘勰以孔子为精神教父，再现、发展了孔子文论，是孔子文论在齐梁文坛的代言人。

第三节　孟子的影响①

孟子被称为儒家亚圣，是孔子之后最有影响的儒家代表人物，他的思想主要体现在《孟子》一书中。《孟子》中有许多以零散状态存在的文学艺术理论，其中最著名的是“知人论世”“以意逆志”“知言养气”三论，此外，孟子还提出了关于《诗》篇“怨刺”的分析以及音乐审美论、“尽心知天”的天人合一思想、“观水有术”的方法论、“共同美感”的审美趋同性、内敬“行善”的修养论等零散意见。这些有关文艺美学的理论，虽然不像

---

① 笔者按，本书的部分内容，曾以《孟子对〈文心雕龙〉的影响》为题，发表于《儒藏论坛》第十三辑，纳入本书时有改动。

孔子那样对刘勰有全方位的影响，但在以下几点，也有深刻的痕迹：一是阅读鉴赏论。《知音》提倡鉴赏“六义”，主张公允地评价历代作家，这是对孟子“以意逆志”阅读理论的直接转化，而且更加具体化和可操作化。二是“知人论世”说。刘勰主张文学发展会受外部因素，如时代政治环境、帝王喜好或提倡、时代审美思潮的变化等因素影响，《时序》《通变》就是这样的专门篇章，二者共同建立起了文质互变、由质趋文的文学发展史论和历代文学风格论，其核心是折中商周的雅丽文风，这是对孟子“知人论世”说的继承与转化。三是主体修养论。刘勰主张养气、守气的作家修养观，提倡“文明以健”的风骨之美，这是直接受到孟子“知言养气”说影响的结果。四是“尽心知天”的天人合一的艺术审美理论。孟子是历史上第一个提出这一理论的先哲。刘勰《文心雕龙》一书中充满了强烈的宇宙人生意识以及二者和谐统一的哲学美学思想，除了道家老庄与魏晋玄学的自然和谐理论外，主要是从孟子这里继承下来的。整体上看，孟子对于经典的辩证认识，超越了孔子唯经毕宗、述而不作的绝对崇拜；对于诗乐雅俗、怨刺的看法，也在孔子基础上有了一定的进步，显得更为公正准确。因此，孟子对《文心雕龙》的影响①是很深刻的，但是前人几乎没有讨论过这些影响，本节就主要讨论《文心雕龙》对上述理论的转化运用。

一、文论专题

知人论世、知言养气、以意逆志是儒家文论的重要组成部分。三者的内涵意义以及对古代文论的影响，已经有了多样、深刻的研究成果。从《文

① 直接论述孟子的文句有以下几处。❶《诸子》：逮及七国力政，俊乂蜂起。孟轲膺儒以磬折，庄周述道以翱翔……并飞辩以驰术，餍禄而余荣矣。❷《诸子》：研夫孟、荀所述，理懿而辞雅；……斯则得百氏之华采，而辞气之大略也。❸《奏启》：墨翟非儒，目以豕彘；孟轲讥墨，比诸禽兽。❹《夸饰》：虽《诗》《书》雅言，风格训世，事必宜广，文亦过焉。……孟轲所云：说《诗》者不以文害辞，不以辞害意也。❺《时序》：春秋以后，角战英雄，……唯齐楚两国，颇有文学。齐开庄衢之第，楚广兰台之宫；孟轲宾馆，荀卿宰邑，故稷下扇其清风，兰陵郁其茂俗。仔细研读《文心雕龙》可知：孟子的影响主要不在于这些直接论说他的地方，而在于对《孟子》书中所论述到的文艺思想的吸收和运用。

心雕龙》论述写作之道的角度来看，这三大理论涉及文学发展的时代背景、作家生存语境、作家修养与阅读鉴赏等问题，涵盖了文章写作从外部环境到作家主体建构再到文本阅读阐释的全方位范围。

（一）知人论世

“知人论世”说本是孟子提出来的交友理论。原文节选如下：

> 孟子谓万章曰：“一乡之善士斯友一乡之善士，一国之善士斯友一国之善士，天下之善士斯友天下之善士。以友天下之善士为未足，又尚论古之人。颂其诗，读其书，不知其人，可乎？是以论其世也。是尚友也。”①

本段的核心在于论述“颂其诗，读其书，论其世”的“尚友”原则。尚同“上”，颂同“诵”。孟子的本意是论述交朋友的范围问题。乡里人和乡里人交朋友，国中人和国中人交朋友，更广泛的范围，则和天下的人交朋友。如果朋友遍天下还嫌不足，那就只有上溯历史，与古人交朋友了。当然，也只有心领神会而已。这种神交，就只有通过诵他们的诗，读他们的书来获得。而为了要正确理解他们的诗和他们的书，就应当要了解写诗著书的人，要了解写诗著书的人，又离不开对他们所处社会时代的研究。这就是所谓“知人论世”的命题。孟子认为，文学作品和作家本人的思想观念以及时代背景有着极为密切的关系，因而只有“知其人”“论其世”，即了解作者的思想观念和写作的时代背景，才能客观地、正确地理解和把握文学作品的思想内容。

孟子的这一原则对后世的文学批评产生了深远的影响，为历代文学批评家所自觉或不自觉地遵循。清代章学诚在《文史通义·文德》篇中说：“不知古人之世，不可妄论古人之辞也。知其世矣，不知古人之身处，亦不可以遽论其文也。”章氏以为孟子的“知人论世”，应当是“论世”第一，“知

① （汉）赵岐注，（宋）孙奭疏：《孟子注疏》，上海，上海古籍出版社，1992：2746 页。

人”第二，进行文学批评，论述“古人之辞”与“遽论其文”，必须“知古人之世”，必须“知古人之身处”，才能对作品做出正确的评价。“知人论世”与“以意邀志”一样，成为传统文学批评的重要方法，也奠定了孟子在中国文学批评史上的重要地位。事实上，直到今天，无论现代主义以来的新兴文学批评方式方法已走得有多远，多新奇，但在我们的中小学课堂上、大学讲台上，以及占主导地位的文学批评实践中，依然在主要使用着的，还是“知人论世”和“以意逆志”的方式方法。所谓“时代背景分析”“作者介绍”“中心思想”“主题”等，这些人们耳熟能详的概念，无一不是“知人论世”或“以意逆志”的产物，即应当深入地了解作家的生平、思想、作品的时代背景。可以说“知人论世”说是“以意逆志”论的前提，而“以意逆志”则是“知人论世”的结果。孟子的“以意逆志”与“知人论世”说是比较科学的文学批评方法，对后世影响极大，后世的大量的诗话、词话等大抵都是运用这一原则进行文学评论和批评的。由此足以见出孟子对于中国文学批评的深远影响，而这种影响之一，正是由本节的文字所发生的。

通观古代文论，可以看出“知人论世”这一原则，孟子肇其端，刘勰集其成。《文心雕龙》非常重视时代背景、学术思潮、社会风气对文学发展的影响问题，《通变》《时序》两篇就是这方面的专篇，而且，刘勰在继承“论世知文”这一原则的时候，发展了孟子的学术思想，将影响原因更为扩大化，提出“崇替在选”的帝王影响说，成为古代文论“知人论世”说的集大成者。《文心雕龙》论述的文学时间跨度超过千年，从上古淳质的伏羲时代一直到六朝时代，这本身就是在历史发展的长河中去截取文学这一艺术部类，从文学史的角度来论述文学的千年发展，论述发展中的成败得失，这种成败得失以具体的作家作品、文学思潮、文人集团、风格流派等形式或载体表现出来。但是，无一不受到政治环境、社会风气的影响。面对以前的作品，刘勰只能是从读者的角度而不是作家的角度或当时代生活者的角度来评价鉴赏。因此，除了一以贯之的儒家主导思想外，刘勰要面对的最重要的一个问题就是历史以往而文本独存，只能从现存文本上来反观文学历史的发展情况。这种反观，最重要的篇目内容是上篇“论文叙笔”的文体论二十篇，每一篇都是具体的分体文学史，在对分体文类进行史的梳理的同时，举证众多的作家作品为例来证明这些文体的文体特点、创作要求、发展过程、文体功能等等问题，这是一种通盘考虑，整体布局的思路，《序志》篇所归纳的这种“原始以表末，释名以章义，选文以定篇，敷理以举统”的论述方法，实际上就是“论文知世”的方法，并通过这样的“文世”合论，来体现“知人论世”的原则。下面举数例证之：

《铭箴》 蔡邕铭思，独冠古今。①

《诏策》 自教以下，则又有命。《诗》云：“有命自天。”明命为重也。《周礼》曰：“师氏诏王。”明诏为轻也。今诏重而命轻者，古今之变也。②

《书记》 夫书记广大，衣被事体；笔札杂名，古今多品。是以总领黎庶，则有谱、籍、簿、录；医历星筮，则有方、术、占、式；申宪述兵，则有律、令、法、制；朝市征信，则有符、契、券、疏；百官询事，则有关、刺、解、牒；万民达志，则有状、列、辞、谚：并述理于心，著言于翰；虽艺文之末品，而政事之先务也。③

《事类》 是以属意立文，心与笔谋：才为盟主，学为辅佐。主佐合德，文采必霸；才学褊狭，虽美少功。夫以子云之才，而自奏不学；及观书石室，乃成鸿采：表里相资，古今一也。④

《练字》《尚书大传》有“别风淮雨”，《帝王世纪》云“列（按：同烈）风淫雨”：“别”“列”“淮”“淫”，字似潜移；“淫”“列”义当而不奇，“淮”“别”理乖而新异。傅毅制诔，已用

① 杨明照：《增订文心雕龙校注》，北京，中华书局，2000：139页。
② 杨明照：《增订文心雕龙校注》，北京，中华书局，2000：266页。
③ 杨明照：《增订文心雕龙校注》，北京，中华书局，2000：347页。
④ 杨明照：《增订文心雕龙校注》，北京，中华书局，2000：473页。

"淮雨"；元长作序，亦用"别风"：固知爱奇之心，古今一也。①

上引五例，分别是关于作家创作论、文体发展史、文体分类学、作家修养论、文本创作现象五种不同的论述，其共同特点是跨越古今，从文学史的角度纵向观照，使得刘勰的论述深刻准确，论能服人。在《文心雕龙》中，刘勰经常谈古论文，纵横驰骋：

《书记》　契者，结也。上古纯质，结绳执契，今羌胡征数，负贩记缗，其遗风欤！②

《体性》　新奇者，摈古竞今，危侧趣诡者也。③

《声律》　古之教歌，先揆以法，使疾呼中宫，徐呼中征。④

《练字》　及李斯删籀而秦篆兴，程邈造隶而古文废。⑤

《才略》　观夫后汉才林，可参西京；晋世文苑，足俪邺都。然而魏时话言，必以元封为称首；宋来美谈，亦以建安为口实。何也？岂非崇文之盛世，招才之嘉会哉？嗟夫，此古人所以贵乎时也！⑥

《序志》　古来文章，以雕缛成体。⑦

这些以古论文的例子，涉及方法论、风格论、文学史等方面，全书凡七十一例之多。与用古相似，刘勰对应的使用论"今"之法，凡一十九例，兹举数例：

《正纬》　今纬多于经，神理更繁，其伪二矣。⑧

《檄移》　齐桓征楚，诘苞茅之缺；晋厉伐秦，责箕郜之焚。

① 杨明照：《增订文心雕龙校注》，北京，中华书局，2000：485－486页。
② 杨明照：《增订文心雕龙校注》，北京，中华书局，2000：348页。
③ 杨明照：《增订文心雕龙校注》，北京，中华书局，2000：380页。
④ 杨明照：《增订文心雕龙校注》，北京，中华书局，2000：431页。
⑤ 杨明照：《增订文心雕龙校注》，北京，中华书局，2000：484页。
⑥ 杨明照：《增订文心雕龙校注》，北京，中华书局，2000：576页。
⑦ 杨明照：《增订文心雕龙校注》，北京，中华书局，2000：610页。
⑧ 杨明照：《增订文心雕龙校注》，北京，中华书局，2000：41页。

管仲、吕相，奉辞先路；详其意义，即今之檄文。①

《议对》　采故实于前代，观通变于当今。②

《声律》　今操琴不调，必知改张；摛文乖张，而不识所调。③

《练字》　今一字诡异，则群句震惊；三人弗识，则将成字妖矣。④

《总术》　今之常言，有文有笔，以为无韵者笔也，有韵者文也。夫文以足言，理兼《诗》《书》；别目两名，自近代耳。⑤

《时序》　今圣历方兴，文思光被；海岳降神，才英秀发；驭飞龙于天衢，驾骐骥于万里。⑥

从中我们可以看出，刘勰用“今”，主要是为了指出文学发展的繁盛局面，但其主要用意在于指出文学发展的今不如昔，近代不如古代。这体现了一种惋惜当代、追思往古的复古倾向。例如，刘勰经常贬斥“近代词人”，动辄将他们钉上文学发展反面典型的耻辱柱：

《明诗》　宋初文咏，体有因革。庄老告退，而山水方滋；俪采百字之偶，争价一句之奇；情必极貌以写物，辞必穷力而追新，此近世之所竞也。⑦

《奏启》　是以近世为文，竞于诋诃，吹毛取瑕，次骨为戾，复似善骂，多失折衷。⑧

《定势》　自近代辞人，率好诡巧。原其为体，讹势所变；厌黩旧式，故穿凿取新。察其讹意，似难而实无他术也，反正而已。

---

① 杨明照：《增订文心雕龙校注》，北京，中华书局，2000：281 页。
② 杨明照：《增订文心雕龙校注》，北京，中华书局，2000：332－333 页。
③ 杨明照：《增订文心雕龙校注》，北京，中华书局，2000：431 页。
④ 杨明照：《增订文心雕龙校注》，北京，中华书局，2000：484 页。
⑤ 杨明照：《增订文心雕龙校注》，北京，中华书局，2000：529 页。
⑥ 杨明照：《增订文心雕龙校注》，北京，中华书局，2000：542 页。
⑦ 杨明照：《增订文心雕龙校注》，北京，中华书局，2000：65 页。
⑧ 杨明照：《增订文心雕龙校注》，北京，中华书局，2000：318 页。

故文反正为乏，辞反正为奇。效奇之法，必颠倒文句；上字而抑下，中辞而出外：回互不常，则新色耳。①

《指瑕》　近代辞人，率多猜忌；至乃比语求蚩，反音取瑕；虽不屑于古，而有择于今焉。又制同他文，理宜删革。若掠人美辞，以为己力；宝玉大弓，终非其有。全写则揭箧，傍采则探囊；然世远者太轻，时同者为尤矣。②

《指瑕》　夫车马小义，而历代莫悟；辞赋近事，而千里致差：况钻灼经典，能不谬哉？③

《物色》　自近代以来，文贵形似；窥情风景之上，钻貌草木之中。④

《程器》　近代词人，务华弃实。⑤

《序志》　详观近代之论文者，多矣。至如魏文述典，陈思序书，应瑒《文论》，陆机《文赋》，仲治《流别》，宏范《翰林》：各照隅隙，鲜观衢路。或臧否当时之才，或铨品前修之文；或泛举雅俗之旨，或撮题篇章之意。魏典密而不周，陈书辩而无当；应论华而疏略，陆赋巧而碎乱；《流别》精而少功，《翰林》浅而寡要。又君山、公干之徒，吉甫、士龙之辈，泛议文意，往往间出，并未能振叶以寻根，观澜而索源；不述先哲之诰，无益后生之虑。⑥

整体上看，刘勰对“近代以来”的作家作品、文学理论、修辞技法、德行修养、小学水平、写作取法深表不满，几无褒赞之意，而多痛斥之心。这样的论述，还体现在对“远”代文学的褒赞、对“前”代文学的赞美以及对“后”代文学的批评上。通过对上述数以百计的术语资料运用情况的分析，

① 杨明照：《增订文心雕龙校注》，北京，中华书局，2000：407 页。
② 杨明照：《增订文心雕龙校注》，北京，中华书局，2000：501 页。
③ 同上。
④ 杨明照：《增订文心雕龙校注》，北京，中华书局，2000：567 页。
⑤ 杨明照：《增订文心雕龙校注》，北京，中华书局，2000：598 页。
⑥ 杨明照：《增订文心雕龙校注》，北京，中华书局，2000：610－611 页。

结合有关“时”“世”的贯通论述以及“铺观列代”的“陶唐”“商周”“楚汉”“建安”“魏晋”“宋初”“皇齐”的评价，可以看出《文心雕龙》文学发展观整体上有明显“复古”的特点，这一特点显然是伴随尊崇儒家的思想、尊崇经典的意识以及复古宗经、以经为法的文学史论观念而生的。这种观念有其明显的局限性，对于文学新变的种种弊端固然痛心疾首，但是新变并非完全没有可取之处，对于新变的若干优点，因为不合“复古宗经”的观念，而被刘勰无情地抹杀掉了。这个抹杀，集中地体现在刘勰忽略晋宋山水田园诗谢灵运、陶渊明等大家这一问题上。

刘勰“论文知世”的复古文学观，集中体现在《通变》篇之中。该篇论述文学发展的数千年历史与各段整体的时代文风，言简意赅，准确深刻：

> 是以九代咏歌，志合文则：黄歌《断竹》，质之至也；唐歌在昔，则广于黄世；虞歌《卿云》，则文于唐时；夏歌《雕墙》，缛于虞代；商周篇什，丽于夏年。至于序志述时，其揆一也。暨楚之骚文，矩式周人；汉之赋颂，影写楚世；魏之篇制，顾慕汉风；晋之辞章，瞻望魏采。搉而论之，则黄唐淳而质，虞夏质而辨，商周丽而雅，楚汉侈而艳，魏晋浅而绮，宋初讹而新：从质及讹，弥近弥澹。何则？竞今疏古，风末气衰也。①

本段所论，包括如下意见：一是文学发展“蔚映十代，辞采九变”，每一代有各自不同的特点；二是文学的发展历史是“从质及讹”，从质朴淳辨到雅丽相谐再到艳丽新奇，越来越具有尚丽尚美的美丽精神；三是发展整体上趋向于不良的倾向，“弥近弥澹”而“风末气衰”；四是指出这种不良倾向的原因，是“竞今疏古”，即习染不良所致；五是综合观照“辞采九变”，显然是以“商周丽而雅”为中轴主线，来折中合观，从而上推淳质，下论艳丽的。这种“知世论文”的方法，从本源上来说，是孟子“知人论世”方

① 杨明照：《增订文心雕龙校注》，北京，中华书局，2000：397 页。

法论影响所致。

不仅对于“蔚映十代”的整体文学发展史用这种方法来论述，对于断代文学史，刘勰也采用了这种方法来论述的。《通变》篇中有一个例子，完全符合上述引文“知世论文”的论述：

> 夫夸张声貌，则汉初已极。自兹厥后，循环相因，虽轩翥出辙，而终入笼内。枚乘《七发》云：“通望兮东海，虹洞兮苍天。”相如《上林》云：“视之无端，察之无涯；日出东沼，入乎西陂。”马融《广成》云：“天地虹洞，固无端涯；大明出东，月生西陂”。扬雄《校猎》云：“出入日月，天与地沓”。张衡《西京》云：“日月于是乎出入，象扶桑于濛汜。”此并广寓极状，而五家如一。诸如此类，莫不相循。①

这个例子论述的是汉代辞赋“夸张声貌”的夸饰手法，举出“广寓极状，而五家如一”的文本实例来证明“循环相因”这一写作习染的不良弊端，使得对于丽天日月的描写居然大同小异。这就会使文学写作陷入近似相似的圈子中，而不能独出机杼，难以创新为文。“诸如此类”的例子还有很多，如以下两例：

> 《时序》 自中朝贵玄，江左弥盛；因谈馀气，流成文体。是以世极迍邅，而辞意夷泰；诗必柱下之旨归，赋乃漆园之义疏。②

> 《物色》 自近代以来，文贵形似；窥情风景之上，钻貌草木之中。吟咏所发，志惟深远；体物为妙，功在密附。故巧言切状，如印之印泥；不加雕削，而曲写毫芥。故能瞻言而见貌，即字而知时也。③

洛阳、江左“辞意夷泰”的玄学文学与晋宋文学“文贵形似”的山水诗歌的创作，以内在学术思潮为动因，而以整体高度一致的创作特点为外表，体

① 杨明照：《增订文心雕龙校注》，北京，中华书局，2000：398 页。
② 杨明照：《增订文心雕龙校注》，北京，中华书局，2000：541－542 页。
③ 杨明照：《增订文心雕龙校注》，北京，中华书局，2000：576 页。

现的仍然是断代文学“莫不相循”的不良习染与“竞今疏古”的取法之失。《通变》指出：

> 今才颖之士，刻意学文；多略汉篇，师范宋集；虽古今备阅，然近附而远疏矣。夫青生于蓝，绛生于茜；虽逾本色，不能复化。桓君山云：“予见新进丽文，美而无采；及见刘、扬言辞，常辄有得。”此其验也。故练青濯绛，必归蓝茜；矫讹翻浅，还宗经诰。①

本段的核心意思是指出“近附而远疏”的学习失误，取法乎上，仅得乎中，取法乎下，则仅得皮毛。所以，“今才颖之士”虽然“刻意学文”，但是取法不古，“多略汉篇，师范宋集”，必然会走入“文贵形似”“曲写毫芥”的创作误区。以辞赋为代表的“汉篇”原本是被刘勰批评甚多的断代文学，但是比起“宋集”来，也要好得多了。现在的学习者，不要说“还宗经诰”，就是连“汉篇”都已“多略”之，这如何写得好文章。刘勰痛斥这种“体物为妙，功在密附”的山水诗歌，并且对夸饰巨丽、“为文造情”的辞赋深恶痛绝，认为辞赋等体裁在文学发展史上起了极端不良的作用。《情采》篇说：

> 昔诗人什篇，为情而造文；辞人赋颂，为文而造情。何以明其然？盖《风》《雅》之兴，志思蓄愤，而吟咏情性，以讽其上，此为情而造文也。诸子之徒，心非郁陶，苟驰夸饰，鬻声钓世，此为文而造情也。故为情者要约而写真，为文者淫丽而烦滥。而后之作者，采滥忽真，远弃《风》《雅》，近师辞赋，故体情之制日疏，逐文之篇愈盛。②

辞赋文学“淫丽而烦滥”，因其“苟驰夸饰，鬻声钓世”，声色感人，闳侈巨衍，“后之作者，采滥忽真，远弃《风》《雅》，近师辞赋：故体情之制日疏，

---

① 杨明照：《增订文心雕龙校注》，北京，中华书局，2000：397页。
② 杨明照：《增订文心雕龙校注》，北京，中华书局，2000：416页。

逐文之篇愈盛”。通过这样的“论文知世”，刘勰反对“淫丽”而主张“正采”：

> 使文不灭质，博不溺心；正采耀乎朱蓝，间色屏于红紫，乃可谓雕琢其章，彬彬君子矣。①

“雕琢其章”是刘勰“古来文章，以雕缛成体”的一贯主张，文采趣正，文质彬彬，才是丽词雅义、雅情丽文的标准审美状态。

所以说，孟子“知人论世”的“尚友”思想对刘勰文学史论观的影响非常大，这不仅体现在文心雕龙复古宗经、崇古抑今的整体文学史论观念上，也体现在其断代文学发展史论上，还体现在对具体文学体裁的断代发展评价上。这是一种立体贯通、纵横交错的思维意识与操作方法论。在整体的文学史论之中，刘勰以史论为基础，将阐释的重点放在“辞采”文体上，核心在于论述从质及讹的不良风格发展，提出“商周丽而雅”的雅丽文风作为“十代”文学的折中准绳。顺此，评价诗骚文学为“诗人丽则而约言，辞人丽淫而繁句”“诗人什篇，为情而造文；辞人赋颂，为文而造情”，提出“还宗经诰”的习染原则与“丽词雅义”的辞赋创作要求，主张文质彬彬的“正采”之美。在纵贯数千年的文学史论中将雅丽思想彻底贯通，并以之为核心审美理论评价历代文学。

（二）以意逆志

与“知人论世”的文学背景、创作起点理论对应的是孟子“以意逆志”的文本解读与阅读鉴赏理论。关于这个专题，有许多的论述文章，杨红旗先生还以之作为博士学位论文的题目②。但是“以意逆志”对于《文心雕龙》的影响较少论述。“以意逆志”一说出于《孟子·万章上》，原文节录于下：

> 咸丘蒙曰：“舜之不臣尧，则吾既得闻命矣。诗云：‘普天之下，莫非王土；率土之滨，莫非王臣。’而舜既为天子矣，敢问瞽瞍之非臣，如何？”

---

① 杨明照：《增订文心雕龙校注》，北京，中华书局，2000：416页。
② 杨红旗：《以意逆志与诠释伦理》，成都，巴蜀书社，2009。

曰："是诗也，非是之谓也；劳于王事，而不得养父母也。曰：'此莫非王事，我独贤劳也。'故说诗者，不以文害辞，不以辞害志。以意逆志，是为得之。如以辞而已矣，《云汉》之诗曰：'周余黎民，靡有孑遗。'信斯言也，是周无遗民也。"①

这是孟子解读《尚书》与《诗三百》的自得之谈。孟子站在读者立场上，是以读者之意迎受《尚书》作者与《诗三百》诗人之志而加以考较，孟子特别强调：应该从作品的整体出发，由表及里、由浅入深地理解《尚书》与《诗三百》的主旨，用自己的切身体会去推测作者的本意。因其内涵广泛，"以意逆志"这一命题成为文论史上"歧义解读"的重要话题。实际上指的就是读者阅读鉴赏的正确态度和解读方法。《文心雕龙》对"以意逆志"命题的运用主要体现在两个地方：

第一，直接引用孟子"不以文害辞，不以辞害志"的原话来为经典的夸饰描写做辩护，《夸饰》篇认为经典"雅言"的部分夸饰描写内容确实是"过焉"，这其中就包括孟子针对《尚书》"倒戈立漂杵之论"的大加质疑。刘勰认为经典的夸饰第一是来自自然之道的，文固有美；第二是夸饰之"义"是好的，作家的用心是好的。所以引用孟子"说《诗》者不以文害辞，不以辞害意"的话来堵嘴巴，将那些质疑经典的声音堵住。

第二，《文心雕龙》特列《知音》一篇，作为对阅读鉴赏不良风气的批评专论，提出正确鉴赏的态度与操作方法。这显然是对孟子"以意逆志"理论的继承和创新。在刘勰之前，曹丕《典论·论文》曾谈到有两种错误的阅读评价态度：一是"贵远贱近，向声背实"的尊古卑今的观点，这在东汉的桓谭已有指出，但那是就学术而言的，曹丕专就文学立论，有了专门自觉探讨的新意；二是"暗于自见，谓己为贤""文人相轻，自古而然""各以所长，相轻所短"的态度，指出了"文人相轻"的常见积习。曹丕分析了造成这种局面的原因，并为文人相处指明了正确道路。因此，曹丕是第

① （汉）赵岐注，（宋）孙奭疏：《孟子注疏》，上海，上海古籍出版社，1992：2735页。

一个正确将孟子"以意逆志"观点用于文学理论领域的文论家。刘勰则在孟子、桓谭、曹丕的基础上，写出《知音》篇，其理论水平达到了古代文论史上"以意逆志"论的最高峰。对于如何正确地鉴赏，《知音》指出：

是以将阅文情，先标"六观"：一观位体，二观置辞，三观通变，四观奇正，五观事义，六观宫商。斯术既行，则优劣见矣。①

笔者认为，《知音》"六观"与《宗经》六义，一尾一首，居于《文心雕龙》文学创作论与鉴赏论的核心位置，而且，二者存在首尾对应的关系，"六观"是从鉴赏的角度对"六义"的再现与化用。"六观"之中，"位体"设计文体数十种，每类文体都有各自独特的要求、写法与风格；"置辞""奇正"二者，主要涉及用词典雅或新色的问题；"宫商"一说，旨在说明语句声律音响效果动听与否；"通变"主要关于文体演化与风格文质之变；"事义"则回归"六义"说"事信而不诞，义贞而不回"的要求。《知音》"六观"的内容，实际上包含了"论文叙笔"的文体论、《体性》《通变》《定势》的风格论、《情采》《镕裁》到《总术》《才略》的文术论与文情论，暗中还包含了宗经尚雅的思想标准与艺术标准。"六观"不仅具体可感，建立在"博观精阅"的基础之上，使之成为有源之水，有本之木，而且具有明确的分类指向，有很强的可操作性。香港黄维梁先生曾撰文对"六观"与欧美新批评学派进行对比研究，认为"六观"是早于英美新批评派一千多年的文学鉴赏论。②

由孟子"以意逆志"论发展而来的"六观"鉴赏理论被广泛地运用于《文心雕龙》全书，是刘勰对作家作品、时代文学、创作要求等文本或创作现象进行评价的重要理论。而其中"不以文害辞，不以辞害志"的文艺美学思想，重意境，重神似兼顾形似，至今仍为文艺创作必须遵循的重要准

---

① 杨明照：《增订文心雕龙校注》，北京，中华书局，2000：592 页。

② 黄维梁：《〈文心雕龙〉"六观"说和文学作品的评析——兼论龙学未来的两个方向》，载《北京大学学报（哲学社会科学版）》，1996（5）。

则。有关“位体”“置辞”“奇正”“通变”“事义”等项将在具体论述中反复涉及，在此暂略。兹仅举“六观宫商”为例简述之。

在《文心雕龙》中，声文是与形文并列的情文（人文）之源，声律美是文学本质的属性之一，在文学写作中非常重要。而对于宫商声律这一新兴文学理论，同为南朝文论大家的钟嵘在《诗品》中斥而不采，以为纯属多余，采取排斥的态度对待之：

> 昔曹、刘殆文章之圣，陆、谢为体二之才，锐精研思，千百年中，而不闻宫商之辨，四声之论。或谓前达偶然不见，岂其然乎？尝试言之，古曰诗颂，皆被之金竹，故非调五音，无以谐会。若“置酒高堂上”“明月照高楼”，为韵之首。故三祖之词，文或不工，而韵入歌唱，此重音韵之义也，与世之言宫商异矣。今既不被管纭，亦何取於声律邪？齐有王元长者，尝谓余云：“宫商与二仪俱生，自古词人不知之。唯颜宪子乃云‘律吕音调’，而其实大谬。唯见范晔、谢庄颇识之耳。尝欲进《知音论》，未就。”王元长创其首谢、沈约扬其波。三贤或贵公子孙，幼有文辩，於是士流景慕，务为精密。襞积细微，专相凌架。故使文多拘忌，伤其真美。余谓文制本须讽读，不可蹇碍，但令清浊通流，口吻调利，斯为足矣。至平上去入，则余病未能；蜂腰、鹤膝，闾里已具。①

我们不好说是不是因为钟嵘求誉于沈约时，遭到了沈约的拒绝，因而将沈约为主要理论主张者的声律理论贬斥不用，事见《南史·文学传》②。刘勰则不像钟嵘那样对声律论采取排斥拒绝的态度，而是认识到声律理论的积极作

① 郭绍虞、王文生：《中国历代文论选》（第1册），上海，上海古籍出版社，2001：311页。

② 《南史·文学传·钟嵘传》记载了这样一件事：嵘尝求誉于沈约，约拒之。及约卒，嵘品古今诗为评，言其优劣，云：“观休文众制，五言最优。齐永明中，相王爱文，王元长等皆宗附约。于时谢朓未遒，江淹才尽，范云名级又微，故称独步。故当辞密于范，意浅于江”。盖追宿憾，以此报约也。刘勰写成《文心雕龙》后，负书拦道，求誉于沈约，沈约给予了很高评价，刘勰因此逐渐小有名气，而钟嵘未曾得到沈约正面评价，由此怀恨在心。可见当时文人为求出名，有一个直接向社会名流自荐的捷径，刘勰获得了成功，是值得庆贺的。

用，采取古今结合的方法集中于《声律》篇中论述飞沉之抑扬。因为齐梁声律论已经与许多的研究文章，也有硕士学位论文讨论到这一问题，故而此处不再展开。仅将论说“宫商”之语句选列于下：

《定势》 是以括囊杂体，功在铨别；宫商朱紫，随势各配。①

《声律》 夫音律所始，本于人声者也。声含宫商，肇自血气；先王因之，以制乐歌。故知器写人声，声非学器者也。②

《声律》 夫宫商响高，徵羽声下；抗喉矫舌之差，攒唇激齿之异：廉肉相准，皎然可分。③

《声律》 若夫宫商大和，譬诸吹籥；翻回取均，颇似调瑟。④

《声律》 割弃支离，宫商难隐。⑤

《练字》 心既托声于言，言亦寄形于字；讽诵则绩在宫商，临文则能归字形。⑥

《附会》 夫才量（童）学文，宜正体制，必以情志为神明，事义为骨髓，辞采为肌肤，宫商为声气。⑦

以上七处论述，以“宫商”为文章的外在声气、风格特点、诵读之音与阅读作品时字句音节之高低、诵读外显之和乐，是“肇自血气”的，是作家“气有刚柔”的外化反应。这种听声观文、听声知人的鉴赏理论，继续沿着“文如其人”的路子进行，并结合了孔子观乐与季札观乐“听音知政”的解读传统。刘勰实际上要说的是，有什么样的情性，就有什么样的作家，这个作家先天的血气如何，他喜好选择的字句用词就会与之一致，通过讽诵他的作品，聆

① 杨明照：《增订文心雕龙校注》，北京，中华书局，2000：406－407 页。
② 杨明照：《增订文心雕龙校注》，北京，中华书局，2000：431 页。
③ 同上。
④ 杨明照：《增订文心雕龙校注》，北京，中华书局，2000：432 页。
⑤ 同上。
⑥ 杨明照：《增订文心雕龙校注》，北京，中华书局，2000：485 页。
⑦ 杨明照：《增订文心雕龙校注》，北京，中华书局，2000：519 页。笔者按：杨先生《校注》本句原本作“才量学文”，根据上下文推断，结合其他各家若干校注本之意见，本句作“才童学文”为宜。特作说明。

听作品中的声律宫商，也会反观出作家的血气性格类型。如果结合《文心雕龙》中论述“声律”“声采”“声文”“音”“响”“调”“乐”等情况来看，“六观宫商”的运用，是在书中文学评论中占据了很重要的位置的。声律音响之美，是“文源于道”本身具有的本质属性，这种本质属性是优美动听的。《原道》：

> 至于林籁结响，调如竽瑟；泉石激韵，和若球锽，故形立则章成矣，声发则文生矣。①

刘勰认为，自然界的“声文”与“形文”一样，都是“郁然有采”的，这种“采”，不是视觉形象的外饰之美，而是听觉感知的“和声”之美。天籁之音，动人之耳，悦人之心。《情采》篇继续主张这个道理：

> 故立文之道，其理有三：一曰形文，五色是也；二曰声文，五音是也；三曰情文，五性是也。五色杂而成黼黻，五音比而成《韶》《夏》，五性发而为辞章：神理之数也。②

“形文”“声文”“情文”是自然“立文之道”的三种表现形式，“情文”属于人文辞章，是加工而成的艺术部类之一，同时具有视觉外形之美与声律音响之美，所以刘勰列出《练字》篇与《声律》篇来说明用字选择与声律节奏，提出辞章“雅丽黼黻”的文章风格美与《韶》《夏》雅乐的宫商美。沿着“文源于道”到“情文辞章”的转化之路继续前进，在串联二者的同时，一直不忘强调“声文”的重要地位与“声采”的重要作用。

（三）知言养气

与“知人论世”的交友原则和“以意逆志”的论说《诗》《书》原则并列的孟子文论思想是“知言养气”说，“知言养气”不是独立存在的主体修养论，而是与孟子主张的丈夫人格和无畏精神密切相关的。《公孙丑上》：

> （公孙丑曰：）“敢问夫子恶乎长？”

---

① 杨明照：《增订文心雕龙校注》，北京，中华书局，2000：1页。

② 杨明照：《增订文心雕龙校注》，北京，中华书局，2000：415页。

曰："我知言，我善养吾浩然之气。"

"敢问何谓浩然之气？"

曰："难言也。其为气也，至大至刚，以直养而无害，则塞于天地之间。其为气也，配义与道；无是，馁也。是集义所生者，非义袭而取之也。行有不慊于心，则馁矣。我故曰，告子未尝知义，以其外之也。必有事焉，而勿正，心勿忘，勿助长也。无若宋人然：宋人有闵其苗之不长而揠之者，芒芒然归，谓其人曰：'今日病矣！予助苗长矣！'其子趋而往视之，苗则槁矣。天下之不助苗长者寡矣。以为无益而舍之者，不耘苗者也；助之长者，揠苗者也非徒无益，而又害之。"

"何谓知言？"

曰："诐辞知其所蔽，淫辞知其所陷，邪辞知其所离，遁辞知其所穷。生于其心，害于其政；发于其政，害于其事。圣人复起，必从吾言矣。"①

据所引文段可知，孟子提出的"知言养气"论，是他的征圣思想的外化之说。孟子尊崇孔子，认为孔子是出类拔萃的优秀人物。"气"在孟子眼中有如下几个特点：一是孟子认为"孟施舍之守气，不如曾子之守约"，"守气养勇"不如"守约"诚信，养气不如修德；二是"志"为至，"气"为次，气是辅助内心情志的东西；三是志与气合，持志可以养气，养气可以充志；四是孟子主张涵养"浩然之气"，浩然之气"至大至刚"，充塞于天地之间，是"集义所生"，人应该汲取天地精华之阳刚正气，修养身心，修持心志；五是从一个人的言辞之间可以判断他的内心情志与所养之气，孟子提出"诐辞知其所蔽，淫辞知其所陷，邪辞知其所离，遁辞知其所穷"的闻言知人说，这是后来扬雄"心声心画"说的一个来源；六是借知言养气说来阐释自己的政教观念，推崇孔子，大有"虽不能至，而心向往之"之

① （汉）赵岐注，（宋）孙奭疏：《孟子注疏》，上海，上海古籍出版社，1992：2685－2686页。

意。从孟子与公孙丑的对话中我们可以看出，孟子“知言养气”一说，主要是受到《周易》刚健之气与闻言知人说的影响。《周易》一书在许多地方推崇刚健之气、文明以健之气，这种源自天地自然的阳刚之气对个人的修养有浸染感化的作用，个人要有意识地选取其中的阳刚之气来自我内化，最终养成刚健仁义的大勇之气。孟子气论是在《周易》气论与孔子“仁者必有勇”思想基础上转化而来的。而其闻言知人的论述，则显然是《周易》言辞观念的影响所致，《系辞下》有云：“将叛者其辞惭。中心疑者其辞枝。吉人之辞寡。躁人之辞多。诬善之人其辞游。失其守者其辞屈。”这段话论述了人的言辞与其内心思想感情的联系，认为不同的言辞反映着不同的内心状况，孟子“诐辞知其所蔽，淫辞知其所陷，邪辞知其所离，遁辞知其所穷”的论述，直接是从《周易》的论述转化来的。

孟子的“我养吾浩然之气”的内省修养方法论，充满着个体浓烈的情感色彩，显示出他个体人格的伟大与坚强，具有个体人格美的特征。孟子的“知言养气”所主张的道义精神、刚健精神，其所涵盖的生命的意义和价值，激励了历代以来无数的英雄豪杰，崛起了无数“中国的脊梁”！诗人只有“养气”了，才能“知言”，才能知道如何流淌出形之美与神之美于一体的好作品。可见，孟子的“知言养气”说抓住了人的最本质的人格蕴涵，被后人广泛地运用于文学理论和文学批评，形成了中国古代文论史上以气论文的悠久传统，对中国的文学创作和文学批评都产生了巨大影响。

孟子“知言养气”与“闻言知人”在文学理论范围对《文心雕龙》所发生的影响，则主要体现在《风骨》《体性》与《知音》篇中。固然，刘勰“文如其人”论有《周易》与扬雄“心声心画”说的直接影响，但是孟子思想串联了《周易》与扬雄。《风骨》篇主张“刚健既实”之气，与孟子“至大至刚，充塞天地之间”的思想也是一脉相承的。《体性》篇提出“吐纳英华，莫非情性”的观点，指出汉魏十二名家的性情与其作品风格是相一致的；《定势》篇指出“综意浅切者，类乏酝藉；断辞辨约者，率乖繁缛”的人文一致观念；《总术》篇集中指出“精者要约，匮者亦鲜；博者该赡，芜者亦繁；辩者昭晰，浅者亦露；奥者复隐，诡者亦曲。或义华而声悴，或理拙而文泽”的“文如其人”理论；《知音》篇提出“六观”说，其中“二观置辞”，认为通过文本语言的运用，可以“沿波讨源”，反观作者，孟子“诐辞知其所蔽，淫辞知其所陷，邪辞知其所离，遁辞知其所穷”的说法，正与此合，是刘勰阅读文本推知作家思想感情的重要依据。

而关于《风骨》篇气论思想，因有专文论述，在此暂时略而不论。在此仅对“齐王之子”“居移气，养移体”的环境熏陶论略作分析。《尽心上》：

> 孟子自范之齐，望见齐王之子，喟然叹曰：“居移气，养移体，大哉居乎！夫非尽人之子与？”①

孟子重视生活环境对一个人精神气质的熏染作用，这可以和他的“知言养气”说结合起来看。《风骨》篇中曾论述有“徐干时有齐气”一说，关于“齐气”，诸家以为是齐地舒缓之气影响到了徐干的文章风格——雍容典雅，中正舒缓。钟仕伦先生则与众不同，认为“齐气”指的是“扩大豪迈”之气，与舒缓雍容说迥然不同。《孟子》关于“居移气，养移体”的论述与“浩然之气”的修养原则，这由“齐气”扩大论而来。孔子与孟子本来就是齐鲁大地孕育出来的圣人，不光是他们的思想，他们的精神品格同样仁义勇猛，至大至刚。

《文心雕龙》所列之《养气》一篇，虽然主要论述各体养气修身对于“陶钧文思”“缀文裁篇”的重要作用，但是同样“观文论世”，指出了古人修养与后人修养的极大不同：

> 夫三皇辞质，心绝于道华；帝世始文，言贵于敷奏。三代、春秋，虽沿世弥缛，并适分胸臆，非牵课才外也。战代技诈，攻奇饰说；汉世迄今，辞务日新，争光鬻采，虑亦竭矣。故淳言以比浇辞，文质悬乎千载；率志以方竭情，劳逸差于万里：古人所以馀

① （汉）赵岐注，（宋）孙奭疏：《孟子注疏》，上海，上海古籍出版社，1992：2769 页。

裕，后进所以莫逮也。①

刘勰指出，三皇时代辞质绝华，春秋战代“攻奇饰说”，“汉世迄今，辞务日新”，两相对照，“文质悬乎千载，劳逸差于万里”，究其原因，是因为“古人馀裕，后进莫逮”。尽管在养气理论中仍然充满了复古尊圣的思想，但是上古三代的淳朴古质与后世“争采竭虑”的环境是完全不一样的。这也可以看作是“知人论世”说与“知言养气”说的结合运用。

二、其他意见

除了上述文论专题外，《孟子》书中还有一些零散的文艺美学思想，对包括《文心雕龙》在内的后代文论产生过影响，并有其方法论的价值意义。

首先，主体修养的“性善”论。性善论以天赋“四端”立论，有先验论的色彩。四端者，仁、义、礼、智四种道德之发端。孟子先天的东西被看作是成为尧舜的必要条件，而把能否成为尧舜则归结于后天的培养。由此可见，孟子是重视后天的，这主要包括三点：一是重视后天的主观努力，二是重视道德的教化，三是重视环境的影响。而这三者，都属唯物论的范畴，所以说，孟子的“四端”说虽带有先验论的色彩，但其“性善”论的主体内容则重在后天，具有永恒的社会文化价值。刘勰主张文章写作的学习观念，并且主张“博而能一”“博观精阅”就是这个道理。

《文心雕龙》特别重视作家后天修养与先天才气的结合，提出了解决写作思维难题的“积学以储宝，酌理以富才，研阅以穷照，驯致以绎辞”的方法与“博见为馈贫之粮，贯一为拯乱之药；博而能一，亦有助乎心力”（《神思》）的修养原则。为了习染典雅中正的风格，提出了“夫才有天资，学慎始习。斫梓染丝，功在初化；器成彩定，难可翻移。故童子雕琢，必先雅制；沿根讨叶，思转自圆。八体虽殊，会通合数；得其环中，则辐辏相成。故宜摹体以定习，因性以练才，文之司南，用此道也”（《体性》）的学

① 杨明照：《增订文心雕龙校注》，北京，中华书局，2000：511页。

习模仿原则。为了进行正确的通变转化，则提出了“规略文统，宜宏大体。先博览以精阅，总纲纪而摄契；然后拓衢路，置关键，长辔远驭，从容按节”（《通变》）的操作过程方法论。为了创作出有“风骨”的作品，刘勰主张“熔铸经典之范，翔集子史之术。洞晓情变，曲昭文体，然后能孚甲新意，雕画奇辞”（《风骨》）的学习模仿、规范文情的思想法则。而对于“精虑造文，各竞新丽；多欲练辞，莫肯研术”（《总术》）的后天文章学习弊端，则予以批评，希望学习者能注重写作方法的掌握，达到“执术驭篇”的人、术、文的结合统一，而在多达二十篇的文体论中，每一篇都论述到了各体文章的写法、大纲、纲要、纲领，作为学习该体文章写作者的共时原理，这些原理的核心是雅丽的创作要求。由此可见刘勰对于写作之道的重视与精深研究。

其次，“观水有术”的方法论。《尽心上》：

> 孟子曰：“观水有术，必观其澜。日月有明，容光必照焉。流水之为物也，不盈科不行；君子之志于道也，不成章不达。”①

“观水有术，必观其澜”一说，转化过来，就是写作有术，必观其文的方法论。虽然孟子“观水有术”一说并不论述写作，但二者在道理上是相通的，做事情要讲方法，写文章当然更要讲方法。“志于道也，不成章不达”的思想告诉我们，有心为文的君子，不学“为文之术”就写不好文章，要想写好文章，就要用志于此，不写好文章誓不罢休。《告子上》则以后羿课徒为例，来说明教学中“规矩方法”的重要意义：

> 孟子曰：“羿之教人射，必志于彀；学者亦必志于彀。大匠诲人必以规矩，学者亦必以规矩。”②

这正是《离娄上》所说“不以规矩，不能成方圆”的意思。孟子关于

---

① （汉）赵岐注，（宋）孙奭疏：《孟子注疏》，上海，上海古籍出版社，1992：2768 页。
② （汉）赵岐注，（宋）孙奭疏：《孟子注疏》，上海，上海古籍出版社，1992：2754 页。

“术”的论述以及对“规矩”的重视，表明儒家也在积极地探索事物发展的规律与操作方法，发展到荀子那里，荀子结合了兵家、法家思想中“尚法论术”的思想，对传统儒家只谈大道的做法进行了改革新变，使儒家思想在战国末年也跨入了“尚法论术”的行列。刘勰写作的《文心雕龙》，是论述从形而上的“文源于道”—形而下“为文之术”的写作规矩角度入手的苦心之作。孟子重视“规矩方圆”的哲学思想方法论，这是刘勰“论文”的哲学依据之一，即为什么要写这个东西？

为了解决“为文之术”这个难题，《文心雕龙》从《镕裁》篇论述文辞繁略开始，设立了《声律》篇论述新兴的宫商声律论，《章句》篇论述文章句段篇章的关系，《丽辞》篇论述骈文对偶句法的四种组合，《比兴》篇论述“比显而兴隐”的写作技法，《夸饰》篇论述“《诗》《骚》雅言”与辞赋淫丽的夸饰手法，《事类》篇论述典故运用与经典作为用典范本的渊源价值，《练字》篇论述从古及今小学文字的正误变化与运用，《隐秀》篇论述“自然会妙”与“润色取美”的写作之美，《指瑕》篇论述古往今来名家名作的写作瑕疵，《养气》篇主张“玄神宜宝，素气资养”的静心修养理论，《附会》篇以人体为喻阐释文章的结构关系。上述十余篇，还只是专题性质的“为文之术”，如果加上思维论、风格论、通变论、情采论、时序论、物色论、鉴赏论等文章写作必须运用到、考虑到的“为文之术”，那么，下篇几乎全部都在集中论述写作的具体方法，这些方法指向的核心标准，是怎样进行雅丽的创作。

第四节　荀子的影响

荀子在孔、孟传统儒学的基础上，吸收了道家、兵家、法家等诸子思想来充实、新变儒家思想。《荀子》一书辩证地指出了各家之弊端而独尊孔子，重视学习修养以求君子人格，论述“性恶”而反对孟子的“性善”，开启“情、性、法、术”之说而能坚守儒家大道。《文心雕龙》对儒学大师有着极为崇高的评价①，刘勰赞其为“巨儒”，以“学宗”称之，礼赞其作品“象物名赋，文质相称”,② 是雅丽兼备的好作品。整体上看，荀子对《文心雕龙》雅丽思想的影响主要有两点：一是明确提出了“明道、征圣、宗经”的主张，对《文心雕龙》“道—圣—文”模式的建立提供了理论基础；二是《荀子》大力论美尚丽，是儒家诸子在这一方面的理论先驱。

一、“道—圣—经”的文学生成模式

与孔子和孟子一样，荀子的学术思想是建立在礼乐政教、修身化人的基础上的。在继承孔门四科划分出“文学”一科的基础上，荀子进一步指出了学习文学的重要性，《大略》篇指出：“人之于文学也，犹玉之于琢磨也。”③ 良玉需要打磨才会更美，人通过学习文学就会更加具有君子的美好人格。在《论语》中，子贡曾引《诗》论说学习需要“如切如磋，如琢如磨”的道理，荀子在此旧话重提，显示了修养学习的重要性。荀子的创新之处在于，他对于文学如此强大功能的认识，是建立在文学构成要素的“言”“辞”“辩”的基础上的。孔子讲究“辞达”，孟子长于论辩，《周易》与《庄子》都论述到言意关系的问题，荀子则在上述理论的基础上，特别重视对“言”“辞”“辩”的整合观照，这三者，都是文学的重要组成因

---

① 这些论述主要有：❶《诠赋》：然赋也者，受命于《诗》人，拓宇于《楚辞》也。于是荀况《礼》《智》，宋玉《风》《钓》，爰锡名号，与诗画境，六义附庸，蔚成大国。遂客主以首引，极声貌以穷文，斯盖别诗之原始，命赋之厥初也。❷《诠赋》：观夫荀结隐语，事数自环；……凡此十家，并辞赋之英杰也。❸《谐隐》：昔楚庄、齐威，性好隐语。……而君子嘲隐，化为谜语。谜也者，回互其辞，使昏迷也。……荀卿《蚕赋》，已兆其体。❹《史传》：若夫追述远代，代远多伪。公羊高云“传闻异辞”，荀况称“录远略近”，盖文疑则阙，贵信史也。❺《诸子》：然繁辞虽积，而本体易总：述道言治，枝条五经；其纯粹者入矩，踳驳者出规。《礼记·月令》，取乎《吕氏》之纪；《三年问》丧，写乎《荀子》之书，此纯粹之类也。❻《诸子》：研夫孟、荀所述，理懿而辞雅；……斯则得百氏之华采，而辞气之大略也。❼《章表》：是以……必雅义以扇其风，清文以驰其丽。……使繁约得正，华实相胜，唇吻不滞，则中律矣。……荀卿以为：“观人美辞，丽于黼黻文章”，亦可以喻于斯乎？❽《时序》：春秋以后，角战英雄，……唯齐楚两国，颇有文学。齐开庄衢之第，楚广兰台之宫；孟轲宾馆，荀卿宰邑，故稷下扇其清风，兰陵郁其茂俗。❾《才略》：荀况学宗，而象物名赋，文质相称，固巨儒之情也。

② 从文学创作角度来看，荀子最大的功绩是开启了赋体文学的创作之风。

③ （清）王先谦：《荀子集解》，北京，中华书局，1989：508 页。

素，基本上异语同义。特别要说明的是，荀子所说的文学，是泛指一切的文化学术，不是文学作品的意思。在文化学术著作中，荀子既尊崇儒家圣人与儒家经典，也对有益的诸子文学有所借鉴吸收。荀子认为，“言”“辞”“辩”是文学的外显形式，辩说者（作家）之“心”与辩说者之“道”内蕴其中，对听众（读者）有直接的影响作用。《正名》篇指出：

凡邪说辟言之离正道而擅作者，无不类于三惑者矣。故明君知其分而不与辨也。夫民易一以道，而不可与共故。故明君临之以埶，道之以道，申之以命，章之以论，禁之以刑。故民之化道也如神，辨说恶用矣哉！今圣王没，天下乱，奸言起，君子无埶以临之，无刑以禁之，故辨说也。实不喻，然后命，命不喻，然后期，期不喻，然后说，说不喻，然后辨。故期命辨说也者，用之大文也，而王业之始也。名闻而实喻，名之用也。累而成文，名之丽也。用丽俱得，谓之知名。名也者，所以期累实也。辞也者，兼异实之名以论一意也。辨说也者，不异实名以喻动静之道也。期命也者，辨说之用也。辨说也者，心之象道也。心也者，道之工（按：一作主）宰也。道也者，治之经理也。心合于道，说合于心，辞合于说。正名而期，质请而喻，辨异而不过，推类而不悖。听则合文，辨则尽故。以正道而辨奸，犹引绳以持曲直。是故邪说不能乱，百家无所窜。有兼听之明，而无矜奋之容；有兼覆之厚，而无伐德之色。说行则天下正，说不行则白道而冥穷。是圣人之辨说也。诗曰：“颙颙卬卬，如圭如璋，令闻令望，岂弟君子，四方为纲。”此之谓也。①

本段文字，荀子贬斥疏离正道的邪说辟言，而主张君子正道的辩说作用。这其中的“道”，主要是指儒家正道，“说行则天下正”，是欲以符合儒家正道的辩说行为干政君王，得时大用，《荀子》书中记载了荀子多次与君王辩说

① （清）王先谦：《荀子集解》，北京，中华书局，1989：422－424页。

的场面及其语言艺术，就是这段话的最佳写照。本段最大的意义在于荀子提出的“心合于道，说合于心，辞合于说”的“说—辞—心—道”的辩说行为由表及里的生成模式：辩说这一具体的语言行为，是由言辞这一基本要素组合而成的；而言辞是一个人“心”的反应，“心”“辞”一也；心在根本上又受到“道”的主宰。也就是说，坚守儒家正道，就有正心与正辞，也就有了正说。从本质上讲，荀子的主张是儒家德义大道的细化表现，与孔子、孟子并无不同，但从辩说的生成模式上来说，就有了积极细化与内外一致的创新突破。荀子一方面认为“心合于道”“心之象道”，一方面又说“心也者，道之工（主）宰也”，儒家正道与心合二为一，又与辩说之言辞三合为一，这样，“道—心—辞”的由内到外的辩说生成模式建立了起来。

荀子主张的正道之心，当然是儒家圣人之正心，言说之辞，化为文本，当然就是文学之文，主要是指儒家经典这样的正文。《儒效》篇以为：

> 圣人也者，道之管也，天下之道管是矣，百王之道一是矣。故诗书礼乐之道归是矣。诗言是其志也，书言是其事也，礼言是其行也，乐言是其和也，春秋言是其微也，故风之所以为不逐者，取是以节之也，小雅之所以为小雅者，取是而文之也，大雅之所以为大雅者，取是而光之也，颂之所以为至者，取是而通之也。天下之道毕是矣。①

圣人是正道的主管，儒家经典的“诗书礼乐”就是正道的最佳载体，经过这样的具体转化，“道—心—辞”的辩说生成模式就可以看作是“道—圣—经”的文学生产模式。这是荀子对《文心雕龙》所产生的最大影响。

《文心雕龙·原道》篇建立的“道—圣—文”的文学发生模式，直接取法于荀子。二者的区别在于，刘勰用道家的“自然之道”替换了儒家正道，用“心生而言立，言立而文明”的人文发生顺序取代了“心合于道，说合

① （清）王先谦：《荀子集解》，北京，中华书局，1989：133－134 页。

于心，辞合于说”的辩说发生顺序，“人文”代替了辩说。《原道》篇做出这样的取法，主要有两个目的：第一是论述文学的来源是“自然之道”，“人文”是“道之文”的三种形式之一；第二是为人文有采、文学尚丽的本质属性寻找依据。显然，后者才是刘勰的真正用意。《文心雕龙》主张“圣贤书辞，非采而何”（《情采》），认为“古来文章，以雕缛成体”（《序志》），文学“原道”的用意，就是要从“自然之道”的本源上找到自然物色“郁然有采”的基本属性，为“人文”有采找外衣。其基本的发展顺序是，一切“人文”都有文采之美——圣人经典当然是“人文”之首——儒家经典于是“郁然有采”。在这样的基础上，“圣文雅丽，衔华佩实”（《征圣》）一说才站得住脚，“雕缛成体”“文采行乎其中”（《镕裁》）等观点才有了理论基础。

所以，《文心雕龙》雅丽思想在主要取法儒家的同时，也是向道家思想积极取法，整合二者，折中儒道，合成雅丽。这使得雅丽思想远远超越了魏晋齐梁年间一切文学新变尚丽与复古尚雅的主张，并且不是折中二者那么简单。折中新变与复古，远远没有达到礼乐尚雅与原道尚丽的理论高度。从这一点来看，《文心雕龙》产生于魏晋“文学自觉”的大环境下，而在哲学高度上超越这个时代玄佛昌盛的学术思潮影响，独取儒家大道，尊崇儒家圣人与儒家经典，当然更是“道—圣—文”的文学发生理论的产物。

二、论“美”尚“丽”的新变影响

除去文学“道—圣—文”的模式，《荀子》对《文心雕龙》的文学论美尚丽有重要的影响。先秦道家论述“美”“妙”，《庄子》则首开“丽”论先河，但是，儒家不遑多让，儒家论“美”论“丽”也并不少，《荀子》则开启儒家“丽”论先声。《论语》论“美”共十二处，比较著名的有《学而》“先王之道斯为美”、《八佾》“尽善尽美”、《里仁》“里仁为美”等论述，以诗乐、仁德政教之美为主。《孟子》一书中论“美”共十八处，用法与《论语》相似；《荀子》一书中论“美”共八十三处，适用范围上有了巨大的拓展。《文心雕龙》的尚丽文学思想显然是与尚美文学思想联系在一起的，这就构成了文学的论美尚丽的美丽精神。《荀子》在论美的基础上，开启了儒家“丽”论的先河，对两汉扬雄、王充有直接的影响。

在先秦，《论语》中并无独立的论“丽”意见。《孟子》书中仅有一条引用《诗》“商之孙子，其丽不亿”的话，与美丽之“丽”并不相关。《荀子》书中论“丽”累计六条：

(1)《非相篇》　今世俗之乱君，乡曲之儇子，莫不美丽姚冶，奇衣妇饰，血气态度拟于女子。①

(2)《富国篇》　古者先王分割而等异之也，故使或美或恶，或厚或薄，或佚或乐，或劬或劳，非特以为淫泰夸丽之声，将以明仁之文，通仁之顺也。故为之雕琢、刻镂、黼黻文章，使足以辨贵贱而已，不求其观。②

(3)《君道篇》　以为好丽邪？则夫人行年七十有二，齳然而齿堕矣。③

(4)《乐论篇》　声乐之象：鼓大丽，钟统实，磬廉制，竽笙箫和，筦钥发猛，埙篪翁博，瑟易良，琴妇好，歌清尽，舞意天道兼。鼓其乐之君邪。④

(5)《正名篇》　名闻而实喻，名之用也。累而成文，名之丽也。用丽俱得，谓之知名。⑤

(6)《宥坐篇》　孔子曰：“太庙之堂，亦尝有说。官致良工，因丽节文，非无良材也，盖曰贵文也。”⑥

上述材料中，《乐论篇》“鼓大丽”之“丽”通“厉”，指鼓声激越高亢，

---

① （清）王先谦：《荀子集解》，北京，中华书局，1989：76页。
② （清）王先谦：《荀子集解》，北京，中华书局，1989：179－180页。
③ （清）王先谦：《荀子集解》，北京，中华书局，1989：243页。
④ （清）王先谦：《荀子集解》，北京，中华书局，1989：383页。
⑤ （清）王先谦：《荀子集解》，北京，中华书局，1989：422－423页。
⑥ （清）王先谦：《荀子集解》，北京，中华书局，1989：528页。

清人王先谦所引“偶物为丽”① 之说非是，“因丽节文”之“丽”意谓“施”，其余数条，用于描述美丽之貌、夸丽之声、美好之名，在容貌、音乐、令名诸方面均有涉及，明显带有儒家礼乐思想的影响。荀子“雕琢、刻镂、黼黻文章”② 之说，虽然没有直接以“丽”论述到文学，但其所指，已经与后代文学之“丽”非常接近，尤其是与《文心雕龙·体性》“雅丽黼黻”一说非常接近。《章表》篇总结说：

> 是以章式炳贲，志在典谟；使要而非略，明而不浅。表体多包，情伪屡迁。必雅义以扇其风，清文以驰其丽。然恳恻者辞为心使，浮侈者情为文屈。必使繁约得正，华实相胜，唇吻不滞，则中律矣。子贡云心以制之，言以结之，盖一辞意也。荀卿以为：“观人美辞，丽于黼黻文章”，亦可以喻于斯乎？③

这样，雅丽文学思想在“雅正”的思想内容基础上，迎来了“美丽”的审美内涵之先声。尽管先秦儒家所论述之“美丽”，多与《文心雕龙》所论之文学“美丽”关系不大，但是，没有这样的基础，两汉扬雄“丽淫丽则”的辞赋评论与王充大量的文学“美丽”论述就无法产生，故而其开启意义是十分重大的。

第五节　扬雄的影响④

扬雄思想丰富深刻，整体上呈现出儒家为主而儒道结合的特点。在他的

---

① “丽”本义为两匹马并排拉车而行，即“骈偶”义。此处并非此义。

② 按：“黼黻文章”中的“文章”，是指古代礼服上所绣的色彩绚丽的花纹，泛指华美鲜艳的色彩。《荀子·非相》篇：“故赠人以言，重於金石珠玉；观人以言，美于黼黻文章。”杨注：“黼黻文章，皆色之美者。白与黑谓之黼，黑与青谓之黻，青与赤谓之文，赤与白谓之章。”《淮南子·主术训》：“人主好高台深池，雕琢刻镂，黼黻文章，絺綌绮绣。”《文心雕龙·体性》篇赞语：“雅丽黼黻”，以古代礼服“雅丽黼黻”的色彩美比喻文学作品呈现的风格美，取法即在于此。

③ 杨明照：《增订文心雕龙校注》，北京，中华书局，2000：307 页。

④ 笔者按，本节的部分内容，曾以《杨雄对〈文心雕龙〉成书的影响》为题，发表于《蜀学》第九辑，纳入本书时有改动。

辞赋创作实践与学术著作中，我们可以梳理出许多对《文心雕龙》产生了直接影响的哲学、文学、美学思想，这些思想集中在其代表作《法言》之中，并表现于《报刘歆书》《反离骚》《太玄经》《汉书·扬雄传》等文献之中。自孔子以后，对《文心雕龙》雅丽思想影响最大的就是扬雄，这可以从《文心雕龙》全书三十八次直接论述扬雄所出现的重要位置、若干次化用其“丽则丽淫”主张的运用情况清楚地看出来。① 具体而言，扬雄对《文心雕龙》的影响体现在以下几个方面：一是提倡明道、征圣、宗经的思想，这是对孔子、孟子、荀子一脉相传的儒家“德义雅正”正统思想的继

---

① 这三十八次论述分别是，❶《宗经》：扬子比雕玉以作器，谓五经之含文也。❷《辨骚》：扬雄讽味，亦言体同《诗》雅。❸《辨骚》：马、扬沿波而得奇。❹《诠赋》：王扬骋其势。❺《诠赋》：子云《甘泉》，构深伟之风。❻《诠赋》：扬子所以追悔于雕虫，贻诮于雾縠。❼《颂赞》：子云之表充国，……其褒德显容，典章一也。❽《铭箴》：至扬雄稽古，始范《虞箴》，作《卿尹》《州牧》二十五篇。❾《诔碑》：扬雄之诔元后，文实繁秽。❿《哀吊》：扬雄吊屈，思积功寡，意深反《骚》，故辞韵沈膇。⓫《杂文》：扬雄覃思文阁，业深综述，碎文琐语，肇为《连珠》。⓬《杂文》：扬雄《解嘲》，杂以谐调，回环自释，颇亦为工。⓭《杂文》：子云所谓“犹骋郑卫之声，曲终而奏雅”者也。⓮《诸子》：扬雄《法言》，归乎诸子。⓯《封禅》：扬雄《剧秦》，班固《典引》，事非镌石，而体因纪禅。⓰《书记》：扬雄曰：“言，心声也；书，心画也。声画形，君子小人见矣。”⓱《书记》：史迁之《报任安》，……子云之《答刘歆》：志气槃桓，各含殊采；并杼轴乎尺素，抑扬乎寸心。⓲《神思》：相如含笔而腐毫，扬雄辍翰而惊梦。⓳《体性》：子云沈寂，故志隐而味深。⓴《通变》：桓君山云：“予见新进丽文，美而无采；及见刘扬言辞，常辄有得。”㉑《通变》：扬雄《校猎》云：“出入日月，天与地沓”。㉒《丽辞》：自扬马张蔡，崇盛丽辞。㉓《比兴》：至于扬班之伦，曹刘以下，图状山川，影写云物，莫不织综比义，以敷其华。㉔《夸饰》：及扬雄《甘泉》，酌其馀波：语瑰奇则假珍于玉树；言峻极则颠坠于鬼神。㉕《夸饰》：子云《羽猎》，鞭宓妃以饷屈原。㉖《夸饰》：酌《诗》《书》之旷旨，翦扬马之甚泰。㉗《事类》：及扬雄《百官箴》，颇酌于《诗》《书》。㉘《事类》：以子云之才，而自奏不学；及观书石室，乃成鸿采：表里相资，古今一也。㉙《事类》：夫经典沉深，载籍浩瀚，实群言之奥区，而才思之神皋也。扬、班以下，莫不取资。㉚《练字》：扬雄以奇字纂《训》。㉛《练字》：陈思称：“扬、马之作，趣幽旨深，读者非师传不能析其辞，非博学不能综其理。”㉜《时序》：乐毅报书辨以义，……若在文世，则扬、班俦矣。㉝《时序》：子云锐思于千首，子政雠校于六艺：亦已美矣。㉞《才略》：扬子以为“文丽用寡者长卿”，诚哉是言也！㉟《才略》：子云属意，辞人最深。观其涯度幽远，搜选诡丽，而竭才以钻思，故能理赡而辞坚矣。㊱《知音》：扬雄自称：“心好沉博绝丽之文。”其不事浮浅，亦可知矣。㊲《程器》：扬雄嗜酒而少算。㊳《程器》：彼扬马之徒，有文无质，所以终乎下位也。其重点有三：一是在《宗经》《事类》等篇目中论述扬雄的宗经观点；二是引用扬雄的文学理论见解，为论述作论据；三是以扬雄的作品为对象，进行审美与创作的评价。整体上看，扬雄具有经学家、文学家、理论家的数重身份，刘勰论述扬雄，赞美非常之多。而对于扬雄辞赋评论“丽淫丽则”的借鉴运用，更是雅丽思想直接取法的对象，书中若干次运用或化用之。总而言之，扬雄是继孔子之后，对雅丽思想影响最大的儒家人物。

续强调，而且有所发展新变，理论阐释更加深刻，提出了“在则人，亡则书”“五经含文”“自然之道”等主张，打通儒道，为刘勰直接所用，同时，扬雄受先秦儒家影响，贬斥诸子而独尊儒学，甚至对荀子也大加刁难，表现出绝对征圣的态度。二是对儒家文艺美学思想的极大丰富，在“雅正”基础上大力提倡尚丽的文学主张，提出“丽则丽淫”的辞赋审美标准、“华实相副”的尚礼观念、“文质兼美”的圣人修养说、“心声心画”的表里合一的探讨、“弸中彪外”的修养观念等，这些观念成为《文心雕龙》雅丽思想的直接取法对象。三是扬雄思想受《周易》阴阳刚柔、天地自然、日新变化、感物取材等理论学说影响很深，《法言》体现了许多这样的影响痕迹，这对《文心雕龙》的文学原道、物色理论、自然之道、文学尚丽等学术思想取法有着榜样示范的作用。

一、明道思想

扬雄的“道”论思想以儒家政教之道、君子修身之道为核心，具体论述了儒家思想之正道、执中而行之中道、《周易》影响之“自然之道”三部分内容。为赞美圣人、褒美五经、点评辞赋、主张丽则、取法自然、论述新变等各种论述铺平了道路。《文心雕龙》的原道论、物色说、自然美丽、文质彬彬、文学新变等众多说法，都是直接从扬雄这里吸收而成的。因此，刘勰在论述文学产生的哲学依据、中道思维、美丽文采、经典意识等方面的取法，都有扬雄明道思想带来的天籁福音。最主要的是如下几点：

第一是自然之道。扬雄明道观念的重要一环，是主张“自然之道”，这与道家思想关系密切，又与《周易》相关联。因为对“自然之道”极为推崇，扬雄以之阐释自己的“原道”哲学观与新变精神。《汉书·扬雄传》记载了扬雄对辞赋“辍不复为”之后，“作《太玄》”的过程：

而大潭思浑天，参摹而四分之，极于八十一。旁则三摹九据，

> 极之七百二十九赞，亦自然之道也。①

班固简介了扬雄遵循“自然之道”，模拟《周易》作《太玄》的经过、内容与特点。所谓“自然之道”，即天地万物运行、生长、变化的自然规律，这个概念源自道家。在取法道家与《周易》卦象之后，扬雄折中儒道，使形而上的“自然之道”与形而下的儒家“五经”结合起来，《太玄》于是成为集深奥的哲学原理与经世致用的操作法则于一体的新著作。《太玄》一书是“自然之道”的产物，《法言》继续保持了这个特点，向天道自然取法，向《周易》理论取法，来论述如文质、修养、新变、文采美等若干问题。

《文心雕龙》文学的“原道”思想由此而生。②《寡见》篇说：“雷震乎天，风薄乎山，云徂乎方，雨流乎渊，其事矣乎?”③ 天地自然的雷风云雨等“物色”之动，成为感召作家为文之情的外在因素，《文心雕龙·物色》篇“自然感物”说论述的就是这个道理。扬雄同时认为，天地之间最优秀的是圣人，圣人将自然规律参悟透彻之后，用来教化人民、经纬家国，《五百》篇指出：“圣人有以拟天地而参诸身乎!”④《周易》与《文心雕龙·原道》篇都大力提倡这种取法自然的“仰观俯察”之说，主张“观天文以极变，察人文以成化”，然后能够“经纬区宇，弥纶彝宪，发挥事业，彪炳辞义”。那么，圣人是如何来进行这一仰观俯察活动的呢?《五百》篇说：

> 圣人之材，天地也；次，山陵川泉也；次，鸟兽草木也。⑤

“圣人之材”，指的是圣人的取材，从文学发生角度来看，指的是写文章的取材，扬雄的这些论说，是《文心雕龙·原道》篇的思想源泉。早在刘勰

---

① （汉）班固：《汉书》（影印本），北京，中华书局，1997：3575页。

② 曾有研究者认为“原道”产生于《淮南子》的“原道”论，经详细比对，笔者认为：从观念或术语上来说，这个说法有道理，但是从理论主张和基本内容来说，《文心雕龙》的“原道”论和《淮南子》的“原道”论关系不大。

③ 王以宪、张广保：《法言注释》，北京，华夏出版社，2002：57页。

④ 王以宪、张广保：《法言注释》，北京，华夏出版社，2002：64页。

⑤ 王以宪、张广保：《法言注释》，北京，华夏出版社，2002：71页。

之前，扬雄就已经打通了儒道两家，合而论之，各取其长。扬雄大力伸张《论语》中孔子的“鸟兽草木”等言行思想，得出上述意见。综合言之，就是取法外物，得其内心，化成“物色感人”“情动于中”“理发而文见”之说，《文心雕龙》专列《原道》《物色》两篇论述之。这是写作的发生原理与内容取材，更因为物色之丽，感人至深，故而天地万物之丽最终通过人的写作这个操作中介，实现了文章之丽。《文心雕龙》文学尚丽之论，于是首尾圆满了。扬雄首先实践了写作取法自然之道，尊重自然规律的探索。刘勰则从自然本源的角度提出文学的起源依据，论述写作的发生、发展到文体风格的形成——两人所论，都是写作的“自然之道”。很明显地，扬雄充当了“自然之道”与儒家文论结合的先行者，是“自然之道”与《文心雕龙》的中介者。

第二是新变意识。伴随扬雄明道思想与自然之道理论的是他的新变精神。自然之道循环相因，新变无穷，所以《法言》非常重视新变的问题，包括儒家五经的损益新变、圣人之道多变、天道常变等儒家前贤未曾涉及的问题，扬雄也以新变观念解释之。《问道》篇首先提出了对待新旧的基本观点：

> 或问“新敝”。曰：“新则袭之，敝则益损之。”①

扬雄对“新敝”的回答，是他新变精神的基本原则。在新旧之间，扬雄以趋新为主，《先知》：

> 为政日新。或问：“敢问日新。”曰：“使之利其仁，乐其义，厉之以名，引之以美，使之陶陶然之谓日新。”②

“日新其业”本是《大学》里面的话，之所以称其为新，是与后来混乱狡诈的政治之道相对立的，于求新中看复古，这是儒道政教的影响所致。日新观

① 王以宪、张广保：《法言注释》，北京，华夏出版社，2002：35页。

② 王以宪、张广保：《法言注释》，北京，华夏出版社，2002：74页。

念既可用于为政之法，也可用于为文之法。这个观念是《文心雕龙》文学新变的思想基础。《原道》篇论述文源于道，就几次谈到了文学新变的问题，主张文质相符，精义坚深，文王、周公、孔子三圣为之。《君子》认为“圣人之道”有常，而“圣人之变”也多：

> 或曰：“圣人之道若天，天则有常矣，奚圣人之多变也?”曰：“圣人固多变。子游、子夏得其书矣，未得其所以书也；宰我、子贡得其言矣，未得其所以言也；颜渊、闵子骞得其行矣，未得其所以行也。圣人之书、言、行，天也。天其少变乎?”①

“天则有常”与“天之多变”，是对立统一的关系。扬雄认为天多变，圣人则之，因此“圣人之书、言、行，天也”，也多变；刘勰认为文源于道，于是文多变，多新变。文学新变有或正或误两种趋向，《文心雕龙》要将文学的新变拉到正途上来。因为有了新变的理论基础，所以，对于“不刊之鸿教”的儒家五经，《问神》篇认为也是可以“损益”的：

> 或曰：“经可损益与?”曰：“《易》始八卦，而文王六十四，其益可知也。《诗》《书》《礼》《春秋》，或因或作而成于仲尼，其益可知也。故夫道非天然，应时而造者，损益可知也。”②

经书是最高的法则，也是可以损益的，那么，儒家思想，包括经书，都是可以损益的，可以新变的。《文心雕龙》认为文学各体源于经书，也具有新变的精神。因此，《文心雕龙》的“文源于道”与文学新变观念，是扬雄从道家和《周易》哲学思想中转化之后，刘勰主要向扬雄取法得来的。或者说，在道家、《周易》与《文心雕龙》之间，扬雄是一个重要的理论转化的中间环节。

二、征圣美圣

扬雄有着极为浓厚的征圣思想。在创新意义上，扬雄从修养品德、内外

① 王以宪、张广保：《法言注释》，北京，华夏出版社，2002：120页。
② 王以宪、张广保：《法言注释》，北京，华夏出版社，2002：39页。

皆美、硼内彪外、文质相符、华实相副等角度论述圣人的优点，这对《文心雕龙》的文质论、作家修养、文如其人、文学尚丽等理论寻找到了更加具体的论据。同时，这些理论的提出，也与批判汉代经学的神秘化倾向有密切的关系，《文心雕龙》批判纬书，与此义同。在《法言》中，扬雄所阐述的征圣思想主要表现在以下几点：

第一，在人在书。扬雄提出“在则人，亡则书”，为因征圣而宗经找到了理论依据。《吾子》：

> 或曰：“人各是其所是而非其所非，将谁使正之？”曰：“万物纷错则悬诸天，众言淆乱则折诸圣。”或曰：“恶睹乎圣而折诸？”曰：“在则人，亡则书，其统一也。”①

圣人像天，圣人就是日月，这是《法言》一书多次说到的圣人伟大论。但是，生命有尽头，圣人死了又该怎么办呢？扬雄回答说：“在则人，亡则书，其统一也。”圣人在世，就以他的言行为准则；圣人死了，就以他留下来的经书为准则。效法圣人，这本是儒家的千年传统，但是效法经书一说，则是扬雄的个人创见，这不仅使得征圣得以延续，而且树立了经书正统的地位，并暗中批评乱解经书的错误行为。《文心雕龙》全书的理论渊源与作家作品案例分析，全部是“在则人，亡则书”的具体实践，并且认为经书功能巨大，囊括百家，显然是在扬雄宗经思想直接影响下产生的。

第二，文质皆美。扬雄论圣人，是文质皆美的新论，这与扬雄“五经含文”的思想是结合在一起的，同时，与他学习修养理论文质相谐、华实相副的主张也是密切关联的。扬雄经常运用比喻的方法来论说，如用“玉”之文质，《君子》篇说：

> 或问：“君子似玉”。曰：“纯沦温润，柔而坚，玩而廉，队乎其不可形也。”②

---

① 王以宪、张广保：《法言注释》，北京，华夏出版社，2002：19页。
② 王以宪、张广保：《法言注释》，北京，华夏出版社，2002：120页。

“君子似玉”，珍贵难得；“纯沦温润”，文质皆美；“柔而坚，玩而廉”，刚柔相济，品德高尚。相对而言，扬雄更重视美玉之质，《学行》：“或曰：‘学无益也，如质何？’曰：‘未之思矣。夫有刀者礲诸，有玉者错诸，不礲不错，焉攸用？礲而错诸，质在其中矣。否则辍。’”① 《论语》中子贡曾引用《诗》来论说学习需要“如切如磋，如琢如磨”，扬雄“礲而错诸，质在其中”的比喻说法，既是对磨刀错玉、学习打磨的重视，也是对内在美的重视，与孔子师徒“切磋琢磨”的说法异曲同工。《五百》篇又认为圣人之言语远大：

> 圣人之言远如天，贤人之言近如地。珑玲其声者，其质玉乎？②

圣人的言语声响之美珑玲盈耳，内涵之美其质似玉，是音乐声响美与内容道理美的完美结合。《重黎》篇说到圣人的内外修养：“或问‘圣人表里’。曰：‘威仪文辞，表也；德行忠信，里也。’”③ 圣人表文里质，内外双修，因此值得学习尊重。《吾子》篇评价屈原，以为屈原丹青其采，玉莹其质：

> 或问：“屈原智乎？”曰：“如玉如莹，爰变丹青。如其智！如其智！”④

扬雄将屈原比喻为“如玉如莹，爰变丹青”，是文质美的极佳代表，这与“龙蛇命运”说完全不一样。⑤ 正确的理解应该是，扬雄是站在不同的立场上来看待屈

---

① 王以宪、张广保：《法言注释》，北京，华夏出版社，2002：9 页。

② 王以宪、张广保：《法言注释》，北京，华夏出版社，2002：68 页。

③ 王以宪、张广保：《法言注释》，北京，华夏出版社，2002：84 页。

④ 王以宪、张广保：《法言注释》，北京，华夏出版社，2002：17 页。

⑤ 据《汉书·扬雄传》载，扬雄思慕辞赋，评价屈原：“先是时，蜀有司马相如，作赋甚弘丽温雅，雄心壮之，每作赋，常拟之以为式。又怪屈原文过相如，至不容，作《离骚》，自投江而死，悲其文，读之未尝不流涕也。以为君子得时则大行，不得时则龙蛇，遇不遇命也，何必湛身哉！乃作书，往往摭《离骚》文而反之，自岷山投诸江流以吊屈原，名曰《反离骚》；又旁《离骚》作重一篇，名曰《广骚》；又旁《惜诵》以下至《怀沙》一卷，名曰《畔牢愁》。”自孔子以来，儒家一向讲究“明哲保身”的处世存身之道，唯有孟子是个例外。扬雄有这样的思想，原因有二：一是受传统儒家思想的影响；二是对屈原投江的悲悯，感叹其不值得。扬雄的一生，正是在存身保命一途以“龙蛇命运”为思想基础的反应。

原的：当站在明哲保身的存身立场上时，屈原就是知伸而不知屈的化身；当站在文学创作的修养角度看待屈原时，屈原就是最美文学家。班固评屈，矛盾互见，原因同样如此。李诚先生《论班固评屈》一文阐述甚详，可参。①

《法言》一书中，还经常以“丹青”、朱红之“色”为喻，来论述圣人的美好形象或语言、修养。《君子》篇说：

> 或问：“圣人之言，炳若丹青，有诸?”曰：“吁！是何言与？丹青初则炳，久则渝。渝乎哉?”②

“丹青彪炳”之语，意在说明圣人之言语久而不渝，是不变的法则，这就为“圣—言—文”的宗经思想铺平了道路。而“丹青”“彪炳”之类的话，《文心雕龙》常常用之。《吾子》又说：

> 多闻则守之以约，多见则守之以卓。寡闻则无约也，寡见则无卓也。绿衣三百，色如之何矣！纻絮三千，寒如之何矣！③

“多闻则守之以约，多见则守之以卓”，实则《文心雕龙》“博而能一”“博观精约”说的原意。扬雄认为，“绿衣三百，纻絮三千”是正确的做法，见多识广以后，对于颜色的辨析与寒冷的抵御就都不成问题了。《吾子》篇则直接由孔子“文质彬彬”说入手，来批评那些“披着虎皮的羊”，即淆乱经学的神秘主义者与解经乱道者：

> 或曰：“有人焉，曰云姓孔而字仲尼，入其门，升其堂，伏其几，袭其裳，则可谓仲尼乎?”曰：“其文是也，其质非也。”“敢问质。”曰：“羊质而虎皮，见草而说，见豺而战，忘其皮之虎矣。”④

扬雄“文质”是指形式与内容，即内外之别；孔子论“文质”是指人的修

① 李诚：《论班固评屈》，载《四川师范大学学报（社会科学版）》，1992（2）。
② 王以宪、张广保：《法言注释》，北京，华夏出版社，2002：120页。
③ 王以宪、张广保：《法言注释》，北京，华夏出版社，2002：18－19页。
④ 王以宪、张广保：《法言注释》，北京，华夏出版社，2002：18页。

养问题，主张内外和谐之美。① 所以，扬雄接着说：

> 圣人虎别，其文炳也。君子豹别，其文蔚也。辩人狸别，其文萃也。狸变则豹，豹变则虎。②

驰骋论辩之人像狸猫，“文萃”而体小；君子像豹子，“文蔚”而个大；圣人像斑斓猛虎，“文炳”而质美。虽然都是猫科动物，但是从狸猫变成老虎，需要经过“君子”修养这一关。扬雄以之为比喻，暗含贬纵横辩士而崇儒家圣人的尊卑观念，而猛虎的文采炳蔚一说，暗合汉代壮美博大的时代审美风气与大国气象，被《文心雕龙》多次运用，以壮丽华美的色彩论述写作的文采之美。③

《先知》篇集中地论述了圣人文质之美与修养文质之美的具体方法：

> 圣人，文质者也。车服以彰之，藻色以明之，声音以扬之，诗书以光之。笾豆不陈，玉帛不分，琴瑟不铿，钟鼓不抎，则吾无以见圣人矣。④

扬雄以为，圣人之外在形式美与内在本质美都应该是文采华丽的，圣人的文章也是如此。《文心雕龙》推而论之，认为源自圣人经典的后世文章也是尚丽尚美的。这就在文学“原道”美与圣人文章美之间再次细化，寻找到了圣人文质美这一中介。《文心雕龙》“五经含文”的雅丽思想，完全是对扬雄文质、华实思想的翻版运用。如此，雅丽文学思想的两个主要取法对象可以确立：一个是孔子，另一个是扬雄。一方面是从孔子“郁郁乎文”到扬雄

---

① 除去孔子“文质彬彬”的直接论述外，《论语》还记录了孔门弟子的文质观念，比较著名的是《颜渊》中的一段对话：“棘子成曰：‘君子质而已矣，何以文为？’子贡曰：‘惜乎，夫子之说君子也！驷不及舌。文犹质也，质犹文也。虎豹之鞟犹犬羊之鞟。’”意思是说良好的本质应当有适当的表现形式，否则，本质再好，也无法显现出来。这里所讨论的表里一致的问题，棘子成认为作为君子只要有好的品质就可以了，文采并不是必须的，子贡反对这种说法。

② 王以宪、张广保：《法言注释》，北京，华夏出版社，2002：18 页。

③ 《文心雕龙》对于文采“彪炳”或“炳蔚”的运用主要有以下数例：❶《原道》：龙凤以藻绘呈瑞，虎豹以炳蔚凝姿。❷《原道》：发挥事业，彪炳辞义。❸《正纬》：六经彪炳，而纬候稠叠。❹《明诗》：“四始”彪炳，“六义”环深。❺《情采》：其为彪炳，缛采名矣。❻《章句》：篇之彪炳，章无疵也。都是在赞美文学作品的华丽文采。

④ 王以宪、张广保：《法言注释》，北京，华夏出版社，2002：74 页。

“圣人文质”“华实相副”的尚丽思想，另一方面是雅乐、正声、正色、正采、内质、明道、征圣、宗经的雅正思想，二者结合，就是文学的雅丽思想。

三、宗经尚美

明道、征圣之外，《法言》中还论述了精彩的宗经思想。儒家经典在扬雄这里不仅是“不刊之鸿教”，而且散发着迷人的文采之美，这与古板的传统看法截然不同。扬雄以其复古与新变交织的观念而辩证宗经，对于经典蕴含的华美之义进行了深刻的论证与阐释。扬雄关于“五经含文”的论述，成为刘勰直接采用的“六义”说的证据，更是《文心雕龙》“圣文雅丽”思想的直接来源。扬雄对五经特点的理解超越了前人，其学说为《文心雕龙》所全盘继承。主要体现在以下几个方面：

第一，全面论述了“五经”在内容上的特点。《寡见》篇说：

> 或问：“五经有辩乎?”曰：“惟五经为辩。说天者莫辩乎《易》，说事者莫辩乎《书》，说体者莫辩乎《礼》，说志者莫辩乎《诗》，说理者莫辩乎《春秋》。舍斯，辩亦小矣。”①

扬雄所说的“惟五经为辩”，全面涉及了五经“《易》说天”“《书》说事”“《礼》说体”“《诗》说志”“《春秋》说理”的内容特点。② 在扬雄看来，

---

① 王以宪、张广保：《法言注释》，北京，华夏出版社，2002：56 页。

② 先秦道家《庄子》书中曾谈到儒家六经的特点，《天下》篇：“古之人其备乎！配神明，醇天地，育万物，和天下，泽及百姓，明于本数，系于末度，六通四辟，小大精粗，其运无乎不在。其明而在数度者，旧法世传之史尚多有之。其在于《诗》《书》《礼》《乐》者，邹鲁之士搢绅先生多能明之。——《诗》以道志，《书》以道事，《礼》以道行，《乐》以道和，《易》以道阴阳，《春秋》以道名分。——其数散于天下而设于中国者，百家之学时或称而道之。”其后，儒家的荀子谈到过五经的特点，《儒效》篇说：“诗言是其志也，书言是其事也，礼言是其行也，乐言是其和也，春秋言是其微也。”汉代司马迁在《史记·太史公自叙》中也曾评价六经：“易著天地阴阳四时五行，故长於变；礼经纪人伦，故长於行；书记先王之事，故长於政；诗记山川谿谷禽兽草木牝牡雌雄，故长於风；乐乐所以立，故长於和；春秋辩是非，故长於治人。是故礼以节人，乐以发和，书以道事，诗以达意，易以道化，春秋以道义。”三家之中，荀子不曾谈《易》，而郭沫若先生以为《易传》最终成于荀子。扬雄对五经特点的理解，显然有上述诸子所发议论的铺垫。

五经是最能够体现“辩”的特点的，据此，论辩之士，“伎数之子”，都应该归入儒家五经的统摄范围中来。这个思想包含的内容有如下几层：一是儒家最高；二是儒家统摄各家；三是五经内容丰富，囊括万有；四是五经各自特点不同，每一经都可以流出涉及自身领域内的新东西。《文心雕龙》的《宗经》篇全面继承了扬雄的说法，曰：“象天地，效鬼神，参物序，制人纪，洞性灵之奥区，极文章之骨髓者也。”① 经典在内容上极为丰富，是人情与文章的最高表现形式。在具体的特点上，《文心雕龙》关于“《易》惟谈天”“《书》实记言”“《诗》主言志”“《礼》以立体”“《春秋》辨理”的说法，与扬雄“《易》说天”“《书》说事”“《礼》说体”“《诗》说志”“《春秋》说理”的总结几乎完全一致。

第二，扬雄对“五经美玉”的论述，使刘勰建立起“五经含文”的尚丽主张。《寡见》篇以美玉为喻，认为经典应该是文采美丽的：

> 或曰：“良玉不雕，美言不文，何谓也？”曰：“玉不雕，玙璠不作器。言不文，典谟不作经。”②

“玉不琢，不成器”，说明了璞玉需要雕琢打磨，使之更美；“美言不文”的说法，则是《老子》“信言不美，美言不信”的同义命题。扬雄认为，语言如果不美的话，就不能动人，不能显示经典的美好深刻，“典谟”也不能再作经书了，意在说明经典是文采华美的。推导此说，来自扬雄主张的圣人“文质彬彬”与“心声心画”，扬雄认为圣人君子的修养内外皆美，文质相符，依据他“言如其人”与“文如其人”的理论可知，经典本是记载圣人言行的“亡则书”的作品，肯定也应该是华实相符的，故而五经含文，自然华美。《君子》篇说：

> 或问：“君子言则成文，动则成德，何以也？”曰：“以其弸中而彪外也。般之挥斤，羿之激矢。君子不言，言必有中也；不行，

① 杨明照：《增订文心雕龙校注》，北京，中华书局，2000：26 页。
② 王以宪、张广保：《法言注释》，北京，华夏出版社，2002：57 页。

行必有称也。”①

屈原在《离骚》中说自己兼有“内美与修能”，即文质皆备，扬雄在此也尚内美。“弸中彪外”的提出，指出了内在修养的充实对外在文采“辉光”之美的意义。因此，圣人之文一定是华实相符的。扬雄的这一说法，是《文心雕龙》论述“圣文雅丽，衔华佩实”的最直接理论依据。《征圣》篇认为圣人文章文采焕然：“远称唐世，则焕乎为盛；近褒周代，则郁哉可从。”“焕乎为盛”，用的是孔子赞美尧帝时代文学繁荣发展的话；“郁哉可从”则直接引用的是孔子论述周代文学“郁郁乎文哉”的评价与“吾从周”的史学主张。二者的核心意思，都是指向“圣文美丽”这一主导内容。又说，圣文是“志足而言文，情信而辞巧，乃含章之玉牒，秉文之金科”，是文采华美的作品。同篇还记载了一个“颜阖以为，仲尼‘饰羽而画’，徒事华辞”的“訾圣弗得”的故事，这个故事的核心，也是指向圣人孔子的华丽言辞。作为最伟大作家的孔子，其言辞华丽，则其文章必然华丽。《征圣》篇赞语说：“精理为文，秀气成采。”圣文是精义坚深而且文采华美的。正是在这样的理论铺垫基础上，刘勰才在最后推出了“圣文之雅丽，衔华而佩实”这一总结性的论述。《宗经》篇说：

故扬子比雕玉以作器，谓五经之含文也。②

比照扬雄《法言》，我们可以看到，扬雄是经典“雅丽”理论的第一发现者。《文心雕龙》的研究者普遍认为，五经之中，除了《诗经》外，要说其他四经“含文”，是不太对头的，其他四经主要是“含雅”“含质”“含理”“含奥”，而不是“含文”。为了解决这个难题，刘勰不仅站在哲学的高度提出“文源于道，郁然有采”的依据，从根本上阐述“五经含文”一说，还在实践理论中取法扬雄，指出“五经含文”的先行论述者的意见，来充实、支撑自己的雅丽理论主张。这就从原理上、论据上两个角度证明了五经为什

① 王以宪、张广保：《法言注释》，北京，华夏出版社，2002：119 页。
② 杨明照：《增订文心雕龙校注》，北京，中华书局，2000：27 页。

么“含文”这一难题，使得雅丽思想逾越了五经“雅而不丽”的事实障碍，成为全书中贯穿前后的文学尚美、文学正采主张的理论红线，并为矫正魏晋文学新变的不良倾向做服务。

第三，刘勰关于《宗经》“六义”的界说，在扬雄《法言》中可以找到直接的理论论据。《法言》是刘勰《宗经》篇提出“六义”说，得出“风清”“文丽”等说法的直接来源，刘勰全盘继承了扬雄对经典与圣人的评价。所谓“六义”，是指经典的六大写作特点：

> 一则情深而不诡，二则风清而不杂，三则事信而不诞，四则义贞而不回，五则体约而不芜，六则文丽而不淫。①

刘勰主张“情深、风清、事信、义贞、体约、文丽”的六条标准，可以简单地归入属于文学内容的“情、事、义”三体与属于形式的“风、体、文”三体。也就是说，刘勰论述的意见，实际上是扬雄已经讲过的话。《学行》：

> 或曰：“猗顿之富以为孝，不亦至乎？颜其馁矣。”曰：“彼以其粗，颜以其精；彼以其回，颜以其贞。颜其劣乎？颜其劣乎？”②

“六义”说中的“义贞而不回”，就是出自这里。《吾子》：

> 或问：“君子尚辞乎？”曰：“君子事之为尚。事胜辞则伉，辞胜事则赋，事、辞称则经。足言足容，德之藻矣！”③

扬雄认为君子尚辞好辩，“事胜辞则伉，辞胜事则赋，事、辞称则经”的说法，直指“六义”说中的“事信而不诞”。《问神》则说：

> 或曰：“《玄》何为？”曰：“为仁义。”曰：“孰不为仁？孰不为义？”曰：“勿杂也而已矣。”④

---

① 杨明照：《增订文心雕龙校注》，北京，中华书局，2000：27 页。
② 王以宪、张广保：《法言注释》，北京，华夏出版社，2002：15 页。
③ 王以宪、张广保：《法言注释》，北京，华夏出版社，2002：17 页。
④ 王以宪、张广保：《法言注释》，北京，华夏出版社，2002：40 页。

或曰："淮南、太史公者，其多知与？何其杂也。"曰："杂乎杂，人病以多知为杂。惟圣人为不杂。"①

对比可以发现，刘勰关于五经"风清而不杂"与"体约而不芜"的论述，取法扬雄"惟圣人为不杂"一说。因为圣人"文质皆美"，《先知》篇说："圣人，文质者也。车服以彰之，藻色以明之，声音以扬之，诗书以光之。"诗书对于圣人文质的彰显与修养濡染作用很大，圣人要穿着藻色华美的车服来彰显美德，是华实相副的，故而"风清而不杂"。《吾子》中关于"诗人之赋丽以则，辞人之赋丽以淫"的论述，则显然是重要的"文丽而不淫"的理论渊源。至于"情深"一条，《法言》论情不多，论道德仁义美则不少，"心声心画"说重视"情动"，情动于中，归根结底，还是内在修养的德义精神在起支配作用，所以"情深而不诡"扬雄虽然没有明言，也能在其中找到依据。

第四，具体评论五经，如《诗》《书》《春秋》《礼》等。《孝至》：

或问"泰和"。曰："其在唐、虞、成周乎？观《书》及《诗》温温乎，其和可知也。"②

"泰和"一说，与孔子"尽善尽美"大体一致，是一种充实愉悦的中和之美，含有道德政教的意味，这就是儒家经典的特点。扬雄以文观政，指出文学反映时代政治的面貌，这显然是刘勰《时序》篇的基本观点。同时，儒家经典风格"泰和"，是其主张的中和美的最好载体。刘勰化用此说，在风格八体的"得其环中""雅丽黼黻""正采彬彬"等中和美上大力提倡这个说法。《修身》论《礼》则曰：

《礼》多仪。或曰："日昃不食肉，肉必干；日昃不饮酒，酒必酸。宾主百拜而酒三行，不已华乎？"曰："实无华则野，华无

① 王以宪、张广保：《法言注释》，北京，华夏出版社，2002：40页。
② 王以宪、张广保：《法言注释》，北京，华夏出版社，2002：130页。

实则贯，华实副则礼。”①

有人问：敬酒的礼节是不是太过于烦琐了呢？“宾主百拜而酒三行”，酒肉都不能食用了。扬雄说出了“华实副则礼”的话，来告诉对方，礼仪就是有这么重要。其实不是礼仪重要，而是礼仪是经典规定了的，必须如此。“华实副则礼”一说，与孔子“文胜质则史，质胜文则野，文质彬彬，然后君子”一说极为相似。虽然扬雄与孔子论述的是礼仪问题、修养问题，但是在后来的发展变化中，文质彬彬与华实相符都指向了文学作品内在美与外在美的和谐统一。《文心雕龙》的雅丽文学思想，出自孔子文质观与扬雄华实论，是儒家文艺美学思想的直接产物。《问明》篇：

孟子疾过我门而不入我室。或曰：“亦有疾乎？”曰：“摭我华而不食我实。”②

扬雄的华实观念主张内外双修、文质皆备。对于“摭我华而不食我实”的形式主义者，扬雄“疾”之，表示看不起，讨厌。推论而下，写文章不能只是追求文采之美，还要追求内容之充实、思想之健康、主旨之积极等。做到形式美与内容美、思想美与艺术美的统一为最好，所以雅丽思想的提出，正是为主张丽而且雅的写作之美寻找到了文质皆备的操作原理。

依据经典为支撑，扬雄评价了不少的著名作家作品。《君子》：

淮南说之用，不如太史公之用也。太史公，圣人将有取焉；淮南，鲜取焉尔。③

史书实录，取法圣人；淮南之说，取法道家。暗含儒家胜过道家的看法。同篇又说：

必也儒乎！乍出乍入，淮南也；文丽用寡，长卿也；多爱不

---

① 王以宪、张广保：《法言注释》，北京，华夏出版社，2002：26 页。
② 王以宪、张广保：《法言注释》，北京，华夏出版社，2002：47 页。
③ 王以宪、张广保：《法言注释》，北京，华夏出版社，2002：120 页。

忍，子长也。仲尼多爱，爱义也；子长多爱，爱奇也。①

扬雄论述司马相如、刘安、司马迁等著名作家，其点评都非常准确。《文心雕龙》的《才略》篇与《史传》篇直接运用到了“文丽用寡，长卿”与“子长多爱，爱奇”的说法。《风骨》篇主张“翔集子史之术”，文学写作要向史书取法，同时谈到司马相如《大人赋》，“乃其风力遒也”，仙道之说感染力巨大，但是讽谏之旨不达。《汉书·扬雄传》：

雄以为赋者，将以风之也，必推类而言，极丽靡之辞，闳侈巨衍，竞于使人不能加也，既乃归之于正，然览者已过矣。往时武帝好神仙，相如上《大人赋》，欲以风，帝反缥缥有陵云之志。由是言之，赋劝而不止，明矣。②

“文丽用寡”一说，即对此而发。“极丽靡之辞，闳侈巨衍，竞于使人不能加也”论说的是汉代辞赋“巨丽”之美，这个美有其时代背景的原因，更有司马相如树立榜样而扬雄“追风入丽”的创作实践作为实证。“赋劝而不止”的“用寡”说，就是由“丽靡之辞”的“文丽”原因造成的。赋的优点、特点，也成为其弱点、缺点。事物的发展真是奇妙，充满了辩证法的影子。由此，再拓展到具体地评论历代典籍。《重黎》：

或问：“《周官》?”曰：“立事。”“《左氏》?”曰：“品藻。”“太史史迁?”曰：“实录。”③

扬雄对古代文献，主要是儒家经典与史书的评价，言简意赅，非常准确。刘勰《风骨》篇主张写作之道应该“熔铸经典之范，翔集子史之术”，是有原因的。经典为思想规范，子书与史书为操作技法，二者结合，可以囊括古代的重要典籍，尤其是百家争鸣环境下的子书，作为后代学术思想的渊源，文

---

① 王以宪、张广保：《法言注释》，北京，华夏出版社，2002：120页。
② （汉）班固：《汉书》（影印本），北京，中华书局，1997：3575页。
③ 王以宪、张广保：《法言注释》，北京，华夏出版社，2002：86页。

章写作的法与术均来于此。

四、辞赋论丽

伴随经典华美思想的是扬雄的辞赋评论，在辞赋评论中，我们可以看到晚年扬雄与青壮年时代扬雄的截然不同。扬雄早年追摩司马相如的辞赋创作并写了许多模拟之作，还模仿屈原辞赋进行了若干创作。晚年，因为政治失意，扬雄对辞赋的功能产生了怀疑，对辞赋作家的地位心怀不满，因而对辞赋创作产生了不满，这种不满，集中地表现在《吾子》篇中：

> 或问："吾子少而好赋。"曰："然。童子雕虫篆刻。"俄而曰："壮夫不为也。"或曰："赋可以讽乎？"曰："讽乎！讽则已，不已，吾恐不免于劝也。"①

前引《汉书·扬雄传》所述，是扬雄认为辞赋只是"童子雕虫篆刻"，故而"壮夫不为"的根本原因。辞赋难以实现其讽谏功能，达不到为文致用的干政效果，这样，美则美矣，用处有限，那么，还写它干什么呢？反过来看，这其实是扬雄政治情结的愤懑表达，是他功名思想的抑郁不满。扬雄讽刺他早年的偶像司马相如是"文丽用寡"，因为"赋劝而不止"，作用有限。扬雄弃赋，除了真如其言外，还与他的遭际远逊司马相如有关。尽管相如赋有"文丽用寡"之弊，但是相如出名，靠的正是赋作被汉武帝赏识这个原因。《史记》载，其时蜀人杨得意为狗监，向汉武帝推荐了同乡司马相如，相如由是而显，其后曾以御史身份出使西南夷，为武帝朝开疆拓土做出过贡献；相如《难蜀父老》《喻巴蜀檄》又为稳定蜀中政治局面起了很大的作用；《封禅文》一篇，赞颂了敬天法地的巍巍汉德。也就是说，扬雄的少年偶像相如先生，不仅文章漂亮，为辞赋名家，而且政治有为，事载史书，名垂青史。扬雄崇拜他，应当是这两个原因俱在的，不只是口头上说的仅"好其

---

① 王以宪、张广保：《法言注释》，北京，华夏出版社，2002：16－17 页。

辞赋”而已。辞赋写来干什么？是用来美教化、进忠言的，不是仅仅玩体物写情、闳侈巨衍的文字游戏的。当辞赋大量发展，天下人竞相追摩以后，皇帝也就看得多了，辞赋的写法内容，确实远不如章表奏议这些应用文体在干政进谏方面有效。辞赋首先是美文，一定要加上讽谏的功能，这是勉为其难的事情。扬雄看到这条路走不通，于是很生气，说自己不再写了。当然，辞赋体裁与其功能是一个不利方面，扬雄的自尊心又是另一个原因。据《扬雄传》载，辞赋作家地位低下：“颇似俳优淳于髡、优孟之徒，非法度所存，贤人君子诗赋之正也，于是辍不复为。”也就是说，如果扬雄政治地位再高一些，如得到较大的升迁，估计他就不会这么说了。《扬雄传》：

> 初，雄年四十余，自蜀来至游京师，大司马车骑将军王音奇其文雅，召以为门下史，荐雄待诏，岁余，奏《羽猎赋》，除为郎，给事黄门，与王莽、刘歆并。哀帝之初，又与董贤同官。当成、哀、平间，莽、贤皆为三公，权倾人主，所荐莫不拔擢，而雄三世不徙官。及莽篡位，谈说之士用符命称功德获封爵者甚众，雄复不侯，以耆老久次转为大夫，恬于势利乃如是。①

扬雄在汉时，四十余岁才出仕为官，颇有一鸣惊人的味道，但是后来历久不见升迁，“三世不徙官”，直到当年的同事王莽已经当上了皇帝，他还是没有机会，仅仅“以耆老久次转为大夫”，班固说他“恬于势利”，不一定是真的。因此，扬雄早年虽以辞赋知名于世，而在此以后，“辍不复为”。从这个经历与评价我们可以看到，文学创作的发展、文学批评的发展，从根本上说，无法逃开政治干预这个宿命。尽管文学确实存在自身内在的规律性，确实存在与政治保持距离的本质特性，但是，尤其在中国士大夫“好做官”思想的内驱之下，文学不过是从政入世的表达载体之一，文学要受到政治的影响，当为不刊之论。《文心雕龙》特列《时序》篇来论述这个问题，而在

① （汉）班固：《汉书》（影印本），北京，中华书局，1997：3583页。

《征圣》《宗经》《正纬》等篇中大谈特谈的“政化贵文”、周公孔子、“朱紫乱矣”等说，为的就是在儒家政教思想的指导下确立宗经的文学艺术标准，直接将文学拉到政治功能的范围中来，有用为文，无用弃文，成为《文心雕龙》的一大主张。其上篇文体论的体裁排列顺序，主要就是根据文体历史与功能大小来安排的。

在表明了对辞赋功能的不满后，扬雄以纺织为喻，回答提问者对辞赋华美的赞誉：

或曰：“雾縠之组丽。”曰：“女工之蠹矣。”①

提问者说，丝织品像薄雾般的轻纱那样透明美丽，意在赞美辞赋文采华丽的特性。“雾縠”一词，主要指“薄雾般的轻纱”，宋玉《神女赋》、司马相如《子虚赋》均有使用，均指向华丽之美。② 但是扬雄回答说这是纺织品中的蛀虫。这就引出了关于辞赋“丽”这一属性的探讨。司马相如作为辞赋大家，对辞赋“丽”的特性有自己源自创作经验的总结与看法，《西京杂记》（卷二）载：

司马相如为上林子虚赋。意思萧散，不复与外事相关。控引天地，错综古今，忽然如睡，焕然而兴，几百日而后成。其友人盛览字长通，牂牁名士，尝问以作赋。相如曰：“合綦组以成文，列锦绣而为质；一经一纬，一宫一商，此赋之迹也。赋家之心，苞括宇宙，总览人物。斯乃得之于内。不可得而传览。”乃作《合组歌》

① 王以宪、张广保：《法言注释》，北京，华夏出版社，2002：17 页。

② 该词含义有二：一是指“薄雾般的轻纱”。《文选·〈神女赋〉》：“动雾縠以徐步兮，拂墀声之珊珊。”李善注：“縠，今之轻纱，薄如雾也。”《文选·〈子虚赋〉》：“于是郑女曼姬，被阿緆，揄紵缟，杂纖罗，垂雾縠。”刘良注：“雾縠，其细如雾，垂之为裳也。”前蜀魏承班《渔歌子》词：“柳如眉，云似发，鲛绡雾縠笼香雪。”清郑燮《大中丞尹年伯赠帛》诗：“忽惊雾縠来相赠，便剪春衫好出游。”朱自清《温州的踪迹》：“这也是个瀑布；但是太薄了，又太细了。有时闪着些须的白光；等你定睛看去，却又没有——只剩一片飞烟而已。从前有所谓‘雾縠’，大概就是这样了。”二是指“像轻纱一样的烟云薄雾”。五代和凝《临江仙》词：“海棠香老春江晚，小楼雾縠涳濛。”宋苏轼《龙尾石月砚铭》：“萋萋兮雾縠，宛宛兮黑白。”这两种含义均指华美飘逸之美物美景，辞赋用此，以称其辞藻之华美。

《列锦赋》而退。终身不复敢言作赋之心矣。①

司马相如以“丝织经纬”说解释“作赋之法”，同时论述辞赋作家的内在修养问题。他重视辞赋“文质交加”的特点，尤其强调其“锦绣之质，宫商之声”——一句话，高度重视辞赋文采华丽的属性。扬雄“女工之蠹”一说，显然是对此而发的，他以为辞赋太过华丽并不好，指出了相如赋（按：实则包含他自己的赋作）“文丽用寡”的问题。扬雄论辞赋之丽，与司马相如立场不同：扬雄是站在讽谏功能之“用”的立场上来说的，司马相如是站在创作方法之“质”的角度来说的。一个讲究要致用，一个论述纯文学，两个人的意见都是对的。其实，扬雄这个说法，并非他的独创，他用的是刘向《说苑·反质》中的原话：

（1）宫墙文画，雕琢刻镂。②

（2）雕文刻镂，害农事者也。锦绣纂组，伤女工者也。③

刘向以“雕文刻镂”对言“锦绣纂组”，批评这些做法是饥寒之本原。扬雄笔法与此文极其相似，以“雕虫篆刻”对言“雾縠之组丽”。只不过刘向用的是本义，指建筑上的雕饰，而扬雄用的是引申义，特指对文章的雕饰。也就是说，辞赋雕饰过多，文采过度，伤害了文义内质。扬雄的这个意见，集中体现在“丽淫丽则”说的提出，《吾子》：

或问：“景差、唐勒、宋玉、枚乘之赋也，益乎？”曰：“必也淫。”“淫则奈何？”曰：“诗人之赋丽以则，辞人之赋丽以淫。如孔氏之门用赋也，则贾谊升堂，相如入室矣。如其不用何？”④

对扬雄的话，我们可以作这样的理解：“诗人之赋丽以则”是指这一类的赋不失讽喻精神，虽“丽”而有法度；“辞人之赋丽以淫”则指这一类赋作在

---

① 成林、程章灿：《西京杂记全译》，贵阳，贵州人民出版社，1993：66－67页。

② 向宗鲁：《说苑校证》，北京，中华书局，1987：515页。

③ 向宗鲁：《说苑校证》，北京，中华书局，1987：519页。

④ 王以宪、张广保：《法言注释》，北京，华夏出版社，2002：17页。

辞章手法上过分注重修饰，而失去了讽谏的意义。这里的“诗人之赋”，所指当是屈原的骚赋，刘安、王逸、汉宣帝以及后来的刘勰等人均认为屈原的赋符合《诗经》的精神，所以称为“诗人之赋”；辞人之赋指的唐勒、景差、宋玉、枚乘之赋，其实就是指的汉代大赋。“淫”是过分的意思，辞赋“巨丽”，指过分了。所以，这是扬雄滋生“文丽用寡，长卿”一说的理论依据，也是他认为辞赋“劝而不止”的“无用”论的根本原因。从本段来看，扬雄对贾谊、相如的作品是很推崇的，可谓是孔氏之门登堂入室的好作品，但是，“如其不用何”，也就没有办法了。

依据对辞赋“丽则丽淫”的意见，扬雄顺带论述了他的正声雅乐观，提出“明视”以辨别“苍蝇红紫”“聪听”以区分“郑卫之似”的主张，同时提出“中正”之说，论述了“中正则雅”“中正以平”的“和乐”美，并对“女有色，书亦有色”的外在纹饰美再一次做了强调，指出“女恶华丹之乱窈窕，书恶淫辞之淈法度”的“正色正采”观，继续巩固他“丽则”一说的重要性。我们从这里既可以看到扬雄受孔子雅乐正色观的影响痕迹，也可以看到扬雄对刘勰《文心雕龙》的巨大影响。《文心雕龙》对待楚辞汉赋的基本态度就是“丽以淫”，基本的解救方法就是“丽以则”，主张折中《诗》《骚》，“风归丽则”，形成“丽词雅义”，与经典雅丽之美趋向一致。

五、结语

综上所述，扬雄对《文心雕龙》雅丽思想有直接影响。扬雄不仅阐释了许多为《文心雕龙》所直接接受的文论主张，同时，他的辞赋创作与学术著作，为《文心雕龙》的作家作品批评提供了极好的实践对象。上述明道、征圣、宗经、辞赋评论所论述的若干思想标准、创作理论、鉴赏理论，归纳起来，主要有以下两点：

第一，主张“丽则”。扬雄评价辞赋尚丽尚美的文学思想，是文论史上第一次明确地自觉探寻文学本质的追求，这是建立在儒家与道家美丽思想基础上的集合产物。自此，沿着扬雄、王充、曹丕、陆机而下，文学尚美尚丽之势锐不可当，文学理论的自觉、创作的兴盛、学术思潮的自觉意识不断加强。因此，扬雄在这个“自觉”的萌芽、发展、兴盛的历史脉络中扮演了一个重要的中介角色，承上启下，继往开来。刘勰《文心雕龙》一方面肯定文学尚丽尚美的本质与文学由质趋文的发展趋势，高赞文学的美丽精神；另一方面也看到了尚丽主张、创作、批评的不良动向，提出雅丽的古今折中的新标准，对魏晋文学的自觉，进行了反思与规范的再次自觉。这个思想是得益于扬雄的。

第二，扬雄具体提出的文质论、华实说、修养论、新变论、自然之道、五经含文、辞赋致用等等，在继承了先秦儒家“文质彬彬”“尽善尽美”的论人论诗之说，而直接用于评价文学内容与形式、文学内外发展因素、作家修养、审美评价的基础上，还重视探索文学丽淫丽则的审美特点，臧否历代名人名家，提出五经新变损益的主张，取法自然的创作感物说，等等，这些新变理论的提出，是刘勰“圣文雅丽，衔华佩实”的雅丽思想的哲学依据、美丽精神、文学新变、独尊儒家等内涵的直接来源。扬雄著名的“心声心画”说，为刘勰“文如其人”的风格论奠定了理论基础；“弸中彪外”说，为《文心雕龙》作家修养论做出了示范；“尚中执中”的中道的思想，为刘勰尚雅贬俗、中和之美的理论主张与折中方法论的运用提供了成功的示范；求实疾虚、求真疾伪的态度，上承孟子、下启王充，为《文心雕龙》主张情深、义贞、事信、批判纬书奠定了理论基础；对于来自荀子尚法论术的思想，扬雄对其进行了拓展论术，使得刘勰为文之道尚法论术的思想基础更为牢靠。

第六节　曹丕的影响[①]

曹丕是《文心雕龙》中论述到的重要作家和文论家之一，他的作品多

---

① 笔者按，本书的部分内容，曾以《〈文心雕龙〉的文气论》为题，发表于《成都大学学报》2012 年 01 期，纳入本书时有改动。

次出现在《明诗》《乐府》《铭箴》《谐隐》《诏策》等文体论中，作为上述体裁在发展史上的经典作品，接受创作批评与历史检验，但刘勰主要接受的还是他的文学批评理论，特别是《典论·论文》中提出的写作目的论、文章功能论、作家批评论、文体风格论、文气论、评价态度论等重要内容，为刘勰所全盘接受，并在《文心雕龙》的写作中新变发挥、拓展推进。从整体上看，《典论·论文》以积极的儒家精神、切中时弊的基本态度、论述全面的内容构成，不仅是中国文学批评史上的第一篇专论，还成为魏晋文学自觉时代追求理论创造的先声。《文心雕龙》则深度拓展、独创体系，成为对文学自觉时代文论再次理论自觉的重要成果。

具体说来，《文心雕龙》对曹丕累计评论二十余次①，曹丕创作、文论以及在文学史上的地位等方面的内容对《文心雕龙》成书的影响颇深，主要体现在以下几个方面。

一、写作目的论

在《典论·论文》中，曹丕指出："盖文章，经国之大业，不朽之盛事。年寿有时而尽，荣乐止乎其身，二者必至之常期，未若文章之无穷。是

① 主要评论有：❶《明诗》：暨建安之初，五言腾踊。文帝陈思，纵辔以骋节。❷《乐府》：至于魏之三祖，气爽才丽，宰割辞调，音靡节平。观其《北上》众引，《秋风》列篇，或述酣宴，或伤羁戍，志不出于淫荡，辞不离于哀思，虽三调之正声，实《韶》《夏》之郑曲也。❸《铭箴》：魏文九宝，器利辞钝。❹《谐隐》：至魏文因俳说以著《笑书》，薛综凭宴会而发嘲调，虽抃推席，而无益时用矣。❺《谐隐》：谜也者，回互其辞，使昏迷也。……荀卿《蚕赋》，已兆其体。至魏文、陈思，约而密之。❻《诏策》：魏文帝下诏，辞义多伟；至于"作威作福"，其万虑之一蔽乎？❼《风骨》：故魏文称："文以气为主，气之清浊有体，不可力强而致。"故其论孔融，则云"体气高妙"；论徐干，则云"时有齐气"；论刘桢，则云"时有逸气"。公干亦云："孔氏卓卓，信含异气；笔墨之性，殆不可胜。"并重气之旨也。❽《总术》：凡精虑造文，各竞新丽，多欲练辞，莫肯研术。……魏文比篇章于音乐，盖有征矣。❾《时序》：自献帝播迁，文学蓬转，建安之末，区宇方辑。魏武以相王之尊，雅爱诗章；文帝以副君之重，妙善辞赋；陈思以公子之豪，下笔琳琅：并体貌英逸，故俊才云蒸。❿《才略》：魏文之才，洋洋清绮，旧谈抑之，谓去植千里，然子建思捷而才俊，诗丽而表逸，子桓虑详而力缓，故不竞于先鸣，而乐府清越，《典论》辩要，迭用短长，亦无懵焉。但俗情抑扬，雷同一响，遂令文帝以位尊减才，思王以势窘益价，未为笃论也。⓫《知音》：魏文称："文人相轻"，非虚谈也。⓬《程器》：魏文以为："古今文人，类不护细行。"⓭《序志》：详观近代之论文者多矣：至如魏文述典，……魏典密而不周……不述先哲之诰，无益后生之虑。

以古之作者，寄身于翰墨，见意于篇籍，不假良史之辞，不托飞驰之势，而声名自传于后。故西伯幽而演易，周旦显而制礼，不以隐约而弗务，不以康乐而加思。夫然，则古人贱尺璧而重寸阴，惧乎时之过已。而人多不强力，贫贱则慑于饥寒，富贵则流于逸乐，遂营目前之务，而遗千载之功。日月逝于上，体貌衰于下，忽然与万物迁化，斯志士之大痛也！”① 这段话对《文心雕龙》的写作意义重大。

首先，曹丕有意识地提高文学的地位和作用，他不像汉朝的部分帝王把作家当作倡优，把辞赋比为博弈，而是把文章看作“经国之大业，不朽之盛事”，并且鼓励文人们更积极地创作，希望他们不要“营目前之务，而遗千载之功”，这是很有远见的。他这一论述集中而鲜明地表现了建安时代作家的创作自觉精神，对文学的发展起了一定的促进作用。刘勰在《文心雕龙·序志》篇中说：“文章之用，实经典枝条，五礼资之以成，六典因之致用，君臣所以炳焕，军国所以昭明。”② 将文章的作用提高到有益于军国政治、君臣关系的高度，那么，写作文章就是一件很有意义的事情，是仅次于注解经书的可以留下名声的工作。在他之前，就只有曹丕讲过文章是“经国之大业，不朽之盛事”这样的话。正是因为对文章写作的功能作用看得很高，《文心雕龙》才不再走注解经书的传统儒学章句之路，因为这样不仅超不过马融、郑玄等人，而且在经学研究领域也留不下名字，于是刘勰另辟蹊径，专门写作一本论述文章写作方法论的书。由此可知，文章地位的大大提高，是刘勰做出写作《文心雕龙》这本写作学理论著作的一大原因。

其次，曹丕将文章作为一个作家的生命载体，关注了强烈的生命质量意识。刘勰高度赞同曹丕的意见，他认为：“夫宇宙绵邈，黎献纷杂，拔萃出类，智术而已。岁月飘忽，性灵不居，腾声飞实，制作而已。夫有肖貌天地，禀性五才，拟耳目于日月，方声气乎风雷，其超出万物，亦已灵矣。形

① 郭绍虞，王文生：《中国历代文论选》（第一册），上海，上海古籍出版社，2001：159 页。
② 杨明照：《增订文心雕龙校注》，北京，中华书局，2000：610 页。

同草木之脆，名逾金石之坚，是以君子处世，树德建言，岂好辩哉？不得已也！”① 一个人生活在世上，是多么渺小，生命多么脆弱，要想树德建言，留下美名，在不能立德、立功的情况下，最好的办法就是立言——写作一本能流传后世的著作，让自己的美名流传后世，这不仅是名声问题，也是一个君子为社会做贡献的大问题，于是，《文心雕龙》以宏大的宇宙意识和急迫的生命意识，将人类写作这件事提高到宇宙哲学与生命哲学的高度。而曹丕的论述，有许多与此相近。可以说，刘勰选择著述、写作文章这一根本目的，在尊崇孔子、模仿孔子之外，深受曹丕文章功能与生命意识的影响。

最后，曹丕的诸多文论主张，成为《文心雕龙》展开写作的针对性对象。《序志》指出：“详观近代之论文者多矣：至如魏文述典，陈思序书，应玚文论，陆机《文赋》，仲治《流别》，弘范《翰林》，各照隅隙，鲜观衢路；或臧否当时之才，或铨品前修之文，或泛举雅俗之旨，或撮题篇章之意。魏典密而不周，陈书辩而无当，应论华而疏略，陆赋巧而碎乱，《流别》精而少功，《翰林》浅而寡要。又君山、公干之徒，吉甫、士龙之辈，泛议文意，往往间出，并未能振叶以寻根，观澜而索源。不述先哲之诰，无益后生之虑。”② 本段文字论述到曹丕、曹植等汉魏西晋著名“论文”家共计十人，曹丕位居第一，是因为他的《典论·论文》是数百年“文学自觉”时代中的第一篇文学批评专著，而不像其他人那样零散地、偶发地评论文学，所以，刘勰在决定以写作为立言目的、以文章写作为范围对象之后，再次缩小《文心雕龙》所针对的对象范围，将其直接对象定于“文学理论著作”这一特殊的范围之内。要写作这类性质的文章，述评前代专著、评论前代文论家，就成为第一要务，成为本书立论的第一出发点。于是，曹丕等十大文论家，在被刘勰不断挑刺、不断批评的情况下，成为《文心雕龙》成书的第一层奠基石——近代意义上的文学理论，各有问题，多不完整，或

① 杨明照：《增订文心雕龙校注》，北京，中华书局，2000：610 页。

② 杨明照：《增订文心雕龙校注》，北京，中华书局，2000：610－611 页。

者欠缺，或者错误——那么，《文心雕龙》必将是超越上述文论之作，必将是体系全面、立论严谨、有所建树的“文学理论著作”。事实证明，刘勰确实做到了这一点。

因此，从生命哲学、文章功能与写作出发点三大写作目的角度看，曹丕是刘勰写成本书的主要引路人之一。

二、建安文学论

文学史上著名的“建安七子”说，出于曹丕的推崇褒赞：“今之文人：鲁国孔融文举、广陵陈琳孔璋、山阳王粲仲宣、北海徐干伟长、陈留阮瑀元瑜、汝南应玚德琏、东平刘桢公干，斯七子者，于学无所遗，于辞无所假，咸自以骋骥騄于千里，仰齐足而并驰。以此相服，亦良难矣！盖君子审己以度人，故能免于斯累而作论文。王粲长于辞赋，徐干时有齐气，然粲之匹也。如粲之《初征》《登楼》《槐赋》《征思》，干之《玄猿》《漏卮》《圆扇》《橘赋》，虽张、蔡不过也，然于他文未能称是。琳、瑀之章、表、书、记，今之隽也。应玚和而不壮，刘桢壮而不密。孔融体气高妙，有过人者，然不能持论，理不胜辞，至于杂以嘲戏，及其所善，扬、班俦也。”① 曹丕不仅直接提出了“建安七子”的人选问题，还将他们各自擅长的文体、相互之间的比较详细地做了分析，带有鲜明的作家作品批评的意味，这是汉魏文学走向理论自觉的一个标志。

建安文学是《文心雕龙》非常推重的，书中有许多赞美的话，在《明诗》篇中说：“暨建安之初，五言腾踊。文帝陈思，纵辔以骋节；王徐应刘，望路而争驱。并怜风月，狎池苑，述恩荣，叙酣宴，慷慨以任气，磊落以使才。造怀指事，不求纤密之巧；驱辞逐貌，唯取昭晰之能：此其所同也。”② 建安文学的代表作家有六人：曹丕、曹植、王粲、徐干、应玚、刘

① 郭绍虞，王文生：《中国历代文论选》（第一册），上海，上海古籍出版社，2001：158 页。
② 杨明照：《增订文心雕龙校注》，北京，中华书局，2000：65 页。

桢，刘勰认为他们代表了当时五言诗歌创作的高峰，而且是同一时代井喷而出的集体作家，诗歌内容丰富，豪情满怀，描写细腻，水平很高，是整个建安文学的代表作家群。这一著名的论断，在《时序》篇中有更为详细地论述："自献帝播迁，文学蓬转，建安之末，区宇方辑。魏武以相王之尊，雅爱诗章；文帝以副君之重，妙善辞赋；陈思以公子之豪，下笔琳琅：并体貌英逸，故俊才云蒸。仲宣委质于汉南，孔璋归命于河北，伟长从宦于青土，公干徇质于海隅，德琏综其斐然之思，元瑜展其翩翩之乐，文蔚、休伯之俦，于叔、德祖之侣，傲雅觞豆之前，雍容衽席之上，洒笔以成酣歌，和墨以藉谈笑。观其时文，雅好慷慨，良由世积乱离，风衰俗怨，并志深而笔长，故梗概而多气也。"① 这一段累计论述到曹操、曹丕、曹植父子与王粲、陈琳、徐干、刘桢、应玚、阮瑀、路粹、繁钦、邯郸淳、杨修等著名作家，与《明诗》篇相比，虽然数量上增加了很多，但仍然以曹氏与建安诗人为核心，曹丕在其中占据着重要地位，这一地位主要不是对他的五言诗歌来说的，曹丕具有开创意义的是七言诗歌，主要是从他在文学批评史上首次集中地、准确地、多角度地评价建安七子而来的，曹丕论述中包含的作家论，是作家群体集中而能各有特色、各具风格、各擅文体的实际分析，他对上述作家的作品分析，带有文体分类、侧重纯文学、实事求是的方法论色彩——这些作家作品及其相关内容，是《文心雕龙》建立诗歌批评、文体批评、作家批评、作品批评的重要启发点，也是刘勰建立文学风格批评、写作《知音》共时批评鉴赏论的重要来源。鉴于此，刘勰在《才略》篇中为曹丕正名、翻案，实事求是地评价了曹丕在文学创作和理论建树两个方面的成就："魏文之才，洋洋清绮，旧谈抑之，谓去植千里，然子建思捷而才俊，诗丽而表逸，子桓虑详而力缓，故不竞于先鸣，而乐府清越，《典论》辩要，迭用短长，亦无懵焉。但俗情抑扬，雷同一响，遂令文帝以位尊减才，思王以

① 杨明照：《增订文心雕龙校注》，北京，中华书局，2000：540－541 页。

势窘益价，未为笃论也。"① 人们因为曹植争宠失败、处处受制、事事窘迫而对他有更多的怜悯心与认同感，对曹丕则反之，这是不对的。

三、批评鉴赏论

曹丕是历史上第一个明确提出文学批评的态度问题的文论家，他说："文人相轻，自古而然。傅毅之于班固，伯仲之间耳，而固小之，与弟超书曰：'武仲以能属文为兰台令史，下笔不能自休。'夫人善于自见，而文非一体，鲜能备善，是以各以所长，相轻所短。里语曰：'家有弊帚，享之千金。'斯不自见之患也。……常人贵远贱近，向声背实，又患暗于自见，谓己为贤。"② 文人相轻、贵远贱近、谓己为贤三者，是历代以来文学批评中最容易犯的三种错误，这是不公正、不客观而且狭隘、自私的态度，很不幸，这种态度自古就有，普通人好像犯得更严重。

《文心雕龙》不仅全盘接受了曹丕的批评态度观，而且结合其他批评意见，创造性地写出了中国古代文论史上著名的文学批评专篇《知音》篇，其中处处展现出曹丕论点、论据的痕迹，《知音》开篇就说："夫古来知音，多贱同而思古，所谓日进前而不御，遥闻声而相思也。昔《储说》始出，《子虚》初成，秦皇、汉武，恨不同时；既同时矣，则韩囚而马轻，岂不明鉴同时之贱哉？至于班固、傅毅，文在伯仲，而固嗤毅云：'下笔不能自休。'及陈思论才，亦深排孔璋；敬礼请润色，叹以为美谈；季绪好诋诃，方之于田巴，意亦见矣。故魏文称：文人相轻，非虚谈也。"③ 曹丕提出的三种态度、举证的历史案例，都在刘勰笔下出现，并作为基本的立论依据。

作为对前代文学批评理论的大总结，《知音》在理论成就上超越了曹丕，这是很可贵的。《知音》篇首先就告诉读者阅读鉴赏不是一件容易的事情，指出知音很少，得知音特难。刘勰移用伯牙、子期"高山流水"的

① 杨明照：《增订文心雕龙校注》，北京，中华书局，2000：575 页。
② 郭绍虞，王文生：《中国历代文论选》（第一册），上海，上海古籍出版社，2001：158 页。
③ 杨明照：《增订文心雕龙校注》，北京，中华书局，2000：591 页。

“知音”故事于文学评论，意在指出正确公允地评价文学作品是一件很难的事情，这是就知音的客观性来说的。从知音的主观性来说，往往会有片面甚至错误的评论现象出现，这些现象可以分为如下几种：第一是世人同有的“贵古贱今”的态度，第二是同时代的作家“文人相轻”的不良心态，第三是“轻言负诮”妄下论断的作风。对上述三种不良风气，刘勰总结说：“故鉴照洞明，而贵古贱今者，二主是也；才实鸿懿，而崇己抑人者，班、曹是也；学不逮文，而信伪迷真者，楼护是也。酱瓿之议，岂多叹哉！”① 既然历史上雄才大略、贵为帝王的秦皇汉武都是“贵古贱今”的，既然著名文学家班固、曹植都是自恃鸿才而“崇己抑人”的，既然身为著名学者的楼护、桓谭都是相顾嗤笑而“信伪迷真”的，这就提出了一个非常尖锐的问题：上述诸人尚且如此，普通学者与作家又该怎么办呢？因为普通人犯错误显然比优秀者更多，眼界与理论修养也更差，评价很有可能比上述诸家更糟糕。所以刘勰客观地说出了“文情难鉴，谁曰易分”的话，并且指出在文学鉴赏的文本解读中存在着特殊性与读者主体情性、喜好、修养的差异性，“慷慨者”喜好激越之声，“酝藉者”心思密附，“浮慧者”喜悦绮丽，“爱奇者”尚好瑰怪，各执所好，片面偏执。于是“六观”说顺势而生：

是以将阅文情，先标“六观”：一观位体，二观置辞，三观通变，四观奇正，五观事义，六观宫商。斯术既行，则优劣见矣。②

《知音》“六观”与《宗经》“六义”一尾一首，居于《文心雕龙》文学鉴赏论与创作论的核心位置，而且存在首尾对应的关系，“六观”是从鉴赏的角度对“六义”的再现与化用。“六观”之中，“位体”涉及文体数十种，每类文体都有各自独特的要求、写法与风格；“置辞”“奇正”二者，主要涉及用词典雅或新色的问题；“宫商”一说，旨在说明语句声律音响效果动听与否；“通变”则主要是关于文体演化与风格文质之变的；“事义”则回

① 杨明照：《增订文心雕龙校注》，北京，中华书局，2000：591 页。
② 杨明照：《增订文心雕龙校注》，北京，中华书局，2000：592 页。

归“六义”说“事信而不诞，义贞而不回”的要求。《知音》“六观”的内容，实际上包含了“论文叙笔”的文体论、《体性》《通变》《定势》等篇的风格论、《情采》《镕裁》到《总术》《才略》的文术论与文情论，暗中包含了宗经尚雅的思想标准与艺术标准。“六观”不仅具体可感，建立在“博观精阅”的基础之上，使之成为有源之水，有本之木，而且具有明确的分类指向，有很强的可操作性。

《文心雕龙·体性》篇论述作品创作过程论，是“情动而言形，理发而文见；盖沿隐以至显，因内而符外者也”，写作是“由内到外，由源及波”的表达过程，“形之笔端，理将焉匿”；而鉴赏是“沿波讨源”“以意逆志”的体会过程，“目瞭形分，心敏理达”。二者刚好相反。因此，不管是创作还是鉴赏，“文如其人”的基本规律是不会变的：创作时“表里必符”“莫非情性”，鉴赏时“莫见其面，觇文见心”。所以，博观博见、“研阅穷照”“酌理富才”“博通经纶”是用于文学鉴赏活动最重要的修养法宝。

“六观”鉴赏理论广泛地运用于《文心雕龙》全书，是雅丽文学思想对作家作品、时代文学、创作要求等文本或创作现象进行评价的重要理论，兹举“六观宫商”为例简述之。《文心雕龙》论述文学的宫商声律之美，计有下列语句：

(1) 宫商朱紫，随势各配。(《定势》)①

(2) 声含宫商，肇自血气。(《声律》)②

(3) 宫商响高，徵羽声下。(《声律》)③

(4) 若夫宫商大和，譬诸吹籥；翻回取均，颇似调瑟。(《声律》)④

---

① 杨明照：《增订文心雕龙校注》，北京，中华书局，2000：407 页。
② 杨明照：《增订文心雕龙校注》，北京，中华书局，2000：431 页。
③ 同上。
④ 杨明照：《增订文心雕龙校注》，北京，中华书局，2000：432 页。

(5) 割弃支离，宫商难隐。(《声律》)①

(6) 讽诵则绩在宫商，临文则能归字形。(《练字》)②

(7) 宫商为声气。(《附会》)③

刘勰之论，以为“宫商”为文章的外在声气、风格特点、诵读之音与阅读作品时字句音节之高低、诵读外显之和乐，是“肇自血气”的，是作家“气有刚柔”的外化反应。这种听声观文、听声知人的鉴赏理论，继续沿着“文如其人”的路子进行，并结合了孔子观乐与季札观乐“听音知政”的解读传统。刘勰实际上要说的是，有什么样的情性，就有什么样的作家，这个作家先天的血气如何，他喜好选择的字句用词就会与之一致。通过讽诵他的作品，聆听作品中的声律宫商，也会反观到作家的血气性格类型。如果结合《文心雕龙》中论述“声律”“声采”“声文”“音”“响”“调”“乐”等情况来看，“六观宫商”的运用，在其书中文学评论中占据了很重要的位置。《原道》《情采》指出“形文”“声文”“情文”是“文”的三种表现形式，“情文”属于人文辞章，是加工而成的艺术部类之一，同时具有视觉外形之美与声律音响之美，所以刘勰列出《练字》篇与《声律》篇来指出用字选择与声律节奏，提出辞章“雅丽黼黻”的文章风格美与《韶》《夏》雅乐的宫商美。沿着“文源于道”到“情文辞章”的转化之路继续前进，在串联二者的同时，一直不忘强调“声文”的重要地位与“声采”的重要作用。声律美是文学作品诵读听觉之美的重要组成部分，是文学尚丽的重要内容。

四、文学风格论

曹丕指出：“夫文本同而末异，盖奏议宜雅，书论宜理，铭诔尚实，诗赋欲丽。此四科不同，故能之者偏也，唯通才能备其体。”④ 将八种文体分

① 杨明照：《增订文心雕龙校注》，北京，中华书局，2000：432 页。
② 杨明照：《增订文心雕龙校注》，北京，中华书局，2000：485 页。
③ 杨明照：《增订文心雕龙校注》，北京，中华书局，2000：519 页。
④ 郭绍虞，王文生：《中国历代文论选》（第一册），上海，上海古籍出版社，2001：158 页。

为四科，得出雅、理、实、丽的文体风格类型论，核心是“雅丽”风格。经过陆机的发展，从四科八种发展到十种文体，并对应提出十种风格论，核心仍然是“雅丽”风格，继续发展到《文心雕龙》，则讨论了三十多个大类、八十多种文体，得出了不同文体的创作要求与风格特点，并集中地在《定势》篇中做出了论述：“章表奏议，则准的乎典雅；赋颂歌诗，则羽仪乎清丽；符檄书移，则楷式于明断；史论序注，则师范于核要；箴铭碑诔，则体制于宏深；连珠七辞，则从事于巧艳：此循体而成势，随变而立功者也。虽复契会相参，节文互杂，譬五色之锦，各以本采为地矣。”① 据此分类：

章表奏议，准的典雅；
赋颂歌诗，羽仪清丽；
符檄书移，楷式明断；
史论序注，师范核要；
箴铭碑诔，体制宏深；
连珠七辞，从事巧艳。

合计有“章表奏议”等六组二十二类文体，刘勰为每一组文体进行了风格的归纳，列出“典雅、巧艳”等六体风格，其核心所指，显然是“雅丽”之风格美。这一论述的用意在于：从文体风格来看，“论文叙笔”的几十类文体，以“雅丽”文风为中心。

《体性》篇则超过了上述文体风格论，在谈到风格的基本类型时说：“若总其归途，则数穷八体：一曰典雅，二曰远奥，三曰精约，四曰显附，五曰繁缛，六曰壮丽，七曰新奇，八曰轻靡。”② “典雅”到“轻靡”的八体风格，是刘勰从“论文叙笔”的作品风格、文体风格评价中分析、抽象得出的，具有明显的时代特征与文体类型特征。例如“典雅”一体，很明显是儒家经典的文体风格；而“远奥”一体，就其特征而言，主要是玄学

① 杨明照：《增订文心雕龙校注》，北京，中华书局，2000：406－407页。
② 杨明照：《增订文心雕龙校注》，北京，中华书局，2000：380页。

思潮影响下的文学作品的风格，带有特殊的文体风格与时代风格特点；“壮丽”一体主要是楚辞汉赋的文体风格，同样具有鲜明的时代性；“新奇”一体主要是指“近代以来”的不良文风。因此，“八体”是汇集了《文心雕龙》写作以前所有文体、作品、时代乃至作家风格而成的产物。而在归纳合成“八体”之后。刘勰又运用“八体”风格类型评价、指导文学的风格和创作，是“史论结合、论用结合”的典范案例。① 仔细分析“八体”的命名与特征，可以清楚地看到“八体”从“典雅”到“壮丽”到“轻靡”的化合核心是“雅丽”风格，“八体”之中，“典雅、精约、显附、壮丽”四体为优，“远奥、繁缛、新奇、轻靡”四体为次，其崇古抑今、尚雅贬俗的思想倾向十分明显，“八体”统雅摄丽，是“圣文雅丽，衔华佩实”这一理想在风格类型论的八个侧面的具体表现。

在归纳出了风格形态的八种基本类型后，刘勰还用形象描述的方式，对每一种风格类型的特征与内涵都做了解说：“典雅者，熔式经诰，方轨儒门者也；远奥者，馥采曲文，经理玄宗者也；精约者，核字省句，剖析毫厘者也；显附者，辞直义畅，切理厌心者也；繁缛者，博喻酿采，炜烨枝派者也；壮丽者，高论宏裁，卓烁异采者也；新奇者，摈古竞今，危侧趣诡者也；轻靡者，浮文弱植，缥缈附俗者也。”② 这是在文体风格论基础上，结合对历代最佳作品的论述所得出的八种共时风格论。

自魏初曹丕论文体风格开始，至齐梁时代的刘勰，可见对风格特征描述由简约渐趋繁丰的总体趋势。③ 曹丕论文体风格，简约地说“奏议宜雅，书论宜理，铭诔尚实，诗赋欲丽”，寥寥数语，没有对风格类型的特征进行任何解说；晋初陆机论文体风格为“诗缘情而绮靡，赋体物而浏亮，碑披文

---

① 对于“八体”的上述粗浅认识，是笔者硕士学位论文《风趣刚柔，数穷八体——〈文心雕龙〉风格类型理论研究》（四川师范大学文学院，2008）的主要内容之一。

② 杨明照：《增订文心雕龙校注》，北京，中华书局，2000：380 页。

③ 实际上，刘勰是反对这种“繁杂”趋势——或称现象的。但对风格类型的解说是一代比一代“繁缛”，刘勰以后，崔融、皎然、遍照金刚、司空图等人以越来越形象生动、诗意盎然的文字（诗歌）描述风格特征，这是刘勰所没有想到的。

以相质，诔缠绵而凄怆，铭博约而温润，箴顿挫而清壮，颂优游以彬蔚，论精微而朗畅，奏平彻以闲雅，说炜晔而谲诳”，陆机在曹丕“一言以蔽之”的基础上有所发展，将每种文体的特点加以简单描述、解说，虽然仍有简略之失，但比较前人，已经进步不少了。陆机的论说直接影响到了刘勰对每种风格的形象解说。这种解说的特点是，先论每种风格的区别特征，次述其来源，形象生动。这种描述式解说的方式，为后世风格类型的提出、说明奠定了基础，确立了范式。尤其在唐代司空图那里，新语迭出，蔚为大观。我们来看曹、陆、刘三人对风格特征的不同描述：

文论家——类型——特征

曹丕——诗赋——丽

陆机—— 诗 ——缘情而绮靡

刘勰——壮丽——高论宏裁，卓烁异采者也

现依刘勰所述，将“八体”特征排列如下：

八体——特征或渊源

典雅——熔式经诰——方轨儒门

远奥——馥采曲文——经理玄宗

精约——核字省句——剖析毫厘

显附——辞直义畅——切理厌心

繁缛——博喻酿采——炜烨枝派

壮丽——高论宏裁——卓烁异采

新奇——摈古竞今——危侧趣诡

轻靡——浮文弱植——缥缈附俗

比较这八种类型的核心，仍然是雅丽风格论。《体性》篇在《文心雕龙》二十篇“论文叙笔”的文体论基础上，运用《周易》八卦数理模型，对前代所有文体风格与作品风格进行了类型归纳，提出了迄今为止中国文论史上最为全面系统的风格“八体”论。

而探究其核心的“雅丽”这一理想风格，不能回避它的理论来源与运用。关于雅丽风格的来源，可以从两个角度讨论：

第一，上溯到汉魏晋代文论，可以看出“雅丽”文风来自对作家风格与文体风格的归纳。后汉班固《离骚序》评屈原说：“其文弘博丽雅，为辞赋宗。后世莫不斟酌其英华，则象其从容。”① 刘勰《文心雕龙·辨骚》篇引班固评屈：“文辞丽雅，为辞赋宗。”②其说同此。班固“弘博丽雅”一说，概括了屈原楚辞鸿丽雅正的风格，这是一种宏大的雅丽之美，而不同于儒家经典中和的雅丽之美。曹丕在《典论·论文》中论文体风格时说：“奏议宜雅……诗赋欲丽。”③ 这八种文章体裁归为四类风格，从典雅到华丽，结合起来看，就是雅丽的文风，雅丽文风是对所有文体风格的共同评价。其后，陆机《文赋》论文体风格时指出“诗缘情而绮靡……奏平彻以闲雅”等十体文风。④ 这些论述是刘勰“圣文”雅丽风格的直接理论来源。

第二，历代史书中对雅丽风格的直接运用。以《文心雕龙》成书于齐梁相交之际为时间基准，刘勰能够看到的史书是很多的：一方面，如《史记》《汉书》《宋书》等史书能够看到；另一方面，南朝著述之风大盛，修史著作很多，虽然这些史书质量有所参差，多数也没有流传下来，但是刘勰在定林寺“博通经纶”，饱览过经籍子史，是可以肯定的。前十五史中“雅丽”一共出现四次，⑤ 两条运用“雅丽”论人，另两条用来论文。这是与

① 张少康：《中国历代文论精选》，北京，北京大学出版社，2003：41 页。

② 杨明照：《增订文心雕龙校注》，北京，中华书局，2000：51 页。

③ 张少康：《中国历代文论精选》，北京，北京大学出版社，2003：69 页。

④ 张少康：《中国历代文论精选》，北京，北京大学出版社，2003：75 页。

⑤ 前十五史中“雅丽”一共出现四次，简列于下：❶《南史·列传第三十八·陆慧晓传》：“三子：僚、任、倕并有美名，时人谓之三陆。初授慧晓兖州，三子依次第各作一让表，辞并雅丽，时人叹伏。”❷《北史·列传第二十一·. 李顺传·附李希远传》：“希远弟希宗，字景玄。性宽和，仪貌雅丽，有才学。”❸《魏书·列传第二十四·李顺传·附李希远传》：“希远第二弟希宗，字景玄。出后宪兄。性宽和，仪貌雅丽，涉猎书传，有文才。”❹《旧唐书·文苑传上·杨炯传》：“则天初，坐从祖弟神让犯逆，左转梓州司法参军。秩满，选授盈川令。如意元年七月望日，宫中出盂兰盆，分送佛寺，则天御洛南门，与百僚观之。炯献《盂兰盆赋》，词甚雅丽。”上述四条材料，有两条运用“雅丽”论人，有两条用来论文。这是与刘勰《文心雕龙》“圣文雅丽”直接相关联的用法。但是，《北史》《魏志》与《旧唐书》，刘勰肯定是看不到的，《南史》是对南朝四史的杂烩，刘勰有没有见过《南史》中“雅丽”一说，不好绝对判定。

刘勰《文心雕龙》“圣文雅丽”直接相关联的用法。但是，刘勰有没有见过史书中“雅丽”一说，不好绝对判定。因此，“雅丽”这一术语的运用是很少的，用来论文就更少。在上述材料不太可能为刘勰看到的情况下，运用“雅丽”论文是刘勰的创举。不过，除了直接论述“雅丽”的情况之外，从《史记》开始，历代史书对雅文、丽文的论述多如牛毛，举不胜举。因此，“雅丽”文风的提出，是刘勰向经典、史书取法的结果。这也间接应证了《风骨》篇“熔铸经典之范，翔集子史之术”一说的开明意义。

《文心雕龙》论述雅丽之理论远源有二：雅论直接来自《毛诗序》“雅者，正也”的说法，同时又有儒家雅乐正声的传统诗乐观念的影响；丽论则要复杂得多，因为儒家五经雅正有余而华丽不足，刘勰为了给经典雅丽寻找到丽论的渊源，向道家“自然之道”借鉴取法，以“文源于道”的哲学高度来论述“人文有采”的道理，这样，就为所有文章寻找到了尚丽的依据，经典是圣人从天地物色中仰观俯察而生的产物，当然也会像自然物色那样华丽美好。于是，经典雅丽的文风得以确立。

刘勰为经典雅正文风加上华丽外衣的用意在于：一是为“文出五经”做出铺垫，因为后代文章由质趋文，越来越华丽，而汉赋与齐梁宫体诗歌均以艳丽著称，要坚持“文出五经”，就必须要为华丽之文找到华丽之源。二是为了论述“六义”之“文丽而不淫”做铺垫。既然是经典，具有雅丽之美，那么，就应该是“丽则”的正美，而不是“丽淫”的艳美，这就为全书崇诗抑骚树立了基本原则。三是为了树立雅丽文学思想，刘勰主张经典雅正与辞赋华丽的折中结合，以此生成“执正驭奇”“衔华佩实”的雅丽创作理论。雅丽，就由文体风格上升到了审美论的核心标准，又成为创作论的总纲，在“枢纽”论中建立起来。

《文心雕龙》树立的雅丽风格，是最理想的风格，是全书所有风格类型的最高标准与核心指归。例如，《明诗》篇总结诗歌风格时说：

> 若夫四言正体，则雅润为本；五言流调，则清丽居宗，华实异用，惟才所安。故平子得其雅，叔夜含其润，茂先凝其清，景阳振

其丽，兼善则子建仲宣，偏美则太冲公干。①

这一段，既包含诗歌体裁的风格要求，又列举了若干著名诗人的创作风格特点，四言诗以雅润为主，五言诗歌则逐渐变得清丽起来。“雅润”与“清丽”一“实”一“华”，二者的结合，组成的正是“雅丽”的诗风。在这里，其实蕴含了八体中论述“典雅”“壮丽”“轻靡”“繁缛”等涉及或“雅”或“丽”的风格类型，只是没有展开而已。

《体性》篇赞语有“雅丽黼黻，淫巧朱紫”句，冯春田先生认为：“雅丽”，即雅正（或典雅）华美。刘勰用此语，一般是指作品既有雅正的内容，又具美好的文采，即“丽辞雅义，符采相胜”或“衔华而佩实”。古代以白黑青等为正色，与正色相对的有间色，绿红碧紫黄是也。雅丽黼黻，是说文章的雅丽就如同黼黻那样典雅华美。② “在古代朱为正色，紫为间色，《论语·阳货》：‘恶紫之夺朱也’。何晏《集解》：‘朱，正色；紫，间色之好者。恶其以邪好而乱正色。’刘勰所说的朱紫，正是以朱紫相杂、以邪乱正来比喻作者淫辞浮奢而失其质或淆乱典雅。”③ 这个理解与笔者将八体合成雅丽文风的推测有一致性。

一般认为，《定势》篇讨论的是文体风格的问题，刘勰论述了从“典雅”到“巧艳”的六种文体风格，明显体现“雅丽”风格这一中心；与《体性》八体从“典雅”到“轻靡”的核心指向一样，都是以“雅丽”风格为最高指归。

这样，“雅丽”是圣文的文体风格，是“商周丽而雅”（《通变》）的时代文风，是汉赋“丽词雅义”（《诠赋》）的创作要求，是“雅丽黼黻”（《体性》）的风格赞语，这是用于风格审美和文体创作的情况。扩展一步，是“四言雅润，五言清丽”的诗歌创作大要，也是“雅义以扇其风，清文

---

① 杨明照：《增订文心雕龙校注》，北京，中华书局，2000：65－66页。

② 冯春田：《文心雕龙释义》，济南，山东教育出版社，1986：163－164页。

③ 冯春田：《文心雕龙释义》，济南，山东教育出版社，1986：164页。

以驰其丽”的章表文体特点。在书中，刘勰经常运用与“雅丽”同义的“华实”“文质”“正采”“丽则”等词语代替雅丽，进行了诸如“风归丽则”(《诠赋》)、“诗人丽则”(《物色》)、“华实相胜”(《章表》)、“正采彬彬”(《情采》)、“文质相称”(《才略》)、“符采相济”(《宗经》)的众多论述。

刘勰以雅丽风格作为其风格类型理论的核心，体现了他既宗经尚雅，也追求文采华丽的文学观念。雅丽统摄八体，二者反映了刘勰尚雅崇丽的文学观念，共同形成了《文心雕龙》的文学风格理论体系。在形成了文学风格理论体系之后，刘勰将其广泛运用于对各类风格的论述中去，具有重大的理论价值和影响。

五、文气论

在中国文学批评史上，曹丕首先使用“气”这个概念来阐述文学创作的作家批评问题，他指出：“文以气为主，气之清浊有体，不可力强而致。譬诸音乐，曲度虽均，节奏同检，至于引气不齐，巧拙有素，虽在父兄，不能以移子弟。”① 研究者们将其称为“文气说”。继曹丕之后，刘勰论文，也倡文气，以文气论作家作品，并进而论述作家作品的风格特征与风格之美。郭晋稀先生说：“《文心雕龙》所论，无处不与文气相关联，故刘勰也是主张文以气为主的，不过他更发展了曹丕之说，使它成为根深叶茂的文气论了。”② 寇效信先生说：“曹丕文以气为主的学说，是中国古代文论中文气论的滥觞。经历三百年之后，刘勰在《文心雕龙》中建立了系统而完整的文气论。”③ 两位先生的论述说明：《文心雕龙》的气论思想极为丰富，涉及了文章写作的方方面面，而其文气论思想源于曹丕，并有所发展。

在文论史上，真正明确把“气”和文艺创作活动联系起来，将“气”作为一个文论概念提出来的批评家是曹丕。他在《典论·论文》中说：“王

---

① 郭绍虞，王文生：《中国历代文论选》(第一册)，上海，上海古籍出版社，2001：158－159页。
② 中国《文心雕龙》学会编：《文心雕龙学刊》第六辑，济南，齐鲁书社，1992：280页。
③ 中国《文心雕龙》学会编：《文心雕龙学刊》第六辑，济南，齐鲁书社，1992：281页。

粲长于辞赋，徐干时有齐气，然粲之匹也。孔融体气高妙，有过人者。然不能持论，理不胜辞，以至乎杂以嘲戏。文以气为主，气之清浊有体，不可力强而致。譬诸音乐，曲度虽均，节奏同检，至于引气不齐，巧拙有素，虽在父兄，不能以移子弟。"① 曹丕的所谓气、体气、体等，主要有两层含义：一是指作家的气质特征，二是指作品的风格特征。在曹丕看来，作家有什么样的气质特征，在其作品中就呈现出什么样的风格气貌。比如说"徐干时有齐气"，王运熙先生对此的理解："徐干是齐地人，汉代齐地士人，因受土风影响，其性格比较舒缓，徐干的文章也带有这种舒缓之风，这就叫齐气。"② 此外，在《与吴质书》中，曹丕还说过"公干有逸气，但未遒耳……仲宣独得善于辞赋，惜其体弱，不足起其文"的话，所谓的"有逸气""体弱"之论，既指作家个性特征，又指其作品风格特征。曹丕的文气说，第一次提出了作家气质个性与作品风格的关系问题，开创了以气论文的先河。

（一）《文心雕龙》论文气

经检索，在《文心雕龙》全书中共有七十九处论及"气"这一术语，贯穿了"文之枢纽""论文叙笔""剖情析采"的前后始终。刘勰所谓的"气"，除直接继承上述气论思想外，更有自己的发展与新见，含义颇多：一是指自然界的风云之气，如"写气图貌，既随物以宛转"③。二是指音乐、歌曲的特点要素，如"韵气一定，则馀声易遣；和体抑扬，故遗响难契。"④ 三是由音乐要素发展为指音乐的地域风格特点，如"暨武帝崇礼，始立乐府，总赵代之音，撮齐楚之气"⑤。四是与音乐风格相似，指作家风格的地域特征，如《风骨》篇引述曹丕的话：论徐干，则云"时有齐气"。五是指写作主体的先天气质，如"若夫八体屡迁，功以学成，才力居中，肇自血

① 郭绍虞，王文生：《中国历代文论选》（第一册），上海，上海古籍出版社，2001：158－159页。
② 王运熙：《中国古代文论管窥》，上海，上海古籍出版社，2006：36页。
③ 杨明照：《增订文心雕龙校注》，北京，中华书局，2000：566页。
④ 杨明照：《增订文心雕龙校注》，北京，中华书局，2000：431页。
⑤ 杨明照：《增订文心雕龙校注》，北京，中华书局，2000：82页。

气"①。六是指作家需要修养、积蓄的养身之气，即气息、精神，如"是以吐纳文艺，务在节宣，清和其心，调畅其气，烦而即舍，勿使壅滞"②。七是指文风的时代特征，《时序》篇论述建安文学时说："观其时文，雅好慷慨，良由世积乱离，风衰俗怨，并志深而笔长，故梗概而多气也。"③ 第八，更多的是指由作家主体气质灌注在作品中之后所呈现出的风格特征，如《风骨》篇中论文气时说："相如赋仙，气号凌云，蔚为辞宗，乃其风力遒也。"④

刘勰以气论自然、论音乐、论文学，从自然风云之气到作家音乐家先天之血气，再到不同的文学风格与音乐风格，以及不同的风格之美，其重点是在论述文章写作各种问题，尤其是风格问题。周振甫先生明确地指出："刘勰讲气，是从论文角度来讲的。"⑤ 我们看这句话，可以理解为，刘勰论气，是以论文为主的，是属于文气论范围的。寇效信先生说："综观《文心雕龙》的文气论，可以看出，刘勰是在两种意义上使用气这一范畴的：在创作主体方面，刘勰认为气是构成作家主体系统的一大要素；在作品客体方面，认为气是构成艺术生命和价值的基础。"⑥ 主客两方面的气论思想，涉及从创作者本身的修养气质（清浊刚柔之气）到作品风貌（风格类型）的美学评价。曹顺庆先生说："若对文气加以仔细辨析，我们不难发现文气说有一个基本的内核，即它主要是指作家的内在秉赋，是指作家从体格元气到精神、气质、情感与性格的总和，是作家在精神活动和实践活动中表露出来的心理生理与行为方式特征的总和。" "它是因内而符外的东西，是作家形体与全部生理心理特征的表现。而这，恰恰是所谓艺术风格的基础。"⑦

综观全书，刘勰以气论风格包括两点主要内容：一是论述文学风格的类

---

① 杨明照：《增订文心雕龙校注》，北京，中华书局，2000：380 页。
② 杨明照：《增订文心雕龙校注》，北京，中华书局，2000：512 页。
③ 杨明照：《增订文心雕龙校注》，北京，中华书局，2000：541 页。
④ 杨明照：《增订文心雕龙校注》，北京，中华书局，2000：388 页。
⑤ 周振甫：《周振甫讲文心雕龙》，南京，江苏教育出版社，2005：136 页。
⑥ 中国《文心雕龙》学会编：《文心雕龙学刊》第六辑，济南，齐鲁书社，1992：281 页。
⑦ 曹顺庆：《中西比较诗学》，北京，北京出版社，1988：200 页。

型，二是阐述风格类型的审美理想。二者之间是由表及里的整体关系。

（二）刚柔气论与八体风格

《文心雕龙》文气论的最大价值在于，继承前人，独抒己见，明确提出了刚柔风格论与八体风格类型论。

在《体性》篇中，刘勰指出“风趣刚柔，宁或改其气”，作品风格有刚柔之分，是由于作家具有不同的气质。一般认为，刘勰的刚柔风格思想来自两个方面：一是直接来源于曹丕的“气有清浊”说，清浊即刚柔。对曹丕“气之清浊有体”的理解，郭绍虞先生的解释是“清浊，意近于《文心雕龙·体性》所说的气有刚柔，刚近于清，柔近于浊”。这里的气，是主体先天之气。在他主编的《中国历代文论选》中则进一步说：“清是俊爽超迈的阳刚之气，浊是凝重沉郁的阴柔之气。”① 李壮鹰先生在其所编《中国古代文论》中也持同样的看法：“清，指俊爽豪迈的阳刚之气；浊，指凝重沉郁的阴柔之气。”② 二是从本源上来看，刘勰的刚柔风格论来自《周易》的刚柔阴阳哲学观念。《易传》认为，天地之间存在着“阴”“阳”二气，天地万物的产生就是“阴”“阳”二气交互作用的结果，而阳性事物的特点在于刚健，阴性事物的特点在于柔顺，所以阴阳的对立也就具体化为刚柔的对立。例如：

（1）柔上而刚下，二气感应以相与。③

（2）大哉乾乎！刚健中正，纯粹精也。④

（3）刚柔者，立本者也。⑤

（4）乾，阳物也；坤，阴物也。阴阳合德，而刚柔有体。⑥

（5）观变于阴阳而立卦，发挥于刚柔而生爻。⑦

---

① 郭绍虞，王文生：中国历代文论选（第一册），上海，上海古籍出版社，2001：163页。
② 罗宏梅：《曹丕“文气说”及“清浊”之辨》，载《贵州文史丛刊》，2007（2）。
③ （魏）王弼等注，（唐）孔颖达等正义：《周易正义》，上海，上海古籍出版社，1992：46页。
④ （魏）王弼等注，（唐）孔颖达等正义：《周易正义》，上海，上海古籍出版社，1992：17页。
⑤ （魏）王弼等注，（唐）孔颖达等正义：《周易正义》，上海，上海古籍出版社，1992：85页。
⑥ （魏）王弼等注，（唐）孔颖达等正义：《周易正义》，上海，上海古籍出版社，1992：89页。
⑦ （魏）王弼等注，（唐）孔颖达等正义：《周易正义》，上海，上海古籍出版社，1992：93页。

阴阳刚柔的对立、转化和统一也就成为大千世界的规律，所谓“立天之道曰阴与阳，立地之道曰柔与刚”，最终概括为“一阴一阳之谓道”的哲学规律。敏泽先生在《〈文心雕龙〉与〈周易〉》一文中则认为：“《文心雕龙》虽无专门论述刚柔的文章，但也曾一再提到了刚柔的思想，如《定势》篇的‘刚柔虽殊，必随时而用’、《熔裁》篇的‘刚柔以立本’、《体性》篇的‘气有刚柔’等，都是对《周易》刚柔思想的运用与发展。”①

刘勰借上述刚柔哲学思想以“论文”，这二者的结合，形成了《文心雕龙》刚柔风格理论的重要观念。《体性》篇说：“气有刚柔。”“风趣刚柔，宁或改其气。”《风骨》篇说：“刚健既实，辉光乃新。”“文明以健。”《定势》篇则说：“势有刚柔。”《熔裁》篇则总括性地提出：“刚柔以立本，变通以趋时。”这些散见于各篇的刚柔风格论思想，与《周易》阐述的刚柔思想是一脉相承的。“刚柔以立本”，就是说风格有刚与柔两种类型。

综上所述，刚柔首先是天地间的元气，在作家主体身上体现出来，再灌注在作品里，就使作品形成了刚与柔的风格类型。刘勰在《文心雕龙》中明确倡导“风趣刚柔”“刚柔以立本”的说法，创立了刚柔风格类型说，使之成为后代文论对风格类型划分“刚柔说”的滥觞。在文论史上，刘勰是第一位以刚柔之气论风格的理论家。

刚柔说是风格类型分类理论中的二分法，或者称之为简分法。刚柔二分法虽有很大的包容性，却显得过于笼统，不能准确地概括形态多样的风格类型。刘勰汲取了《周易》刚柔生八卦，八卦生万物的哲学思想，“总其归途，数穷八体”，总结性地提出了典雅、壮丽等“八体”风格类型论，将刚柔二体演化为“典雅、远奥、精约、显附、繁缛、壮丽、新奇、轻靡”八种基本风格类型，并认为八体之间是两两相对的阴阳对立关系。八体之间再相互结合、转化，可以生成无限多样的风格类型。因此，繁分的八体说就是对简分的刚柔说的拓展、丰富。

---

① 中国《文心雕龙》学会编：《文心雕龙学刊》第六辑，济南，齐鲁书社，1992：165页。

那么，刘勰为什么要说“数穷八体”呢？为什么要把基本风格类型限于“八”之数呢？《易传》认为：

(1) 是故《易》有太极，是生两仪，两仪生四象，四象生八卦，八卦定吉凶，吉凶生大业。(《系辞上》)①

(2) 刚柔相摩，八卦相荡。②

(3) 刚柔相推，而生变化。③

(4) 刚柔相推，变在其中矣。④

依照上述思想，八卦是由阴阳二仪变化、衍生出来的，与之相对应，刚柔风格结合、衍生出了八体风格类型。可见，刘勰正是依据《周易》的阴阳刚柔说与八卦数理关系，创立了《文心雕龙》的刚柔、八体两种风格类型理论。

2005年，王小盾先生撰《〈文心雕龙〉风格理论的〈易〉学渊源》一文，认为，《文心雕龙》是依据《周易》阴阳八卦理论来确立自己的风格类型的，八体分别对应于“乾”“坤”等八卦。据此，他做出了一幅九宫八卦图：

东南 巽 新奇	南 离 壮丽	西南 坤 远奥
东 震 精约	阳（风骨） 阴（隐秀）	西 兑 繁缛
东北 艮 显附	北 坎 轻靡	西北 乾 典雅

① （魏）王弼等注，（唐）孔颖达等正义：《周易正义》，上海，上海古籍出版社，1992：82页。
② （魏）王弼等注，（唐）孔颖达等正义：《周易正义》，上海，上海古籍出版社，1992：76页。
③ 同上。
④ （魏）王弼等注，（唐）孔颖达等正义：《周易正义》，上海，上海古籍出版社，1992：85页。

在这幅图中，阴阳两仪居于正中，八体风格与八卦一一对应。① 这是《周易》八卦与气论思想对《文心雕龙》风格类型得以建构起来的直接证据。②

（三）“风清骨峻”的风骨美

何谓风骨？风与骨各为何意？二者之间有何关系？或者说二者是否属于一个整体，不可分割？风骨是阳刚的风格吗？风骨包含文采美在内吗？上述种种问题，一直以来，都是龙学研究中的热点问题，各家众说纷纭，莫衷一是。据统计，仅仅到2005年，关于风骨的理解就有65种之多，论文数百篇。其中影响最大的是黄侃先生提出的“风即文意，骨即文辞”说，后人无论是赞成，是反对，或是改动此说，都逃不开将风与骨割裂开来分析的路数。另一种影响较大的意见是将风骨看作阳刚的风格，或者是阳刚之美。也有学者认为风骨是一个整体概念。

在众多纷乱的头绪中，我们其实可以从文气论思想出发，来理解刘勰论述风骨之本意，其实是在提倡一种“务盈守气”“风清骨峻”的中和之美，风骨是刘勰风格类型论的共时审美理想。

在《体性》篇中，刘勰认为，作家的主体之气是根本性的，它是才能和志意的基础，是文学创作的基础，是形成自身独特风格的基础，所谓“才力居中，肇自血气；气以实志，志以定言；吐纳英华，莫非情性”。这种观点，来自曹丕“气之清浊有体”的先天禀赋论思想，并且把曹丕作品风格是作家气质才性的表现这一论点阐述得更为具体。因此，在《风骨》篇里，刘勰提出“缀虑裁篇，务盈守气”的观点，强调在写作中作者内在“守气”或血气的盈满充实，是创作的根本因素，并再次引用了曹丕的观点，来证明“务盈守气”重要性：

> 故魏文称：“文以气为主，气之清浊有体，不可力强而致。”

① 王小盾：《〈文心雕龙〉风格理论的〈易〉学渊源》，载《清华大学学报（哲学社会科学版）》，2005（5）。

② 对于八体与八卦是否一一对应、对应是否准确的关系问题，对于风骨与隐秀是否构成刚柔关系的问题，笔者尚有不同意见，此处暂略。

> 故其论孔融，则云“体气高妙”，论徐干，则云“时有齐气”，论刘桢，则云“有逸气”。公干亦云：“孔氏卓卓，信含异气；笔墨之性，殆不可胜。”并重气之旨也。①

刘勰主要赞赏“逸气”“异气”“凌云之气”“高妙之气”等倾向于“清刚”的文气，鲜明地表明了自己对曹丕以气论文风“重气之旨”的赞赏之情。清黄叔琳论此说：“气是风骨之本。”纪昀则评曰：“气即风骨，更无本末。”黄叔琳的意思是，气与风骨是一内一外的东西，风骨是文章外在的表现之美，气是文章内在的根本要素，这正是刘勰“重气之旨”的原意。纪昀的意思是说，气与风骨，是合二为一的东西，二者互为表里，相互依存，没有内外之分，也没有本末之别，风骨就是文章透露出来的文气。二人的意见，看起来好像不同，其实是一样的意思，是实质相同的两种说法。

在引述曹丕的文气论观点后，刘勰特别提倡刚健骏爽的文气、文风，强调文章应当写得“风清骨峻”，即思想感情表现得鲜明爽朗、语言劲直有力，呈现出清峻刚健的风貌。刘勰依据“其为文用，譬征鸟之使翼也”的形象比喻的手法，在全面论述“风骨”及其重要性后，明确指出，有风骨的作品不光是文气充沛刚健，也必然是有文采的作品。“风骨”是很讲究文采的：

> 夫翚翟备色，而翾翥百步，肌丰而力沈也；鹰隼乏采，而翰飞戾天，骨劲而气猛也。文章才力，有似于此。若风骨乏采，则鸷集翰林；采乏风骨，则雉窜文囿；唯藻耀而高翔，固文笔之鸣凤也。②

在此，刘勰以正反结合的手法，先从正面论述文采与骨力的完美结合及骨力与文气的完美结合。这两种情况，是风骨美的两种表现形态。有风骨的作品就是要讲究并追求文气、骨力与文采三者的结合之美。写文章应当将文采与

① 杨明照：《增订文心雕龙校注》，北京，中华书局，2000：388页。
② 同上。

骨力结合起来，作品才会像凤凰那样“藻耀而高翔”，达到“肌丰而力沈”的有风骨的理想境界。然后，刘勰从反面论述只有骨力而缺乏文采的作品显得太过刚硬；而文采过度，缺乏骨力的作品，则是一派繁缛的绮丽之相。这二者都不好。

在刘勰看来，“翰飞戾天，骨劲而气猛”的代表人物是刘桢。《体性》篇列汉魏名家十二人，论刘桢为“公干气褊，故言壮而情骇”。詹锳先生释“气褊”为性子急躁而不稳定。[①]《魏志·王昶传》记述王昶评价刘桢的话说：“东平刘公干，博学有高才，诚节有大意，然性行不均，少所拘忌，得失足以相补。吾爱之重之，不愿儿子慕之。”[②]“性行不均，少所拘忌”即指刘桢性格不稳定，不太注意礼仪常规，无拘无束。范文澜先生注：“《魏志·王粲传》注引《典略》载桢平视太子夫人甄氏事。谢灵运《拟邺中集诗序》曰‘桢卓荦偏人’。此气褊之征。”[③]然而，“众人咸伏”而刘桢独“平视甄氏”的结果：“太祖闻之，乃收桢，减死输作。”[④]这种“少所拘忌”的性格使他付出了惨痛的代价。曹丕《典论·论文》评刘桢时称“壮而不密”。范文澜先生注：“《文选》魏文帝《与吴质书》‘公干有逸气，但未遒耳’。《颜氏家训·文章》篇‘凡为文章，犹人乘骐骥，虽有逸气，当以衔勒制之，勿使流乱轨躅，故意填坑岸也’。《才略》篇曰‘刘桢情高以会采’。情高，故有逸气，未遒，谓有时至流乱轨躅也。”[⑤]刘桢文章诗歌气势雄壮，但是往往有所疏漏以至于“流乱轨躅”。梁钟嵘《诗品》评谓：“魏文学刘桢，其源出于《古诗》。仗气爱奇，动多振绝。真骨凌霜，高风跨俗。但气过其文，雕润恨少。然自陈思已下，桢称独步。”[⑥]刘桢的文章与诗歌写得很好，所受评价也很高。存在的主要问题是“气过其文，雕润

---

① 詹锳：《文心雕龙的风格学》，北京，人民文学出版社，1982：13页。
② （晋）陈寿：《三国志》（影印本），北京，中华书局，1997：554页。
③ 范文澜：《文心雕龙注》，北京，人民文学出版社，1958：509页。
④ （晋）陈寿：《三国志》（影印本），北京，中华书局，1997：448页。
⑤ 范文澜：《文心雕龙注》，北京，人民文学出版社，1958：518页。
⑥ 张怀瑾：《钟嵘诗品评注》，天津，天津古籍出版社，1997：182页。

恨少”，就是缺乏文采，略显刚硬。所以詹锳先生说：“这种骇人视听的粗壮风格，和他的急躁脾气是一致的。”①

有的学者认为风骨不含文采之美，如“而刘勰虽然认为藻饰与风骨有着密切的联系，但却认为文采并不是风骨的一个组成因素（或来源）。他将风骨与文采分为二物，将它们并列起来。也就是说风骨与文采并不是从属关系（或因果关系），而是并列关系。有风骨的作品不一定有文采；同样，有文采的作品不一定有风骨。”② 这种意见是将“风骨”视为一种质朴有力的文风，风骨不含文采之美。笔者不同意这一看法。清黄叔琳注“风骨乏采”说：“风骨乏采是暗笔，开合以尽意耳。”③ 意思是说，“风骨乏采”与“采乏风骨”一明一暗，二者应该结合起来看待，合起来的意思就是风骨含采，风骨与文采不可分割。而早在在黄注、纪评之前，明人杨慎就曾论风骨说：“左氏论女色曰美而艳。美犹骨也，艳犹风也。文章风骨兼全，如女色之美艳两致矣。”④“女色之美艳两致”，原本不分表里，不能割裂，是内外合一的整体美感。“文章风骨兼全”，也是不分表里的整体美感。也就是说，风骨原本不该分开来看待，而应该是一个整体的文章风格美学评价。风骨含文采之美，是不言而喻的。《宗经》篇论述写文章应该“依经立义”的“六义”时说：

故文能宗经，体有六义：一则情深而不诡，二则风清而不杂，三则事信而不诞，四则义直而不回，五则体约而不芜，六则文丽而不淫。扬子比雕玉以作器，谓五经之含文也。⑤

其中的第二条“风清而不杂”，意思就是说文章风格应该清纯而不杂乱；第六条“文丽而不淫”，意思是说文章应该写得有文采而不过度。其

① 詹锳：《文心雕龙的风格学》，北京，人民文学出版社，1982：13 页。
② 曹顺庆：《中西比较诗学》，北京，北京出版社，1988：233 页。
③ （清）黄叔琳注，纪昀评：《文心雕龙辑注》，北京，中华书局，1957：283 页。
④ 王文才：《杨升庵丛书》之《升庵批点文心雕龙》，成都，天地出版社，2002：739 页。
⑤ 杨明照：《增订文心雕龙校注》，北京，中华书局，2000：27 页。

实，这正是本篇“风清骨峻”的另一种说法。易中天先生较早地注意到了“六义”与风骨之间的关系，他通过分析认为，“六义”是“从风、骨、采三方面提出的六条美学原则”。易中天先生指出：“唯有兼风、骨、采而有之者，才像凤凰一样，既能翱翔万里，又有文采斐然，而这也正是刘勰的审美理想。”①

由上述分析可知，刘勰不仅赞同“有逸气、含异气”的刚劲骏爽之气，更要求文气与文采的结合，体现出自然明朗、风清骨峻、辉光乃新的风骨之美。

依据“风骨”上述几个方面的审美构成特征，刘勰极力赞美“藻耀而高翔”的作品，将《体性》篇“刚柔”说与“八体”论一一纳入“风骨”这一理想范畴中来。《体性》篇提出的“八体”说作为对繁多风格类型的高度概括，其中既有刘勰所称赞的“典雅、精约、壮丽、显附”风格，也有与上述四体相反的“新奇、繁缛、轻靡、远奥”四体。这八体，有优良的文风与不良文风的区别。由上述基本文风的优点与时代文风的部分可取之处相结合，刘勰标举“风骨”，将“风骨”作为其风格八体的最高理想，同时，在《风骨》篇中高度重视“文气”，欣赏、赞美“刚健既实”的阳刚风格。这也再次证明了“风骨”说实际上就是对风格类型“风趣刚柔”的简分法与“数穷八体”的繁分法的高度综合，是取二者精华所提出的风格类型理想、标准与规范。

例如，刘勰明确表示自己对文采过度、繁文缛辞、缺乏骨力的作品的不满：“若丰藻克赡，风骨不飞，则振采失鲜，负声无力。”“若瘠义肥辞，繁杂失统，则无骨之征也。”“采乏风骨，则雉窜文囿。”刘勰在这里主要批评的就是繁缛、轻靡的风格。繁缛的文风“瘠义肥辞”“负声无力”，是“失统”的表现，背离了儒家文论“文质彬彬”的审美与创作要求；而轻靡的文风像野鸡一样在文坛上上蹿下跳，虽然色彩艳丽，但却“浮文弱植”，难

① 易中天：《文心雕龙美学思想论稿》，上海，上海文艺出版社，1988：125页。

登大雅之堂。刘勰一向坚持“诗言志”的正统文论观：“大舜云：诗言志，歌永言。圣谟所析，义已明矣。是以在心为志，发言为诗，舒文载实，其在兹乎！诗者，持也，持人情性；三百之蔽，义归无邪，持之为训，有符焉尔。”① 刘勰以传统的“言志”说反对陆机提出来的“诗缘情而绮靡”的“言情”论调，遂以“楚汉侈而艳”“魏晋浅而绮”之语批评这两种类型。同时，还批评“讹而新”的新奇文风。刘勰标举的是典雅的正统文风，他举例说：“昔潘勖锡魏，思摹经典，群才韬笔，乃其骨髓峻也。”主张“无务繁采”，提倡精约的文风：“能鉴斯要，可以定文，兹术或违，无务繁采。”同时，高度赞美壮丽的文风：“唯藻耀而高翔，固文笔之鸣凤也。”《体性》篇论壮丽文风之特征是“壮丽者，高论宏裁，卓烁异采者也”，立意高远，境界宏大，文采卓绝，正是此处“藻耀而高翔”之意。

刘勰既从文气角度主张“刚健既实”的阳刚风格，也从八体角度提倡“藻耀而高翔”的壮丽风格，也反对繁缛、轻靡的风格，倡导典雅、精约的优良文风，故而总括性地提出他的风格类型理想：“然文术多门，各适所好，明者弗授，学者弗师。于是习华随侈，流遁忘反。若能确乎正式，使文明以健，则风清骨峻，篇体光华。能研诸虑，何远之有哉！”②“确乎正式”就是宗经，确立“典雅、雅丽”的正统文风；“文明”就是明白通畅，说的是“辞直义畅”的“显附”风格；“健”就是“刚健既实”“高论宏裁，卓烁异采者”的阳刚、“壮丽”的风格。在这里，刘勰主张“研诸虑”，“诸虑”即刚柔与八体风格，“研诸虑”，就是研究、综合刚柔与八体中的优良文风，摒弃不良文风，将二其高度地综合起来，统一在“风骨”这一风格理想中，就可以写出“刚健既实，辉光乃新”的佳作，达到“风清骨峻，篇体光华”的理想效果。

---

① 杨明照：《增订文心雕龙校注》，北京，中华书局，2000：64 页。

② 杨明照：《增订文心雕龙校注》，北京，中华书局，2000：389 页。

六、结语

综上所述，曹丕文论对《文心雕龙》成书的影响是巨大的，从写作目的、作家作品、批评鉴赏、文学风格、文气论等不同方面深刻影响到了《文心雕龙》的写作。虽然曹丕文论比较简约，但已经有鲜明的自觉探究文学批评各种问题的意识，《文心雕龙》在此基础上继续深入发展，结合其他文论成果，独创新的理论观点与理论体系，终于成为独步古今的文论巨典，实现了对数百年“文学自觉”的理论提升与理论“自觉”。

第七节　诗乐理论的影响

汉代文论主要是儒家文论，因此，《文心雕龙》对两汉文学思想的继承与评鉴，主要是指对两汉儒家文论的继承与文学创作实践的评价。就主要的方面而言，《毛诗大序》、《礼记·乐记》、扬雄《法言》、王充《论衡》、曹丕《典论·论文》以及两汉辞赋评论是刘勰取法的重点，而两汉辞赋创作的繁荣景象与汉末建安文学的创作，则为刘勰提供了大量的作家作品案例。通过对这些文学思想的继承与案例的评论，刘勰将独尊儒学的思想基础发展与文学理论发展到具体论述文体论、文学史论、风格论、作家论、作品论、创作论、功能论、鉴赏论等方面，进一步完善、建立起自己的“雅丽”文学思想体系。同时，对梁孝王文学集团、“蜀中三杰”、邺下文学集团、“三曹七子”的巨大影响进行了一些论述。对两汉文学思想与创作实践的分析，刘勰是坚定地站在儒家思想立场上，正确对待了汉代“独尊儒术”、经学昌盛的政治、思想、文化局面，确立了儒家五经的文学核心地位，正确分析了谶纬图箓与敬天法地的神秘文化对文学发展的正反利弊影响，并以“雅丽”思想为艺术标准与思想标准来进行论述。

本节将以汉代儒家文论的著名代表《毛诗大序》和《礼记·乐记》为例来谈，二者可以归属于音乐理论之列。

一、《毛诗序》

《毛诗序》是目前我们能够见到的文学史上第一篇诗歌专论，关于《诗序》的著者是谁，是否出自一人之手，是否曾遭篡改，此处不论。我们要讨论的是现存《毛诗序》在两汉儒家文论中的核心理论地位，以及对刘勰《文心雕龙》文学理论的影响问题。

产生于春秋中期的《诗经》作为中国文学史上第一部诗歌总集，所收录的是我国最早出现的纯文学作品，因此诗在很长的历史时期内，实际上是文学的代称，关于诗的理论批评也就具有文学批评的普遍指导性。先秦诗论起于儒家，宗法儒学，从理论上强调言志，很早就提出了“诗言志”这一“开山的纲领”（朱自清《诗言志辨》）。《尚书·尧典》曾说：“诗言志，歌永言，声依永，律和声。”即便《尧典》不是三代之文，可能出于战国，甚至更晚，然而“诗言志”的观点则肯定由来已久。《左传·襄公二十七年》即载文子告叔向“诗以言志”之说，到战国诸子，《庄子·天下》篇与《荀子·儒效》篇也都分别讲过“诗以道志”“诗言是其志也”的话。“诗言志”所说的“志”主要是指与修身、治国之志，也就是与政治、教化密切相关的志向、怀抱，属于理性的范畴。由此可见先秦诗论尚未明确涉及诗歌情感性的特质，尽管孔子提出“诗可以怨”的抒情特点，但是因为“尽善尽美”与“乐而不淫，哀而不伤”的规范要求，使得先秦儒家没有真正抒发内心情绪的“诗缘情”（陆机《文赋》）的自觉认识，因此是片面且不完整的。首先接触到诗的情感特征，并将其与“言志”联系在一起予以较系统地论述的，则是完成于汉代的《毛诗序》。

《毛诗序》提出了诸如“情动于中”的发生论、“手舞足蹈”的表达论、“以音观政”的政教观、“感人动神”的审美感染力以及继承发展儒家诗教“四始六义”“变风变雅”“主文谲谏”“发情止礼”的具体内容。从整体上看，《毛诗序》一方面积极提倡“吟咏情性”，探寻诗歌本质特征；一方面又大力主张“温柔敦厚”，坚守儒家正统诗教。存在鲜明的继承先秦而又新变发展的“通变”特点与理论矛盾。

（一）抒情言志

《毛诗序》注意到了诗歌创作最本质的情感因素，并且明确地将情与志紧密联系在一起，去论述产生诗歌的动因，提出了“抒情言志”的新观念。《毛诗序》从一开始就说：

> 诗者，志之所之也。在心为志，发言为诗。情动于中而形于言，言之不足故嗟叹之，嗟叹之不足故永歌之，永歌之不足，不知手之舞之，足之蹈之也。①

这就不仅是承继了先秦以来诗歌是心志、怀抱等理性思维的表现，而且阐明了理性表现要靠情感的萌动。孔子曾提出诗歌“可以兴，可以怨”的抒情感染功能，《毛诗序》进一步指出：心志用语言表现出来固然就是诗，但语言表现则须“情动于中”，而且只是语言还不足以成为《诗经》中辞、乐、舞合一的《风》《雅》《颂》的诗，还需要情感更强烈的“嗟叹”“长歌”“手舞足蹈”来辅助表达。所以《毛诗序》对音乐产生于抒情的本质特点进行了阐述：

> 情发于声，声成文谓之音。②

进一步指出了诗歌在情感的强烈抒发过程中所创造的审美功能，以及由艺术美而引起的巨大感染力，同时，还指出了“情—声—音”的由内到外的报答过程，指出了声音形成节奏旋律才能成为动听的音乐的“声成文”的审美要求。《毛诗序》中这些对《诗经》情感特质的论述，除了因为当时诗歌创作尚未从附属于音乐、舞蹈的初始状态独立出来，成为自觉的语言艺术，故而表现出的混于乐、舞的局限性之外，就其本质而言，已经接近了魏晋“文学自觉”时期“诗缘情”的理论，抓住了诗歌抒情言志的本质特征，这

---

① 郭绍虞、王文生：《中国历代文论选》（第一册），上海，上海古籍出版社，2001：63 页。
② 同上。

无疑是具有历史意义的进步。

但是，《毛诗序》对诗歌情感特质开创性的论述，在评议《诗经》之“六义四始”时，却又陷入了先秦儒家政教为主的诗论观，所论只能为礼义政教服务，因而出现了明显的矛盾。《毛诗序》说：

> 治世之音安以乐，其政和；乱世之音怨以怒，其政乖；亡国之音哀以思，其民困。故正得失，动天地，感鬼神，莫近于诗。先王以是经夫妇，成孝敬，厚人伦，美教化，移风俗。①

这里所说诗歌“经夫妇，成孝敬，厚人伦，美教化，移风俗”的教化功能，本来是无可厚非的。正由于诗歌巨大的艺术感染力，使其具有独特的认识世界、改造世界、陶冶性情的社会价值，先王才用之来完善道德，实施教化。但是，受制于儒家政教人伦观念的限制，《毛诗序》得出了诗歌只能为道德、教化服务，而不能有其他如愉娱、审美作用的结论，这是孔子雅乐思想与政教观念的全面体现。因此，对于先秦“诗六义”的解释与《诗》之“风雅”的新变现象，主要是沿着政治教化的路子走的：

> 故诗有六义焉：一曰风，二曰赋，三曰比，四曰兴，五曰雅，六曰颂。上以风化下，下以风刺上，主文而谲谏，言之者无罪，闻之者足戒，故曰风。至于王道衰，礼义废，政教失，国异政，家殊俗，而变风、变雅作矣。国史明乎得失之迹，伤人伦之废，哀刑政之苛，吟咏情性，以风其上，达于事变而怀其旧俗者也。故变风发乎情，止乎礼义。发乎情，民之情也；止乎礼义，先王之泽也。是以一国之事，系一人之本，谓之风；言天下之事，形四方之风，谓之雅。雅者，正也，言王政之所由废兴也。政有小大，故有小雅焉，有大雅焉。颂者，美盛德之形容，以其成功告于神明者也。是谓四始，诗之至也。②

---

① 郭绍虞、王文生：《中国历代文论选》（第一册），上海，上海古籍出版社，2001：63页。
② 同上。

“四诗六义”说的核心，是要“发乎情，止乎礼义”，于是便缩小了“情动于中而形于言”的广泛包容性，而退化为情感必须服务于意识形态的“礼义”之内，失去了热情活跃富于创造力的自由驰骋，成为统治者手中的工具。因此，“情”就不再是真正属于本性的“情”，而变为符合统治者政教口味的“情”。“上以风化下，下以风刺上”就成为诗歌创作唯一的目的和归宿，并且“怨刺”时，也一定要“主文而谲谏”，温柔敦厚、婉转委曲。总之，又回到了孔子“思无邪”“不淫不伤”的诗教中，“吟咏情性”所放出的光芒也就开始暗淡了。正如鲁迅先生在《摩罗诗力说》中所尖锐批评的：“如中国之诗，舜云言志，而后贤立说，乃云持人性情，三百之旨，无邪所蔽。夫既言志矣，何持之云？强以无邪，既非人志。许自由于鞭策羁縻之下，殆此事乎。”因此，在论述“六义四始”时，只涉及了与为王政教化服务的内容密切相关的“四始”：风、大雅、小雅、颂，至于艺术表现手法与体裁并存的赋、比、兴，则只字未提。

虽然有这样的不足，但是《毛诗序》对于“变风变雅”的论述，却真实地探讨了诗歌风格发生变化的因素之一，是因为“王道衰，礼义废，政教失，国异政，家殊俗”，也就是说，政治原因与社会原因是导致文学发展变化的重要因素。这种承认文学变化而主张修复教化礼乐的思想，是孔子文论思想的直接体现。

《毛诗序》的“情志”论继承了先秦儒家诗教观和道家情性论而有所创新，对儒家诗学理论与音乐理论影响极大。《礼记·乐记》中“凡音者，生人心者也。情动于中，故形于声。声成文，谓之音。是故治世之音安以乐，其政和。乱世之音怨以怒，其政乖。亡国之音哀以思，其民困。声音之道与政通矣”的说法与《毛诗序》抒情言志、政教功能的说法完全重叠。

西晋陆机在《文赋》中关于“诗缘情而绮靡”的“缘情说”理论肇始于此，并且开启了六朝“重情”文学的洪流。陆机的“缘情说”，在《文赋》中有如下几个方面的论述：一是重视情感的修养，主张向古代典籍学习，修养为文之情，提出“伫中区以玄览，颐情志于典坟”的虚静养情观；

二是提倡“感物起情”的外物生情论，指出“遵四时，瞻万物，悲落叶，喜柔条”的自然物色可使作家“心懔懔以怀霜，志眇眇而临云”，创作冲动开始产生；三是精心构思，展开思维，内化物色，布局排列，外化表达，“选义按部，考辞就班”，写成文章。这就构成了“物—意—文”的写作过程模型理论，一直到今天，仍然是写作普遍采用的线性写作模式。陆机“缘情说”虽然是依附于他的写作思维理论的，但是，《文赋》重情论思，是第一次从文学写作的本真状态、内部操作状态来论述创作的，这就从外部政教、主体气质上往前更推进了一步，使得真实的写作状态成为文学理论的研究对象。

其后，钟嵘在《诗品序》中提出“吟咏性情”说。钟嵘对诗歌和人的感情的关系有了深刻的认识，指出：“气之动物，物之感人，故摇荡性情，形诸舞咏。照烛三才，晖丽万有，灵祇待之以致飨，幽微藉之以昭告。动天地，感鬼神，莫近于诗。”说明诗的产生源于“气”，“气”首先是自然的物理的气，它作用于外物使外物变化，作用于人使人形成神气，作用于文则形成文气、体气和骨气。创作主体感于外物的变化，内心产生情感的动荡，于是形成了诗。所以，通过这几句可以看出钟嵘的诗歌本质观，即它是表达人的感情的，是人的感情的产物。“动天地，感鬼神，莫近于诗。”说明诗又可以反作于人的感情。这些理论主张源出于《毛诗序》，可见钟嵘是特别强调诗人自身的情感世界和个性品质的。正因为钟嵘强调了自然情性的真实可感和自然天成，所以他主张“自然英旨”，主张“直寻”，反对“理过其辞”的玄言诗，反对在诗中过多使用典故。

六朝“重情”文学理论的最集中体现，是在《文心雕龙》之中。刘勰《文心雕龙》继承了《毛诗序》对“诗言志”与“诗缘情”采取合观的态度，对文“情”的论述贯通全书，凡一百四十七处之多，而且是作为联系“道—圣—文—采”的重要中介来看待的。《明诗》篇说：“诗者，持也，持人情性；三百之蔽，义归‘无邪’，持之为训，有符焉尔。”这个说法，继承了“抒情言志”的本质特点，又将“无邪”的思想标准提出来。作家的

"文情"应该是"深而不诡"的，这种中正规范的情感是写出"无邪"文本的前提。据此，"因内符外""文如其人"的情性风格论也得到了理论落实，刘勰在《体性》篇中全面论述之。进一步，为了将出自道家的"文源于道"的文学本体发生论在哲学的高度往"郁然有采"的美学特征上拉拢，刘勰专列《情采》一篇，集中论述"辩丽本于情性"的中介意识，结合成为"道—物—情—文—采"的发展顺序，为文学尚丽本质论找到了转化依据。而"文情"的产生，刘勰以为有两个来源：一是本自作家的独特情性，二是因为"人禀七情，应感斯物，感物吟志，莫非自然"的外物感应。这两种不同的情，都应该规范在"深而不诡"的要求下。对于文学之丽，刘勰是始终赞赏的，但是他主张的是"正采"，而不是文采过度的"繁采"，主张文采的创造本就是"圣贤书辞"的题中应有之义，所以提出"文丽而不淫""风归丽则"等美学标准，与"情深而不诡"结合起来，成为"深情丽采"的"彬彬君子"。所以，情性论既是刘勰关注写作主体、探寻文学本质的重要理论，也是《文心雕龙》贯通《原道》《征圣》《宗经》《明诗》《体性》《情采》《物色》等核心篇目的重要中介，是打通道家文论与儒家文论的重要中介，还是积极阐释自己尚丽文学主张的重要因素。这种结合儒道，独出新见的论述，体现了刘勰整合理论的超强思维能力与折中方法论的巨大威力。

最重要的是，《毛诗序》提倡"抒情言志"，这是由重视文学的外在功能转向内在规律研究的标志。刘勰主张"人禀七情"，抒情言志，对建安文学、抒情文学高度评价，不能不说是受到了《毛诗序》的影响。《文心雕龙·明诗》篇论述建安文学"暨建安之初，五言腾踊。文帝陈思，纵辔以骋节；王徐应刘，望路而争驱。并怜风月，狎池苑，述恩荣，叙酣宴。慷慨以任气，磊落以使才。造怀指事，不求纤密之巧，驱辞逐貌，唯取昭晰之能：此其所同也。"对其"慷慨"之气、"磊落"之才、"昭晰"之风大加赞美。而对玄学影响下"远奥"之风气批评甚多："及正始明道，诗杂仙心；何晏之徒，率多浮浅。唯嵇志清峻，阮旨遥深，故能标焉。若乃应璩

《百一》，独立不惧，辞谲义贞，亦魏之遗直也。”刘协认为，在当时，真正意义上继承了建安诗风的只有应璩，其诗“独立不惧，辞谲义贞”，秉承儒家精神一脉而能做到“主文谲谏”，是重情重气而温柔敦厚的中正之作。

（二）“六义”之用

《毛诗序》提出“六义”并阐发“四始”，其说对《文心雕龙》的对应论述影响很大。“诗六义”的名称在先秦时就已经出现，《周礼·春官·大师》篇说：“大师教六诗，曰风，曰赋，曰比，曰兴，曰雅，曰颂。以六德为之本，以六律为之音。”《毛诗序》明确提出“六义”说：“故诗有六义焉：一曰风、二曰赋、三曰比、四曰兴、五曰雅、六曰颂。”对“六义”的排列顺序采用的是《周礼》之说。“诗六义”的解释历来众说纷纭。在刘勰以前，“六义”是既指六种体裁，又指六种表现方法的。如《毛诗序》解释“风”是既把“风”作为诗体，同时也作为诗法，是体、法并用的。近人章炳麟曾考证“六义”作为六种诗体，古代曾以入乐与不入乐加以区别，“风”“雅”“颂”是入乐的，其说与郑樵“风土之音曰风，朝廷之音曰雅，宗庙之音曰颂”（《通志序》）近似。“赋”“比”“兴”，则“不被管弦”，“不入声乐”，所以后来在孔子录诗时被删去。唐代的孔颖达则把“六义”严格划分为三体三法，他说：“风雅颂者，诗篇之异体。赋比兴者，诗文之异辞耳。大小不同，而得并为六义者，赋比兴是诗之所用，风雅颂是诗之成形。用比三事，成此三事，是故同称为义，非别有篇卷也。”对于“诗六义”的这种解释，在孔颖达之后被普遍采用，结合《诗序》与唐人的论述，可以分为以下三类意见：

一是“风、雅、颂”三体。《诗》之“风”本是乐曲的统称。《国风》即各地区的民歌——地方风土之音。一共有 15 组，但 15 组国风并不是 15 个国家的乐曲，而是十几个地区的乐曲，包括周南、召南、邶、鄘、卫、王、郑、桧、齐、魏、唐、秦、豳、陈、曹的乐歌，共 160 篇。国风是当时当地流行的歌曲，带有地方色彩。从内容上说，大多数是民歌。作者大多是民间歌手，但是也有个别贵族。主要反映了劳动人民的思想感情和对社会生活的认识。对于“雅”的认识现在有几种不同的观点：一种观点认为是指周朝直接统治地区的音乐，即中央的音乐，“雅”有“正”的意思，把这种音乐看作“正声”，意在表明和其他地方音乐的区别。也有人说“雅”与“夏”相通，夏是周朝直接统治地区的称呼。还有观点认为，“雅”是指人人能懂的典雅音乐。“雅”共105篇，分为《大雅》31篇和《小雅》74篇。“雅”多数是朝廷官吏及公卿贵族的作品，有一小部分是民歌。其内容几乎都是关于政治方面的，有赞颂好人好政的，有讽刺弊政的。只有几首表达个人感情的诗，但是没有爱情诗。“颂”，即祭祀和颂圣的乐曲，是贵族在家庙中祭祀鬼神、赞美治者功德的乐曲，在演奏时要配以舞蹈。“颂”分为《周颂》《鲁颂》和《商颂》，共40篇。其中，《周颂》31篇，认为可能是西周时的作品，多作于周昭王、周穆王以前；《鲁颂》4篇，认为可能是鲁僖公时的作品；《商颂》5篇，则认为是春秋以前宋国的作品。“颂”是专门用于宗庙祭祀的音乐。《毛诗序》说：“颂者美盛德之形容，以其成功告于神明者也。”这是颂的含义和用途。王国维说：“颂之声较风、雅为缓。”（《说周颂》）这是其音乐的特点。

二是“赋、比、兴”三法。“赋”，按朱熹《诗集传》中的说法：“赋者，敷也，敷陈其事而直言之者也”。就是说，赋是直铺陈叙述，是最基本的表现手法。“比”，用朱熹的解释，是“以彼物比此物”，也就是比喻之意。《诗经》中用比喻的地方很多，手法也富于变化，如《氓》用桑树从繁茂到凋落的变化来比喻爱情的盛衰；《鹤鸣》用“他山之石，可以攻玉”来比喻治国要用贤人；《硕人》连续用“荑荑”喻美人之手，“凝脂”喻美人之肤，“瓠犀”喻美人之齿，等等，都是《诗经》中用“比”的佳例。“赋”和“比”都是一切诗歌中最基本的表现手法。“兴”则是《诗经》乃至中国诗歌中比较独特的手法。“兴”字的本义是“起”，因此又多称为“起兴”，对于诗歌中渲染气氛、创造意境起着重要的作用。《诗经》中的“兴”，用朱熹的解释，是“先言他物以引起所咏之辞”，也就是借助其他事物为所咏之内容做铺垫。它往往用于一首诗或一章诗的开头。进一步，

“兴”又兼有了比喻、象征、烘托等较有实在意义的用法。但正因为“兴”原本是思绪无端地飘移和联想而产生的，所以即使有了比较实在的意义，也不是那么固定呆板，而是虚灵微妙的。例如《关雎》开头的“关关雎鸠，在河之洲”，原是诗人借眼前景物以兴起下文“窈窕淑女，君子好逑”的，但关雎和鸣，也可以比喻男女求偶，或男女间的和谐恩爱，只是它的喻义不那么明白确定。又如《桃夭》一诗，开头的“桃之夭夭，灼灼其华”，写出了春天桃花开放时的美丽氛围，可以说是写实之笔，但也可以理解为对新娘美貌的暗喻，又可说这是在烘托结婚时的热烈气氛。由于“兴”是这样一种微妙的、可以自由运用的手法，后代喜欢诗歌的含蓄委婉韵致的诗人，对此也就特别有兴趣，各自逞技弄巧，翻陈出新，不一而足，构成中国古典诗歌的一种特殊审美意味。

三是“变风变雅”说。《毛诗序》认为：“至于王道衰，礼义废，政教失，国异政，家殊俗，而变风变雅作矣。”主要指《风》《雅》中周政衰乱时期的作品，与“正风”“正雅”相对。“正”“变”的划分，不是以时间为界，而是以“政教得失”来分的。认为“正风”“正雅”是西周王朝兴盛时期的作品，“变风”“变雅”是西周王朝衰落时期的作品。

《文心雕龙》在解释“六义”时，将其当作体裁与手法进行合观，同时特别强调其运用功能。《颂赞》篇说：“夫化偃一国谓之风，风正四方谓之雅，雅容告神谓之颂。风雅序人，故事兼变正；颂主告神，故义必纯美。”这显然是将“风雅颂”的政教功能与作用对象进行了特别的突出，并指出三者的区别，顺带提及变风变雅的现象。《比兴》篇论述“比”“兴”时，说“比体云构”“毛诗述传，独标兴体”“起情故兴体以立”，是把二者既作为表现方法又作为诗体来论述的。整部《文心雕龙》，“六义”影响甚大。择其主要来说，体现在“赋”体“赋”法、“颂”体“颂”用、“风”体“风”力三个方面。对于“比兴”二体，刘勰主要在《比兴》篇中做专题的论述，在此暂略不提。

第一，是“赋”体与“赋”法。《文心雕龙》所谓的赋体，主要指的是辞赋文学体裁，不再是“六义”之赋体，《宗经》篇说“赋颂歌赞，则《诗》立其本”，赋体是从《诗》中发展出来的，这应该是班固《两都赋序》“赋者，古诗之流”说法的翻版。论述赋体文学的重点篇目《诠赋》篇，一开头就对“赋”的理解提出了三种不同的意见：一是“《诗》有‘六义’，其二曰赋。赋者，铺也，铺采摛文，体物写志”的写作手法说；二是“昔邵公称：‘公卿献诗，师箴瞽赋。’《传》云：‘登高能赋，可为大夫。’《诗》序则同义，《传》说则异体。总其归途，实相枝干”的“不歌而颂”的诵诗方法与致用方式；三是“班固称‘古诗之流也’”的赋体文学。手法说属于六义之一，诵诗说是论《诗》之用，赋体说是刘勰“诠赋”的主要目的。班固以为，辞赋的源头是楚辞，楚辞的代表作家是屈原，《辨骚》篇引用班固“文辞丽雅，为词赋之宗”的评屈意见，实际上也是刘勰对屈赋出于古诗以及对屈原的评价意见，因此他说楚辞是“《雅》《颂》之博徒，而词赋之英杰”。同篇中，王逸更认为屈赋泽被后世，“名儒辞赋，莫不拟其仪表”，对后来宋玉、唐勒与汉赋诸家影响深远。在确立了“讨其源流，信兴楚而盛汉”的赋体之源后，刘勰认为，作为楚汉代表的文学体裁，辞赋创作有其巨大的成就，“六义附庸，蔚成大国”。有描写“京殿苑猎，述行叙志”鸿篇巨制的大赋，也有体物抒情“触兴致情，因变取会”的小赋。不管是“鸿裁之环域，雅文之枢辖”，还是“小制之区畛，奇巧之机要”，都有巨大的影响力，辞赋尚丽的创作影响，对后代文学绮丽巧艳的创作有借鉴之源的意义，辞赋同时也存在一些不良倾向，“繁华损枝，膏腴害骨，无实风轨，莫益劝戒”，并举出“扬子所以追悔于雕虫，贻诮于雾縠”的案例来作论据证明之。扬雄晚年曾追悔自己作赋一事，深感后悔，以“童子雕虫篆刻，壮夫不为”目之，这主要是辞赋劝而不止的功能与往往适得其反的讽谏效果决定的，也有对辞赋作家地位低下，颇似俳优的处境地位的愤懑。刘勰的主要目的，是要阐述“赋法”，即“立赋之大体”：

原夫登高之旨，盖睹物兴情。情以物兴，故义必明雅；物以情睹，故词必巧丽。丽词雅义，符采相胜，如组织之品朱紫，画绘之差玄黄。文虽新而有质，色虽糅而有本，此立赋之大体也。①

辞赋创作的“大体”，核心有两点：一是“睹物兴情”的创作“物感”说，这是与《原道》《物色》贯通而与《诗序》《文赋》相接的观点，认识到了文学创作的内容来源与写作本质状态；二是“丽词雅义”的雅丽标准，刘勰主张“义必明雅”与“词必巧丽”的理想状态，这是对辞赋创作提出的总体要求，是《文心雕龙》雅丽思想在文体论中的直接运用。因此，在《诠赋》篇的赞语中，刘勰直接引用了扬雄“丽淫丽则”之说，主张辞赋创作要“风归丽则”，成为既雅且丽，衔华佩实的作品。其用心之高，已经与“圣文雅丽”等而视之。

辞赋“丽词雅义”的创作“大体”，在《文心雕龙》书中凡是涉及辞赋问题的地方，都可以看到其影响。《辨骚》篇主张《诗》《骚》结合，“华实”结合；《情采》篇在“为文造情”与“为情造文”的论述中指出辞赋虚诞过丽；《比兴》篇认为辞赋“比”体太过；《夸饰》篇认为辞赋夸而不当；《物色》篇指出“辞人之赋丽以淫”——凡此种种，既可以看到“风归丽则”“丽词雅义”对辞赋创作若干问题的规范，更体现了雅丽思想对《文心雕龙》全书的贯通。

第二，是“颂”体与“颂”用。《文心雕龙》认为，“颂”既是文体，又是手法。《诠赋》：“殷人辑《颂》，楚人理赋。”是将“颂”作为《诗》之一体来看待的。同时，又往往将辞赋引以为“颂”体，《颂赞》篇“三闾《橘颂》，辞采芬芳”一说，是将赋体与颂体同等的论述，带有“赋者，古诗之流”的影响。另外，又大力宣扬“颂”作为写作手法的特点与功能，《颂赞》曰：“四始之至，颂居其极。颂者，容也，所以美盛德而述形容也。昔帝喾之世，咸黑为颂，以歌《九招》。自《商颂》以下，文理允备。”刘勰以为“颂”主要是“美盛德而述形容”的赞美手法，是形容美德、赞美政教的修饰技法。同篇又说“风”“雅”“颂”三种手法：“夫化偃一国谓

① 杨明照：《增订文心雕龙校注》，北京，中华书局，2000：97页。

之风，风正四方谓之雅，雅容告神谓之颂。风雅序人，故事兼变正；颂主告神，故义必纯美。”“风”是最主要的教化方法，教化归正就叫作雅，将雅正的结果禀告神灵就叫作颂。可见，“风生雅，雅生颂，颂告神”这一发展顺序，最终是指向政治教化与敬天法地的宗庙祭祀的，因此，“颂”一定要内容“纯美”，不得玷污神灵，不得淆乱国家。“颂”于是从“诗六义”之一，成为神秘文化的一个类型，成为功能远远超越“风”“雅”作用的最高文体与表现手法。

顺次，刘勰论述到了历代以来著名的“颂”体文文学与“颂”体之用，并举“秦政刻文，爰颂其德”为例，显示了秦始皇一统天下之后，为了“褒德显容”，登峰跨海，彰显大德的做派。这样，“颂”体文学就直接衍生出了两类文体：一是“铭”体，二是“封禅”文。见以下例证：

> 《铭箴》　故铭者，名也。观器必名焉，正名审用，贵乎慎德。①
>
> 《铭箴》　至于始皇勒岳，政暴而文泽，亦有疏通之美焉。②
>
> 《封禅》　夫正位北辰，向明南面，所以运天枢、毓黎献者，何尝不经道纬德，以勒皇迹者哉？③
>
> 《封禅》　秦皇铭岱，文自李斯；法家辞气，体乏弘润；然疏而能壮，亦彼时之绝采也。④

“铭”体是为“正名贵德”而生，“封禅”体是为“经道纬德”而作，与“美盛德而述形容”的“颂”体功能完全一致。《文心雕龙》列出《颂赞》《铭箴》《封禅》三篇，均举秦始皇刻石记功之事为例，实际上意在说明以下几个方面：一是强化“文出五经”的经典意识。二是实际上背离这一说法，因为“赋颂歌赞，则《诗》立其本；铭诔箴祝，则《礼》总其端”，

① 杨明照：《增订文心雕龙校注》，北京，中华书局，2000：139 页。
② 同上。
③ 杨明照：《增订文心雕龙校注》，北京，中华书局，2000：295 页。
④ 同上。

“文出五经”的说法并非绝对真理。三是明确地告诉读者，所谓“论文叙笔，囿别区分”的文体论二十篇者，并不取颜延年“有韵为文，无韵为笔”之说，而是文笔合观，文笔不分的。因为《封禅》是第二十一篇，并非《颂赞》《铭箴》所在的“有韵为文”的位置，刘勰论其曰“美”，这不是“美盛德”之美，而是文采美丽之美。三篇文章同举李斯刻石七处，均为“有韵之文”，并不属“笔”；所举相如、扬雄、班固佳作数篇，皆以鸿、美、雅、丽称。四是认为“颂”这种手法具有广泛的作用，可以延伸渗透到其他文体的写作中去。

第三，是“风”与“风力”。除了“风”之功能与“变风变雅”说外，《文心雕龙》论述的“风骨”问题，也要追述到《毛诗序》对“风”的论述上来。《风骨》篇开宗明义：“《诗》总‘六义’，风冠其首；斯乃化感之本源，志气之符契也。”尽管有注者认为“六义”中风、雅、颂是诗体，赋、比、兴是作诗的方法，但是，这也不能否认《毛诗序》“故诗有六义焉：一曰风，二曰赋，三曰比，四曰兴，五曰雅，六曰颂”的论述，是将“风冠其首”的，“风”有强大的感染教化作用：“风，风也，教也，风以动之，教以化之。”“风”能讽动人心，教化人性。又说到该如何“讽教”的方法：“上以风化下，下以风刺上，主文而谲谏，言之者无罪，闻之者足以戒，故曰风。”所以刘勰认为“风”是“化感之本源，志气之符契”，从教化人心到个人情志的培养，都离不开“风”，这是其感染力对人的熏陶内化改变作用。作者内心的思想感情、气质性格和作品的“风”相一致，这显然是从发生学的角度在重申《体性》篇“文如其人”的风格论思想。因此，作品外在的风格特征，一定会与作家本身的情感、气质相吻合。所以，《风骨》篇中在论述“风”的时候，一般都与“情”“气”相联系：

> 怊怅述情，必始乎风。
>
> 情之含风，犹形之包气。
>
> 意气骏爽，则文风清焉。
>
> 深乎风者，述情必显。

思不环周，索莫乏气，则无风之验也。

相如赋仙，气号“凌云”，“蔚为辞宗”，乃其风力遒也。

若骨采未圆，风辞未练，而跨略旧规，驰骛新作，虽获巧意，危败亦多。

若能确乎正式，使“文明以健”，则风清骨峻，篇体光华。

情与气偕，辞共体并。

蔚彼风力，严此骨鲠。①

“情”有如下几个特点：情始于风、情含于风、述情要显、情与气偕。“气”的特点是形外气内、气爽风清、风气刚健、与情相偕。由此可以推出“风”的几个特点是重情重气、风力遒劲、风主清峻、风需生气。“情”“气”“风”三者，由作家主体情感气质到文本感染力的最后形成，是“情动言形”“因内符外”的层层递进关系。“情气”生“风”，“风”观“情气”，所以刘勰主张“缀虑裁篇，务盈守气”，批评“思不环周，索莫乏气”，使“文明以健”，呈现“刚健既实，辉光乃新”的外显之“风”，这样的文章才能“篇体光华”“珪璋乃聘”，体现出既美好又致用的价值。这样来看，《风骨》论“风”，主要是探讨“风”的特点是巨大的感染力，“风”的生成主要来自作家“情”与“气”的修养与外显。所以，“刚健”“力遒”所指并非是气质力量如何巨大刚劲，而是指的鲜明外显的文学感染力，而且，这种感染力主要是针对读者而言的内在体会。因此，“风以动之”就包含了如下内容：

作家情气——文本之风——风化读者

读者观文——体会其风——如见其人

《毛诗序》有例证：“《关雎》，后妃之德也，风之始也，所以风天下而正夫妇也。故用之乡人焉，用之邦国焉。”《关雎》是《周风》之首，是

① 杨明照：《增订文心雕龙校注》，北京，中华书局，2000：388－389页。因上述引文均出于《风骨》一篇，故集中注释于此。

"德"风之始，所以"化成天下"。孔子说："《关雎》乐而不淫，哀而不伤。"有中和之美，是"吾从周"的典范作品。刘勰倡言"商周丽而雅"的审美标准，所以在化用《毛诗序》"风化"说的时候，也是间接地将孔子诗教观念与对周代文学褒赞的文学史论吸收过来，合而用之的。《风骨》篇中论述"风化"感染的例子更有说服力。司马相如《大人赋》言神仙之事，汉武帝读后，"飘飘有凌云之意"，武帝之心意受文章之"风"感染促动，方有这种骏爽之感。所以，《风骨》所论，主要是文学作品的审美特征与感染之力，并不是阳刚的风格类型。

除上述重点所及的"风""赋""颂"外，刘勰还多次论述到"四始六义""主文谲谏"等出自《毛诗序》的诗学理论。如下例：

《宗经》《诗》主言志，诂训同《书》，摛风裁兴，藻辞谲喻，温柔在诵，故最附深衷矣。①

《明诗》　自商暨周，《雅》《颂》圆备，四始彪炳，六义环深。②

同时，专列《比兴》一篇，探讨"比兴"手法在文学创作中的运用情况，主张中和之美。指出"比显而兴隐"的不同特征，阐释了"比者，附也；兴者，起也"的具体差异，举出《诗经》与辞赋在创作中正反两面的大量例证来论述"比兴"的巨大功能，同时警诫后人，对"比兴"手法的运用必须有度，辞赋用之过繁，文丽过度而不取"切至"，在创作上物极必反的道理。

综上所述，除去"情志"政教观念最直接地影响到了《文心雕龙》，还可以看到《毛诗序》诗"六义"对刘勰《诠赋》《颂赞》《风骨》《比兴》的影响。另外，《毛诗序》"主文而谲谏"的言说方式，对中和之美的提倡，确立儒家经世致用的原则，对文学政教功能的主张，"雅者，正也"的文学

① 杨明照：《增订文心雕龙校注》，北京，中华书局，2000：26 页。
② 杨明照：《增订文心雕龙校注》，北京，中华书局，2000：64 页。

雅正精神与“变风”“变雅”及其深层原因的探讨思想，是刘勰尚雅持正、重视新变、主张中和之美、论述文学功能等思想的重要依据。

二、《礼记·乐记》

从整体上看，《礼记·乐记》提出的“感物生情”的音乐发生说、听音观政的乐教思想、阴阳刚柔气论思想、“和乐”的中和之美的美学思想，对刘勰刚柔气论、中和雅丽具有直接的影响。从儒家礼乐制度与礼乐教化的传承上看，《乐记》强调“礼者，天地之序也”“乐者，天地之和也”，对秩序礼法与中和之美的明确提出与重视，是儒家传统思想的集中反映。

对于《礼记·乐记》的成书，蒋孔阳先生认为：“《乐记》的原书，应当是‘先秦旧书’。河间献王与毛生等，‘共采《周官》及诸子言乐事者，以作《乐记》’。这就说明了《乐记》所本的原书，是《周官》及先秦诸子言乐事者。它里面有孔、孟的言论，有荀况的《乐论》，还有《易·系辞传》《左传》《吕览》以至《礼记》中其他各篇有关的文章。正因为这样，所以，《乐记》有许多地方与它们相同。因此，《乐记》不是一人一时之作，而是汉初儒者搜集和整理了先秦谈乐的言论，特别是儒家谈乐的言论，综合起来，编辑成的一部著作。它的原作者，应当是先秦儒者，它的编辑者则是汉初儒者。”① 新近出土的简帛文献证明了蒋先生的论述并不完全正确，但是，蒋先生的观点吸收了梁启超在《古书真伪及其年代》中关于《礼记》成书的思想，是一种值得重视的、稳健的说法。

（一）《乐记》三题

《乐记》是儒家音乐文学理论的集成之作，内涵丰富，主要由物感说、乐教观、和乐美、风格论四个方面的内容组成，既有对儒家孔子、荀子、《诗序》音乐理论的继承融合，也有《周易》的明显影响，因此显示了自身独特的价值。对于和乐气论、中和之美，诸家论述很多，如钟仕伦先生等，

① 蒋孔阳：《先秦音乐美学思想论稿》，北京，人民文学出版社，1986：207－208页。

因此笔者简介如下三部分内容：

第一，是“物感说”的正式提出。《毛诗序》重视“情动于中”“声文成音”的音乐发生于情感理论，《乐记》则在此基础上更进一步，不仅看到了因情生音的内外表达顺序，更进一步地提出了外物触动人情，人情产生音乐的物感理论。《乐记》开头就说：

> 凡音之起，由人心生也。人心之动，物使之然也。感于物而动，故形于声。声相应，故生变。变成方谓之音。比音而乐之，及干戚羽旄，谓之乐。乐者，音之所由生也，其本在人心之感于物也。是故其哀心感者，其声噍以杀；其乐心感者，其声啴以缓；其喜心感者，其声发以散；其怒心感者，其声粗以厉；其敬心感者，其声直以廉；其爱心感者，其声和以柔。六者非性也，感于物而后动。是故先王慎所以感之者。故礼以道其志，乐以和其声，政以一其行，刑以防其奸。礼乐刑政，其极一也，所以同民心而出治道也。①

本段最主要的意思是人心生乐，而人心之动，是受万物感染而成。这是最早的物感说，据此，我们可以得出音乐产生的顺序：

外物感召——人心感动——生音成乐

刘勰《文心雕龙》文学物感说与钟嵘《诗品》的物感说，在文论渊源上是借鉴了陆机《文赋》的物感说，而理论本源都来自于《乐记》的音乐物感说。“哀、乐、喜、怒、敬、爱”六种不同的心情，可以对应生出六种不同的音乐，“人心之动，物使之然也。感于物而动，故形于声”。“音之起，由人心生”，这是以内符外的“乐如其人”论，是“文如其人”论的来源。刘勰结合用之，提出“情动而言形，理发而文见”“沿隐以至显，因内而符外”的说法，将文学作品由作家内心情感的触动外化生成的特点解释清楚。

① （汉）郑玄注，（唐）孔颖达等正义：《礼记正义》，上海，上海古籍出版社，1992：1527页。

第二，是音乐风格论。《乐记》的出色之处还在于，不仅将“物—心—乐”的物感说解释清楚，还进一步将人之情性与音乐演唱对应起来阐述，提出了“声歌各有宜”的“人如其乐”的风格论与鉴赏论。“子贡问乐”的故事说：

> 子贡见师乙而问焉，曰：“赐闻声歌各有宜也，如赐者宜何歌也?”师乙曰：“乙贱工也，何足以问所宜？请诵其所闻而吾子自执焉。爱者，宜歌商。温良而能断者，宜歌齐。夫歌者，直己而陈德也，动己而天地应焉，四时和焉，星辰理焉，万物育焉。故商者，五帝之遗声也。宽而静，柔而正者，宜歌颂。广大而静，疏达而信者，宜歌大雅。恭俭而好礼者，宜歌小雅。正直而静，廉而谦者，宜歌风。肆直而慈爱，商之遗声也，商人识之，故谓之商。齐者，三代之遗声也，齐人识之，故谓之齐。明乎商之音者，临事而屡断。明乎齐之音者，见利而让。临事而屡断，勇也；见利而让，义也。有勇有义，非歌孰能保此？故歌者上如抗，下如队，曲如折，止如槁木，倨中矩，句中钩，累累乎端如贯珠。故歌之为言也，长言之也。说之故言之，言之不足，故长言之。长言之不足，故嗟叹之，嗟叹之不足，故不知手之舞之，足之蹈之也。”①

乐师“乙”告诉子贡一个基本道理：唱歌，是在“直己陈德”，你唱的歌，通过你的声音和情感，可以听出你内心内化的道德，所以说，唱歌不是一件随随便便的事情，“动己而天地应焉，四时和焉，星辰理焉，万物育焉”，能够感化人心天地，条理自然万物，物我相谐，方为极则。因此说，唱歌必须要根据自己的性格修养，来选择适合自己的乐曲。这就建立起了逆向的音乐表达论：

乐曲风格——人情本性——演唱表达

① （汉）郑玄注，（唐）孔颖达等正义：《礼记正义》，上海，上海古籍出版社，1992：1545页。

事实确也如此，杨洪基先生固然演绎不了《青青河畔草》的婉约柔美，邓丽君女士也唱不出《青藏高原》的雪域风情；《高山流水》只能是伯牙演奏最佳，《敕勒歌》也必须斛律金演唱为好；"阳春白雪"与"下里巴人"，尽管有雅俗之别，但是风格特点各异，也是实情。乐师乙阐述的基本原则是人不同而曲有异，曲有异则声相别："爱者，宜歌商。温良而能断者，宜歌齐。宽而静，柔而正者，宜歌颂。广大而静，疏达而信者，宜歌大雅。恭俭而好礼者，宜歌小雅。正直而静，廉而谦者，宜歌风。"乐师乙认为风、雅、颂都合乐，颂、大雅、小雅、风，都是歌，而且有变雅在其中，这是诗乐合一的基本观点，也是《诗序》留下来的思想。至于"长言之、嗟叹之、手舞足蹈"之说，更是出自《诗序》的音乐表达方式论。在本源上，则来自《尚书·尧典》的"歌永言，声依永"一说。

同时，乐师乙解释"人乐合一"论时说："商者，五帝之遗声也。""肆直而慈爱。""齐者，三代之遗声也。"将商、齐音乐的地域风格和历史沿革论述清楚。这些音乐的内含礼义，都是正统中正的好音乐，"明乎商之音者，临事而屡断。明乎齐之音者，见利而让。临事而屡断，勇也；见利而让，义也。有勇有义，非歌孰能保此？"虽然最后还是谈到音乐政教上，但是，这样清晰明白的音乐特点解说与风格论述，是儒家乐论史上很少见到的。

第三，是音乐政教论。《乐记》认为，音乐可以教化人心，所以又和政治教化密切联系起来，这是其主要特点：

> 凡音者，生人心者也。情动于中，故形于声。声成文，谓之音。是故治世之音安以乐，其政和。乱世之音怨以怒，其政乖。亡国之音哀以思，其民困。声音之道与政通矣！宫为君，商为臣，角为民，征为事，羽为物。五者不乱，则无怗懘之音矣。宫乱则荒，其君骄；商乱则陂，其宫坏；角乱则忧，其民怨；征乱则哀，其事勤；羽乱则危，其财匮。五者皆乱，迭相陵，谓之慢。如此则国之灭亡无日矣！郑卫之音，乱世之音也，比于慢矣！桑间濮上之音，

亡国之音也，其政散，其民流，诬上行私而不可止也。①

由心动谈到情动于中，重视抒情性和主体性，这是与《诗序》一样的意见。又提出音乐与政教治世的关系，“音者，生人心者也”“声音之道与政通”，这是照搬《诗序》的说法，也是孔子“郑卫之音”“郑声淫”的说法的再现与拓展，《乐记》开篇的几段，主要说的就是音乐艺术的教化与政治功能：

凡音者，生于人心者也；乐者，通伦理者也。是故知声而不知音者，禽兽是也；知音而不知乐者，众庶是也。唯君子为能知乐。是故审声以知音，审音以知乐，审乐以知政，而治道备矣！是故不知声者不可与言音，不知音者不可与言乐，知乐则几于礼矣！礼乐皆得谓之有德。德者，得也。是故乐之隆，非极音也；食飨之礼，非致味也。清庙之瑟，朱弦而疏越，壹倡而三叹，有遗音者矣！大飨之礼，尚玄酒而俎腥鱼，大羹不和，有遗味者矣！是故先王之制礼乐也，非以极口腹耳目之欲也，将以教民平好恶，而反人道之正也。②

“审声以知音，审音以知乐，审乐以知政，而治道备矣”音乐的教化论，既是对荀子《乐论》政治教化思想的再现，也是对墨子《非乐》一说进行的反驳：“先王之制礼乐也，非以极口腹耳目之欲也，将以教民平好恶，而反人道之正也。”由此可见《乐记》两个鲜明的特征：一是杂取诸家，合成一说，绝非独创；二是听音观政，雅乐政教，是儒家音乐理论的核心集成之作。《文心雕龙·乐府》篇论述的许多音乐起源、音乐教化、音乐新变、音乐文学、尚雅贬俗理论，都与《乐记》所载关系密切。

相对来说，《乐记》不仅直接强调音乐的政治功能，还从制度化角度阐述了儒家礼乐政教的重要性：

---

① （汉）郑玄注，（唐）孔颖达等正义：《礼记正义》，上海，上海古籍出版社，1992：1527－1528页。
② （汉）郑玄注，（唐）孔颖达等正义：《礼记正义》，上海，上海古籍出版社，1992：1528页。

> 乐者，天地之和也；礼者，天地之序也。和，故百物皆化；序，故群物皆别。乐由天作，礼以地制。过制则乱，过作则暴。明于天地，然后能兴礼乐也。论伦无患，乐之情也；欣喜欢爱，乐之官也。中正无邪，礼之质也；庄敬恭顺，礼之制也。若夫礼乐之施于金石，越于声音，用于宗庙社稷，事乎山川鬼神，则此所与民同也。①

《乐记》不仅继承了先秦儒家礼乐政教的观念，而且对礼乐的来源、中正适度原则、功能作用、与民同乐等阐述得非常清楚。于统治者来说，秩序与和谐是维护统治的重要前提。没有秩序，就会陷入混乱；没有和谐，人心就会涣散，这样，统治将无法维持下去。因此，礼和乐成为儒家治国安邦的支柱，他们反复申说这个道理。从整体上看，礼乐制度属于儒家政治理想的产物。在春秋战国时代，不仅"礼崩乐坏"，它也是一个诸子百家争鸣的时代，法家便主张用强制的刑罚手段来维护统治，与儒家的思想针锋相对。儒家学者当然知道以礼和乐来维护统治是远远达不到秩序与和谐目标的，出于理论自尊，他们多不承认这一点。另外，施行礼乐还要适度，不偏不倚，恰到好处。这就更加难了。适度很难有客观标准，现实情况也千变万化，这就给施行者提出了高难度的课题。儒家的主要办法是寄希望于圣明的君主出现，如尧舜、文王等。所以说，秩序与和谐的强调，既有复古的一面，也有理想的一面。在汉代统一的政治格局下，儒家强调礼乐，是有可能在政治生活中起作用的。《文心雕龙》树立宗经的经典意识，论述"剖情析采"的"驭文之术"，其目的就是要建立一个秩序化和谐发展的文学理想王国，《乐记》的礼乐主张，为刘勰的理想提供了扎实的理论支持。

（二）《乐记》的影响

《乐记》的音乐美学思想，对《文心雕龙》有如下几个方面的显著影响：

第一，文学写作的"物感"说。《乐记》认为音乐是生于人心的，而人

---

① （汉）郑玄注，（唐）孔颖达等正义：《礼记正义》，上海，上海古籍出版社，1992：1530页。

心之动，是源于万物感发的，最后，概括成为音乐来源的物感说。唐代韩愈“大凡物不得其平则鸣”，就是阐释“物感人心”之说的。就《文心雕龙》而言，《原道》篇论述“文源于道”，提出观天文、观人文、河出图、洛出书，圣人则之，生成《周易》，伏羲、文王、周公、孔子相继而作的文学原初发展脉络，这是奠定了文学产生于自然万物的哲学基调；《物色》篇则集中论述“物色感人”“四时动人”之说，提出了具体可操作的文学物感说：

> 春秋代序，阴阳惨舒；物色之动，心亦摇焉。盖阳气萌而玄驹步，阴律凝而丹鸟羞；微虫犹或入感，四时之动物深矣。若夫珪璋挺其惠心，英华秀其清气；物色相召，人谁获安？是以献岁发春，悦豫之情畅；滔滔孟夏，郁陶之心凝；天高气清，阴沉之志远；霰雪无垠，矜肃之虑深。岁有其物，物有其容；情以物迁，辞以情发。一叶且或迎意，虫声有足引心；况清风与明月同夜，白日与春林共朝哉！①

尽管这一理论是明显受到陆机《文赋》感物生情、因情体物理论，即“物—意—文”写作过程论的影响，但是，具体阐述却更深刻准确。尤其是，刘勰举了若干《诗经》、辞赋的例子来继续证明他“诗人丽则，辞人丽淫”的中和雅丽美的文论主张：

> 是以《诗》人感物，联类不穷。流连万象之际，沉吟视听之区。写气图貌，既随物以宛转；属采附声，亦与心而徘徊。故灼灼状桃花之鲜，依依尽杨柳之貌，杲杲为出日之容，瀌瀌拟雨雪之状，喈喈逐黄鸟之声，喓喓学草虫之韵。皎日、嘒星，一言穷理；参差、沃若，两字连形：并以少总多，情貌无遗矣。虽复思经千载，将何易夺？及《离骚》代兴，触类而长；物貌难尽，故重沓舒状：于是嵯峨之类聚，葳蕤之群积矣。及长卿之徒，诡势瓌声；模山范水，

---

① 杨明照：《增订文心雕龙校注》，北京，中华书局，2000：566页。

字必鱼贯：所谓诗人丽则而约言，辞人丽淫而繁句也。①

整体上看，《诗》人之作是“以少总多，情貌无遗”，具有精约与显附的特点；辞人之作是“诡势瓌声”“物貌难尽”，具有繁缛与新奇的特点，所以刘勰引用扬雄的意见，对这两种描写自然山水的作品给予“诗人丽则而约言，辞人丽淫而繁句”的评价。同时，对近代词人描摹山水之作大加指正，说明依靠“江山之助”本是屈赋成功的一个原因，但是近代词人却往往不得其法，或者空写山水，丽辞尚奇：

自近代以来，文贵形似；窥情风景之上，钻貌草木之中。吟咏所发，志惟深远；体物为妙，功在密附。故巧言切状，如印之印泥；不加雕削，而曲写毫芥：故能瞻言而见貌，即字而知时也。②

尽管近代以来的文学创作有“瞻言见貌，即字知时”的鲜明时代风格，但是其“窥情风景”“钻貌草木”的写作特点与“文贵形似”的空疏作风，是刘勰大为不满的。《明诗》篇对此也有所提及，其说曰：

宋初文咏，体有因革。庄老告退，而山水方滋；俪采百字之偶，争价一句之奇；情必极貌以写物，辞必穷力而追新：此近世之所竞也。③

两相对比可知，所谓“宋初文咏，山水方滋”，即“近代以来，文贵形似”之说。徐复观、王运熙等先生说，“近代以来，文贵形似”主要指的是谢灵运的诗，以及以谢灵运为代表的宋代山水文学的兴起。山水诗赋能写物体情，“模范山水”而抒情寄兴，其不足在于雕琢过剩，追新猎奇。

第二，阴阳刚柔的“和气”说。《乐记》以为：“先王本之情性，稽之度数，制之礼义。合生气之和，道五常之行，使之阳而不散，阴而不密，刚

① 杨明照：《增订文心雕龙校注》，北京，中华书局，2000：566－567 页。
② 杨明照：《增订文心雕龙校注》，北京，中华书局，2000：567 页。
③ 同上。

气不怒，柔气不慑。四畅交于中，而发作于外，皆安其位而不相夺也。”明确提出阴阳刚柔“四畅交于中”，“合生气之和”，然后“发作于外”，是音乐有序和谐，“安其位而不相夺”的主要原因。“和气”说的提出，虽然原因是“先王本之情性，稽之度数，制之礼义”，不脱儒家政教观念，但是，仍然使得《乐记》上升到了哲学思想的高度，顺次而生的“和乐”“和顺”“和美”之论，是中和之美、正声雅乐的思想基础。《文心雕龙》雅丽文学思想，本身就具有折中“雅”“丽”，取法中和之美的特点，书中大力提倡诸如“文丽而不淫”的经典之义，提出“酌奇而不失其真，玩华而不坠其实”的经骚结合的创作要求，提出“风归丽则”的赋体文学规范，以及“正采彬彬”的中和之美。对于阴阳刚柔的气论思想，则在刚柔风格论与“八体”风格论中大力主张之，核心是主张“得其环中”，既雅且丽，同时提出会通各体，兼解俱通的风格修养论，《定势》篇说：“渊乎文者，并总群势：奇正虽反，必兼解以俱通；刚柔虽殊，必随时而适用。若爱典而恶华，则兼通之理偏；似夏人争弓矢，执一不可以独射也。若雅郑而共篇，则总一之势离；是楚人鬻矛誉楯，两难得而俱售也。”其最后的指向，仍然是刚柔结合、华实结合的中和之美。

第三，尚雅贬俗的音乐政教功能说。《乐记》继承了《诗序》音乐感化人心、反映政治的功能与特点，这样，《文心雕龙》一样主张文学与音乐相通，其政教功能与音乐都是巨大的，顺此，雅乐正声的主张，又带来了尚雅贬俗的《乐府》专题。刘勰首先从“物感”生诗的角度论述了诗歌“自然天成”的特点和诗乐一体的原初状态，《明诗》说：

> 人禀七情，应物斯感，感物吟志，莫非自然。昔葛天乐辞，《玄鸟》在曲；黄帝《云门》，理不空弦。至尧有《大唐》之歌，舜造《南风》之诗，观其二文，“辞达而已”。及大禹成功，九序惟歌；太康败德，五子咸怨：顺美匡恶，其来久矣。①

---

① 杨明照：《增订文心雕龙校注》，北京，中华书局，2000：64 页。

上述所及，是上古三代本之于“自然之道”的雅乐正声，其诗乐一体的音乐文学特点与顺美匡恶的讽谏思想内容，都是纯美至佳的。这种“民生而志，咏歌所含”的早期状态的乐诗，是乐府声诗的萌芽。所以《乐府》篇开始就说：

> 乐府者，“声依永，律和声”也。钧天九奏，既其上帝；葛天八阕，爰乃皇时。①

首先，乐府声诗是指一种音乐文学的表达方式，这种表达以《尚书·尧典》“声依永，律和声”的咏歌长言为特点，《诗序》《乐记》“故歌之为言也，长言之也。说之故言之，言之不足，故长言之。长言之不足，故嗟叹之，嗟叹之不足，故不知手之舞之、足之蹈之也”是其具体阐释；其次，诗乐一体，诗乐不分。这就将萌芽状态的声乐与《诗经》合观统照，刘勰的目的，是要将有关《诗经》的种种神秘理论与政教功能理论转移到对乐府诗歌的评价上来，也就是说，将源自孔子的音乐理论中雅乐正声、贬斥郑声的观念运用过来。这一方面显示了刘勰宏观的诗歌发展研究视野，一方面也显示了他先入为主、尚雅贬俗的理论局限。这种特点贯穿《乐府》全篇：

> 师旷觇风于盛衰，季札鉴微于兴废，精之至也。
>
> 雅声浸微，溺音腾沸，秦燔《乐经》，汉初绍复。
>
> 迩及元、成，稍广淫乐：正音乖俗，其难也如此。
>
> 至于魏之三祖，气爽才丽，宰割辞调，音靡节平。观其《北上》众引，《秋风》列篇，或述酣宴，或伤羁戍，志不出于慆荡，辞不离于哀思。虽三调之正声，实《韶》《夏》之郑曲也。
>
> 若夫艳歌婉娈，怨诗诀绝，淫辞在曲，正响焉生？
>
> 《韶》响难追，郑声易启。②

① 杨明照：《增订文心雕龙校注》，北京，中华书局，2000：82 页。

② 杨明照：《增订文心雕龙校注》，北京，中华书局，2000：82－83 页。因上述引文均出自《乐府》篇，故集中于此共作一个注释。

通过这些摘录，我们可以清楚地看到，在《乐府》篇“原始以表末”部分，刘勰对于音乐文学发展的整体历史梳理中，贯穿着孔子雅乐郑声、尚雅贬俗的理论主张，以及季札观乐、荀子《乐论》、《诗序》、《乐记》的诗乐政教理论。这些主张与理论，既有尚雅尚正的鲜明立场与正道正行的归化之功，也显示了刘勰雅丽思想在“雅正”方面的局限。这就是，不能正确、通达地正视文学的新变现象，固守儒家礼乐政教观念，固守贵族上层阶级的思想立场，必然会或多或少地忽略民间文学、忽略雅体雅言之外的俗文学，并导致对它们的不公正评价。

抱着“岂惟睹乐，于焉识礼”的鉴赏立场与诗乐致用的功能目的，刘勰对于“乐府”诗体在发展过程中出现的“雅郑”分流现象进行了深刻的探索。首先，他提出“乐本心术，故响浃肌髓，先王慎焉，务塞淫滥。敷训胄子，必歌九德，故能情感七始，化动八风”的教化感染“正教正风”说，以此为准，评骘历代。其次，他对汉代乐府诗歌改变前代中正典雅之变多有不满。刘勰认为，一则汉乐府融入了辞赋体裁与辞赋技法，“延年以曼声协律，朱马以骚体制歌，《桂华》杂曲，丽而不经；《赤雁》群篇，靡而非典”。汉乐府靡丽之风大盛，而典雅之风渐衰。二则汉乐府对秦代乐府声诗的管理制度多有效法，“秦世不文”“法家少文”本是刘勰定论，所以说，汉代乐府声诗“虽摹《韶》《夏》，而颇袭秦旧，中和之响，阒其不还”。顺流而下，“魏之三祖”则“或述酣宴，或伤羁戍，志不出于慆荡，辞不离于哀思”，内容多写自我，不及家国；思想慆荡哀思，怨而且露。这可不是“乐而不淫，哀而不伤”“主文谲谏”的论述，更不是“发乎情，止乎礼”的中和之响。所以刘勰对他们举着“正声”的旗帜，写的却是“郑曲”的创作很不以为然。其实“魏之三祖”的“《北上》众引，《秋风》列篇”历代以来皆以为佳作，我们不能跟着刘勰人云亦云。王运熙先生对此曾有论述，可参。

汉魏乐府虽然各有不足，但是毕竟还有可取之处，还没有完全背离雅乐正道。然而近代乐府声诗的创作则简直惨不忍睹：

然俗听飞驰，职竞新异，雅咏温恭，必欠伸鱼睨；奇辞切至，则拊髀雀跃：诗声俱郑，自此阶矣！①

对比《文心雕龙》全书的论述可知，刘勰此处所论，当是“近代以来”，即晋、宋、齐三代以来的乐府声诗创作。刘勰以之为俗听飞驰、标新立异、奇辞切至的“诗声俱郑”的不良创作。近代文学在刘勰眼里基本上是不值一提的，而且是越往近代发展，文学讹滥诡异的趋向就越是严重，不仅取法不高，“竞今疏古”，而且内容不雅，言辞反正，故而文风新奇，一无是处。这种贬斥近代文学的反向，是尊崇古代文学。崇古抑今的思想倾向，与尚雅贬俗的思想倾向一样，都是过于尊崇经典雅正的弊端产物。类似的意见，在《杂文》《谐隐》《诸子》等篇中也是比较明显的。这表明刘勰对俗文学的态度，对文学新变的态度，整体上是存贬抑之心的。

① 杨明照：《增订文心雕龙校注》，北京，中华书局，2000：83 页。

第四章　其他思想流派的影响

《文心雕龙》雅丽思想的渊源虽然主要是儒家的孔子与扬雄，但是，雅论思想儒家独有，而丽论思想儒家虽有，却并不占据绝对优势地位。《文心雕龙》的丽论思想是向先秦以至魏晋各家思想取法、提炼而成的，体现了兼收并蓄、为我所用的特点。从整体上看，先秦道家、阴阳纵横家与魏晋玄学是最主要的几家。

第一节　道家思想的影响

道家思想是《文心雕龙》得以成书并建构起自身理论体系的重要取法对象：第一是文学发生论，《原道》篇提出“自然之道”的哲学依据，为全书五十篇论述文学的起源、特点和技法找到了理论依据。第二是文学审美论，自然之道具有华美的自然属性，所以，起源于自然事物的文学，一定是具有“郁然有采”的本质属性，这就为全书主张尚美尚丽的文学审美观念打下了坚实的基础，也为刚柔风格论、八体风格论等建立了批评基础。第三是写作思维论，《神思》篇广泛吸收了庄子、司马相如、陆机思维理论的探索成果，成为古代文论史上第一篇写作思维的专论，并且统帅了《文心雕龙》全书下篇二十五篇的创作技法论与批评论。第四是作家修养论，《养气》篇畅谈如何优柔适会，养气为文。第五是具体技法论，丽辞、声律、夸饰等写作技法，在根源上是出自自然之道的。第六是文学批评论，在风骨评论、风格定势、物色取法等重要的内容上，道家思想居于主导地位。如此等等，是儒家文论少有涉及甚至不曾涉及的领域。

“龙学”界关于道家思想影响《文心雕龙》的研究成果较多，与雅丽思想相关的研究主要有以下意见：一是认为《文心雕龙》的“自然”论出自先秦道家，吕永先生等人讨论了《老子》“自然之道”等哲学思想对《文心雕龙》的影响；① 二是认为《文心雕龙》的逻辑结构与《淮南子》相似，同时《文心雕龙》的“自然之道”与“物色”理论都是向《淮南子》取法而来的；② 三是泛论道家思想对《文心雕龙》的影响，以皮朝纲、周振甫、张启成先生为代表。③ 上述研究主要集中在“自然之道”的含义与归属上，而对文学“因道生丽”的《原道》本意理解不多。

《文心雕龙》一书中对道家思想的借鉴运用非常之多。从整体上看，有褒有贬，褒多于贬，但就是在褒赞运用道家思想的地方，也会归结到儒家思想上去，即采用折中儒道的态度，这与独尊儒学的鲜明态度有极大差异。《文心雕龙》的道家思想，体现在如下四个方面：

第一，对道家思想吸收运用，并贯通全书。经查，《文心雕龙》全书论“道”共计四十五处，除去《原道》篇题名一处，其余四十四处论述④贯通

---

① 吕永：《〈文心雕龙〉与〈老子〉》，载《湘潭大学学报（哲学社会科学版）》，1986（1）。

② 陈良运：《〈文心雕龙〉与〈淮南子〉》，载《文史哲》，2000（3）。

③ 皮朝纲：《文心雕龙》与老庄思想，载《四川师范大学学报（社会科学版）》，1980（2）；张启成：《〈文心雕龙〉中的道家思想》，载《贵州社会科学》，1981（4）。

④ 这四十四处论述分别是：❶《原道》：夫玄黄色杂，方圆体分，日月叠璧，以垂丽天之象；山川焕绮，以铺理地之形：此盖道之文也。仰观吐曜，俯察含章，高卑定位，故两仪既生矣。惟人参之，性灵所钟，是谓三才。为五行之秀，实天地之心，心生而言立，言立而文明，自然之道也。❷《原道》：爰自风姓，暨于孔氏，玄圣创典，素王述训，莫不原道心以敷章，研神理而设教，取象乎《河》《洛》，问数乎蓍龟，观天文以极变，察人文以成化；然后能经纬区宇，弥纶彝宪，发挥事业，彪炳辞义。故知道沿圣以垂文，圣因文而明道，旁通而无滞，日用而不匮。《易》曰：“鼓天下之动者，存乎辞。”辞之所以能鼓天下者，乃道之文也。❸《原道》：赞曰：道心惟微，神理设教。❹《征圣》：天道难闻，犹或钻仰；文章可见，胡宁勿思？❺《宗经》：三极彝训，其书曰经。经也者，恒久之至道，不刊之鸿教也。❻《宗经》：然而道心惟微，圣谟卓绝，墙宇重峻，而吐纳自深。❼《宗经》：赞曰：三极彝道，训深稽古。❽《正纬》：神道阐幽，天命微显。❾《正纬》：至于光武之世，笃信斯术。风化所靡，学者比肩。沛献集纬以通经，曹褒选谶以定礼；乖道谬典，亦已甚矣。❿《明诗》：及正始（续下页）

分布于全书第一篇到最后一篇，集中于《原道》《诸子》《情采》《序志》等重要篇章之中，这些论述，主要是建立在道家之“道”的基础之上的，指的是自然规律、政治策略、写作方法、诸子学说等内容，属于泛指，不是专指。这与老子用“道”专指自然规律不一样，而与庄子用“道”泛指事物规律、方法策略、各家学说较为近似。

顺“道”而论“德”，是道家老子，尤其是庄子的重要哲学理念，刘勰论述“文之为德也大矣”，所提出的“文学大德”之功能说，显然是取法于《庄子》论“道”而生的“德”论观念的。因此，前人关于刘勰思想取法来自道家，以及赞同葛洪“道家为体，儒家为用”的说法，是有道理的。

（续上页）明道，诗杂仙心；何晏之徒，率多浮浅。⑪《明诗》：回文所兴，则道原为始。⑫《祝盟》：义存则克终，道废则渝始；崇替在人，祝何豫焉？⑬《铭箴》：矢言之道盖阙，庸器之制久沦，所以箴铭寡用，罕施后代。⑭《诔碑》：论其人也，暧乎若可觌；道其哀也，凄焉如可伤：此其旨也。⑮《哀吊》：及晋筑虒台，齐袭燕城，史赵、苏秦，翻贺为吊：虐民构敌，亦亡之道。⑯《杂文》：身挫凭乎道胜，时屯寄于情泰。⑰《杂文》：《七厉》叙贤，归以儒道；虽文非拔群，而意实卓尔矣。⑱《史传》：昔者夫子闵王道之缺，伤斯文之坠；静居以叹凤，临衢而泣麟。⑲《诸子》：诸子者，述道见志之书。⑳《诸子》：至鬻熊知道，而文王谘询；馀文遗事，录为《鬻子》：子目肇始，莫先于兹。及伯阳识礼，而仲尼访问；爰序道德，以冠百氏。然则鬻惟文友，李实孔师；圣贤并世，而经子异流矣。㉑《诸子》：逮及七国力政，俊乂蜂起。孟轲膺儒以磬折，庄周述道以翱翔。㉒《诸子》：然繁辞虽积，而本体易总：述道言治，枝条五经。㉓《诸子》：身与时舛，志共道申。㉔《诸子》：赞曰：辨雕万物，智周宇宙。立德何隐，含道必授。㉕《论说》：逮江左群谈，惟玄是务……曹植《辨道》，体同书抄。㉖《封禅》：夫正位北辰，向明南面，所以运天枢、毓黎献者，何尝不经道纬德，以勒皇迹者哉？㉗《封禅》：虽复道极数殚，终然相袭，而日新其采者，必超前辙焉。㉘《奏启》：谠者，正偏也。王道有偏，乖乎荡荡；矫正其偏，故曰“谠言”也。㉙《议对》：夫驳议偏辨，各执异见；对策揄扬，大明治道。㉚《体性》：宜摹体以定习，因性以练才：文之司南，用此道也。㉛《情采》：故立文之道，其理有三：一曰形文，五色是也；二曰声文，五音是也；三曰情文，五性是也。五色杂而成黼黻，五音比而成《韶》《夏》，五性发而为辞章：神理之数也。㉜《比兴》：炎汉虽盛，而辞人夸毗；诗刺道丧，故“兴”义销亡。㉝《夸饰》：夫“形而上者谓之道，形而下者谓之器”。神道难摹，精言不能追其极；形器易写，壮辞可得喻其真；才非短长，理自难易耳。㉞《指瑕》：左思《七讽》，说孝而不从；反道若斯，余不足观矣。㉟《指瑕》：若夫立文之道，惟字与义。字以训正，义以理宣。㊱《养气》：夫三皇辞质，心绝于道华；帝世始文，言贵于敷奏。㊲《附会》：赞曰：道味相附，悬绪自接。㊳《总术》：予以为：发口为言，属翰曰笔；常道曰经，述经曰传。㊴《才略》：战代任武，而文士不绝。诸子以道术取资，屈、宋以《楚辞》发采。㊵《序志》：盖《文心》之作也，本乎道，师乎圣，体乎经，酌乎纬，变乎骚：文之枢纽，亦云极矣。合计四十句，有的语句不止一次。

第二，最基本的核心理论，道家居于《文心雕龙》文论框架的重要地位。这样的框架地位，来自《文心雕龙》的内证。《原道》之“道”来自道家老庄哲学思想并受到魏晋玄学的深刻影响，“自然”美贯通全书并高于人工修饰之美，《神思》论本源于庄子“虚静”“心斋”“言意之辨”诸说（近源则以陆机思维理论为基础），《养气》论本于老庄“清静无为”“存身之道”“纯气之守”与葛洪《抱朴子》养生理论，等等。上述核心理论中：

首先，《原道》篇是整个《文心雕龙》结构体系与文学理论的哲学基点。因为文源于道，圣人则之，化成经典，刘勰取儒家为用，提出“雅丽”的基本文学思想，五篇“枢纽论”于是成立。然后因经典而生百体，这才会自然引出占据二十篇之多的文体论。总其归途，则后世百体文章皆出于“自然之道”，这是从本源来看的，是统摄在《原道》这一哲学思想之内的。这样，上篇二十五篇自然生成。从下篇来看，因为“文源于道”，所以“郁然有采”。这个观点贯穿全书，尤其是成为下篇论风格、立风骨、述通变、谈定势、论情采、设隐秀、看物色、辨声律、晓情变、评夸饰、论章句、谈比兴等一系列尚丽尚美专题理论的基本哲学依据。没有“文源于道”的哲学依据以及“郁然有采”的尚丽基础，上述有关文采、风格、美文、修辞、技法的若干立论将无法成立。

文学根源于自然天地，因此，《文心雕龙》的“自然之道”说处于全书理论建构的重要地位，其中，直接论述“自然”者有九处之多：

《原道》　夫玄黄色杂，方圆体分，日月叠壁，以垂丽天之象；山川焕绮，以铺理地之形：此盖道之文也。仰观吐曜，俯察含章，高卑定位，故两仪既生矣。惟人参之，性灵所钟，是谓三才。为五行之秀，实天地之心，心生而言立，言立而文明，自然之道也。①

《原道》　傍及万品，动植皆文：龙凤以藻绘呈瑞，虎豹以炳蔚凝姿；云霞雕色，有逾画工之妙；草木贲华，无待锦匠之奇。夫

① 杨明照：《增订文心雕龙校注》，北京，中华书局，2000：1页。

岂外饰，盖自然耳。①

《明诗》 人禀七情，应物斯感，感物吟志，莫非自然。②

《诔碑》 自后汉以来，碑碣云起。才锋所断，莫高蔡邕。观杨赐之碑，骨鲠《训》《典》；《陈》《郭》二文，句无择言；《周》《胡》众碑，莫非清允。其叙事也该而要，其缀采也雅而泽；清词转而不穷，巧义出而卓立：察其为才，自然而至矣。③

《体性》 是以贾生俊发，故文洁而体清；长卿傲诞，故理侈而辞溢；子云沈寂，故志隐而味深；子政简易，故趣昭而事博；孟坚雅懿，故裁密而思靡；平子淹通，故虑周而藻密；仲宣躁锐，故颖出而才果；公干气褊，故言壮而情骇；嗣宗俶傥，故响逸而调远；叔夜俊侠，故兴高而采烈；安仁轻敏，故锋发而韵流；士衡矜重，故情繁而辞隐。触类以推，表里必符。岂非自然之恒资，才气之大略哉？④

《定势》 夫情致异区，文变殊术，莫不因情立体，即体成势也。势者，乘利而为制也。如机发矢直，涧曲湍回，自然之趣也。圆者规体，其势也自转；方者矩形，其势也自安：文章体势，如斯而已。⑤

《定势》 是以模经为式者，自入典雅之懿；效《骚》命篇者，必归艳逸之华；综意浅切者，类乏酝藉；断辞辨约者，率乖繁缛：譬激水不漪，槁木无阴，自然之势也。⑥

《丽辞》 造化赋形，支体必双；神理为用，事不孤立。夫心

① 杨明照：《增订文心雕龙校注》，北京，中华书局，2000：1 页。
② 杨明照：《增订文心雕龙校注》，北京，中华书局，2000：64 页。
③ 杨明照：《增订文心雕龙校注》，北京，中华书局，2000：155 页。
④ 杨明照：《增订文心雕龙校注》，北京，中华书局，2000：380 页。
⑤ 杨明照：《增订文心雕龙校注》，北京，中华书局，2000：406 页。
⑥ 同上。

生文辞，运裁百虑；高下相须，自然成对。①

《隐秀》 凡文集胜篇，不盈十一；篇章秀句，裁可百二：并思合而自逢，非研虑之所求也。或有晦塞为深，虽奥非隐；雕削取巧，虽美非秀矣。故自然会妙，譬卉木之耀英华；润色取美，譬缯帛之染朱绿。朱绿染缯，深而繁鲜；英华曜树，浅而炜烨。（隐篇所以侈翰林，）秀句所以照文苑，盖以此也。②

自《原道》篇提出“自然之道”起，《文心雕龙》即以此作为基础范畴，进行各个方面的论述与拓展：《原道》论述动植物的外在形式美，是“自然”之属性；发展到诗歌的创生，是“感物吟志”的产物，属于人类的“自然”本质属性；《体性》论述汉魏十二位文章名家，他们共同体现了“才气大略”的“自然”属性，有什么样的个性，就有什么样的作品风格；《定势》篇认为文章的风格特点是根据文体特征来决定的，这就好像山水树木一样，属于“自然之趣”，是“自然之势”；《丽辞》篇阐述对仗的修辞技法，刘勰认为“造化赋形，支体必双”，自然事物一定是两两相对地存在的，文章写作天然地具有“自然成对”的基本属性，这就为汉魏骈文的创作，乃至《文心雕龙》全书用骈文写成的技法，寻找到了来自自然属性的本质特点；至于《诔碑》篇高度赞扬蔡邕的碑文制作精妙，是他个人才华自然而然地显露与展示，已经属于运用，而非原理探究和本质追问了。

我们可以看到，文学根源于自然，天然具有华美的自然属性，文学风格的形成是作家个体自然情性的外在体现，文体的创造、修辞的技法、句子的写作——从文学本源到作家、作品、风格、文体、技法、措辞——《文心雕龙》所论述的文学写作的各个层面的结论，都有道家自然之道的直接影响在其中。

有时候，刘勰虽然不用“自然”一词，而以“天地”代替，如《原

---

① 杨明照：《增订文心雕龙校注》，北京，中华书局，2000：447 页。
② 杨明照：《增订文心雕龙校注》，北京，中华书局，2000：496 页。

道》篇论述的“天地之心”等，著名的例证有很多。例如《夸饰》开头就说：

> 夫“形而上者谓之道，形而下者谓之器”。神道难摹，精言不能追其极；形器易写，壮辞可得喻其真；才非短长，理自难易耳。故自天地以降，豫入声貌，文辞所被，夸饰恒存。①

为了给夸饰的修辞技法寻找到天然的理论根据，与《丽辞》篇自然成对的论述一样，刘勰从极为抽象的“神道”出发，展开论述，逐渐落实到“天地以降，夸饰恒存”的结果，将夸饰技法抬到最高的地步，是自然界、自然事物、人类文章、写作表达自然而然具有的属性。

为了表达自己写作《文心雕龙》用心的高远，强调这本著作的存在质量，刘勰甚至动用了“宇宙”意识②来为自己张本，《序志》篇说：

> 夫宇宙绵邈，黎献纷杂；拔萃出类，智术而已。岁月飘忽，性灵不居；腾声飞实，制作而已。夫人肖貌天地，禀性五才，拟耳目于日月，方声气乎风雷：其超出万物，亦已灵矣。形同草木之脆，名逾金石之坚，是以君子处世，树德建言。岂好辩哉？不得已也！③

“君子处世，树德建言”，是为生而不朽！《文心雕龙》立意高远，从深奥的宇宙意识出发，回顾视听所及的自然事物，再落实到人类的思维活动、写作活动，不仅将写作活动的本质意义提升到最高境界，而且将自己写作本书的精神价值揭示出来：大丈夫人生一世，必须做点能够留得下来的事情，以彰显生命的存在意义。于是，刘勰选定了写作《文心雕龙》。这种仰观俯察、神思玄奥的宇宙意识和生命价值意识，使得《文心雕龙》在最初的创作起点上，就远远超过了同时代的所有文论作品。

---

① 杨明照：《增订文心雕龙校注》，北京，中华书局，2000：465页。
② 宇宙意识一说，借鉴了李建中教授和王小盾教授的研究意见，特作说明。
③ 杨明照：《增订文心雕龙校注》，北京，中华书局，2000：610页。

《文心雕龙》运用自然之道、神理阐幽、神道难摹之说，从写作方法论角度，将伏羲仰观俯察的方法推演、拓展开来，全书对此进行了多角度、多侧面、多层次的论述。

例如运用“自然”一词，在《原道》中直接提出了“自然之道”，同篇认为动物植物皆有本质文采，“夫岂外饰？盖自然耳”。《丽辞》论述骈偶技法，刘勰认为，这是天地自然“造化赋形，支体必双”的结果，是“自然成对”的必然选择。其后，刘勰将大自然之本义，拓展到写作行为、写作能力、写作要求的自然、自由状态。《明诗》指出：“人禀七情，应物斯感，感物吟志，莫非自然。”诗歌是人们感情自然而然的流露。《诔碑》论述东汉晚期蔡邕碑制高妙“察其为才，自然而至矣”。《体性》论述汉魏十二位文章名家，指出他们各自风格不同的原因，是“自然之恒资，才气之大略”，中国古代文学理论中的情性风格论由此得到最高程度的表述。《定势》篇论述文体风格，各体文章各有体势，乃“自然之趣也”，效法经书典雅之风与模仿楚骚艳丽之美，必然会形成差异明显的风格特点，是为“自然之势也”，是必然不同的结果。《隐秀》以为，文章中杰出的特色警句，是应该有的，是必然与众不同，而且文采华美的：“故自然会妙，譬卉木之耀英华；润色取美，譬缯帛之染朱绿。”

而“神理”“神道”之说，则带有神秘色彩，使《文心雕龙》对自然之道的描写，增添了神妙之美。

我们先看全书对于“神理”的运用。首先将其用来阐释人文之起源与发展：《原道》指出：“爰自风姓，暨于孔氏，玄圣创典，素王述训，莫不原道心以敷章，研神理而设教，取象乎河洛，问数乎蓍龟，观天文以极变，察人文以成化。”① 从伏羲到孔子，都根据自然之道来写作文章，根据神妙的道理来进行教化。《易·系辞上》：“河出图，洛出书，圣人则之。”《汉书·五行志》曰：“刘歆以为虙羲氏继天而王，受河图，则而画之，八卦是

① 杨明照：《增订文心雕龙校注》，北京，中华书局，2000：2页。

也；禹治洪水，赐雒书，法而陈之，洪范是也。”① 又曰：“初一曰五行，次二曰羞用五事，次三曰农用八政，次四曰协用五纪，次五曰建用皇极，次六曰艾用三德，次七曰明用稽疑，次八曰念用庶征，次九曰向用五福，畏用六极。凡此六十五字，皆雒书本文，所谓天乃锡禹大法九章常事所次者也。以为河图、雒书相为经纬，八卦、九章相为表里。昔殷道弛，文王演周易；周道敝，孔子述春秋。则乾坤之阴阳，效洪范之咎徵，天人之道粲然著矣。”②刘勰“取象乎河洛，问数乎蓍龟”之论，正同此说，要达到的目的，乃是“效洪范之咎徵，天人之道粲然著矣”的原道与政治效果。仔细推测，则班固所记刘歆之意，与汉代谶纬神学相近，因为他不可能知道大禹洛书本来的文字是什么，这是一种神秘主义色彩很浓的传说。回归论题，本则中之“神理”之谓，实则“道心”的另一说法，指的都是自然之道。

对于自然之道的“神理”，《文心雕龙》一书中还有多处论述，如《原道》篇赞语曰：“道心惟微，神理设教。”其文其意，皆与“原道心以敷章，研神理而设教”句相同。向下发展，具有这一含义的论述还有《明诗》篇赞语“神理共契，政序相参”。意指诗歌应该和自然之道一致，并和政治秩序相结合。这与《原道》篇的论述意见完全一致，将普适性的文章写作规律，具体化到了诗歌体裁的发展与写作要求之中，是从抽象到具体的论述。在《情采》篇中，刘勰指出：

> 立文之道，其理有三：一曰形文，五色是也；二曰声文，五音是也；三曰情文，五性是也。五色杂而成黼黻，五音比而成《韶》《夏》，五性发而为辞章：神理之数也。③

以上由五色构成的“形文”、五音构成的“声文”、五性构成的“情文”，是自然界与人类社会的三大类基本文体，其中，“五色杂而成黼黻”，具有

---

① （汉）班固：《汉书》（影印本），北京，中华书局，1997，第 1315 页。
② （汉）班固：《汉书》（影印本），北京，中华书局，1997，第 1316 页。
③ 杨明照：《增订文心雕龙校注》，北京，中华书局，2000，第 415 页。

华丽的形态美；“五音比而成《韶》《夏》”，具有雅正的声律美；“五性发而为辞章”，具有天然的文采美。上述三类文体与特点，都是“神理之数”，即自然之道的产物，这与《原道》篇的论述多么相似！而且，是对《原道》篇整体论述的具体化，在写作活动发生、审美的基础上，进行分类阐释，继续主张文出自然的起源和天然华美的属性。

向下发展，《文心雕龙》将这一属性具体化到创作技法论部分，骈偶的修辞技法就最具有这种天然属性，《丽辞》曰：“造化赋形，支体必双；神理为用，事不孤立。夫心生文辞，运裁百虑；高下相须，自然成对。”大自然创造自然万物，必定遵循成双成对的基本规律，那么，源自自然之道的文辞运裁，一定具有对偶成双的语言表达特点，一定是“自然成对”的。这就将六朝盛行的骈文之源起，直接越过文学发展史，上推到自然之道的哲学高度，为骈文与骈偶修辞技法找到了最高、最具有说服力的哲学依据，直接体现了刘勰对骈体文章的重视程度，也是《文心雕龙》一书主要运用骈体技法写成的理论依据。

回到枢纽论中来，在确立了《宗经》的正统地位之后，《正纬》篇开始从反面批判与经典同源的纬书，指出纬书有四个方面的“伪作”原因：“按经验纬，其伪有四：……经显，圣训也；纬隐，神教也。圣训宜广，神教宜约。而今纬多于经，神理更繁，其伪二矣。”① 在刘勰看来，经典是圣训，而纬书是神教。经典显赫，圣训宜广，纬书该隐，神教宜约，总之，纬书本是经典附庸，怎么可能“纬多于经”？怎么可能“神理更繁”？那不是本末倒置了吗？于是，在数量上多于经典，也成了纬书“伪”之证据。从这里我们可以看到，刘勰主张纬书也是从神理中演化而来的，这与河图洛书的起源一致；但在说不通道理的时候，他就会强行压制经典之外的其他著作，必须体现出“文出五经”的根本性要求，这是片面的，甚至是错误的。

其次，全书多次运用“神道”一词，作为“神理”的同义词汇，代指

① 杨明照：《增订文心雕龙校注》，北京，中华书局，2000：40－41页。

神妙的自然之道。《正纬》篇论述伏羲根据河图创制八卦、大禹根据洛书创制洪范的传说时说："夫神道阐幽，天命微显，马龙出而大易兴，神龟见而洪范耀，故系辞称河出图，洛出书，圣人则之，斯之谓也。"这两个传说记载在上古经典《易》之中。《易》为五经之首，刘勰的意思是说，河图洛书的传说是真实的，因为经典中有记载。然而，因为时代久远，真伪莫辨，在经典之外，还有其他书籍记载了这些传说中的圣人之事——经典记载为真，纬书记载是假。这就从文学起源的角度将真假尊卑区分开来，纬书是先天不足的，即便能够"配经"，也不过是作为补充，只能是经典的附庸。实际上，刘勰这里也是在强词夺理，河图洛书乃千年万年以前之事，本就神秘莫测，何来真假之分？只是因为《易》有记载而已！而传说中的《易》，源于伏羲，历经文王，成于孔子，这些不可否认的圣人，他们创制的名作，岂能有假？

向下发展，《文心雕龙》在剖情析采的写作技法论部分，讨论到许多刘勰时代广为运用的方法，如声律、骈偶等技法，夸张技法是从古至今任何文学作品都广泛使用的，《夸饰》篇开篇即说："夫形而上者谓之道，形而下者谓之器。神道难摹，精言不能追其极；形器易写，壮辞可得喻其真；才非短长，理自难易耳。故自天地以降，豫入声貌，文辞所被，夸饰恒存。"①刘勰直接将夸饰技法的起源拔高到"天地以降，夸饰恒存"的时代，这远比伏羲仰观俯察而创制八卦的时代要久远得多，竟至于无穷，夸饰技法的合法性胜过一切写作技法的合法性，这是天地自然的本质属性，有天地，有神道，就有夸饰！

其后，《文心雕龙》还广泛使用"神明""机神"等术语，作为"神理""神道"之同义或近义词汇，来论述各类写作现象。例如《原道》篇论述人文原始之《易》："人文之元，肇自太极，幽赞神明，易象惟先。庖牺

① 杨明照：《增订文心雕龙校注》，北京，中华书局，2000：415 页。

画其始，仲尼翼其终，而乾坤两位，独制文言。言之文也，天地之心哉！”① 其中太极、神明之说，含义相同，均指自然之道，《易》是伏羲始创、孔子成书的，是对天地自然长久观摩而创制的第一部人文经典，其地位无与伦比。其后，在《祝盟》《声律》《附会》等篇章中还多次出现神理之论，在《征圣》《论说》等篇章中多次出现机神之说，其大体运用，不离自然之道，或由此衍生的近似含义。文多不赘。

至于专论写作思维的《神思》篇，称思维为“神思”，将难以捉摸和具体描述的思维问题神秘化、神妙化，这是《文心雕龙》从自然之道—神道—机神—神思这一话语建构体系中独拔而出的特殊贡献，其论说根源，还是在于神秘而基础的《原道》篇中。

顺着《文心雕龙》对“自然之道”的论述，有必要对道家“自然”论与玄学“自然”观进行一下分辨。因为有的研究者认为刘勰提倡“自然之道”与强调自然物色，是受玄学思想影响的结果。② 先秦道家论述的“自然”，主要是自然世界的规律与表现；玄学思想所谓的“自然”，主要是“越名教而任自然”（嵇康语）的思想个性解放与自然本性的抒发。因此，《文心雕龙》的“自然”论有两层不同的含义：

一是源自先秦道家的“自然之道”论，指向文学的发生本源，顺着这一文学起源的“自然”论，刘勰提出了诸如“人文有采”的自然属性、“自然之势”的文体风格、自然物色的文学描写对象、“自然成对”的丽辞技法、“自然会妙”的秀句创造、“天地以降，夸饰恒存”的夸张修辞等贯通全书的重要论题，这是客观规律性的自然论。

二是自然抒情的玄学自然观，这是主体情感性的自然论。《明诗》篇“人禀七情……莫非自然”一说，是对自然抒情说的明显体现；而《诔碑》篇赞美“碑碣云起……莫高蔡邕”时提出的“察其为才，自然而至”的评

---

① 杨明照：《增订文心雕龙校注》，北京，中华书局，2000：1页。
② 王运熙：《文心雕龙探索》（增补本），上海，上海古籍出版社，2005：57页。

价，也是带有明显主体情感性的自然观。当然，最著名的例子还是在《体性》篇所作的“自然恒资，才气大略”的重要评价，这是玄学思想在“自然”观点上对《文心雕龙》风格论的最佳影响，而这个影响的发生，是建立在儒家“文如其人”论的基础之上的，这又间接表明了魏晋玄学的理论来源既以道家为本，也吸收了儒家思想的部分成果。魏晋时玄学重“三玄”经典，儒家经典《周易》即其中之一。所以，《体性》篇情性风格论的提出，才不会出现儒玄两家矛盾的现象，而呈现结合两家，正确论述文学规律的良好结果。

第三，雅丽思想之“丽”，道家先于儒家。道家文论讲美讲妙也讲丽，这是与其主张自然、重视心性、关注规律的哲学主张相关联的。《老子》书中虽不论丽，但是论美很多，尤其是“信言不美，美言不信”（《老子·第八十一章》）一说影响很大；到《庄子》一书中，大谈“道、德、美、妙”，同时开启了道家的“尚丽”主张；《淮南子》顺应而下，与“道、德、美、妙”相随，“丽”论丰富，也是这个路子。尚“丽”之说首先出现在先秦道家著作之中，①《庄子》书中出现有五条：

《齐物论》　毛嫱丽姬，②人之所美也。③

《齐物论》　丽之姬，艾封人之子也。④

《人间世》　三围四围，求高名之丽者斩之。⑤

《徐无鬼》　君亦必无盛鹤列于丽谯之间。⑥

---

① 《墨子》佚文中有一条，但其真伪莫辨，故而不录。见孙诒让《墨子闲诂》：“故食必常饱，然后求美；衣必常暖，然后求丽；居必常安，然后求乐。”墨子认为，实用价值是第一位的，审美价值是第二位的，必须先满足实用价值，而在满足了实用价值之后，也可以追求审美价值。比如说衣服，首先要能够保暖，然后方可去追求华丽好看。

② 陈鼓应先生注：本句今本作“丽姬”，古本作“西施”，皆指美女。特作说明。

③ 陈鼓应：《庄子今注今译》，北京，中华书局，1983：80页。

④ 陈鼓应：《庄子今注今译》，北京，中华书局，1983：85页。

⑤ 陈鼓应：《庄子今注今译》，北京，中华书局，1983：135页。

⑥ 陈鼓应：《庄子今注今译》，北京，中华书局，1983：630页。

《列御寇》 美髯长大壮丽勇敢，八者俱过人也，因以是穷。①

从上述引文来看，《庄子》论“丽”，主要涉及丽人、丽相、高大房屋等，与现在美人、漂亮等词汇大致同义，主要指的是美好的名声或俊美的人物。《齐物论》中“丽姬”又作“西施”，均指美女。“高名之丽”中“丽”通“枥”，屋栋义。而“丽谯”一说，陈鼓应先生引晋郭象注：“丽谯，高楼也。”宋人秦观《阮郎归》诗：“丽谯吹罢小单于”，其义同此。道家著作发展到汉初，淮南王刘安主持编撰的《淮南子》涉及有七条论述：

《原道训》 目观掉羽、武象之乐，耳听滔朗奇丽激抮之音。②

《俶真训》 夫贵贱之于身也，犹条风之时丽也。③

《坠形训》 西北曰丽风。④

《精神训》 高台层榭，人之所丽也。⑤

《主术训》 高台层榭，接屋连阁，非不丽也。⑥

《齐俗训》 衣足以覆形，从典坟，虚循挠，便身体，适行步，不务于奇丽之容，隅眦之削。⑦

《诠言训》 故不得已而歌者，不事为悲；不得已而舞者，不矜为丽。歌舞而不事为悲丽者，皆无有根心者。⑧

上述七条材料中，“西北曰丽风”之“丽风”意为厉风，指西北风，“丽”通“厉”；“条风之时丽”条，刘文典先生注“丽”为“过”。其余则指奇丽之声、楼台之美、奇丽之容、曼妙之姿，广泛用于自然物色、音乐舞蹈、人之相貌等论述中，使用范围整体上比《庄子》所论之“丽”更广，显示

① 陈鼓应：《庄子今注今译》，北京，中华书局，1983：845 页。
② 刘文典：《淮南鸿烈集解》，北京，中华书局，1989：36 页。
③ 刘文典：《淮南鸿烈集解》，北京，中华书局，1989：52 页。
④ 刘文典：《淮南鸿烈集解》，北京，中华书局，1989：132 页。
⑤ 刘文典：《淮南鸿烈集解》，北京，中华书局，1989：231 页。
⑥ 刘文典：《淮南鸿烈集解》，北京，中华书局，1989：305 页。
⑦ 刘文典：《淮南鸿烈集解》，北京，中华书局，1989：358 页。
⑧ 刘文典：《淮南鸿烈集解》，北京，中华书局，1989：480 页。

了逐步发展的趋势。尽管道家“丽”论没有进入文学评价领域，显得较为遗憾，但是在尚美基础上开启并发展了的丽论，是雅丽思想尚丽的先河。

首先，研究者一直认同《神思》篇居于全书下半部分创作论之首，统摄下篇文术理论。《文心雕龙》下篇的核心是在崇美尚丽与尚法论术，所以，有关修辞语言、技法修养、声律比兴等问题，都是归于《神思》统一的。笔者经过反复论证与查实，《神思》篇的基本理论，是主要出自道家，尤其是庄子思想的。《神思》除了引用了《庄子》一书“江海魏阙”“疏瀹澡雪”“言意之辨”“轮扁语斤”的原文或典故，还借庄子“心斋”“虚静”“心性”之说以为直接论点，同时以陆机写作思维理论、写作迟速与真实感受、作家外在内在修养为辅助论点来论述之。篇中虽有“研阅穷照”“酌理富才”“博而能一”等观点带有明显儒家思想的意味，但是两相对照，《神思》篇以道家思想为主，是可以成立的。这样，《神思》篇成为古代文论史上第一篇写作思维专论，具有突出的理论地位和价值。

其次，上篇《原道》统摄全书，下篇《神思》统摄创作，加上《养气》一说纯属道家的精神修养理论，从哲学思想的高度到具体写作实践的操作，从思维理论的论述到养气思想的阐释，从“自然会妙”“自然之势”的论述到“人禀七情，应感斯物”的“物感”理论，道家思想也是贯穿全书的。其核心有三个：一是哲学基础，即文学的尚丽本质；二是思维之论，即写作的根本问题；三是修养之术，这是写作文章的保证。这样，修养—写作—文采，全线贯通。

再次，道家文论讲美讲妙也讲丽，这是与其主张自然、重视心性、关注规律的哲学主张相关联的。《老子》一书中虽不论丽，但是论美很多，尤其是“信言不美，美言不信”一说影响很大；到《庄子》书中，大肆谈论“道德美妙”，同时开启了文论史上的“尚丽”主张；《淮南子》顺应而下，与“道德美妙”相随，“丽”论丰富，也是这个路子。儒家文论中，孔子论“美善绘素”，孟子论美谈中，都不及“丽”，到荀子才开启儒家大力论美谈丽的先河，两汉扬雄、王充、班固、曹丕则极力主张为文之“丽”。所以，

《文心雕龙》雅丽文学思想之“丽”，当然有先秦两汉儒家尚美尚丽的渊源，但是道家开启的论丽传统，不应该被忽略。刘勰取法“自然之道”提出的人文有采一说，主要就是在道家哲学思想中寻找文学尚丽的理论依据。这种折中儒道的思维方法，在儒家经典《周易》中就已经体现了出来。在五经之中，《周易》内容驳杂，“《易》惟谈天”，幽深玄虚，绝非传统儒家所独有，从其主要内容来看，儒道结合的特征表现得非常明显。学界一向主张《周易》是《文心雕龙》重要的理论来源，甚至一度认为是其理论之本，但是《周易》折中儒道的特点并没有引起讨论重视，那么，《文心雕龙》折中儒道的特点也没有被揭示出来。这是必须要加以说明的。①

第四，尽管从哲学到写作再到美文，道家思想都有最直接的影响，但是，刘勰对道家思想，是有褒有贬、褒贬分明的，这与独尊儒家的褒赞态度截然不同。以下是《文心雕龙》论述道家老、庄两位道家先贤的例子，可见一斑：

《明诗》　宋初文咏，体有因革。庄、老告退，而山水方滋。②

《诸子》　及伯阳识礼，而仲尼访问；爰序道德，以冠百氏。然则鬻惟文友，李实孔师；圣贤并世，而经子异流矣。③

《诸子》　庄周述道以翱翔。④

《论说》　庄周《齐物》，以论为名。⑤

《论说》　迄至正始，务欲守文；何晏之徒，始盛玄论。于是

① 中国道教以《周易》为基本经典著作，儒家无论五经、六经或者十三经的说法，一定有《易》，一般认为是《周易》。这样，《周易》成为儒道两家共享共尊的元典。笔者以为，儒道都是从中国本土发展起来的哲学思想流派，尽管后来因为宗教化与政教化有所改变，但是《周易》主要还是以道家经典的形式为主存在的。历代的大学者，很多是儒道兼通的，他们并没有将二者决然割裂开来。

② 杨明照：《增订文心雕龙校注》，北京，中华书局，2000：65 页。

③ 杨明照：《增订文心雕龙校注》，北京，中华书局，2000：229 页。

④ 同上。

⑤ 杨明照：《增订文心雕龙校注》，北京，中华书局，2000：246 页。

聃、周当路，与尼父争途矣。①

《情采》《孝经》垂典，丧言不文；故知君子常言，未尝质也。老子疾伪，故称美言不信；而五千精妙，则非弃美矣。庄周云辩雕万物，谓藻饰也。韩非云艳乎辩说，谓绮丽也。绮丽以艳说，藻饰以辩雕，文辞之变，于斯极矣。研味《孝》《老》，则知文质附乎性情；详览《庄》《韩》，则见华实过乎淫侈。若择源于泾渭之流，按辔于邪正之路，亦可以驭文采矣。②

《时序》自中朝贵玄，江左弥盛；因谈馀气，流成文体。是以世极迍邅，而辞意夷泰；诗必柱下之旨归，赋乃漆园之义疏。③

《知音》然而俗监之迷者，深废浅售，此庄周所以笑《折扬》，宋玉所以伤《白雪》也。④

上述举证说明：

首先，从征引数量上来看，直接论述道家二圣的仅区区八处⑤，与论述儒家先圣动辄数十上百处反差强烈。孰轻孰重，一目了然，而且褒贬分明。

其次，刘勰尊重“伯阳识礼，而仲尼访问”的事实，承认“李实孔师”，孔子思想有老子的影响在内，又认为《老子》一书“文质附乎性情”，因而对老子以赞美为主；反之，认为《庄子》“华实过乎淫侈”，且书中数十次攻击戏谑孔子，反复责难辱骂儒家仁义礼乐与治国治民的政教思想，故而对庄子以批评态度为主。刘勰对庄子的全部论述，加上征引《庄子》，褒贬各半，倾向于贬。最明显的体现，是在论述玄学文风的兴盛冲击了儒学独尊的局面这个问题上，把主要责任推在庄子头上，说他的虚无潇洒主义惹了

① 杨明照：《增订文心雕龙校注》，北京，中华书局，2000：246页。
② 杨明照：《增订文心雕龙校注》，北京，中华书局，2000：415页。
③ 杨明照：《增订文心雕龙校注》，北京，中华书局，2000：541－542页。
④ 杨明照：《增订文心雕龙校注》，北京，中华书局，2000：592页。
⑤ 上述例证，仅仅是带有老、庄之名或著作名称的语句，至于引用、化用道家老、庄著作之关键词、短语、句子的现象，如《体性》篇“得其环中”、《神思》篇心形关系、“言意之辨”等诸多例证，限于篇幅和论述重点，这里并未列出。特作说明。

祸。在儒道相争的选择上，刘勰是毫不犹豫地倾向儒家，而批评道家的。

最后，离开老庄显学，刘勰对同属道家的其他学者或著作也有所关注。主要体现有两点：

其一，命名《文心雕龙》，向道家取材。在“文心”书名来源的论述上，谈到了“涓子《琴心》，王孙《巧心》，心哉美矣，故用之焉”，黄侃先生说：涓子又名环渊，是老子的学生。如此，《琴心》当属道家。刘勰认为涓子和王孙子所写的书以“心”为名，起得非常好，所以他写的这部书，就取法二人，也以“心”为名。因为是论述文章写作的良苦用心的，所以就叫作“文心”。据此可知“文心”书名之所出，一本于道家，一本于儒家，是集合儒道两家优秀作品的书名而成的东西。这实际上暗示读者，不仅书名如此，本书论述的“为文之用心”，也是集合儒家思想与道家思想，并以它们为主要思想来源的。同时，刘勰自己的论述，还否定了“文心”命名模拟佛经之“心”的臆测。

其二，对道家诸子，有褒有贬。《诸子》论《列子》与《淮南子》的内容时说：“《列子》有移山跨海之谈，《淮南》有倾天折地之说”，这是贬其虚诞与夸张；又说“列御寇之书，气伟而采奇”“吕氏鉴远而体周，淮南泛采而文丽”等语，这是褒其风格之美。从审美角度来看，褒赞更多。这表明了刘勰全面公正的批评观念与批评态度。

笔者以为，综合前述，可以看出刘勰的文学思想主要是吸收儒家思想与道家思想，并折中而成的。折中的结果，是以儒家为主导地位。这个折中儒道的体系，有如下几个特点：

第一，折中儒道，体现出“道家为体，儒家为主”的特点。葛洪《抱朴子》在论述儒道两家关系时，曾站在道家立场上提出“道家为本，儒家为末”的说法。刘勰《文心雕龙》一书，从整体的思想构成来看，是以道家思想为哲学依据而以儒家思想为主导理论的，是“道体儒用”的集中体现。但是，这个“体”，主要的意义在于为“用”找理论外衣。刘勰主张的是“衔华佩实”的雅丽文学思想，如何为相对缺乏“丽”这一因素的儒家五经找到一个尚丽的哲学依据，并以“雅丽”“正采”为主要美学追求来论述文体与创作？刘勰将这个基点放在道家崇尚“自然”的理论之上，提出“郁然有采”的万物属性。于是，源于自然的文学作品，找到了尚丽的哲学依据。

第二，《文心雕龙》从《原道》《神思》《隐秀》《养气》到《物色》，主要是在道家思想的影响下写作的。《原道》统领了全书的文学发生理论主张，《神思》统领了下篇的文学技法论，《隐秀》要求限制文丽，《养气》主张静以修身。贯穿了主体修养、“务盈守气”、“文源于道”、“言隐荣华”的哲学、文学、美学理论与“自然之道”的创作方法。不过，上述诸篇有个共同的特征，就是先以道家思想为出发点，然后加以儒家思想，合论而成。例如《原道》一篇，当提出人文产生之后，就以儒家诸圣为核心来论述文学的发展过程；《神思》篇解决思维之难的药方，主要是儒家的学习修养理论；《隐秀》篇主张“言隐荣华”，而主要以汉代京房《易》学“飞伏”说为立论方法；《养气》论述修养问题，并非仅仅独善其身，而是指向更好地为文致用。上述明显体现了道家思想的篇章在数量上是少数，其中已有很多的儒家思想；而那些主要阐释儒家思想的篇章则占大多数，其中则少见或不见道家思想的影响，如《征圣》《宗经》《正纬》《风骨》《通变》《定势》《程器》《序志》等篇。这就说明，刘勰在立论时采用的是折中儒道的策略，而在确立了哲学依据或理论框架之后，则是以儒家为核心为主导的。

第三，折中儒道还体现在论道尚用、内外统一的特点上。《庄子》论“虚静”，常常与阴阳、动静、刚柔等对立范畴合起来论述。可见，道家注重内在的修养和曲柔的处世哲学，对阴柔、内隐、不露、养气更为重视；儒家主张外向的致用策略与功能原则，对刚健、中正、外露、经世更为重视。儒道两家一内一外，相互互补；一静一动，化合用之；一张一弛，趋向和谐。同时，儒道两家都主张学习，儒家主张外在的学习来化内，道家主张内在学习来体外。显然，对于文学艺术来说，感悟创作之道、体会内在修为与学习写作技法、博观精约历代作家作品，这两方面是必须结合起来进行的。对于这样的“内美与修能”，刘勰认识得很清楚，他的基本修养主张是内外统一，包括技艺的内化与文术的外化两个阶段。《体性》篇认为文学的发生是“因内符外，沿隐至显”的由内到外的过程；《夸饰》篇提出“形而上者谓之道，形而下者谓之器”的自然规律与文本创作的关系；《文心雕龙》全书所提出的若干文体纲领、大要，所提出的许多文术技法、学习理论，所提出的许多习染原则、修养要求，这些东西有内又有外，内外统一，都有一个“内化感悟—外化运用”的过程。这个过程，是内外统一，相互促进的。

第二节　魏晋玄学的影响

因为魏晋玄学是道家思想历史新变的产物，故将其置于先秦道家之后来论述。

魏晋六朝学术思想以玄、佛、儒三家为主，玄、佛昌盛，儒学相对式微。因此，玄言诗、论说体等反映这一学术思潮、体现诸子争鸣现象的文体大兴。从探索“为文之用心”的写作宗旨出发，《文心雕龙》雅丽文学思想宗法儒家，积极吸收道家思想，但是对魏晋显学的玄、佛二家则有所区别：《文心雕龙》不取佛家思想，是非常明显的；而对玄学思潮的理论主张既有所吸收运用，又有着最为严厉的批评，体现了褒贬分明的态度。

大盛于魏晋六朝之玄学①，前期是引老庄而说儒经，后期是儒、道、佛三教合一而以道佛为主，儒学在六朝相对式微。因此，玄言诗、论说体等反应这一学术思潮、体现诸子争鸣现象的文体大兴。《论说》篇有三处对玄学思潮的评价：

---

① 魏晋玄学是道家思想发展到该时期的汉魏六朝的新变产物，主要具有儒道结合的特征。汉代著名思想家扬雄，在自己的学术著作中就鲜明地体现了这一特点，他曾模仿道家名著《周易》创作了《太玄经》，模仿儒家名著《论语》创作了《法言》，扬雄深思而寡言，被认为是魏晋玄学在汉代的思想启蒙者。

迄至正始，务欲守文；何晏之徒，始盛玄论。于是聃、周当路，与尼父争途矣。……次及宋岱、郭象，锐思于机神之区；夷甫、裴頠，交辨于有无之域：并独步当时，流声后代……逮江左群谈，惟玄是务；虽有日新，而多抽前绪矣。①

从这三处论述可以看出如下几点：一是刘勰指出了玄学思潮从正始年间到东晋江左的发展历史，表明他对玄学思潮是了然于胸的；二是对魏晋玄学几次著名争论的优点和不足了解得很透彻；三是对玄学优秀的作家作品进行了公正的赞美评价；四是对玄学影响到儒家正统思想地位的实际情况很不满意。这就为《文心雕龙》吸收玄学思想埋下了两个伏笔：一是吸收其对文学发展积极有用的一面，借以论文；二是从整体上批评玄学思想及其影响下的作家作品。这是必须要指出来的。从整体来看，魏晋玄学对《文心雕龙》雅丽思想的影响主要表现在以下几个方面：

第一，是正本清源的根本意识。王弼作为魏晋玄学的代表人物，在思维方法论上提出了“定本叙本”论，这对刘勰“还宗经诰”的文学根本意识有影响。王弼《老子指略》（上）指出：“夫欲定物之本者，则虽近而必自远以证其始。夫欲明物之所由者，则虽显而必自幽以叙其本。”《文心雕龙》论述文学之“本”，选定的是儒家经典，对文学体裁“原始以表末”，“自远以证其始”；在具体的创作上，“本”是作家，是作家的情志，因此，文学创作“沿言隐以至显”，“自幽以叙其本”。王弼《老子指略》（下）又提出了“崇本息末”一说，论述《老子》一书的基本特色，推崇道家。作为一种方法论，“崇本息末”一说则对《文心雕龙》贬斥近代文学，推崇古代文学，尤其是推崇儒家经典影响巨大。刘勰批评近代文学“离本弥甚，将遂讹滥”，提倡“还宗经诰”“正本归末”。王弼“崇本息末”一说对刘勰树立儒家经典的创作、批评、审美范式，具有方法论的借鉴意义。

《文心雕龙》全书论“本”凡四十四处之多。所谓本，指根本，以比喻

① 杨明照：《增订文心雕龙校注》，北京，中华书局，2000：246 页。

的方式言说文学规律与文章写作。这些论述，体现了《文心雕龙》的一些重要文学观念，如：

（1）全书在文学体裁发展观念上主张“文出五经”说。《宗经》：

故论说辞序，则《易》统其首；诏策章奏，则《书》发其源；赋颂歌赞，则《诗》立其本；铭诔箴祝，则《礼》总其端；记传盟檄，则《春秋》为根：并穷高以树表，极远以启疆，所以百家腾跃，终入环内者也。①

（2）解弊文学发展的不良趋势，特别是从质朴到文采过度泛滥的历史倾向。《宗经》：

夫文以行立，行以文传，四教所先，符采相济。励德树声，莫不师圣，而建言修辞，鲜克宗经。是以楚艳汉侈，流弊不还，正末归本，不其懿欤！②

（3）归纳诗歌风格，进行审美评价。《明诗》：

若夫四言正体，则雅润为本；五言流调，则清丽居宗，华实异用，惟才所安。③

（4）进行文体风格的总结性评价。《定势》：

是以括囊杂体，功在铨别；宫商朱紫，随势各配。章、表、奏、议，则准的乎典雅；赋、颂、歌、诗，则羽仪乎清丽；符、檄、书、移，则楷式于明断；史、论、序、注，则师范于核要；箴、铭、碑、诔，则体制于宏深；连珠、七辞，则从事于巧艳：此循体而成势，随变而立功者也。虽复契会相参，节文互杂，譬五色

① 杨明照：《增订文心雕龙校注》，北京，中华书局，2000：27页。
② 同上。
③ 杨明照：《增订文心雕龙校注》，北京，中华书局，2000：65页。

之锦，各以本采为地矣。①

(5) 进行音乐缘起的本质阐释。《乐府》：

夫乐本心术，故响浃肌髓，先王慎焉，务塞淫滥。②

(6) 对文学体裁的创作基本规范进行高度概括。《诠赋》：

原夫登高之旨，盖睹物兴情。情以物兴，故义必明雅；物以情睹，故词必巧丽。丽词雅义，符采相胜，如组织之品朱紫，画绘之差玄黄。文虽新而有质，色虽糅而有本，此立赋之大体也。③

如此等等。本末观念在《文心雕龙》全书中有近百处的运用，因其例证太多，暂不一一举证。

第二，是玄学思辨命题的理论影响。例如，魏晋玄学的几大命题：有无之辨、才性之辨、言意之辨等，均在《文心雕龙》中有着非常明显的影响。文学创作是一个从有到无、从内到外的生产过程，受到思维、心态、学养、情性、气质等各个前写作阶段相关因素的影响，《文心雕龙》设计的《神思》《养气》《体性》《情采》《才略》等篇主要就是老庄哲学与魏晋玄学思想的产物。

以“才”为例，《文心雕龙》全文论及“才”这一范畴的术语共计一百二十二处，上卷共三十六处，下卷共八十六处。因其数量太多，不一一考察，现任举“文之枢纽”论中的例子，证明于下：

惟人参之，性灵所钟，是谓三才。④

《原道》篇论述文学发生论、文学本质论与文学演变简史，根源上归之于道家思想。其中的“三才”论是魏晋玄学思想特有的范畴，玄学以为：

---

① 杨明照：《增订文心雕龙校注》，北京，中华书局，2000：406－407页。
② 杨明照：《增订文心雕龙校注》，北京，中华书局，2000：82页。
③ 杨明照：《增订文心雕龙校注》，北京，中华书局，2000：97页。
④ 杨明照：《增订文心雕龙校注》，北京，中华书局，2000：1页。

天、地为两仪，人居于其中，是为三才。人仰观俯察，观天察地，掌控天地、自然的变化，感受自然万物的华美和荣枯循环，于是文学就这样产生了，文学审美的本质就这样确定了。所以，没有玄学思想提出的三才论，没有对人的主体意识的唤醒、赞美、主张和推崇，《文心雕龙》的原道说就很难建立起来。

在《辨骚》篇中，运用这一术语的例证共有6处之多：

(1) 固已轩翥诗人之后，奋飞辞家之前，岂去圣之未远，而楚人之多才乎！

(2) 班固以为："露才扬己，忿怼沉江。"

(3) 然其文辞丽雅，为词赋之宗，虽非明哲，可谓妙才。

(4)《卜居》标放言之致，《渔父》寄独往之才。

(5) 故才高者菀其鸿裁，中巧者猎其艳辞，吟讽者衔其山川，童蒙者拾其香草。

(6) 赞曰：不有屈原，岂见离骚。惊才风逸，壮志烟高。①

《文心雕龙》高度赞美屈原及其作品，将作家文学——楚辞推向了一个高峰——以主体批评的形式，反观文学作品、风格特点及其巨大影响。

以此为基础，《物色》篇提出"江山之助"的外物感召说，没有人的主体地位的独立和审美思想的发达，如何能够做到？

最著名的代表是《才略》篇，刘勰点评数十位古今著名作家，篇名就叫作"才华大略"，在整个文学史上，举证这些最有名的作家，不仅是对汉魏以来人物品藻风气的继承与发扬，更是玄学思想对人的本体认知、对人的才性认知打下的坚实基础。仅仅以本篇"才"之术语运用为例，除去篇题《才略》，竟然还有十九处之多：

(1) 贾谊才颖，陵轶飞兔，议惬而赋清，岂虚至哉！

---

① 杨明照：《增订文心雕龙校注》，北京，中华书局，2000：50－51页。以上选句均出《辨骚》，故集中作注。

(2) 子云属意，辞义最深，观其涯度幽远，搜选诡丽，而竭才以钻思，故能理赡而辞坚矣。

(3) 桓谭著论，富号猗顿，宋弘称荐，爰比相如，而《集灵》诸赋，偏浅无才，故知长于讽谕，不及丽文也。

(4) 杜笃、贾逵，亦有声于文，迹其为才，崔、傅之末流也。

(5) 李尤赋铭，志慕鸿裁，而才力沉腿，垂翼不飞。

(6) 潘勖凭经以骋才，故绝群于锡命。

(7) 然自卿、渊已前，多役才而不课学。

(8) 魏文之才，洋洋清绮。

(9) 子建思捷而才俊，诗丽而表逸。

(10) 文帝以位尊减才。

(11) 仲宣溢才，捷而能密，文多兼善，辞少瑕累。

(12) 左思奇才，业深覃思。

(13) 陆机才欲窥深，辞务索广。

(14) 傅玄篇章，义多规镜；长虞笔奏，世执刚中；并桢干之实才，非群华之韡萼也。

(15) 孟阳、景阳，才绮而相埒。

(16) 宋代逸才，辞翰鳞萃。

(17) 观夫后汉才林，可参西京。

(18) 崇文之盛世，招才之嘉会。

(19) 才难然乎！性各异禀。①

第三，具体来说，对主体情性的唤醒，是玄学对《文心雕龙》的最大影响。魏晋时代摆脱了汉代经学政教的束缚，个人情性得到了前所未有的解放和宣泄，直接导致了这一个时段重情尚美的时代风气的形成，人的本性的

① 杨明照：《增订文心雕龙校注》，北京，中华书局，2000：574－576 页。以上选句均出《才略》篇，故集中作注。

自觉和唤醒，又直接影响到了文学写作的兴盛发展，形成了文学抒情的本质自觉与文学尚美尚丽的修饰自觉。《文心雕龙》主张自然美、物色美、情性美、文采美，这是道家思想与玄学思想积极影响的结果，在这个意义上讲，《文心雕龙》是魏晋时风的产物，有一定道理。《物色》篇赞美自然物色能够感召人心，摇荡性灵，激发人生情为文，创作作品。这种“物—意—文”的写作思维理论和文学发生思想，直接受到陆机《文赋》写作思维与物感思想的影响，而陆机《文赋》偏重于道家，在思想方法上主要受到庄子“虚静”“心斋”“言意”论的影响，这样，道家思想在魏晋的发展，以玄学思潮为其主要代表。而此时的玄学思想，已经与先秦道家有所不同，在吸收了儒家乃至佛家的心性理论上有所新变，这是文学“物感”发生论的渊源。

《情采》篇论述文采的产生，是因为人情之美的体现，而“辩丽本于情性”论的提出，是玄学情性、才性论的直接反应。刘勰以为：“圣人文章，非采而何?”圣人之情生成文采之美。文美，原因在于人情之美；文风，原因在于情怀之风。于是，《体性》篇“情性”风格论建立起来，汉魏十二名家的文风，都是“吐纳英华，莫非情性”规律的典型代表，这些“各师成心，其异如面”的文学作品和多样的文学风格，是文学丰富发展的有力证明。尽管扬雄“心声心画”说是刘勰“文如其人”论的主要来源，但是，没有魏晋时代对人的主体情性的重视和唤醒，没有才性、情性风尚的流行发展，作家主体性不可能被真正唤起，仍然会在经学政教的框子里面受到严重束缚。文学的抒情性、文采美、作家论、思维论不可能得到正面的深度发展。

《文心雕龙》对“情性”论的运用贯通全书。经笔者检索，其中，论情性五处，论性情五处，论情一百三十七处，另有三十处论性，大部分是性情、性灵、性格之义，与情性同义。现举证如下：

论“情性”五处：

(1)《明诗》 诗者，持也，持人情性；三百之蔽，义归无邪，持之为训，有符焉尔。①

(2)《体性》 然才有庸俊，气有刚柔，学有浅深，习有雅郑，并情性所铄，陶染所凝，是以笔区云谲，文苑波诡者矣。②

(3)《体性》 气以实志，志以定言，吐纳英华，莫非情性。③

(4)《情采》 文采所以饰言，而辩丽本于情性。④

(5)《情采》 昔诗人什篇，为情而造文；辞人赋颂，为文而造情。何以明其然？盖《风》《雅》之兴，志思蓄愤，而吟咏情性，以讽其上，此为情而造文也。诸子之徒，心非郁陶，苟驰夸饰，鬻声钓世，此为文而造情也。故为情者要约而写真，为文者淫丽而烦滥。而后之作者，采滥忽真，远弃《风》《雅》，近师辞赋，故体情之制日疏，逐文之篇愈盛。⑤

这些论述，所出现的篇章主要是《体性》与《情采》，仅从篇目上看，这不是儒家和先秦道家的理论贡献，而是高举情性解放大旗的魏晋玄学的贡献。

论“性情”五处：

(1)《原道》 至若夫子继圣，独秀前哲，熔钧六经，必金声而玉振；雕琢性情，组织辞令，木铎起而千里应，席珍流而万世响，写天地之辉光，晓生民之耳目矣。⑥

(2)《征圣》 夫作者曰圣，述者曰明。陶铸性情，功在上哲。夫子文章，可得而闻，则圣人之情，见乎文辞矣。⑦

(3)《宗经》 义既埏乎性情，辞亦匠于文理，故能开学养正，

① 杨明照：《增订文心雕龙校注》，北京，中华书局，2000：64 页。
② 杨明照：《增订文心雕龙校注》，北京，中华书局，2000：380 页。
③ 同上。
④ 杨明照：《增订文心雕龙校注》，北京，中华书局，2000：415 页。
⑤ 杨明照：《增订文心雕龙校注》，北京，中华书局，2000：416 页。
⑥ 杨明照：《增订文心雕龙校注》，北京，中华书局，2000：2 页。
⑦ 杨明照：《增订文心雕龙校注》，北京，中华书局，2000：17 页。

昭明有融。①

(4)《情采》　研味《孝》《老》，则知文质附乎性情；详览《庄》《韩》，则见华实过乎淫侈。②

(5)《养气》　率志委和，则理融而情畅；钻砺过分，则神疲而气衰：此性情之数也。③

上述例证，主要出现于以道家思想、玄学思想为核心的《原道》《情采》《养气》篇，也出现于以儒家思想为核心的《征圣》《宗经》篇，特别在后三篇之中，都是出现在文章开头的第一句话或第一段话，具有开篇点题或开门见山的作用。可见，玄学折中儒道、为我所用的思想取法，为《文心雕龙》折中儒道、化合各家、成一家之言提供了理论武器。

此外，《文心雕龙》单独论“情”一百三十七处，单独论“性”三十处，因其征引、运用太多，这里就不再一一举证了。

综上，没有对人的本性的肯定和人的个性的解放，没有对情性、才性观念的大力弘扬，《文心雕龙》不可能高举尚丽大旗，提出雅丽文学思想。

随着“才气大略”论的建立，《文心雕龙》雅丽文学思想对这一思想的运用主要体现在三个方面：

一是文体论部分的风格评价。最明显的例子有二：首先是《明诗》篇对诗歌风格的一段论述：

故铺观列代，而情变之数可监；撮举同异，而纲领之要可明矣。若夫四言正体，则雅润为本；五言流调，则清丽居宗；华实异用，惟才所安。故平子得其雅，叔夜含其润，茂先凝其清，景阳振其丽；兼善则子建、仲宣，偏美则太冲、公干。然诗有恒裁，思无定位，随性适分，鲜能圆通。若妙识所难，其易也将至；忽以为

① 杨明照：《增订文心雕龙校注》，北京，中华书局，2000：26 页。
② 杨明照：《增订文心雕龙校注》，北京，中华书局，2000：415 页。
③ 杨明照：《增订文心雕龙校注》，北京，中华书局，2000：511 页。

易，其难也方来。①

诗歌风格的变化，根本的原因是作家情感的变化引起的，这是“情—采”的内情决定外美的规律作用的表现。所谓“情变之数”“惟才所安”“随性适分”等语，与玄学才性、情性之辨大有关系。其次是《体性》篇对作家情性风格论的阐述：

若夫八体屡迁，功以学成；才力居中，肇自血气。气以实志，志以定言；吐纳英华，莫非情性。是以贾生俊发，故文洁而体清；长卿傲诞，故理侈而辞溢；子云沈寂，故志隐而味深；子政简易，故趣昭而事博；孟坚雅懿，故裁密而思靡；平子淹通，故虑周而藻密；仲宣躁锐，故颖出而才果；公干气褊，故言壮而情骇；嗣宗俶傥，故响逸而调远；叔夜俊侠，故兴高而采烈；安仁轻敏，故锋发而韵流；士衡矜重，故情繁而辞隐。触类以推，表里必符。岂非自然之恒资，才气之大略哉?②

在《文心雕龙》之前，没有文论家专门这样集中、明确地讨论过情性风格理论，在玄学情性论的哲学思辨基础上，刘勰将其转化、运用到文学批评中作家主体的情性与文学风格的关系讨论上。

二是创作论部分的《情采》篇。本篇论述文学创作的“立文之本源”：

研味《孝》《老》，则知文质附乎性情；详览《庄》《韩》，则见华实过乎淫侈。若择源于泾渭之流，按辔于邪正之路，亦可以驭文采矣。夫铅黛所以饰容，而盼倩生于淑姿；文采所以饰言，而辩丽本于情性。故情者，文之经；辞者，理之纬。经正而后纬成，理定而后辞畅：此立文之本源也。③

① 杨明照：《增订文心雕龙校注》，北京，中华书局，2000：65－66页。
② 杨明照：《增订文心雕龙校注》，北京，中华书局，2000：380页。
③ 杨明照：《增订文心雕龙校注》，北京，中华书局，2000：415页。

刘勰指出：《孝》《老》“文质附乎性情”，为优；《庄》《韩》“华实过乎淫侈”，为劣。文学之“丽”的产生，根本原因在于作家的情性，这是带有规律性的论断。于是，文学原道之丽，就经过“情”的中介，转化为人情之丽。刘勰提出的文采由作家情性决定一说，成为指导本篇赞美《诗经》、批评辞赋、痛斥近代文学、主张雅丽“正采”的理论法宝。由内到外、由情到采的文学基本规律，显然有玄学情性论的积极影响在内。这样，“道—物—情—丽”的模式，就从“道—圣—文”的哲学发生论，细化到了文学创作本身的“情—采”本质论，看到了写作的真实状态。文学尚丽，就不是哲学道理，而成了事实本身。对这一规律的最佳写照，是《物色》篇“物色感召”的论述；而具体的体现，则有《隐秀》篇“酝藉者蓄隐而意愉，英锐者抱秀而心悦”①、《总术》篇“凡精虑造文，各竞新丽……精者要约，匮者亦鲜……奥者复隐，诡者亦曲”② 等不少的例子。

三是文学鉴赏的《知音》篇。本篇指出了“篇章杂沓，质文交加；知多偏好，人莫圆该”的鉴赏差异性，对“慷慨者、酝藉者、浮慧者、爱奇者”的鉴赏表现进行了分析，这是从阅读者个体才性的角度来具体论述知音鉴赏这一文学活动的。

但是，重情尚美的积极因素是玄学思潮的一个方面，而玄虚轻澹、避世隐身是玄学思想的另一个方面，这也就是《体性》篇论述“远奥”文风“馥采典文，经理玄宗”优劣分明、褒贬分明的根本原因。刘勰在正视玄学思潮对文学创作影响巨大的同时，对玄学思想的不良影响及其作家作品，是持批评态度的。《文心雕龙》全书共计八次直接论述到玄学作家作品或时代文风：

《明诗》　及正始明道，诗杂仙心；何晏之徒，率多浮浅。③

① 杨明照：《增订文心雕龙校注》，北京，中华书局，2000：495 页。
② 杨明照：《增订文心雕龙校注》，北京，中华书局，2000：529－530 页。
③ 杨明照：《增订文心雕龙校注》，北京，中华书局，2000：65 页。

《明诗》 江左篇制，溺乎玄风，嗤笑徇务之志，崇盛忘机之谈，袁、孙已下，虽各有雕采，而辞趣一揆，莫与争雄，所以景纯《仙》篇，挺拔而为隽矣。①

《论说》 迄至正始，务欲守文；何晏之徒，始盛玄论。于是聃、周当路，与尼父争途矣。②

《论说》 逮江左群谈，惟玄是务；虽有日新，而多抽前绪矣。③

《体性》 远奥者，馥采典文，经理玄宗者也。④

《时序》 于时正始馀风，篇体轻澹；而嵇、阮、应、缪，并驰文路矣。⑤

《时序》 简文勃兴，渊乎清峻。微言精理，函满玄席；澹思浓采，时洒文囿。⑥

《时序》 自中朝贵玄，江左弥盛；因谈余气，流成文体。是以世极迍邅，而辞意夷泰；诗必柱下之旨归，赋乃漆园之义疏。⑦

这八处论述，从“雅正”的思想内容看，玄学没有可取之处；从“华丽”的文采角度看，稍有可观之处。《文心雕龙》全书论述到了儒、道、兵、法、阴阳、纵横、两汉神秘文化、魏晋玄学、佛学等多家思想，而魏晋玄学则成为其中评价最低的一家。刘勰既从创作规律的角度吸收了玄学思想中有益文学写作的观点，也从创作实践的角度看到了玄学思潮及其作家作品的明显不足，将其一分为二，进行了客观公正的评价。因此，笔者认同“玄学思想对《文心雕龙》有影响”的前代研究成果；同时指出一点：雅丽

---

① 杨明照：《增订文心雕龙校注》，北京，中华书局，2000：65 页。
② 杨明照：《增订文心雕龙校注》，北京，中华书局，2000：246 页。
③ 同上。
④ 杨明照：《增订文心雕龙校注》，北京，中华书局，2000：380 页。
⑤ 杨明照：《增订文心雕龙校注》，北京，中华书局，2000：541 页。
⑥ 同上。
⑦ 杨明照：《增订文心雕龙校注》，北京，中华书局，2000：541－542 页。

文学思想的取法主体，并不是玄学思想。所以，认为《原道》之“道”是“越名教而任自然”之“道”，或者认为刘勰在写作《灭惑论》与《文心雕龙》时均是以“三教合一”思想为指导的两种说法都是不能成立的。

第三节　阴阳家与纵横家的影响

《文心雕龙》论述尚丽尚美的文学主张，从头到尾每篇都有，可谓极尽笔墨，不遗余力。这当然有“文源于道，郁然有采”的哲学依据，以及“辩丽本于情性”（《情采》）的理论支撑，但是，从文学发展的历史纵向角度考察，“原道”“情性”说无法全面地讲清楚辞赋“巨丽”这一特点的来源。尽管儒家文论有“郁郁乎文”“文质彬彬”与“丽则丽淫”的理论主张，尽管汉代辞赋有“追风入丽”（《辨骚》）的宏大传统，尽管魏晋六朝有重情尚美的时代风气与巧艳绮丽的创作实践——这些当然是刘勰“尚丽”文学思想的直接取法之处，不过，如果我们能再深入一点，看到刘勰关于辞赋真正源泉的论述，恐怕他“尚丽”思想的来源，就不只是上述提及的儒道两家与汉魏时风，而必须要考虑战国纵横家飞辩之术与阴阳家虚辞之术的影响。① 对此假设的第一个重要理论支撑，是《文心雕龙》书名得来的一段论述：

> 古来文章，以雕缛成体，岂取驺奭之群言雕龙也。②

刘勰以为，自古以来的文章都是经过精心雕琢因而文采斐然的，这个意见在自然美“郁然有采”的基础上承认了“润色取美”的人工修饰作用，带有“天人合一”的味道。关于“岂取”二字多数研究者认为刘勰是在以反问语

① 李泽厚、刘纲纪先生《中国美学史》（第二卷下）在论述《文心雕龙》的思想渊源时曾指出：阴阳家宏大的想象力是《文心雕龙》所主张的文学创造力与文采美的来源之一，这是很深刻的见解。不过，《文心雕龙》论述阴阳家，主要是以之为屈原楚辞“虚诞”“伟辞”“壮丽”之本，以及学习其雕琢言辞的精美技巧，这是需要指出的。

② 杨明照：《增订文心雕龙校注》，北京，中华书局，2000：610 页。

气取肯定态度，赞同驺奭等人“谈天雕龙”的言说艺术。笔者虽不同意这个看法，但也认为刘勰是承认“驺奭之群言雕龙”的。那么，刘勰对于属于阴阳家的“齐国驺子”之赞美，显然表明了他对言语艺术“谈天雕龙”之“丽”的认可，并且公正地看到了言语之“丽”在文学发展——尤其是在辞赋文学发展史上的积极推动作用与重要起源作用。《时序》篇说：

> 春秋以后，角战英雄；六经泥蟠，百家飙骇。方是时也，韩魏力政，燕赵任权；五蠹六虱，严于秦令；唯齐、楚两国，颇有文学。齐开庄衢之第，楚广兰台之宫；孟轲宾馆，荀卿宰邑：故稷下扇其清风，兰陵郁其茂俗。邹子以谈天飞誉，驺奭以雕龙驰响；屈平联藻于日月，宋玉交彩于风云。观其艳说，则笼罩雅颂。故知暐烨之奇意，出乎纵横之诡俗也。①

本段论述了战国时期齐、楚两国“颇有文学”的地域文学发展特点，这个特点，是在两国君王贵族赞助之下，以文人集团形式出现的文学（按：指学术思想）极端发达的现象。刘勰说得很清楚：“邹子以谈天飞誉，驺奭以雕龙驰响；屈平联藻于日月，宋玉交彩于风云。”驺衍与驺奭，是言语艺术“艳说”的代表人物，屈原和宋玉，则是文学艺术“丽文”的代表人物，前者对后者，言语对文学，有着直接的起源与影响作用：“故知暐烨之奇意，出乎纵横之诡俗也。”这就告诉我们，楚辞的起源之一，是战国纵横家的言说艺术。刘勰指出，屈原楚辞的创作，与战国纵横家诡辩之术有直接关系。需要指出的是，这里的纵横诡辩是泛指，驺衍与驺奭属于阴阳家，而不是纵横家。刘勰归之于纵横家，相信不是笔误，而是看到了他们言辞论说、游说诸侯与纵横家极为相似的特点，故有此说。《文心雕龙》数次谈到邹子之辩说艺术：

> (1)《诸子》　驺子养政于天文。②

① 杨明照：《增订文心雕龙校注》，北京，中华书局，2000：539页。

② 杨明照：《增订文心雕龙校注》，北京，中华书局，2000：229页。

(2)《诸子》 邹子之说，心奢而辞壮。①

(3)《时序》 邹子以谈天飞誉，驺奭以雕龙驰响。②

从引文来看，《文心雕龙》对“谈天雕龙”颇为赞赏。刘勰说文章的“雕缛”只来自文章的本源，即天地自然，但是，《原道》篇“文源于道”，文采源于自然的说法，是刘勰从哲学原理的高度论述的，在他之前，没有人做到这一点，这是他的理论独创，意义非凡。同时还要看到，刘勰对驺衍与驺奭“谈天雕龙”的言说内容虽有不满，但在确定书名时又不得不借鉴之。从原理上讲，因为从自然万物的形文、声文到“有心之器”的人文、情文，无一不是文采彪炳的。“谈天雕龙”的言说，与出自“自然之道”的文章，在“心哉美矣”的美感修饰意义上是一致的，故而同名“雕龙”，取其外饰灿然、美轮美奂的共性。刘勰之所以贬斥“谈天雕龙”之说，是因为其内容迂怪虚妄，这与“丽辞雅义”的雅丽文学思想观念不合。

据司马迁《史记·孟子荀卿列传》载，“齐有三驺子”，即驺忌、驺衍、驺奭。“邹”与“驺”通，因此也可称之为邹忌、邹衍、邹奭。《史记》说到邹衍“谈天”，以迂回虚诞之言游说干政，名利双收，大行其道；而邹奭学习言语艺术于邹衍，得其精妙，雕琢言辞，精美得体，故称“雕龙”。上述三人，是儒家言语大师孔子“正名正言”地坚守礼法与孟子“直言雄辩”的忠言逆耳的言语艺术所不能望其项背的，至少在言说效果上是这样的。刘勰指出，屈原楚辞的创作，与战国纵横家飞辩之术有直接关系。这里的纵横飞辩，是泛指战国时代诸子善辩的特征，而以纵横家为主要代表。《文心雕龙》推崇的纵横家主要代表人物有鬼谷子、苏秦、张仪等人：

《哀吊》 及晋筑虒台，齐袭燕城，史赵、苏秦，翻贺为吊：虐民构敌，亦亡之道。③

① 杨明照：《增订文心雕龙校注》，北京，中华书局，2000：230页。

② 杨明照：《增订文心雕龙校注》，北京，中华书局，2000：539页。

③ 杨明照：《增订文心雕龙校注》，北京，中华书局，2000：168页。

《诸子》 鬼谷唇吻以策勋。①

《诸子》 鬼谷眇眇，每环奥义。②

《论说》 暨战国争雄，辨士云涌；从横参谋，长短角势。《转丸》骋其巧辞，《飞钳》伏其精术。一人之辨，重于九鼎之宝；三寸之舌，强于百万之师。六印磊落以佩，五都隐赈而封。③

《檄移》 檄者，皦也；宣露于外，皦然明白也。张仪檄楚，书以尺二。明白之文，或称露布，播诸视听也。④

《才略》 战代任武，而文士不绝：……范雎上书密而至，苏秦历说壮而中。⑤

纵横家作为吊体、檄文、论说等文体论专篇的代表，为这些文体的发展做出了贡献；在先秦诸子百家中，纵横家鬼谷子的著作独具特色，演说技法位居第一，他培养的学生苏秦、张仪等⑥纵横天下：苏秦游说山东各国组建合纵联盟，意图攻灭秦国，故能“六印磊落以佩”；张仪提出远交近攻之法，秦、齐连横，瓦解了合纵联盟，所以“五都隐赈而封”。世称纵横家“一怒而诸侯惧，安居而天下熄”，他们立言立功，名垂青史，从文人政治、为文致用的角度说，纵横家排名诸子第一。

推而论之，纵观先秦诸子的言语艺术，有以下几个鲜明的特点：

第一，儒家本就重视辩论与言语修养，但整体上用之则缺。这从《论语》《孟子》《史记·孔子世家》与《史记·仲尼弟子列传》等文献可以清

① 杨明照：《增订文心雕龙校注》，北京，中华书局，2000：229 页。
② 杨明照：《增订文心雕龙校注》，北京，中华书局，2000：230 页。
③ 杨明照：《增订文心雕龙校注》，北京，中华书局，2000：247 页。
④ 杨明照：《增订文心雕龙校注》，北京，中华书局，2000：281 页。
⑤ 杨明照：《增订文心雕龙校注》，北京，中华书局，2000：574 页。
⑥ 传说鬼谷子学究天人，而且精通兵法，先后培养出了苏秦、张仪等纵横家代表，庞涓、孙膑等兵家代表，商鞅等法家代表，本人则神龙见首不见尾，极具神秘色彩，但根据历史纪年稍作推断可知，上述名人之间生卒年间隔太大，即使是苏秦与张仪也并非同时代的人物。笔者认为：上述名人是真实存在的，但将纵横家、兵家、法家、谋略家各家名人尽归鬼谷子门下或一脉，主要是民族心理中的造神运动心态形成的，鬼谷子已经是一个神话传说式的人物，而越是高大上的传说与人物，就越被人相信，地位也越高。

楚地看出来。孔门四科之中，“言语”科居于第二位，学言为政，孔子及其学生是高度重视语言修养的。可惜的是孔子正礼、正言、正行的观念限制了他与弟子在语言艺术上的进一步修养。儒家言语艺术发展到孟子时，已经使孟子成为战国诸子中最善于言词辩论的能手。简言之，儒家论辩艺术是非常厉害的，受限于政治主张与肩担道义、匡扶天下的思想，从整体上看，在技巧上不如诸子各家，在功用上事倍功半。

第二，战国时期，各家主张要想得到施行，都必须走游说诸侯以求“得用”这座独木桥，因此，论辩艺术就成为各家皆修的群体艺术，呈现出繁荣昌盛的浩瀚之势。《文心雕龙·诸子》篇说：

> 逮及七国力政，俊乂蜂起。孟轲膺儒以磬折，庄周述道以翱翔；墨翟执俭确之教，尹文课名实之符；野老治国于地利，驺子养政于天文；申、商刀锯以制理，鬼谷唇吻以策勋；尸佼兼总于杂术，青史曲缀于街谈。承流而枝附者，不可胜算，并飞辩以驰术，餍禄而馀荣矣。①

上段涉及儒家、道家、墨家、法家、阴阳家、兵家、小说家等十家，并未概括完战国诸子，而是举例论述的典型。刘勰将孟子列为各家之首，对他维护儒家地位的论辩主张极为赞赏；对主张避世隐逸的道家与兼爱非攻的墨家，都从他们精彩的语言艺术修养上赞美之。《墨子》书中对儒家礼乐的责难，全面深刻，尤其是入选中学语文课本的《公输》一文，墨子与楚王论辩，设套用喻，同时义正词严，将楚王说得哑口无言。《庄子》一书，以“无端崖之辞”著称，今人以汪洋恣肆目之，其说想象丰富，瑰丽神奇。法家中未列于此段的韩非子，其论辩艺术比喻生动，说理深刻，言辞尖利。《文心雕龙·情采》篇说：“庄周云‘辩雕万物’，谓藻饰也。韩非云‘艳乎辩说’，谓绮丽也。”② 直接将庄子和韩非子的言论用来论述“辩丽本于情性”

---

① 杨明照：《增订文心雕龙校注》，北京，中华书局，2000：229 页。
② 杨明照：《增订文心雕龙校注》，北京，中华书局，2000：415 页。

之“辩”在文学语言上对“丽”的影响作用。总的说来，刘勰对法家的严酷言论、对名家的名实诡辩略有不满，《诸子》篇说他们“弃孝废仁”“辞巧理拙”，偏离正道太远了。从文学史的角度来说，刘勰取法战国之“飞辩”，是对文学发展由“言”到“文”这一“尚丽”规律的准确把握。

第三，阴阳家、纵横家是战国诸子中极擅长进行“诡丽”论辩的两家，刘勰对他们的评价很高，总体归于纵横一家来论述之。这个评价的得出，一个重要的原因是，这两家游说干政最为成功，是为政致用的典型。《论说》篇说道：

> 暨战国争雄，辨（按：同辩）士云涌；从横参谋，长短角势。《转丸》骋其巧辞，《飞钳》伏其精术。一人之辨，重于九鼎之宝；三寸之舌，强于百万之师。六印磊落以佩，五都隐（按：同殷）赈而封。①

刘勰盛赞的“《转丸》骋其巧辞，《飞钳》伏其精术”两篇，是《鬼谷子》一书中专论辩论技法的文章，《飞钳》一篇今存，《转丸》已经散佚。刘勰谈论战国纵横家，往典型代表上说，主要就是在谈论鬼谷子及其弟子这一家。而战国纵横家的高手，从言语到政绩，当以苏秦、张仪为代表，《史记》《战国策》等文献对他们的言论艺术有详细的记载。“六印磊落以佩”指苏秦合纵成功，身佩六国相印的空前绝后；“五都隐赈而封”指张仪连横成功，挫败合纵之后受封五城的伟绩。至于“一人之辨，重于九鼎之宝；三寸之舌，强于百万之师”句中的两人，前指东周朝臣颜率，后指赵国志士毛遂，他们都以自己的口舌辩辞办到了百万军队也难以完成的大事。刘勰称赞上述诸子，除了他们的口舌之利外，主要还是因为他们为国立功、言语致用所建立的巨大功绩。因为在刘勰思想深处，为文致用的思想根深蒂固，《征圣》篇“贵文”主张与《程器》篇“梓才”思想是其集中表现。

---

① 杨明照：《增订文心雕龙校注》，北京，中华书局，2000：247页。

第四，正是因为看到了儒家言语艺术的运用弱点，刘勰才大胆地开拓视野，跳出儒家雅正的思想标准，联系到被孟子痛骂过的纵横家在语言艺术上言而有效的优点，以其游说诸侯的主客问答形式、宏大巨丽的言说内容、诡辩奇异的思想变化、随时得用的效果指向，作为屈宋楚辞的重要来源。当然，语言不是直接就能转化成楚辞的，这需要一个中介，一个代表人物，来实现从语言到文学的转化，屈原就是这个代表。

据《史记·屈原贾生列传》载，屈原本人就是楚国大臣中极善言辞的语言高手。《屈原列传》先后三次谈到了屈原高超的语言能力，比较明显的直接评价就有两次。第一次是在该文开头，司马迁说：

> 屈原者，名平，楚之同姓也。为楚怀王左徒。博闻强志，明于治乱，娴于辞令。入则与王图议国事，以出号令；出则接遇宾客，应对诸侯。王甚任之。①

屈原娴于辞令，在内政方面图议国事，以出号令，外交方面接遇宾客，应对诸侯，有相当的语言技巧与口才优势。第三次是在屈原死后，司马迁谈到他的影响时又说：

> 屈原既死之后，楚有宋玉、唐勒、景差之徒者，皆好辞而以赋见称。然皆祖屈原之从容辞令，终莫敢直谏。②

学术界对于“皆好辞而以赋见称”一句中“辞”与“赋”之所指，是有争议的：有的认为这个“辞”就是“从容辞令”，即言语艺术；有的认为是指文学体裁之“辞体”而非言辞；有的研究者从《史记》全书“辞令”含义解读与屈赋篇章的旁证得出结论，说这个“辞”就是“辞令”，不是辞赋体裁。笔者曾撰文辨析这个问题，认为第三个结论是对的。其实，不管这个结论是否正确，屈原长于辞令的事实，是可以肯定的。第二次则比较间接，张

① （汉）司马迁：《史记》（影印本），北京，中华书局，1997：2481 页。
② （汉）司马迁：《史记》（影印本），北京，中华书局，1997：2491 页。

仪凭借三寸不烂之舌与积极笼络人心的手段策略，在楚国宫中予取予求并成功开溜之后，《屈传》曰：

> 是时屈原既疏，不复在位。使于齐，顾反，谏怀王曰："何不杀张仪?"怀王悔，追张仪，不及。①

唯有屈原，才识破了张仪的诡计。这固然有屈原忠君爱国、满腔正气的刚直原因，也与他"应对诸侯"时修养的言语策略艺术与敏锐洞察力有莫大关系。经他一提醒，楚王恍然大悟，觉得屈原是对的。

《文心雕龙》非常重视"辩"辞的作用和功能。《总术》曰："辩者昭晰。"思辩、论辩可以使人写文章思路清晰，条理分明，这是刘勰总结为文之术得出的重要结论之一。清楚明白的文风是一种优良的风格，"虞夏质而辨"（《通变》）就是刘勰"雅丽"观念之"雅"的重要内容之一。刘勰同时认为，长于辩论是一个人精神气质旺盛的体现，是文学创作新变出彩的重要原因，《杂文》说："智术之子，博雅之人，藻溢于辞，辩盈乎气。苑囿文情，故日新而殊致。"② 这实际上是他"文如其人"观点的变通说法，重视主体气质的修养和精气的保养，在《体性》《风骨》《养气》等篇中多次谈到这个问题。屈原高超的语言修养和技法运用，这对他的楚辞创作是有积极作用的。《辨骚》说：

> 故论其典诰则如彼，语其夸诞则如此。固知《楚辞》者，体宪于三代，而风杂于战国，乃《雅》《颂》之博徒，而词赋之英杰也。观其骨鲠所树，肌肤所附，虽取镕《经》旨，亦自铸伟辞。③

刘勰在此提出了屈原《楚辞》的两个来源："体宪于三代，风杂于战国"，是上古三代典诰之体与战国夸诞之风的产物。在这两个来源中，很显然，所谓的"体宪于三代"不过是强说之辞，楚辞哪里体现了上古三代《尚书》

---

① （汉）司马迁：《史记》（影印本），北京，中华书局，1997：2483 页。
② 杨明照：《增订文心雕龙校注》，北京，中华书局，2000：180 页。
③ 杨明照：《增订文心雕龙校注》，北京，中华书局，2000：51 页。

的“典诰之体”呢？刘勰“征言”求证，得到的是《楚辞》“陈尧舜之耿介，称禹汤之祇敬”（《辨骚》），也就是说，在内容上有关于尧、舜、禹、汤的赞美描写，这是“取镕《经》旨”的内容，而不是取法经典的“典诰之体”。楚辞真正的特点，是“自铸伟辞”，这个“伟辞”，是“风杂于战国”的“夸诞”言说。《辨骚》说楚辞语言之“诡异”：

至于托云龙，说迂怪；驾丰隆，求宓妃；凭鸩鸟，媒娀女，诡异之辞也。①

这是完全虚构不实的有关神仙鬼怪的虚辞滥说，显然，这些“诡异之辞”一方面是神话传说的夸饰描写，另一方面就是从战国诸子辩说艺术中借鉴而来的虚诞之言。神话传说与虚言辩说成为以《离骚》为代表的楚辞这一“奇文”能够“自铸伟辞”的两大因素。

楚辞而外，从言说方式的影响来看，邹衍“迂怪不经”的言辞内容与邹奭“雕龙”精美的语言艺术对汉大赋艳丽的风格美显然有直接的影响。《汉书·扬雄传》说：“雄以为赋者……必推类而言，极丽靡之辞，闳侈巨衍，竞于使人不能加也。”② 极尽夸饰之能事，穷尽描写之靡丽，这是汉赋最显著的特点，蜀中名家司马相如、扬雄的赋作最明显地表现了这一特点。同时，相如与扬雄不仅在大赋创作实践上以“巨丽”著称，二人还都是汉赋创作的主要理论家。《西京杂记》卷二载司马相如论述赋的写作：“司马相如为上林子虚赋……其友人盛览……尝问以作赋。相如曰：‘合綦组以成文，列锦绣而为质。一经一纬，一宫一商。此赋之迹也。’”③ 司马相如“綦组锦绣、文质经纬”说的核心，就是汉赋华丽的特点。这个特点，从源头上讲，最主要的就是从齐国邹子而来；纵横家诡辩之术，对此也产生了积

① 杨明照：《增订文心雕龙校注》，北京，中华书局，2000：51－52页。杨先生《增订文心雕龙校注》一书为“丰隆求宓妃，鸩鸟媒娀女”，经过反复阅读推敲，此处采用戚良德先生《文心雕龙校注通译》一书中所校对的语句，特此说明。

② （汉）班固：《汉书》（影印本），北京，中华书局，1997：3575页。

③ 成林、程章灿：《西京杂记全译》，贵州，贵州人民出版社，1993：66－67页。

极的影响；而楚辞“奇丽”的创作，对此则有示范作用。

同时，阴阳家“止乎仁义节俭”的主旨表达，对后代汉赋“曲终奏雅”、卒章显志的写作方式产生了积极的影响。邹衍虚辞滥说的目的，当然有求功名、搏利益的动因，但是其规讽主旨，则是与后代辞赋一样的。《汉书·司马相如列传·赞》曰：

> 司马迁称：“《春秋》推见至隐，《易》本隐以之显，《大雅》言王公大人，而德逮黎庶，《小雅》讥小己之得失，其流及上。所言虽殊，其合德一也。相如虽多虚辞滥说，然要其归引之于节俭，此亦《诗》之风谏何异？”扬雄以为靡丽之赋，劝百而讽一，犹骋郑卫之声，曲终而奏雅，不已戏乎！①

相如赋怀有“《诗》之风谏”，将写给帝王看的赋作当上书用，写作宗旨是希望“引之于节俭”，所以，虽然“虚辞滥说”甚多，精神实质与邹衍一样，是值得褒赞的。据《史记·司马相如列传》记载，相如早岁写有《子虚赋》，后来汉武帝“读子虚赋而善之”，蜀人杨得意借机推荐，相如遂为汉武帝上《天子游猎赋》：“其卒章归之於节俭，因以风谏。奏之天子，天子大说。”② 相如献赋的目的，不是仅仅为了取悦汉武帝，而是夸饰天子上林广大，虚言楚国云梦所有，“侈靡过其实，且非义理所尚，故删取其要，归正道而论之”。③ 其后相如得用，作《难蜀父老》，其目的仍是“已诘难之，以风天子”；④ 稍后，相如上疏讽谏汉武帝“好击熊彘，驰逐野兽”⑤之举；还过宜春宫时，又“奏赋以哀二世行失”。⑥ 上述作品的基本目的，

① （汉）班固：《汉书》（影印本），北京，中华书局，1997：2609 页。说明：本段文字几乎与《史记·司马相如列传》的赞语一模一样，显然是从《史记》中抄出来的。另，据熊良智教授指导：《史记》中又杂有扬雄评价司马相如赋的句子，这又是后人传抄过程中羼进去的。古书流传过程中这样的现象不少。

② （汉）司马迁：《史记》（影印本），北京，中华书局，1997：3002 页。

③ （汉）司马迁：《史记》（影印本），北京，中华书局，1997：3043 页。

④ （汉）司马迁：《史记》（影印本），北京，中华书局，1997：3048 页。

⑤ （汉）司马迁：《史记》（影印本），北京，中华书局，1997：3053 页。

⑥ （汉）司马迁：《史记》（影印本），北京，中华书局，1997：3054 页。

都是借文章以求讽谏，希望尽人臣之事，规君王之行。这与儒家诗文的讽谏精神是一样的，而且正是采用了“主文而谲谏”的温和委婉的进谏方式。①可惜相如赋宏大巨丽，描写精彩生动，声色动人耳目，因此，往往收不到想要的进谏结果。《史记·司马相如列传》载：

> 天子既美子虚之事，相如见上好仙道，因曰：“上林之事未足美也，尚有靡者。臣尝为大人赋，未就，请具而奏之。”相如以为列仙之传居山泽间，形容甚臞，此非帝王之仙意也，乃遂就大人赋。②

正是这篇赋，不仅没有收到良好的婉转进言的效果，还被扬雄作为“文丽用寡”的典型代表，遭到了批评。《汉书·扬雄传》：

> 雄以为赋者，将以风之也……既乃归之于正，然览者已过矣。往时武帝好神仙，相如上《大人赋》，欲以风，帝反缥缥有陵云之志。由是言之，赋劝而不止，明矣。③

赋的写作太过靡丽，④ 语词虚诞，不着边际，美则美矣，主题被冲得很淡，到了“曲终奏雅”的时候，读者已经不知道你要说什么忠言建议了，反而被那些奇思妙想、闳侈巨衍的夸饰描写完全吸引了。司马相如苦心经营的《大人赋》，比《子虚赋》《上林赋》更加绮靡虚诞，其用意本来是想借此

---

① 曾有研究者指出司马相如赋作的思想倾向与儒家文艺思想大相径庭，但是从《史记·司马相如列传》的上述征引来看，司马相如赋的创作目的、规讽主旨与儒家文论主张是一致的，对此，李凯教授《司马相如与儒学》《司马相如文艺思想与儒家文艺思想大相径庭吗?》等专文阐述甚详，可参。至于为什么会出现“文丽用寡”的结果，这不是作为作家的司马相如能完全决定得了的：《文心雕龙》主张“隐篇秀句”，“隐”篇章之主旨，“秀”篇中之佳句，相如赋正是“隐篇秀句”的佳作，或许其“隐”主旨太过，故有“劝而不止”之弊；而采用“隐”篇章之主旨的写法，与作赋歌功颂德（当下时尚）和（特定读者）汉武帝好大喜功也有一定关系。

② （汉）司马迁：《史记》（影印本），北京，中华书局，1997：3056 页。

③ （汉）班固：《汉书》（影印本），北京，中华书局，1997：3575 页。

④ “赋”在此处主要指相如赋与扬雄诸赋。扬雄青壮年时仰慕相如，于是模拟相如赋作，写了一系列辞赋作品，声名鹊起。其后因仕途不畅，又见赋家地位低下，赋作功能有限，遂有此说。事见《汉书·扬雄传》。

提醒汉武帝不要铺张浪费，结果却适得其反。《文心雕龙·风骨》篇说此："相如赋仙，气号'凌云'，'蔚为辞宗'，乃其风力遒也。"①《大人赋》感染力巨大，生动之气充盈满篇，这就是"风力"遒劲的优秀作品，刘勰抛开虚诞的内容不论，而对其审美特征大加赞赏。扬雄"文丽用寡"一说，是真实地反映了相如赋巨丽而不实用的特点。从文人干政的角度看，扬雄是有道理的；从文学审美的角度看，汉赋则是历代文学中最为壮丽的。

第四节　法家思想的影响

法家思想及其治国策略，是促使秦国由弱变强灭掉六国的最主要原因，然而物极必反的不能适度，也是促使秦国迅速崩溃并很快灭亡的客观原因之一。《文心雕龙》书中若干次谈论到"法家辞气"及其代表作家李斯等人，因此，法家思想对先秦文学，尤其是秦国文学，是发生了很大影响的。并且这种影响的余绪，一直延续到汉代文学，对汉代文学的兴盛，是起了积极作用的。同时，刘勰的文学发展基本观点之一，是文学的"崇替"受时代政治思潮与帝王"在选"因素的影响，秦国文学是刘勰眼中文学不兴、质木无文的反面典型。因此，法家思想对刘勰是产生了一些影响的。其论如下：

《论说》　魏之初霸，术兼名法。②

《封禅》　秦皇铭岱，文自李斯；法家辞气，体乏弘润；然疏而能壮，亦彼时之绝采也。③

《奏启》　秦始立奏，而法家少文。观王绾之奏勋德，辞质而义近；李斯之奏骊山，事略而意径：政无膏润，形于篇章矣。④

《奏启》　是以立范运衡，宜明体要。必使理有典刑，辞有风

① 杨明照：《增订文心雕龙校注》，北京，中华书局，2000：388页。
② 杨明照：《增订文心雕龙校注》，北京，中华书局，2000：246页。
③ 杨明照：《增订文心雕龙校注》，北京，中华书局，2000：295页。
④ 杨明照：《增订文心雕龙校注》，北京，中华书局，2000：317页。

轨；总法家之裁，秉儒家之文。“不畏强御”，气流墨中；“无纵诡随”，声动简外：乃称绝席之雄，直方之举耳。①

《议对》 及赵灵胡服，而季父争论；商鞅变法，而甘龙交辩：虽宪章无算，而同异足观。②

《书记》 申宪述兵，则有律、令、法、制。③

《书记》 律者，中也。黄钟调起，五音以正；法律驭民，八刑克平。以律为名，取中正也。令者，命也。出命申禁，有若自天；管仲下令如流水，使民从也。法者，象也。兵谋无方，而奇正有象，故曰法也。制者，裁也。上行于下，如匠之制器也。④

在刘勰看来，法家依法治国，严明赏罚，等级森严，甚至严刑峻法，是一点都不可爱的。《诸子》篇说法家“申、商刀锯以制理”，“至如商、韩，‘六虱’、‘五蠹’，弃孝废仁；轘药之祸，非虚至也。”在秦国历史上的著名法家人物，如商鞅、韩非、李斯等人，其下场都是死于非命，但他们都留下了思想著作或文学作品，其中以韩非在秦国时间最短而思想影响最大，李斯作品丰富多样而才学与成就最高。《文心雕龙》对李斯的评价非常之高，甚至按照《风骨》篇文学何以具有“风骨”的评价标准来看，全书仅有两人的作品符合刘勰设定的“风”“骨”兼备的标准，这两人一个是郭璞，另一个就是李斯。

《文心雕龙》对李斯的评价主要有以下八处：

《论说》 范雎之言疑事，李斯之止逐客，并顺情入机，动言中务；虽批逆鳞，而功成计合，此上书之善说也。⑤

《封禅》 秦皇铭岱，文自李斯；法家辞气，体乏弘润；然疏

① 杨明照：《增订文心雕龙校注》，北京，中华书局，2000：318 页。
② 杨明照：《增订文心雕龙校注》，北京，中华书局，2000：332 页。
③ 杨明照：《增订文心雕龙校注》，北京，中华书局，2000：347 页。
④ 杨明照：《增订文心雕龙校注》，北京，中华书局，2000：347－348 页。
⑤ 杨明照：《增订文心雕龙校注》，北京，中华书局，2000：247 页。

而能壮，亦彼时之绝采也。①

《奏启》 李斯之奏骊山，事略而意径；政无膏润，形于篇章矣。②

《事类》 相如《上林》，撮引李斯之书，此万分之一会也。③

《练字》 及李斯删籀而秦篆兴，程邈造隶而古文废。④

《练字》 夫《尔雅》者，孔徒之所纂，而《诗》《书》之襟带也；《仓颉》者，李斯之所辑，而史籀之遗体也。《雅》以渊源诂训，《颉》以苑囿奇文；异体相资，如左右肩股，该旧而知新，亦可以属文。⑤

《指瑕》 崔瑗之诔李公，比行于黄虞；向秀之赋嵇生，方罪于李斯，与其失也，虽"宁僭无滥"，然高厚之诗，不类甚矣。⑥

《才略》 乐毅报书辨以义，范雎上书密而至，苏秦历说壮而中，李斯自奏丽而动。若在文世，则扬班俦矣。⑦

上述评价非常之高，李斯不仅文章写得好，对于文学发展所必需的文字小学功夫也极为精深，是一位才学双绝的政治家、文学家和学者（李斯是著名的书法家与书法理论家）。郭璞、李斯二人在各自的时代独领风骚，李斯作品虽有"法家辞气"的不足，但内容质实，且"自奏丽而动"，郭璞《仙诗》"飘飘而凌云"，对比《风骨》所论可知，二作实为有"风骨"之美的优秀作品；《风骨》篇以"骨髓峻"与"风力遒"衡量文学之"风骨"美，笔者遍查全书近两百位作家，能将"风"与"骨"兼备的作家，李斯、郭璞是其中的代表。

---

① 杨明照：《增订文心雕龙校注》，北京，中华书局，2000：295 页。
② 杨明照：《增订文心雕龙校注》，北京，中华书局，2000：317 页。
③ 杨明照：《增订文心雕龙校注》，北京，中华书局，2000：473 页。
④ 杨明照：《增订文心雕龙校注》，北京，中华书局，2000：484 页。
⑤ 杨明照：《增订文心雕龙校注》，北京，中华书局，2000：485 页。
⑥ 杨明照：《增订文心雕龙校注》，北京，中华书局，2000：500 页。
⑦ 杨明照：《增订文心雕龙校注》，北京，中华书局，2000：574 页。

最紧要的是，讲究秩序，追求法度，这是法家思想对刘勰的极大启示。这个启示，与刘勰受儒家礼乐制度的秩序法度影响，心中追求的文学发展“尚法”模式暗合。故而刘勰论文，时时以“法”为要：

《史传》　自周命维新，姬公定法。①

《史传》　比尧称典，则位杂中贤；法孔题经，则文非元圣。②

《史传》　汉运所值，难为后法。③

《诸子》　扬雄《法言》……归乎诸子。④

《诏策》　“眚灾肆赦”，则文有春露之滋；明罚敕法，则辞有秋霜之烈：此诏策之大略也。⑤

《奏启》　秦之御史，职主文法；汉置中丞，总司按劾。⑥

《通变》　望今制奇，参古定法。⑦

《定势》　自近代辞人，率好诡巧。原其为体，讹势所变；厌黩旧式，故穿凿取新。察其讹意，似难而实无他术也，反正而已。故文反正为乏，辞反正为奇。效奇之法，必颠倒文句；上字而抑下，中辞而出外：回互不常，则新色耳。⑧

《声律》　古之教歌，先揆以法，使疾呼中宫，徐呼中征。⑨

《丽辞》　自扬、马、张、蔡，崇盛丽辞：如宋画吴冶，刻形镂法，丽句与深采并流，偶意共逸韵俱发。⑩

《练字》　汉初草律，明著厥法：太史学童，教试六体；又吏

---

① 杨明照：《增订文心雕龙校注》，北京，中华书局，2000：205 页。
② 杨明照：《增订文心雕龙校注》，北京，中华书局，2000：206 页。
③ 同上。
④ 杨明照：《增订文心雕龙校注》，北京，中华书局，2000：230 页。
⑤ 杨明照：《增订文心雕龙校注》，北京，中华书局，2000：265 页。
⑥ 杨明照：《增订文心雕龙校注》，北京，中华书局，2000：318 页。
⑦ 杨明照：《增订文心雕龙校注》，北京，中华书局，2000：398 页。
⑧ 杨明照：《增订文心雕龙校注》，北京，中华书局，2000：407 页。
⑨ 杨明照：《增订文心雕龙校注》，北京，中华书局，2000：431 页。
⑩ 杨明照：《增订文心雕龙校注》，北京，中华书局，2000：447 页。

民上书，字谬辄劾。①

《附会》 是以驷牡异力，而六辔如琴；驭文之法，有似于此：去留随心，修短在手；齐其步骤，总辔而已。②

《才略》 及乎春秋大夫，则修辞聘会，磊落如琅玕之圃，焜耀似缛锦之肆。薳敖择楚国之令典，随会讲晋国之礼法。③

刘勰主张“参古定法”，研究“驭文之法”，反对“效奇之法”，这样才能够“执正驭奇”，因而“执术驭篇”。他对古人教歌之法、崇盛丽辞之法、修辞聘会之法、法孔题“经”之举非常赞赏。尤其是在文学发展的制度建设与秩序确立上，对秦代汉代设置专门官吏“职主文法”的制度规定、对汉代重视文学重视文字书写规范的“明著厥法”的法律规定相当赞赏，而对史书中为妇女立传这样不合礼法的写作现象大加贬斥，认为是“汉运所值，难为后法”。从这些“尚法”的文学观念中，我们可以看出刘勰受法家影响的痕迹，更可以看出他为了寻找文学发展之正途所做的艰辛努力与积极探索。当然，要说明的是，法家思想虽然部分开启了刘勰的“尚法”文学观念，但只是刘勰取法的辅助对象，不是主流。刘勰论文尚法，主要还是来自《荀子》一书尚法论术的影响。

第五节　兵家思想的影响

法家之外，《文心雕龙》对兵家思想也有采撷，并自如地运用到了文学评论中去。詹锳先生在《文心雕龙的风格学》一书中曾谈到刘勰向兵家思想取法的两个例子：一是《定势》取材于《孙子兵法》之《兵势》一篇；二是《程器》主张的“文武之术，左右惟宜。郤縠敦《书》，故举为元帅，

① 杨明照：《增订文心雕龙校注》，北京，中华书局，2000：484 页。
② 杨明照：《增订文心雕龙校注》，北京，中华书局，2000：520 页。
③ 杨明照：《增订文心雕龙校注》，北京，中华书局，2000：574 页。

岂以好文而不练武哉？孙武《兵经》，辞如珠玉，岂以习武而不晓文也”的观点以及同篇“摛文必在纬军国，负重必在任栋梁”的观点。这两个例子都含有明显的兵家思想。詹锳先生的论述较详，对笔者很有启发意义。笔者要指出的是，刘勰《定势》《程器》两篇专题论述的取法对象，除了兵家外，主要还是在儒家。《定势》篇主要还是取法于道家“自然”理论与儒家主张“执正”而“兼解俱通”的思想，是在《宗经》《体性》基础上深化的文体风格论述。况且，“兵势”之论，虽有道理，但另有一“势”之说，事实上与文体风格之“势”更为接近，这就是书法“笔势”理论。① 自李斯、蔡邕、王羲之以下，书法理论中论述笔势的文章与见解是非常之多的，其核心，就在于笔由心生、顺势而发的字形书写之奇正疏密、变化可控。而《程器》一篇，如刘永济先生与其他先生所论，刘勰是在自述衷情，是为了求得以文干政之途，其愤懑与自勉之辞，多与敷赞孔孟政治功德与“穷则独善，达则兼济”的精神有关。

当然，兵家“尚法”，更在“尚法”的基础上“尚变”、“尚奇”、追求“诡道”，这些思想经过转化，本来也应该是文学写作题中应有之义，与文学追求新奇、追求变化、讲究新颖写法、拓展新的题材等方面都有相通之处。笔者以为，尤其是写作思维的非线性无序变化与灵感思维的稍纵即逝，如何把握、如何掌控？更与“水无常形，兵无常势”思想高度一致。说兵家思想对《文心雕龙》论述的写作之道有一定影响，是对的。

但是，兵家思想对《文心雕龙》的影响主要不是体现在《定势》《程器》篇中的，这两篇的兵家思想并不多。《汉书·艺文志》论兵家，共分权谋、技巧等四类来谈：一是权谋，“权谋者，以正守国，以奇用兵，先计而后战，兼形势，包阴阳，用技巧者也”。二是形势，“形势者，雷动风举，后发而先至，离合背乡，变化无常，以轻疾制敌者也”。三是阴阳，“阴阳

① 这一观点来自四川师范大学皮朝纲教授。皮先生精研传统美学与禅宗美学，对上述领域内的书画美学文献资料掌握十分充分，多次对笔者谈到过上述意见。

者，顺时而发，推刑德，随斗击，因五胜，假鬼神而为助者也”。四是技巧，“技巧者，习手足，便器械，积机关，以立攻守之胜者也”。在分述以上四大方面及其代表性著作基础上，提出对兵家及其文献的总论：

> 兵家者，盖出古司马之职，王官之武备也。《洪范》八政，八曰师。孔子曰为国者“足食足兵”，“以不教民战，是谓弃之”，明兵之重也。《易》曰“古者弦木为弧，剡木为矢，弧矢之利，以威天下”，其用上矣。后世燿金为刃，割革为甲，器械甚备。下及汤、武受命，以师克乱而济百姓，动之以仁义，行之以礼让，《司马法》是其遗事也。自春秋至于战国，出奇设伏，变诈之兵并作。汉兴，张良、韩信序次兵法，凡百八十二家，删取要用，定著三十五家。诸吕用事而盗取之。武帝时，军政杨仆捃摭遗逸，纪奏兵录，犹未能备。至于孝成，命任宏论次兵书为四种。①

在《文心雕龙》全书中，《檄移》篇是完全表现兵家思想与军旅公文的一篇专文。刘睿指出：《檄移》篇中所透露出来的关于军事战争的观点，如重视心理战，重视民心向背的问题，认为应该师出有名，在具体的军事行动中，应该授权予将，在作战前要具体分析战争形势，不能盲目出军，战争中可以使用计谋甚至诡诈之术等，这些观点都很清楚地显示出他受到兵家思想的巨大影响。② 除《檄移》篇中的论述外，全书在《程器》篇中有一处很重要的观点：“是以君子藏器，待时而动，发挥事业。固宜蓄素以弸中，散采以彪外；楩楠其质，豫章其干。摛文必在纬军国，负重必在任栋梁；穷则独善以垂文，达则奉时以骋绩：若此文人，应梓材之士矣。”③ 这段话表明：文人学文，最主要的目的是“待时而动，发挥事业”，学文的就是为了“纬军国”，文人要成为文武双全的栋梁之才。文学的功能，是学以致用，建功

---

① （汉）班固：《汉书》（影印本），北京，中华书局，1997：1762－1763页。
② 刘睿：《从〈文心雕龙·檄移〉看刘勰的军事思想》，《潍坊教育学院学报》，2010（2）。
③ 杨明照：《增订文心雕龙校注》，北京，中华书局，2000：599页。

立业。这显然深受曹丕《典论·论文》中“文章乃经国之大业，不朽之盛事”的影响。刘勰著文，不仅是君子立言不朽的追求，还有直接为军国大业服务的意识。

除去这一专篇，《文心雕龙》直接论述“师”“战”“征伐”“将相”的术语不少，而“兵”“军”“武”“谋”等专门术语最能直接表现兵家思想及其影响，刘勰直接论“兵”有八处，论“武”有四十八处，论“谋”有八处，其中有许多典型的例子，深受兵家思想的影响，比如：

《诸子》 昔东平求诸子、《史记》，而汉朝不与；盖以《史记》多兵谋，而诸子杂诡术也。①

《书记》 法者，象也。兵谋无方，而奇正有象，故曰法也。②

《程器》 文武之术，左右惟宜。郤縠敦《书》，故举为元帅，岂以好文而不练武哉？孙武《兵经》，辞如珠玉，岂以习武而不晓文也？③

与上述直接论述兵家思想的术语不同，“奇”这一术语不仅源出兵家，在《孙子兵法》中多有应用，而且与“正”对举，主张“奇正相生”，这一思想观念对《文心雕龙》产生了很大的影响。《孙子兵法·势篇》曰：

凡治众如治寡，分数是也；斗众如斗寡，形名是也；三军之众，可使必受敌而无败者，奇正是也；兵之所加，如以石段投卵者，虚实是也。

凡战者，以正合，以奇胜。故善出奇者，无穷如天地，不竭如江河。终而复始，日月是也。死而更生，四时是也。声不过五，五声之变，不可胜听也。色不过五，五色之变，不可胜观也。味不过五，五味之变，不可胜尝也。战势不过奇正，奇正之变，不可胜穷

---

① 杨明照：《增订文心雕龙校注》，北京，中华书局，2000年版，第230页。
② 杨明照：《增订文心雕龙校注》，北京，中华书局，2000：348页。
③ 杨明照：《增订文心雕龙校注》，北京，中华书局，2000：599页。

也。奇正相生，如循环之无端，孰能穷之？①

《孙子兵法》所论述的奇正关系，带有强烈的军事思维辩证法的特色，其理论渊源在《老子》中，《老子》第五十七章说："以正治国，以奇用兵，以无事取天下。"在中国哲学史上首次正式提出奇正关系。其后，孙武将这一思想吸收运用于兵法思想中，《孙子兵法》特别提倡用兵之奇，全书的核心在于"兵者，诡道也"（《始计篇》），用千变万化、出其不意的计谋来取得战争的胜利。《文心雕龙》将其引入文学批评领域，要求写文章也要讲究"奇"，要有奇文、奇采，刘勰论《离骚》是在《诗经》之后郁起之奇文，赞美屈原楚辞"惊采绝艳，难与并能"，因此，刘勰论"奇"，主要是与"正"相对并提的，《书记》："兵谋无方，而奇正有象。"对"正"赞美有加，对"奇"则有褒有贬。一方面赞美新奇、新颖的文章、手法和创作，但主要是借以批评文学创作的若干不良现象，如"奇辞""奇句"的出现与作家"爱奇"、效奇的修养或取法，并借此提出"执正驭奇"的理论主张。这从全书五十余次用"奇"之论，可以清晰地看出来，论略。

第六节　神秘文化的影响

《文心雕龙》对于神秘文化对文学的影响贯通全书，从《原道》到《序志》，累计论"神"五十一句，六十余次。在为数众多的"神"论之中，天地自然的运转规律、人文产生的神秘力量、超出人类认知的鬼神、庄严肃穆的神理、神奇的写作思维、作家主体的精神状态、高超入神的写作技法、自然物色的神奇瑰丽等，是《文心雕龙》神秘文化讨论的主要内容。很明显地，这些"神"论是以《周易》宇宙哲学为本源、写作各项因素为重点分别提出来的。其中，人文、经典、纬书与神灵祭祀、敬天法地所需要的各类文体为

① 中国人民解放军军事科学院战争理论研究部《孙子》注释小组：《孙子兵法新注》，北京，中华书局，1977：40－42页。

其主要载体，特别是后面几种文体，这些文体的共同特征是“丽而不经”。

纬书是刘勰重点批评的文体之一，这一文体，本就是神秘文化的产物：“原夫图箓之见，乃昊天休命，事以瑞圣，义非配经。”在这种情况下，方士为宣传迷信思想，大肆宣扬纬书：

> 于是伎数之士，附以诡术，或说阴阳，或序灾异，若鸟鸣似语，虫叶成字，篇条滋蔓，必假孔氏。通儒讨核，谓伪起哀平；东序秘宝，朱紫乱矣！

这些图箓符咒的东西，对文献典籍产生了混淆的错误作用，因为宣传皇权神秘力量之需，谶纬神学在东汉大行其道：

> 至于光武之世，笃信斯术。风化所靡，学者比肩。沛献集纬以通经，曹褒选谶以定礼，乖道谬典，亦已甚矣。是以桓谭疾其虚伪，尹敏戏其浮假，张衡发其僻谬，荀悦明其诡诞：四贤博练，论之精矣。

纬书的虚伪、浮假、僻谬、诡诞的特点，在思想内容上“乖道谬典”，不合经典正体，是需要批判的。刘勰认为“按经验纬，其伪有四”：

> 盖纬之成经，其犹织综，丝麻不杂，布帛乃成。今经正纬奇，倍摘千里，其伪一矣。经显，圣训也；纬隐，神教也。圣训宜广，神教宜约。而今纬多于经，神理更繁，其伪二矣。有命自天，乃称符谶，而八十一篇，皆托于孔子，则是尧造绿图，昌制丹书，其伪三矣。商周以前，图箓频见；春秋之末，群经方备；先纬后经，体乖织综，其伪四矣。伪既倍摘，则义异自明；经足训矣，纬何预焉？

纬书主要扮演的角色是这样的：犹如孔子口中的“朱紫之紫，雅郑之郑”，是讹滥、不雅、不经的东西。但是，纬书虽然内容荒诞不经，但是从来源上看，却是和经书一样的源于自然：

夫神道阐幽，天命微显，马龙出而大《易》兴，神龟见而《洪范》耀，故《系辞》称："河出图，洛出书，圣人则之。"斯之谓也。但世夐文隐，好生矫诞；真虽存矣，伪亦凭焉。

纬书是和《易》一样，是河图洛书的产物。只不过《易》由图箓走向文字，经圣人而成经典，历千岁而生众书。纬书一直在图箓符咒的圈子里打转转，所以有"六经彪炳，而纬候稠叠；《孝》《论》昭晰，而《钩》《谶》葳蕤"的结果。但是纬书文采绚烂，有助于文学的写作：

若乃羲农轩皞之源，山渎锺律之要，白鱼赤乌之符，黄金紫玉之瑞，事丰奇伟，辞富膏腴，无益经典，而有助文章。是以后来辞人，采摭英华。

在内容上，纬书不足为训，但是在艺术手法上，在文采之美上，纬书是后来文学尚丽的一个重要来源。任何事物都有两面性，纬书有这样的丽而不经、文采华美的优点，为后来辞人所学习效仿，这也成为后世文学讹滥绚丽、内容虚诞不经、想象丰富多姿的源头之一。

另外，《颂赞》《祝盟》《铭箴》《封禅》等文体论专题主要论述到上古至汉代敬天法地、宗庙祭祀、列国交政等礼仪、外交活动对文学发展的影响。这些神秘色彩极为浓厚的文体与作品，是文学"雅丽"因素的重要来源。"雅"指其内容规格，是政治制度下的产物，与王权君命息息相关，在功能上意义重大；"丽"指其祭祀言辞、敬奉亡灵与天地，是虚诞凭空的，成为后代想象力丰富、故事虚假、言辞讹滥之"丽"的取法对象。例如《史记》记载司马相如《封禅文》一篇，《封禅》篇对其大加赞美：

观相如《封禅》，蔚为唱首。尔其表权舆，序皇王，炳玄符，镜鸿业；驱前古于当今之下，腾休明于列圣之上；歌之以祯瑞，赞之以介丘：绝笔兹文，固维新之作也。

"鸿文""绝笔""维新"，是刘勰对这篇文章内容功能、文采新变的赞美核心。这三点，正是与辞赋类似的“巨丽”或“新变”之作。同篇又论述扬雄《剧秦美新》一文曰：

> 观《剧秦》为文，影写长卿，诡言遁辞，故兼包神怪；然骨制靡密，辞贯圆通，自称“极思”，无遗力矣。

扬雄在辞赋创作上极力追摹司马相如，在封禅文的写作上同样如此，也就是说，封禅文赞天美地，从李斯的七处刻石开始，就是有韵为文的美文丽文，就是讴歌皇命、兼包神怪的神秘祭祀文化“问苍穹要法则，回人间称老大”的产物。班固《典引》则在原来尚丽稍过的基础上回归尚雅的正途：

> 《典引》所叙，雅有懿采，历鉴前作，能执厥中；其致义会文，斐然馀巧。

通观刘勰对封禅文的若干评价，可以看出以下两个主要特点：一是崇尚美丽之文，内容不雅也可以，能做到既雅且丽更好；二是文体论二十多篇，其真正的排列先后的原因，并不是“先文后笔”的有韵文与无韵文的对立，而是按照文体功能与政治功能的从大到小的顺序，即其由重到轻的顺序来排列的。

上述纬书、祭祀类文体，均出自神秘文化与《周易》源头，可见，“河图洛书”“神理设教”“谁其尸之”“《易》惟谈天”，容易引发虚诞浮夸之风。在理论起源的哲学意义上，神秘文化与《周易》是作用巨大的；在具体文学写作的历时发展过程中，神秘文化与《周易》产生的这些文体往往是“丽而不雅”，以负面形象出现的。

第七节 佛学思想的影响

佛学自东汉传入中土以后，经历了由民间传播到结合政权的数百年时间，在六朝时极为兴盛。刘勰生活的齐梁时代，王公贵族、帝王将相不谈佛学者极少。在佛学昌盛的背景下，加上刘勰写作《文心雕龙》之前就已经投身上定林寺，依附当时名僧僧祐，并在其中完成该书的写作；并且《梁书》《南史》之《文学传》都谈到刘勰"博通经论""为文长于佛理"等特点，研究者往往据此来阐释《文心雕龙》的佛学思想；但是《文心雕龙》一书中，却极少佛教用语，范文澜、刘永济、杨明照、王运熙、周振甫等先生只谈到《论说》篇"般若"与"圆通"二语：

《论说》 然滞有者，全系于形用；贵无者，专守于寂寥。徒锐偏解，莫诣正理；动极神源，其般若之绝境乎？①

《论说》 故其义贵圆通，辞忌枝碎，必使心与理合，弥缝莫见其隙；辞共心密，敌人不知所乘：斯其要也。②

这两条，是诸家公认的《文心雕龙》佛教术语。既然佛教术语运用如此少，论述的问题又不是《文心雕龙》的主要哲学、文学或美学内容，当然无法据此得出佛学思想影响《文心雕龙》有多大的结论。我们只能说刘勰借鉴了极少的佛学术语或佛学思想来阐释自己的理论见解，佛学思想是很少的。

部分研究者则以此为中心，扩大了佛学思想在《文心雕龙》一书中的术语运用与理论比重，甚至有佛学思想无处不在之论。因为"般若"仅见一次，依照"圆"为核心，拓展到全书，可以找到许多与"圆"相关的论述，得以下例证：

《原道》 夫玄黄色杂，方圆体分。③

《明诗》 自商暨周，《雅》《颂》圆备，"四始"彪炳，"六义"环深。④

《明诗》 然诗有恒裁，思无定位，随性适分，鲜能圆通。⑤

---

① 杨明照：《增订文心雕龙校注》，北京，中华书局，2000：246 页。
② 杨明照：《增订文心雕龙校注》，北京，中华书局，2000：247 页。
③ 杨明照：《增订文心雕龙校注》，北京，中华书局，2000：1 页。
④ 杨明照：《增订文心雕龙校注》，北京，中华书局，2000：64 页。
⑤ 杨明照：《增订文心雕龙校注》，北京，中华书局，2000：66 页。

《杂文》　夫文小易周，思闲可赡，足使义明而词净，事圆而音泽，磊磊自转，可称珠耳。①

《封禅》　观《剧秦》为文，影写长卿，诡言遁辞，故兼包神怪；然骨制靡密，辞贯圆通，自称"极思"，无遗力矣。②

《体性》　故童子雕琢，必先雅制；沿根讨叶，思转自圆。③

《风骨》　若骨采未圆，风辞未练，而跨略旧规，驰骛新作，虽获巧意，危败亦多。④

《定势》　圆者规体，其势也自转；方者矩形，其势也自安：文章体势，如斯而已。⑤

《镕裁》　绳墨以外，美材既斫，故能首尾圆合，条贯统序。⑥

《丽辞》　必使理圆事密，联璧其章；迭用奇偶，节以杂佩，乃其贵耳。⑦

《比兴》　诗人比兴，触物圆览。⑧

《隐秀》　故互体变爻，而化成四象；珠玉潜水，而澜表方圆。⑨

《指瑕》　古来文才，异世争驱：或逸才以爽迅，或精思以纤密；而虑动难圆，鲜无瑕病。⑩

《总术》　自非圆鉴区域，大判条例，岂能控引情源，制胜文苑哉？⑪

---

① 杨明照：《增订文心雕龙校注》，北京，中华书局，2000：182 页。
② 杨明照：《增订文心雕龙校注》，北京，中华书局，2000：296 页。
③ 杨明照：《增订文心雕龙校注》，北京，中华书局，2000：380 页。
④ 杨明照：《增订文心雕龙校注》，北京，中华书局，2000：389 页。
⑤ 杨明照：《增订文心雕龙校注》，北京，中华书局，2000：406 页。
⑥ 杨明照：《增订文心雕龙校注》，北京，中华书局，2000：425 页。
⑦ 杨明照：《增订文心雕龙校注》，北京，中华书局，2000：448 页。
⑧ 杨明照：《增订文心雕龙校注》，北京，中华书局，2000：457 页。
⑨ 杨明照：《增订文心雕龙校注》，北京，中华书局，2000：495 页。
⑩ 杨明照：《增订文心雕龙校注》，北京，中华书局，2000：500 页。
⑪ 杨明照：《增订文心雕龙校注》，北京，中华书局，2000：530 页。

《知音》 夫篇章杂沓，质文交加；知多偏好，人莫圆该。①

《知音》 凡操千曲而后晓声，观千剑而后识器。故圆照之象，务先博观。②

全书中带有“圆”这一术语的例证，共计一十七条。研究者认为既然“圆通”是佛教用语，那么这些“圆”的运用也是受佛学思想影响，是精通佛典的刘勰借以论文的例子。其实，这个说法是经不起推敲的。上述例证中，“圆”之含义为方圆、规矩、法度之比喻用法不在少数；含义为周全、完备、全面之用法亦不在少数，因为中国文化从古以来就追求“圆满”“圆周”“圆通”甚至“圆滑”之义，这种追求当然不是佛典影响的结果。仅举《孙子兵法》与《庄子》两书中对“圆”的运用为例证明之。《孙子兵法》中论述兵势时以“圆”为喻，形象具体：

《兵势》 纷纷纭纭，斗乱而不可乱；浑浑沌沌，形圆而不可败。③

《兵势》 木石之性，安则静，危则动，方则止，圆则行。故善战人之势，如转圆石于千仞之山者，势也。④

同篇又以“圆”之同义词汇“环”来论述兵势：

《兵势》 战势不过奇正，奇正之变，不可胜穷也。奇正相生，如循环之无端，孰能穷之哉！⑤

《庄子》书中对“圆”的论述则显然更为普遍与多义：

---

① 杨明照：《增订文心雕龙校注》，北京，中华书局，2000：592页。

② 杨明照：《增订文心雕龙校注》，北京，中华书局，2000：592页。

③ 中国人民解放军军事科学院战争理论研究部《孙子》注释小组：《孙子兵法新注》，北京，中华书局，1977：52页。

④ 中国人民解放军军事科学院战争理论研究部《孙子》注释小组：《孙子兵法新注》，北京，中华书局，1977：54页。

⑤ 中国人民解放军军事科学院战争理论研究部《孙子》注释小组：《孙子兵法新注》，北京，中华书局，1977：48页。

《齐物论》 夫大道不称，大辩不言，大仁不仁，大廉不赚，大勇不忮。道昭而不道，言辩而不及，仁常而不成，廉清而不信，勇忮而不成。五者圆而几向方矣。故知止其所不知，至矣。孰知不言之辩，不道之道？若有能知，此之谓天府。①

《骈拇》 常然者，曲者不以钩，直者不以绳，圆者不以规，方者不以矩，附离不以胶漆，约束不以纆索。②

《马蹄》 陶者曰："我善治埴，圆者中规，方者中矩。"③

《知北游》 今彼神明至精，与彼百化，物已死生方圆，莫知其根也，扁然而万物，自古以固存。④

《徐无鬼》 吾相马，直者中绳，曲者中钩，方者中矩，圆者中规，是国马也，而未若天下马也。⑤

《外物》 君曰："渔何得?"对曰："且之网得白龟焉，其圆五尺。"⑥

《盗跖》 若是若非，执而圆机；独成而意，与道徘徊。⑦

《说剑》 上法圆天，以顺三光；下法方地，以顺四时；中和民意，以安四乡。⑧

《天下》 矩不方，规不可以为圆，凿不围枘。⑨

上述例证以"方圆"义为主，这是"圆"之本义，又衍生出了"圆周""圆机""圆通""圆备"等含义。古籍中的这些含义，完全有可能进入翻译后的佛经中去，更有可能是刘勰直接取法的对象。不仅如此，《庄子》中

① 陈鼓应：《庄子今注今译》，北京，中华书局，1983：74页。
② 陈鼓应：《庄子今注今译》，北京，中华书局，1983：238页。
③ 陈鼓应：《庄子今注今译》，北京，中华书局，1983：244页。
④ 陈鼓应：《庄子今注今译》，北京，中华书局，1983：563页。
⑤ 陈鼓应：《庄子今注今译》，北京，中华书局，1983：626页。
⑥ 陈鼓应：《庄子今注今译》，北京，中华书局，1983：715页。
⑦ 陈鼓应：《庄子今注今译》，北京，中华书局，1983：791页。
⑧ 陈鼓应：《庄子今注今译》，北京，中华书局，1983：812页。
⑨ 陈鼓应：《庄子今注今译》，北京，中华书局，1983：895-896页。

也以“环”论述“圆通”“圆备”之义：

《齐物论》 彼是莫得其偶，谓之道枢。枢始得其环中，以应无穷。是亦一无穷，非亦一无穷也。故曰莫若以明。①

《则阳》 冉相氏得其环中，以随成兴物，无终无始，无几无时。②

“得其环中”一说，显然是《体性》篇论述风格习染“得其环中”的本源所在。《体性》原文曰：

夫才有天资，学慎始习。斫梓染丝，功在初化；器成彩定，难可翻移。故童子雕琢，必先雅制；沿根讨叶，思转自圆。“八体”虽殊，会通合数；得其环中，则辐辏相成。故宜摹体以定习，因性以练才：文之司南，用此道也。③

本段是刘勰在论述“因内符外”的情性风格论之后，指出作文之道与风格习染的重要意义，风格虽然有八种基本类型，但是只要能够“会通合数”，就可以得到居于车轮正中间的“典雅”文风。“得其环中”，不仅是庄子“中道”观念的产物，也是刘勰借以论文的道家语源。《文心雕龙》以下例证中对“环”的使用，是明显与“圆”同义的论述：

《宗经》 穷高以树表，极远以启疆，所以百家腾跃，终入环内者也。④

《明诗》 自商暨周，《雅》《颂》圆备，“四始”彪炳，“六义”环深。⑤

《诠赋》 斯并鸿裁之环域，雅文之枢辖也。⑥

---

① 陈鼓应：《庄子今注今译》，北京，中华书局，1983：54页。
② 陈鼓应：《庄子今注今译》，北京，中华书局，1983：673页。
③ 杨明照：《增订文心雕龙校注》，北京，中华书局，2000：380-381页。
④ 杨明照：《增订文心雕龙校注》，北京，中华书局，2000：27页。
⑤ 杨明照：《增订文心雕龙校注》，北京，中华书局，2000：64页。
⑥ 杨明照：《增订文心雕龙校注》，北京，中华书局，2000：96页。

《杂文》 扬雄《解嘲》，杂以谐调，回环自释，颇亦为工。①

《风骨》 思不环周，索莫乏气，则无风之验也。②

《通变》 夫夸张声貌，则汉初已极。自兹厥后，循环相因，虽轩翥出辙，而终入笼内。③

《章句》 其控引情理，送迎际会：譬舞容回环，而有缀兆之位；歌声靡曼，而有抗坠之节也。④

《序志》 按辔文雅之场，环络藻绘之府。⑤

上述用“环”论文的例子，主要取法于圆周、周全、完备、完整、循环之意。“圆”“环”是刘勰《文心雕龙》使用频率非常高的术语，其含义，主要是对先秦典籍中这些术语含义的继承与拓展。同样，与“圆”“环”同义或者近义的若干术语，如“周”“完”等，其指向均为论述文学各方面问题的充分完整，进一步，又指向中和之美与执中的思维方法论。因为“圆”频见于佛典而被误以为《文心雕龙》的佛学语源，而这些术语主要不是频繁出现在佛典之中，故不赘述。我们至少可以这样认为：“圆”很早就在我国典籍中运用，佛典借此论述佛学精义，刘勰有向二者共同取法的用意，而以我国古代典籍为主要语源。所以，笔者不敢断定《文心雕龙》中所谓“圆照”“圆鉴”“圆该”“圆合”之属是否始自佛教语源。退一步说，即使这些术语果真出现在佛典之上，也不能排除以下这种可能现象的存在：佛典东渐之初，是将梵语直译过来的，故而明其义者渺渺；僧众反思之后，即采用意译之法，在尊重经典本意的前提下，用中国世俗语言翻译为大众都可以听懂看懂的“中国特色”的佛典，即进行了佛学教义与经典文献的中国化。在这个过程中，是大量借鉴、使用了我们国家已有的语言文字术语乃至方言

① 杨明照：《增订文心雕龙校注》，北京，中华书局，2000：181 页。
② 杨明照：《增订文心雕龙校注》，北京，中华书局，2000：388 页。
③ 杨明照：《增订文心雕龙校注》，北京，中华书局，2000：398 页。
④ 杨明照：《增订文心雕龙校注》，北京，中华书局，2000：440 页。
⑤ 杨明照：《增订文心雕龙校注》，北京，中华书局，2000：611 页。

俗语的。我们不能简单地说，一看见《文心雕龙》中带“圆”字、“慧”字、“智”字、“了”字、“因”字、“缘”字、“觉”字、“悟”字等字眼的术语，就说它们源自佛典。正确的态度是，这些术语是否受到佛教影响，是否有佛学的含义，需要参看《文心雕龙》原文的论述，看刘勰是不是在用佛教理论来论述文学问题，而不能只因为刘勰用了来自佛典的术语就说他是在用佛教思想论文学，更不能因为他托身寺庙、博通经纶、晚年出家就断定《文心雕龙》有浓厚的佛教思想甚至是“以佛统儒”。例如“道”这一术语，反复于书中出现了四十一次之多，我们是不是也可以说刘勰是在“以道统儒”呢？当然不能，因为它们虽然出自道家，但是主要用于文学写作技法与规律的论述，并不能冲击独尊儒学的思想基础，这是结合语境具体分析得出的结论。一句话，既然是研究《文心雕龙》，就应该以《文心雕龙》本身的论述为准，以内证为准，而不是以脱离文本的外部原因，甚至是与文本毫无关联的外部原因为准。外证虽好，但只能是我们研究讨论《文心雕龙》的辅助材料或辅助观点。以外证统摄内证，以外证忽略内证，甚至以外证改变内证，是比附的、牵强的、错误的。更何况，有些外证本来就是研究者先入为主设定完成之后，再顺势推论得出的。例如有一篇论述《文心雕龙》数字运用的文章，首先就直接设定刘勰没有受到过儒家道家的影响，只谈佛家的影响，这样，《文心雕龙》书中的若干数字运用，就全部是佛典影响的结果，完全与儒、道典籍无关，其荒唐如此。而且，尤其在刘勰思想倾向这个问题上，这样的寻求外证、既定假设、牵强比附屡见不鲜。因此可以说，佛学思想仅仅是偶然出现在《文心雕龙》中的观光客，谈不上是其主导思想。

第五章　史传著作的影响

《文心雕龙·风骨》篇论述“确乎正式”的写作方法时，主张“熔铸经典之范，翔集子史之术”，强调从儒家经典、诸子著作与历代史传文学中博采养分，为我所用。笔者以为，思想取法极为驳杂的《文心雕龙》，其理论渊源主要是儒家与诸子思想，除此之外，还应该从史传文学中去探寻其理论渊源。这一思路，有的研究者已经进行过初步尝试，如曾论述到班固《汉书·艺文志》与沈约《宋书·乐志》对《文心雕龙》的影响，但这方面的研究并未正式展开。

通读《文心雕龙》，史传文学对雅丽文学思想的影响是全方位的，主要可以从以下几点来进行考量：一是作为全书理论建构与关键术语的取材之源，如“雅丽”“雅”“丽”等众多论述的词源，以及论道百家的思想源泉，材料极为丰富；二是作为全书“原始以表末”论文方法的渊源；三是由此建立起以“商周丽而雅”为折中范式的文学史论观；四是贯通运用《春秋》史传笔法于论述之中。现简论于下。

第一节　“雅丽”词源与史传运用情况

词典中的“雅丽”一词，有两种词性：一种是形容词，意指高雅优美，雅正华丽，东汉蔡邕《玄文先生李子材铭》中的“经纬是综，雅丽是分”，是雅丽作为形容词第一次出现在古代文献典籍的运用；第二种是名词，指高雅优美的事物，唐颜真卿《刻清远道士诗因而继作》诗云：“客有神仙者，於兹雅丽陈。”这里的雅丽，指的是仙界雅致美丽的事物。不管是哪一种词性，哪一种含义，都含有高雅美丽之义，均用于审美评论。

笔者翻检史书之后发现，正史中分论雅、丽的情况非常多，例证以千百计。论雅有雅诗、雅乐、雅歌、雅正、雅言、雅怀等，用于音乐、文学、身份、地位、言行、举止、服饰或人物品藻等各种对象，也用于上层人士为主的社会各个阶层。推而广之，在历代文论、书论、画论、乐论中同样层出不穷，汉、唐、明代是正向阐述雅论的三大高峰，六朝则是逆向回归雅论的主要历史时期。论丽则有丽人、丽室、丽辞、丽文、靡丽、清丽、绮丽等，用于各类事物、人称、文章或文学风格审美批评；在历代文论、书论、画论、乐论的运用中提炼其整体使用的特点，则汉魏雅丽，六朝绮丽，唐代壮丽，宋代清丽。① 综合雅、丽论之历史发展脉络，在各类文学艺术部类中有着共同特点：文学理论中的雅、丽论，与书画、音乐理论中的雅、丽论是相通的，它们的高峰期都在汉唐时期，六朝则是其逆向发展的上下津梁。其余如风骨、格调、性情诸说也具有适用于各部文艺理论的特点。由此可知，古代文论与艺术理论虽有部类之别，但整体上是相互贯通的。

史传、艺术理论中的雅论与丽论均有《文心雕龙》雅、丽之文或雅、丽之美在内的含义，尤其是雅正的思想，很多例子直接与儒家礼乐教化挂钩，是《文心雕龙》雅正之乐、雅正之文、高雅之美的词源之一。因上述材料太多，在此不展开征引。

在《宋史》前的史传文学中，将“雅丽”合观的材料共有四条：

(1)《南史·列传第三十八·陆慧晓传》：“三子：僚、任、倕并有美名，时人谓之三陆。初授慧晓兖州，三子依次第各作一让表，辞并雅丽，时

① 2012年7月，笔者进入四川大学进行专职博士后锻炼，从历史文献学角度出发，阅读、整理了先秦至清代的文论、书论、画论、乐论，形成了充分的资料基础。以雅、丽术语为例，收集材料近四千条，在严格地归纳整理之后，提出此说。

人叹伏。"① 陆晓慧三个儿子各自写了一篇让表，文辞"雅丽"，说的是行文措辞的特点，这与《文心雕龙》论述儒家经典风格的"雅丽"之美虽然近似，但并不相同，前者偏向于微观层面，后者偏向于宏观层面。

（2）《北史·列传第二十一·李顺传·附李希远传》："希远弟希宗，字景玄。性宽和，仪貌雅丽，有才学。……希宗长子祖升，仪容瑰丽，垂手过膝，文学足以自通。"② 本则材料中的"仪貌雅丽"与"仪容瑰丽"近似，均指男性的长相与仪表之美，他们是美男子，这与《战国策·齐策》之名篇《邹忌讽齐王纳谏》中形容邹忌"形貌昳丽"的说法如出一辙，是古已有之的"美容"修饰技法。

（3）《魏书·列传第二十四·李顺传·附李希远传》："希远第二弟希宗，字景玄。出后宪兄。性宽和，仪貌雅丽，涉猎书传，有文才。"③ 将本则材料与上一则材料比较来看，《北史》"仪貌雅丽"之说，源于此处，形容男性的长相之美。

（4）《旧唐书·列传第一百四十·文苑传上·杨炯传》："则天初，……如意元年七月望日，宫中出盂兰盆，分送佛寺，则天御洛南门，与百僚观之。炯献《盂兰盆赋》，词甚雅丽。"④ 武则天执政年间，文人杨炯献《盂兰盆赋》一文。"词甚雅丽"，指的是该文行文措辞用语雅丽，也有文风雅丽之意，与第一则近似。《钦定四库全书总目提要》则以为"炯之丽制，不止此篇"，并谓其"词章瑰丽，由于贯穿典籍，不止涉猎浮华"。对他的作品整体评价很高。不止文学创作，杨炯的文艺观点也表现了"贯穿典籍，不止涉猎浮华"的特点，他所作之《王勃集序》，对王勃改革当时淫靡文风的创作实践评价很高，反映了初唐四杰有意识地改革当时文风的要求。这表明，六朝文学发展到隋唐之际，仍然以浮华轻艳为主要风格，对杨炯作品

① （唐）李延寿：《南史》（影印本），北京，中华书局，1997：1192 页。
② （唐）李延寿：《北史》（影印本），北京，中华书局，1997：1216 页。
③ （北齐）魏收：《魏书》（影印本），北京，中华书局，1997：836 页。
④ （后晋）刘昫等：《旧唐书》（影印本），北京，中华书局，1997：5003 页。

“雅丽”“瑰丽”之评，实际上是针对当时文风而发，这与刘勰直陈齐梁文风时弊所面临的局面，是十分相似的。

上述四条材料，第二、三条运用雅丽来论人之美，第一、四条则用来论述文辞之美，这是人物品藻之词汇转化运用于文学批评的生动案例。其中论述文辞雅丽的材料，与刘勰《文心雕龙》“圣文雅丽，衔华佩实”说是直接相关联的用法，二者的区别在于：史传文学中的文辞雅丽之说，是一个笼统的说法；刘勰论述儒家经典圣文雅丽之说，是进行了“衔华佩实”的总结性概括——华与实之间，包含着形式与内容的表里之别，也有同时重视内容与形式之美的意思——从整体上看，作为文论专著的《文心雕龙》，远比史传文学细致、精准。

第二节　纵论历史的写作方法

史传深刻影响了《文心雕龙》“原始以表末”的文体论写作方法及《时序》《通变》等文学发展史论。

例如，《汉书·艺文志》综论七略，对兵家之总论为：“兵家者，盖出古司马之职，王官之武备也。《洪范》八政，八曰师。孔子曰为国者‘足食足兵’，‘以不教民战，是谓弃之’，明兵之重也。《易》曰‘古者弦木为弧，剡木为矢，弧矢之利，以威天下’，其用上矣。后世燿金为刃，割革为甲，器械甚备。下及汤、武受命，以师克乱而济百姓，动之以仁义，行之以礼让，《司马法》是其遗事也。自春秋至于战国，出奇设伏，变诈之兵并作。汉兴，张良、韩信序次兵法，凡百八十二家，删取要用，定著三十五家。诸吕用事而盗取之。武帝时，军政杨朴捃摭遗逸，纪奏兵录，犹未能备。至于孝成，命任宏论次兵书为四种。”① 从古到今，言简意赅，详略分明，十分精彩。尽管这种方法不一定是班固所创，但从史书而出，是可以肯

① （汉）班固：《汉书》（影印本），北京，中华书局，1997：1760－1763页。

定的。

《文心雕龙》将这种写法提炼为“原始以表末”的文体发展史的述评写作方法，全书论述二十篇文体论，涉及三十余大类、八十余小类的文体，均采用从古到今、历代渐进的史学方法，在每一篇文体论的综述中都采用这种写法。例如，《明诗》一开头就引用了《尚书·尧典》中的经典名句：“大舜云：诗言志，歌永言。”这是“中国诗论开山的纲领”（朱自清语）。然后指出，诗歌是为了表达人的内心感情的：“诗者，持也，持人情性”，而“人禀七情，应物斯感，感物吟志，莫非自然”，于是诗歌的源头找到了，就在每一个人的内心世界之中，用声音唱出来就是歌，用文字写下来就是诗。诗歌在先秦时期的发展脉络是这样的：

> 昔葛天乐辞，《玄鸟》在曲；黄帝《云门》，理不空弦。至尧有《大唐》之歌，舜造《南风》之诗，观其二文，辞达而已。及大禹成功，九序惟歌；太康败德，五子咸讽：顺美匡恶，其来久矣。自商暨周，《雅》《颂》圆备，四始彪炳，六义环深。子夏鉴绚素之章，子贡悟琢磨之句，故商、赐二子，可与言《诗》矣。自王泽殄竭，风人辍采，春秋观志，讽诵旧章，酬酢以为宾荣，吐纳而成身文。逮楚国讽怨，则《离骚》为刺。秦皇灭典，亦造《仙诗》。①

其后，详细论述四言、五言诗歌在两汉的发展经过，举证汉初、孝武、成帝等时代的不同作家作品，证明汉代四言诗丰富发展，五言诗也不遑多让，甚至有非常悠久的历史和创作成就。然后继续铺观列代，简述了“建安之初”“正始明道”“晋世群才”“江左篇制”“宋初文咏”等历代著名诗人诗作，并归纳出每一代诗歌的创作特点与时代风貌。最后总结说：“至于三六杂言，则出自篇什；离合之发，则萌于图谶；回文所兴，则道原为始；

① 杨明照：《增订文心雕龙校注》，北京，中华书局，2000：64页。

联句共韵，则柏梁馀制；巨细或殊，情理同致。”① 精练地将各类诗歌体裁一网打尽，笼罩在原始表末的写作方法论之下。

在此基础上，《明诗》篇高屋建瓴地提出了所有诗歌创作的基本要求与艺术风貌：“若夫四言正体，则雅润为本；五言流调，则清丽居宗；华实异用，惟才所安。”② 将雅丽文学思想深刻地揭示出来，在历史数千年、纵横几万里、代表数百家的宏大历史叙事中，为自己的文学理论观念找到了一个生动表达的舞台和行之有效的写作方法论。

这种方法不仅贯通运用于二十篇文体论之中，在全书的其他篇章和板块中也有贯通的表现，十分重要。在宏大的历史叙事之外，这一方法可以用于众多写作技法的微观运用之中，《附会》篇论述文章结构与写作思维，其赞语曰：“原始要终，疏条布叶。”指出文章首尾相接、中间过渡的“驭文之术”，就像历史发展的脉络一样，要有始有终。其后，《时序》篇将其上升到共时规律层面，明确提出“故知文变染乎世情，兴废系乎时序；原始以要终，虽百世可知也”的写作方法和评论方法，适用于整个文学史。

上推到枢纽论中的《宗经》《正纬》《辨骚》三篇，专门论述儒家经典、纬书、楚辞三大类文体，其历史发展的脉络叙述与创作成败得失的评价，也是采用这种方法来进行的。例如《宗经》：

> 三极彝训，其书曰经。经也者，恒久之至道，不刊之鸿教也。故象天地，效鬼神，参物序，制人纪，洞性灵之奥区，极文章之骨髓者也。皇世《三坟》，帝代《五典》，重以《八索》，申以《九丘》。岁历绵暧，条流纷糅。自夫子删述，而大宝咸耀。于是《易》张十翼，《书》标七观，《诗》列四始，《礼》正五经，《春秋》五例。义既埏乎性情，辞亦匠于文理，故能开学养正，昭明有融。③

① 杨明照：《增订文心雕龙校注》，北京，中华书局，2000：66 页。
② 杨明照：《增订文心雕龙校注》，北京，中华书局，2000：66 页。
③ 杨明照：《增订文心雕龙校注》，北京，中华书局，2000：26 页。

先述经典之地位为恒久之至道，不刊之鸿教，次论经典之来源“象天地，效鬼神，参物序，制人纪”，然后从上古到孔子，将儒家最著名的几部经典著作分述出来，最重要的五经，经过孔子删述之后，成为后世儒家宗法的对象。

显然，刘勰的这个思想根源在汉武帝独尊儒术、立五经博士、授儒学学者官品的基础之上。没有汉代儒学地位的上升和经学的独立，《文心雕龙》的宗经篇将无所归依，全书也就不可能树立起宗法儒家思想的理论和新标准。

在《正纬》篇中，刘勰要归正纬书。该篇先述纬书之起源曰：

> 夫神道阐幽，天命微显，马龙出而大《易》兴，神龟见而《洪范》耀，故《系辞》称：‘河出图，洛出书，圣人则之。’斯之谓也。但世夐文隐，好生矫诞；真虽存矣，伪亦凭焉。夫六经彪炳，而纬候稠叠；《孝》《论》昭晰，而《钩》《谶》葳蕤。①

纬书和经典一样，是自然“神道”的产物，带有强烈的神秘文化色彩。刘勰深以为纬书著作数量上和影响上都超过了正统经典，从四个方面批判了纬书之“伪”，其目的，是为了强化正统经典的地位和影响力。然后，叙述纬书之起源，“通儒讨核，谓伪起哀平；东序秘宝，朱紫乱矣！”纬书在后汉光武中兴的过程中扮演了争夺政权的神化装饰作用，于是，汉光武帝大力宠幸、推行纬书，其结果是“光武之世，笃信斯术。风化所靡，学者比肩。沛献集纬以通经，曹褒选谶以定礼：乖道谬典，亦已甚矣。”纬书不仅窜入经书之中，而且，一些著名儒学大师为了迎合政治王权的意图，还主动以纬书篡改、校对、正定经典，乱相百出，经将不经！但纬书也有“事丰奇伟，辞富膏腴，无益经典，而有助文章”的一面，所以，历史上对待纬书有两种声音：一是“平子恐其迷学，奏令禁绝”，二是“仲豫惜其杂真，未许煨燔”。这种矛盾交织的历史事实和政治、学术态度，造成了纬书发展现状。

---

① 杨明照：《增订文心雕龙校注》，北京，中华书局，2000：40 页。

在《辨骚》篇中，刘勰开篇就以原始表末的方法综述楚辞的发展简史：

自《风》《雅》寝声，莫或抽绪，奇文郁起，其《离骚》哉！固已轩翥诗人之后，奋飞辞家之前，岂去圣之未远，而楚人之多才乎！①

以《离骚》为代表的楚辞，产生的历史阶段是在《诗经》之后，汉赋之前，因为楚人多才之故，《离骚》以强烈的文体风格特点和鲜明的地域文化特点，被誉为“奇文”，开篇就将《离骚》的地位定得很高，而且深刻地揭示了楚辞尚奇的特点与承前启后的历史发展脉络。

再进一步，《原道》篇论述文学发生、发展直到商周时代的千万年历史过程，言简意赅，仍然采用了这种写法。文章说：“人文之元，肇自太极，幽赞神明，《易》象惟先。庖牺画其始，仲尼翼其终。而《乾》《坤》两位，独制《文言》。言之文也，天地之心哉！”② 刘勰认为这是神理“尸之”的结果，揭示了《原道》篇“文源于道”的主题。其后，文字产生，上古著名部落首领、中华民族始祖的伟大功绩得到记载：“自鸟迹代绳，文字始炳，炎皞遗事，纪在《三坟》。”到尧、舜、禹三王和夏、商、周三代时期，文学发展丰富多变，记载、传播和美化圣王的文章，成为最优秀的作品：“唐虞文章，则焕乎始盛。元首载歌，既发吟咏之志；益稷陈谟，亦垂敷奏之风。夏后氏兴，业峻鸿绩，九序惟歌，勋德弥缛。逮及商周，文胜其质，《雅》《颂》所被，英华日新。文王患忧，繇辞炳耀，符采复隐，精义坚深。重以公旦多材，振其徽烈，制诗缉颂，斧藻群言。”③ 后来，孔子出现，在周公正定儒家经典的基础上完成了删述经典、正定礼乐的伟大功绩：“夫子继圣，独秀前哲，熔钧六经，必金声而玉振；雕琢性情，组织辞令，木铎起而千里应，席珍流而万世响，写天地之辉光，晓生民之耳目矣。”④ 儒家在

① 杨明照：《增订文心雕龙校注》，北京，中华书局，2000：50页。
② 杨明照：《增订文心雕龙校注》，北京，中华书局，2000：1页。
③ 杨明照：《增订文心雕龙校注》，北京，中华书局，2000：2页。
④ 同上。

孔子时代正式成立，传世经典得到修订、保存与传播。上述著名的先圣、哲人，是取象天地、文字产生、写作文章、著作经典、删述经典的最伟大人物："爰自风姓，暨于孔氏，玄圣创典，素王述训，莫不原道心以敷章，研神理而设教"，数千年的上古文学发展史，用寥寥几笔，就这样勾勒了出来。

文体论向下发展，在"剖情析采"的十九篇创作论中，原始表末的写法处处存在。

《通变》论文学发展的时代风格时说："是以九代咏歌，志合文则：黄歌《断竹》，质之至也；……商周篇什，丽于夏年。至于序志述时，其揆一也。暨楚之骚文，矩式周人；……晋之辞章，瞻望魏采。搉而论之，则黄唐淳而质，虞夏质而辨，商周丽而雅，楚汉侈而艳，魏晋浅而绮，宋初讹而新：从质及讹，弥近弥澹。"① 将上古陶唐到当代宋初数千年的文学断代风格一一描述出来，并深刻地解释前代文学对后代文学的影响以及后代文学对前代文学的继承脉络，这一显性的时代风格与隐性的循环发展规律相互交织，成为"九代咏歌，志合文则"的生动写照。上古淳质，当代华美，而居于其中的"商周丽而雅"则成为最高标准，雅丽文学思想在简要的文学发展史中，成为折中古今、评判得失的最高标准。

《练字》篇在综论文字发展史，并大力倡导文学创作练字的重要意义时说："夫文象列而结绳移，鸟迹明而书契作，斯乃言语之体貌，而文章之宅宇也。仓颉造之，鬼哭粟飞；黄帝用之，官治民察。……及李斯删籀而秦篆兴，程邈造隶而古文废。汉初草律，明著厥法：太史学童，教试六体；又吏民上书，字谬辄劾。……暨乎后汉，小学转疏；复文隐训，臧否太半。……及魏代缀藻，则字有常检；追观汉作，翻成阻奥。……自晋来用字，率从简易；时并习易，人谁取难?"② 从结绳记事、鸟迹象形到文字产生、字形确

---

① 杨明照：《增订文心雕龙校注》，北京，中华书局，2000：397 页。
② 杨明照：《增订文心雕龙校注》，北京，中华书局，2000：484 页。

定，经历了千万年漫长的历史过程。先王以之为声教，规范了字形、读音和写法，文字开始走向规范使用的正途。自秦朝统一天下开始，李斯小篆成为全国通用的第一种官方文字形态，汉代隶书成为第二种官书文字形态。后汉以来，文字学受到轻视，对后代的影响是不良的。文字发展的历史，先于是文学发展并伴随后代的文学发展，近代以来，文学发展不良、不雅、不正，其中就有草率使用文字的因素在内。

其余如《声律》《丽辞》《比兴》《夸饰》《事类》等专门的写作技法篇章，在论述上述技法的发展历史与作家作品例证的时候，无一不是采用原始表末的写法来进行组织与展开的。而在写作、展开上述专题技法的篇章中，折中雅丽的文学思想处处可见，雅丽思想贯穿其中。

《文心雕龙》继续向下发展，来到“笼圈条贯”的五篇批评论部分，原始表末的写法仍然占据着重要的写作组织与立体论述的方法论地位，在《时序》篇中，刘勰建构了一条“时运交移，质文代变”的文学发展史脉络，从上古的“昔在陶唐，德盛化钧”开始，一直到“今圣历方兴，文思光被”的梁武帝时代，历时数千年，纵横几万里，将“蔚映十代，辞采九变”的文学发展简史清晰地述评出来，在梳理从质趋文、质文代变的历史线索时，可见清晰的雅丽文学思想发展史，该文遂成中国文学史上的第一篇专论。

在《物色》篇中，刘勰精要地叙述了“《诗》人感物，联类不穷”“《离骚》代兴，物貌难尽”与“近代以来，文贵形似”三个历史阶段的文学发展概况，叙述其代表作品和整体风格、创作得失，完全是按照原始要终的写法来组织的。

在《才略》篇中，为了对《时序》篇总论文学史进行作家作品的专门补充，刘勰将“九代之文，富矣盛矣；其辞令华采，可略而详也”的谋篇宗旨在开篇就明确地提了出来，全文从可作“万代之仪表”的“虞夏文章”开始，一直到“宋代逸才，辞翰鳞萃；世近易明，无劳甄序”结束，综述历代著名作家作品，使之成为我国文学发展史上的第一篇作家作品专论。

《知音》篇论述文学批评的正确态度和鉴赏方法，《程器》篇论述作家如何成为对国家社会有用的“梓才”之士，无一不是采用了原始表末、纵横渔猎的写作方法。

以上的例证严明地说明，史传文学深深地影响到了《文心雕龙》原始表末的写作组织与论证方法，这种贯通全书的写法，生动地将雅丽文学思想阐释了出来，在全书的不同篇章、板块中一以贯之。同时也证明《文心雕龙》的写作方法并非是向佛典取法而来的，而是继承、发扬传统写作方法的结果。

第三节 复古商周的文学史观

全书“原始表末”写法的一大收获，是在纵览历代文学发展史的基础上，提出了复古商周的文学史观。这与全书尊崇的周代儒家政教制度有直接关系，也与伟大导师、伟大作家孔子有直接关系。孔子提倡“郁郁乎文”的文学尚美主张与“吾从周”的文学复古范式，这对刘勰建立秩序化理想化的文学理论，对于刘勰提倡“商周丽而雅”的典范文风与学习范式，尤其对《文心雕龙》一书的文学史观念提供了可资参照的标准。子曰：“周监于二代。郁郁乎文哉，吾从周。”（《论语·八佾》）孔子认为周代文学文采斐然，是他学习的对象。《孔子世家》点明了孔子取法周代文学的原因：

> 孔子之时，周室微而礼乐废，诗书缺。追迹三代之礼，序书传，上纪唐虞之际，下至秦缪，编次其事。曰：“夏礼吾能言之，杞不足征也。殷礼吾能言之，宋不足征也。足，则吾能征之矣。”观殷夏所损益，曰：“后虽百世可知也，以一文一质。周监二代，郁郁乎文哉。吾从周。”故书传、礼记自孔氏。①

孔子在“追迹三代之礼，序书传，上纪唐虞之际，下至秦缪，编次其事”

① （汉）司马迁：《史记》（影印本），北京，中华书局，1997：1935－1936 页。

的删述经典的过程中，对上古三代以至于夏商周三代的文学发展做出了自己的评鉴。在孔子看来，殷夏两代的文风，“一文一质”，商代比夏代趋向于有文采，而文学发展到了周代，文采更加缛丽，呈现出“郁郁乎文哉”的特点。孔子是愿意选择文采郁郁的周代文学为典范的，“吾从周”的主张，是他“周之德，其可谓至德也已夫”（《论语·泰伯》）思想在文学上的反映，既带有复古到文王周公时代的主张，也有他面对文学新变由质趋文现象的肯定。

孔子并不是一味地复古，而是正确地看到了文学新变带来的华丽变化，使得文学“质文”交加，这与他论述人的内外修养“文质彬彬”的标准是一致的。《论语·雍也》：“子曰：‘质胜文则野，文胜质则史。文质彬彬，然后君子。’”孔子说：“质朴胜过文采就显得粗野，文采胜过质朴就显得浮华。文采和质朴配合适当，这才有君子的风度。”这段话本来说的是人的修养问题。“质”是朴素的本质，“文”是人类给自己加上去的许多经验与见解。人类必须加上文化修养，才能离开野蛮时代，走进文明社会的轨道。孔子提出“质胜文则野”，完全顺着人的本质发展，文化浅薄，则流于落后野蛮；而“文胜质则史”则指出，如果掩饰了人的善良本质，人就会变得虚伪浮华。所以孔子说：“文质彬彬，然后君子。”这两样要均衡发展，后天文化的熏陶与人性本有的敦厚朴素的气质互相均衡了，那才是真正的君子。就孔子本意来说，他是在人的修养上倾向于“质”的，子曰：“刚毅木讷，近仁。”（《论语·颜渊》）孔子更重视内质刚毅、言辞木讷的个性。将这样的标准移用到文学的发展上，孔子认为在质朴基础上发展而来的周代文学文采蓊郁，是他喜欢的类型。《文心雕龙·征圣》篇记载了一个责难孔子文采过度而不成的例子，可以看到文质变化过程中两种观念的交锋：“颜阖以为，仲尼饰羽而画，徒事华辞。虽欲訾圣，弗可得已。”① 关于颜阖“訾圣”一事，见于《庄子·列御寇》：

---

① 杨明照：《增订文心雕龙校注》，北京，中华书局，2000：18页。

鲁哀公问乎颜阖曰："吾以仲尼为贞干，国其有瘳乎？"曰："殆哉圾乎！仲尼方且饰羽而画，从事华辞，以支为旨，忍性以视民而不知不信；受乎心，宰乎神，夫何足以上民！彼宜女与？予颐与？误而可矣。今使民离实学伪，非所以视民也，为后世虑，不若休之。难治也。"①

颜阖诋毁孔子可以说不遗余力，他说孔子一心想着粉饰装扮、追求和讲习虚伪的言辞、没有诚信、难以治国，等于是在鲁哀公面前把孔子的政治前途堵死了，其用心与晏子向齐景公分析儒家难以治国②完全不一样，是直接乱说。所以孔子说："恶利口之覆家邦也。"（《论语·阳货》）并对"巧言令色"的家伙多次批评。孔子文学观明显尚丽，追求美文。颜阖借此诋毁他的政治水准。面对若干诋毁，孔子门人站出来作过论战：

叔孙武叔毁仲尼，子贡曰："无以为也。仲尼，不可毁也。他人之贤者，丘陵也，犹可逾也。仲尼，日月也，无得而逾焉。人虽欲自绝，其何伤于日月乎？多见其不知量也。"③

叔孙武叔毁谤仲尼。子贡说："不要这样做啊！仲尼是毁谤不了的。别人的贤能，如丘陵，还可以越过去；仲尼的贤能，如日月，是无法越过的。有人虽然想要自绝于日月，对日月有什么损伤呢？只能看出这种人不自量力啊。"子贡还说："夫子之不可及也，犹天之不可阶而升也。"（《论语·子张》）学生们敬仰孔子，把他比作日月上天，将他人对老师的责难挡了回去。

孔子"吾从周"的思想深刻地影响到了《文心雕龙》的文学发展史观念。《通变》篇说：

---

① 陈鼓应：《庄子今注今译》，北京，中华书局，1993：841页。

② 事见《史记·孔子世家》。齐景公非常欣赏孔子的治国策略，准备重用他。这时候晏子站出来，向景公分析了儒家治国难以成功的原因。这种分析是建立在理性基础之上的，与颜阖诋毁孔子的情况不一样。

③（魏）何晏等注，（宋）邢昺疏：《论语注疏》，上海，上海古籍出版社，1992：2533页。

是以九代咏歌，志合文则：黄歌《断竹》，质之至也；唐歌在昔，则广于黄世；虞歌《卿云》，则文于唐时；夏歌《雕墙》，缛于虞代；商周篇什，丽于夏年。至于序志述时，其揆一也。暨楚之骚文，矩式周人；汉之赋颂，影写楚世；魏之篇制，顾慕汉风；晋之辞章，瞻望魏采。搉而论之，则黄唐淳而质，虞夏质而辨，商周丽而雅，楚汉侈而艳，魏晋浅而绮，宋初讹而新：从质及讹，弥近弥澹。何则？竞今疏古，风末气衰也。①

本篇所建立的文学时代风格演化脉络，是在孔子文学史观的基础上发展而成的。刘勰以“商周丽而雅”为基本准则衡量文学史，在此之前倾向于质朴充实，之后则越来越华美轻艳。《时序》篇“蔚映十代，辞采九变”的“文质”变化史，还是以此为准绳的。

《通变》篇以商周“雅丽”文风折中观照九代文风，清晰映照出“从质及讹”的文风流变，深刻体察到“竞今疏古”的学习弊端。因此，刘勰提出“矫讹翻浅，还宗经诰”的拯救原则，就是复归到五经典雅中正的文风上去。五经，是经周公确立、孔子删述重构的商周以来的优秀文学遗产。对于文学发展由质朴到华丽，乃至圣人对于华丽过度的救弊之举，《原道》篇就有论述：

自鸟迹代绳，……唐虞文章，则焕乎始盛。……夏后氏兴，业峻鸿绩，九序惟歌，勋德弥缛。逮及商周，文胜其质，《雅》《颂》所被，英华日新。文王患忧，繇辞炳耀，符采复隐，精义坚深。……至若夫子继圣，独秀前哲，熔钧六经，必金声而玉振；雕琢性情，组织辞令，木铎起而千里应，席珍流而万世响，写天地之辉光，晓生民之耳目矣。②

“唐虞文章，焕乎始盛”，文学开始发展起来；“夏后氏兴”，“勋德弥缛”，

---

① 杨明照：《增订文心雕龙校注》，北京，中华书局，2000：397 页。
② 杨明照：《增订文心雕龙校注》，北京，中华书局，2000：1－2 页。

文学呈现出逐渐缛丽的现象；“逮及商周”，“英华日新”，“文胜其质”，出现了孔子所说的“郁郁乎文哉”的现象。三代文学，显示了从质及文的演化历史。而华美过于质朴的弊端，经过文王对先天八卦的推演与周公“制诗缉颂”的创作（按：实为搜集与整理）实践，文学发展找到了以儒家为主的正途。在这个基础上，孔子应运而生，“熔钧六经”，重构经典，使六经之圣文，具有“衔华佩实”的雅丽文风，“义固为经，文亦足师”，成为“辞义温雅”的“万代之仪表”。

《文心雕龙》全书充满了对周代文学的崇敬之情，刘勰除了在《章表》篇里直接引用了孔子“周监二代，文理弥盛”的话之外，还在全书中数十次论述到商周文学，以及专门谈到《周礼》、《周书》、文王、周公和周代作家上百次，从整个时代、圣人代表、作家作品等几方面进行了深刻的论述。以下举例证之。

第一，泛论“商周丽而雅”的整体文学特点，以及对后代文学的垂范作用。

《原道》　逮及商周，文胜其质，《雅》《颂》所被，英华日新。文王患忧，繇辞炳耀，符采复隐，精义坚深。重以公旦多材，振其徽烈，制诗缉颂，斧藻群言。①

《正纬》　商周以前，图箓频见；春秋之末，群经方备：先纬后经，体乖织综，其伪四矣。②

《明诗》　自商暨周，《雅》《颂》圆备，四始彪炳，六义环深。子夏鉴绚素之章，子贡悟琢磨之句，故商、赐二子，可与言《诗》矣。③

《史传》　至邓璨《晋纪》，始立条例。又摆落汉魏，宪章殷

① 杨明照：《增订文心雕龙校注》，北京，中华书局，2000：2页。
② 杨明照：《增订文心雕龙校注》，北京，中华书局，2000：41页。
③ 杨明照：《增订文心雕龙校注》，北京，中华书局，2000：64页。

周，虽湘川曲学，亦有心典谟。及安国立例，乃邓氏之规焉。①

《通变》 商周篇什，丽于夏年。②

《通变》 商周丽而雅。③

《才略》 商周之世，则仲虺垂诰，伊尹敷训；吉甫之徒，并述《诗》《颂》：义固为经，文亦足师矣。④

孔子认为商周文学趋向于文，夏代文学趋向于质，商周文学整体上“丽而雅”，所以孔子评价为“郁郁乎文”，显示出了尚丽尚美的文学观念。刘勰《文心雕龙》顺着这个思路展开论述。认为商周时代，是《诗》之《雅》《颂》大量创作涌现的时候，因为《诗》在后来政教外交场合的重要作用，以及周公“制诗缉颂”、树《诗》为经典，使得“英华日新”的文学新变与文采华美的《雅》《颂》之作成为商周文学的代表作。同时，儒家经典文献《书》《礼》《易》《春秋》也在这段时间先后产生，尤其是《书》在史记文学体裁的启蒙作用，一直影响到后代史传文学的写作，以至于邓璨写作《晋纪》的时候，也是“摆落汉魏”而向“典谟”取法的。合观《文心雕龙》对商周文学的评价，是充满赞美之情的，认为这段时间的文学“丽而雅”，是文质彬彬的典范，是《诗》《书》致用的典范，是后代文学趋向华美而务必回归正本清源的取法所在。

第二，论述商代文学在文体创造方面的继承作用与启蒙作用，往往向前与夏代文学合观：

《颂赞》 颂者，容也，所以美盛德而述形容也。昔帝喾之世，咸黑为颂，以歌《九招》。自《商颂》以下，文理允备。⑤

《颂赞》 夫化偃一国谓之风，风正四方谓之雅，雅容告神谓

① 杨明照：《增订文心雕龙校注》，北京，中华书局，2000：207页。
② 杨明照：《增订文心雕龙校注》，北京，中华书局，2000：397页。
③ 同上。
④ 杨明照：《增订文心雕龙校注》，北京，中华书局，2000：573－574页。
⑤ 杨明照：《增订文心雕龙校注》，北京，中华书局，2000：107－108页。

之颂。风雅序人，故事兼变正；颂主告神，故义必纯美。鲁国以公旦次编，商人以前王追录，斯乃宗庙之正歌，非飨宴之恒咏也。①

《祝盟》　至于商履，圣敬日跻。玄牡告天，以万方罪己，即郊禋之词也；素车祷旱，以六事责躬，即雩禜之文也。②

《铭箴》　箴者，所以攻疾防患，喻针石也。斯文之兴，盛于三代。《夏》《商》二箴，馀句颇存。③

《诔碑》　诔者，累也，累其德行，旌之不朽也。夏商以前，其词靡闻。④

《史传》　古者，左史记事，右史书言。言经则《尚书》，事经则《春秋》也。唐虞流于典、谟，商夏被于诰、誓。⑤

《文心雕龙》独列“论文叙笔”的文体论二十篇，从这个角度看，显示了刘勰对于文学发展史的重视程度。许多问题和理论的阐释，都是在具体的文体发展史中进行的。商代文学前承上古三代、夏代，在文体发展史上占据了重要的地位。刘勰认为，“颂”“祝”二体在商代成熟起来，“诔”体在商代正式形成，“箴”体在商代得以保存，《尚书》的“诰”“誓”二体在商代非常兴盛。商代文学主要的价值功能是保存了上古文体与形成新的文体，在文体发展史上作用巨大。刘勰并不赞美商代文学，这或许与孔子征圣文王作《易》、赞美周公定六经有关，因为商代没有出色的儒家圣人被孔子尊崇过，反倒是上古尧舜被孔子提及较多，而刘勰征圣、宗经、论文的观念与孔子完全一致。由此可见，断代文学的兴盛，一定要与出色的作家、政治家相联系，所以尽管商代历经五百余年，文学成就却没有得到《文心雕龙》较高的单独评价，这与周代文学的崇高地位迥然不同。

---

① 杨明照：《增订文心雕龙校注》，北京，中华书局，2000：108页。
② 杨明照：《增订文心雕龙校注》，北京，中华书局，2000：122页。
③ 杨明照：《增订文心雕龙校注》，北京，中华书局，2000：140页。
④ 杨明照：《增订文心雕龙校注》，北京，中华书局，2000：154页。
⑤ 杨明照：《增订文心雕龙校注》，北京，中华书局，2000：205页。

第三，对周代文学的极高褒扬，这与孔子“吾从周”的文学理想显然是高度一致的。《文心雕龙》赞美周代文学不遗余力，从整体风貌、文体发展、经典作家、经典作品、典型意义等角度列出了数十条论述意见。可归纳于下：

（1）论述以五经为首的周代文学在创作技法上的整体特点与垂范作用：

《征圣》 故知繁略殊形，隐显异术，抑引随时，变通适会，征之周、孔，则文有师矣。①

《文心雕龙》全书充满着浓厚的宗经色彩，对于五经，刘勰不吝褒赞之词。常常在论述到后代文学不能正确新变的时候，就主张“还宗经诰”“熔铸经典”“必先雅制”“隐括雅俗”“正末归本”等意见。论述风格，以儒门“典雅”为宗；论述习染，以模拟经典为式；论述技法，以《诗》兴《骚》比为例；等等。一个重要的原因是，经典在写作技法上做到了“繁略殊形，隐显异术，抑引随时，变通适会”，这是其他文献或文学作品不能望其项背的。六经成于周公编订，经孔子镕均删述，是百世不易的万代仪表。具体体现在如下几个方面：

在内容上：

《宗经》《易》惟谈天，入神致用。故《系》称：旨远、辞文、言中、事隐。韦编三绝，固哲人之骊渊也。《书》实记言，而训诂茫昧，通乎《尔雅》，则文意晓然。故子夏叹《书》：“昭昭若日月之明，离离如星辰之行”，言照灼也。《诗》主言志，诂训同《书》，摛风裁兴，藻辞谲喻，温柔在诵，故最附深衷矣。《礼》以立体，据事制范，章条纤曲，执而后显，采掇片言，莫非宝也。《春秋》辨理，一字见义：五石六鹢，以详略成文；雉门两观，以先后显旨。其婉章志晦，谅已邃矣。②

---

① 杨明照：《增订文心雕龙校注》，北京，中华书局，2000：17 页。
② 杨明照：《增订文心雕龙校注》，北京，中华书局，2000：26 页。

在功能上：

《宗经》　三极彝训，其书曰经。经也者，恒久之至道，不刊之鸿教也。故象天地，效鬼神，参物序，制人纪，洞性灵之奥区，极文章之骨髓者也。①

《宗经》　后进追取而非晚，前修久用而未先：可谓太山遍雨，河润千里者也。②

在风格上：

《征圣》　或简言以达旨，或博文以该情，或明理以立体，或隐义以藏用。故《春秋》一字以褒贬，丧服举轻以包重，此简言以达旨也。《邠诗》联章以积句，《儒行》缛说以繁辞，此博文以该情也。《书》契决断以象《夬》，文章昭晰以象《离》，此明理以立体也。“四象”精义以曲隐，“五例”微辞以婉晦，此隐义以藏用也。③

在文体演变史上：

《宗经》　故论说辞序，则《易》统其首；诏策章奏，则《书》发其源；赋颂歌赞，则《诗》立其本；铭诔箴祝，则《礼》总其端；记传盟檄，则《春秋》为根：并穷高以树表，极远以启疆，所以百家腾跃，终入环内者也。④

在创作原理与审美特征上：

《宗经》　故文能宗经，体有六义：一则情深而不诡，二则风清而不杂，三则事信而不诞，四则义贞而不回，五则体约而不芜，

---

① 杨明照：《增订文心雕龙校注》，北京，中华书局，2000：26 页。
② 杨明照：《增订文心雕龙校注》，北京，中华书局，2000：27 页。
③ 杨明照：《增订文心雕龙校注》，北京，中华书局，2000：17 页。
④ 杨明照：《增订文心雕龙校注》，北京，中华书局，2000：27 页。

六则文丽而不淫。故扬子比雕玉以作器，谓五经之含文也。①

因为《文心雕龙》全面地论述到了五经在写法、功能、风格、审美、影响等方面的典型意义，所以后来的文学发展必须以儒家经典为准绳。符合这个要求的，就是好的发展；不合这个要求的，就是不良的发展。由此定下全书文论与美学理论的基调。所以詹福瑞、李建中、孙蓉蓉等研究者认为《宗经》篇才是《文心雕龙》“枢纽论”的核心，进而成为全书理论的核心。笔者同意这个意见，并认为：从《宗经》这个核心推演开来，可以肯定地看到刘勰《文心雕龙》文学思想以儒家为主导这一事实。而对于《体性》风格“八体”之渊源，徐复观先生认为“其中有五体是从五经当中流出的”，这五体是，“典雅”出于五经的整体风貌，“远奥”出于“隐义以藏用”，“精约”出于“简言以达旨”，“繁缛”出于“博文以该情”，“显附”出于“明理以立体”。显然，徐先生的意见是认为“八体”出于五经文体风格论。从文体特征的角度看，这个说法是有道理的。也有研究者认为八体出于《周易》文王八卦，这是从《文心雕龙》风格论的哲学渊源角度来看的。二者各成其说，皆有可取之处。

（2）论述周代文学在文体发展史上承上启下的作用，这是周代文学的一个重要价值，也是篇幅最长、内容最多的部分：

《祝盟》 在昔三王，诅盟不及，时有要誓，结言而退。周衰屡盟，弊及要劫，始之以曹沫，终之以毛遂。②

《铭箴》 及周之辛甲，百官箴阙，唯《虞箴》一篇，体义备焉。③

《诔碑》 周世盛德，有铭、诔之文。大夫之材，临丧能诔。诔者，累也，累其德行，旌之不朽也。夏商以前，其词靡闻。周虽

① 杨明照：《增订文心雕龙校注》，北京，中华书局，2000：27 页。
② 杨明照：《增订文心雕龙校注》，北京，中华书局，2000：123 页。
③ 杨明照：《增订文心雕龙校注》，北京，中华书局，2000：140 页。

有诔，未被于士。①

《诔碑》 若夫殷臣咏汤，追褒《玄鸟》之祚；周史歌文，上阐后稷之烈：诔述祖宗，盖诗人之则也。②

《诔碑》 周穆纪迹于弇山之石，亦古碑之意也。③

《史传》 自周命维新，姬公定法，三正以班历，贯四时以联事。诸侯建邦，各有国史，“彰善瘅恶，树之风声”。④

《诏策》 戒敕为文，实诏之切者；周穆命“郊父受敕宪”，此其事也。⑤

《檄移》 昔有虞始戒于国，夏后初誓于军，殷誓军门之外，周将交刃而誓之。故知帝世戒兵，三王誓师，宣训我众，未及敌人也。至周穆西征，祭公谋父称，古“有威让之令，令有文告之辞”，即檄之本源也。⑥

《书记》 故谓谱者，普也。注序世统，事资周普。郑氏谱《诗》，盖取乎此。⑦

《书记》 券者，束也。明白约束，以备情伪，字形半分，故周称判书。⑧

《章句》 五言见于周代，《行露》之章是也；六言、七言，杂出《诗》《骚》。情数运周，随时代用矣。⑨

从上述论述来看，盟体因为政治格局的混乱，显得非常衰落；箴体在周代几乎不存；铭、诔两体因为“盛德”之故，在周代极为兴盛；碑体与史记在

---

① 杨明照：《增订文心雕龙校注》，北京，中华书局，2000：154 页。
② 杨明照：《增订文心雕龙校注》，北京，中华书局，2000：155 页。
③ 同上。
④ 杨明照：《增订文心雕龙校注》，北京，中华书局，2000：205 页。
⑤ 杨明照：《增订文心雕龙校注》，北京，中华书局，2000：266 页。
⑥ 杨明照：《增订文心雕龙校注》，北京，中华书局，2000：281 页。
⑦ 杨明照：《增订文心雕龙校注》，北京，中华书局，2000：347 页。
⑧ 杨明照：《增订文心雕龙校注》，北京，中华书局，2000：348 页。
⑨ 杨明照：《增订文心雕龙校注》，北京，中华书局，2000：441 页。

周代才刚刚兴起；檄体源于周代战争“文告之辞”；诏体起于周王口谕；谱体受周谱影响很大；券体源于周代判书；五言诗歌在周代开始出现，商周《诗》中还间或有六言、七言杂出的杂言诗。刘勰从这一现象中总结出了文学“情数运周”而有断代之分的规律。相比于商代文学对文体发展史的贡献，周代文学明显具有如下几个特征：一是文体种类大大增加，显示了文学繁荣昌盛的发展特点；二是许多新兴的文体都与国家战争、政治、君王号令有关，这实际上暗示了文学发展必然受到政治影响的外在规律，《时序》篇就专门为此而作；三是文体有盛就有衰，一些衰落的文体在周代处于消亡状态，这是文学发展符合自然兴衰的规律所致，暗中与新变、代谢的自然之道相合；四是通过文体演化，可以看出文学发展“随时代用”的决定性因素，没有实用价值的文体，会被逐渐淘汰掉；五是周代文学的兴盛局面，主要是由应用文为主构成的。当然，我们必须强调的一个观念是，所谓的周代文学，是指应用文与《诗》并称的泛文体概念，不是专门的纯文学概念。

（3）论述周代文学的整体风貌：

> 《征圣》 远称唐世，则焕乎为盛；近褒周代，则郁哉可从：此政化贵文之征也。①
>
> 《铭箴》 夏铸九牧之金鼎，周勒肃慎之楛矢，令德之事也。②
>
> 《章表》 周监二代，文理弥盛。③

在刘勰笔下，周代文学整体上是“郁哉可从”“文理弥盛”的，背后的推动因素是“令德之事”所致。显然，这完全是孔子“周监二代，郁郁乎文”以及对文王、周公令德赞美的翻版。

（4）分析周代文学兴旺发达的制度化、规范化原因：

> 《祝盟》 及周之太祝，掌六祝之辞。是以“庶物咸生”，陈于

---

① 杨明照：《增订文心雕龙校注》，北京，中华书局，2000：17页。
② 杨明照：《增订文心雕龙校注》，北京，中华书局，2000：139页。
③ 杨明照：《增订文心雕龙校注》，北京，中华书局，2000：306页。

天地之郊；“旁作穆穆”，唱于迎日之拜；“夙兴夜处”，言于祔庙之祀；“多福无疆”，布于少牢之馈；宜、社、类、祃，莫不有文：所以寅虔于神祇，严恭于宗庙也。①

《祝盟》　又汉代山陵，哀策流文；周丧盛姬，内史执策。②

《诏策》　虞重纳言，周贵喉舌；故两汉诏诰，职在尚书。③

《奏启》　若乃按劾之奏，所以明宪清国。昔周之太仆，绳愆纠谬；秦有御史，职主文法；汉置中丞，总司按劾。④

刘勰以为，周代文学之所以兴盛，一个非常重要的原因是制度化、秩序化，在国家政治活动中对文学事业的发展有极大推动作用。虽然文学仍然依附于政治，但是，这种有序的制度，大大推动了文学事业的兴旺发达，在历史上，只有汉代才可以与周代相媲美。因此，《文心雕龙》一书中对文学史的论述，往往以政治有道无道、是否尊崇儒学为依据，认为礼乐政教制度完善并得以执行的时代，其文学必然昌盛，并在书中提出建立秩序化、理想化的文学发展模式，这就是复归商周，宗经征圣，以“圣文雅丽，衔华佩实”为创作标准与审美标准，对文学新变进行正确的指引和规范，改变“文辞讹滥”“流弊不还”的文坛现状。

（5）论述文学发展承前启后的规律，周代文学对后代文学发展的影响：

《明诗》　汉初四言，韦孟首唱；匡谏之义，继轨周人。⑤

《通变》　至于序志述时，其揆一也。暨楚之骚文，矩式周人。⑥

（6）将周代文学与近当代文学作对比，得出今不如昔的结论：

---

① 杨明照：《增订文心雕龙校注》，北京，中华书局，2000：122－123 页。
② 杨明照：《增订文心雕龙校注》，北京，中华书局，2000：123 页。
③ 杨明照：《增订文心雕龙校注》，北京，中华书局，2000：265 页。
④ 杨明照：《增订文心雕龙校注》，北京，中华书局，2000：318 页。
⑤ 杨明照：《增订文心雕龙校注》，北京，中华书局，2000：64 页。
⑥ 杨明照：《增订文心雕龙校注》，北京，中华书局，2000：397 页。

《比兴》 若斯之类，辞赋所先；日用乎比，月忘乎兴：习小而弃大，所以文谢于周人也。①

以上两条，其核心意义在于对周代文学继续赞美，指出周代文学对后代诗歌、辞赋体裁发展的影响，同时包含如下几个意见：一是“诗可以怨”的匡谏之义对汉代诗歌的影响；二是“楚之骚文，矩式周人”，是指班固“赋者，古诗之流也”的骚从诗出的意见；三是在创作手法上，“比显而兴隐”，汉赋用“比”太多，其文“淫丽”，不如《诗》之比兴兼备而有“丽则”之美。于此，刘勰再次将汉赋“丽辞雅义”的创作标准在写作手法的得失问题上渗透进来。

(7) 论述杰出作家与政治家周公、孔子对后代文学的影响：

《征圣》 征之周、孔，则文有师矣。②

《颂赞》 《时迈》一篇，周公所制；哲人之颂，规式存焉。③

《铭箴》 周公慎言于金人，仲尼革容于欹器：列圣鉴戒，其来久矣。④

《史传》 史肇轩黄，体备周、孔。⑤

《论说》 说之善者，伊尹以论味隆殷，太公以辨钓兴周。⑥

出于建立征圣、宗经的文论体系的目的，出于对周代文学赞美的目的，出于为后代文学树立极则的目的，《文心雕龙》对参与五经制作、删述的代表人物周公与孔子二人寄予了最高级别的褒赞。对周公，刘勰以为他留下了《颂赞》《史传》文体的经典作品，留下了“金人慎言”的千年美誉，是后代为“文有师”的典型代表；对孔子，赞美弥漫全书；对“辨钓兴周”的

---

① 杨明照：《增订文心雕龙校注》，北京，中华书局，2000：457 页。
② 杨明照：《增订文心雕龙校注》，北京，中华书局，2000：17 页。
③ 杨明照：《增订文心雕龙校注》，北京，中华书局，2000：108 页。
④ 杨明照：《增订文心雕龙校注》，北京，中华书局，2000：139 页。
⑤ 杨明照：《增订文心雕龙校注》，北京，中华书局，2000：208 页。
⑥ 杨明照：《增订文心雕龙校注》，北京，中华书局，2000：247 页。

姜太公，给予“说之善者”的评价，这是借言论文、言文一致、言文皆丽的代表。

（8）论述周代文学的杰出作品对后代的影响或其理论价值作用，这种情况又分为三类意见：

一是引用《周礼》所载的文章或语句，来对应评价后代作家的创作或失误：

> 《诏策》 自教以下，则又有命。《诗》云：“有命自天。”明命为重也。《周礼》曰：“师氏诏王。”明诏为轻也。今诏重而命轻者，古今之变也。①
>
> 《书记》 刺者，达也。《诗》人讽刺，《周礼》三刺；事叙相达，若针之通结矣。②
>
> 《练字》 先王声教，书必同文：輶轩之使，纪言殊俗，所以一字体，总异音。《周礼》保氏，掌教六书；秦灭旧章，以吏为师。③
>
> 《指瑕》 又《周礼》井赋，旧有“匹马”；而应劭释“匹”，或量首数蹄，斯岂辩物之要哉？④

二是引用《周易》的语句，来论述文学的创作：

> 《附会》 若首唱荣华，而媵句憔悴，则遗势郁湮，馀风不畅：此《周易》所谓“臀无肤，其行次且”也。⑤

需要指出的是，据王更生先生搜集梳理，《文心雕龙》引用《周易》多达一百四十二处之多。本处所见，只不过是唯一直接称“《周易》”的例子，仅一斑而已。

---

① 杨明照：《增订文心雕龙校注》，北京，中华书局，2000：266 页。
② 杨明照：《增订文心雕龙校注》，北京，中华书局，2000：348 页。
③ 杨明照：《增订文心雕龙校注》，北京，中华书局，2000：484 页。
④ 杨明照：《增订文心雕龙校注》，北京，中华书局，2000：501 页。
⑤ 杨明照：《增订文心雕龙校注》，北京，中华书局，2000：520－521 页。

三是赞美周代文学的兴盛发达，以《诗》为主要对象：

《时序》 逮姬文之德盛，《周南》勤而不怨；太王之化淳，《邠风》乐而不淫。①

《文心雕龙》引《诗》一百四十一处，本处仅为《周南》之一处，特作说明。

四是引用《周书》记载的语句，作为论述文学方法或作家修养的标准：

《议对》 周爰咨谋，是谓为议。议之言宜，审事宜也。《易》之《节卦》："君子以制度数，议德行。"《周书》曰："议事以制，政乃弗迷"。议贵节制，经典之体也。②

《风骨》 若骨采未圆，风辞未练，而跨略旧规，驰骛新作，虽获巧意，危败亦多；岂空结奇字，纰缪而成经矣？《周书》云："辞尚体要，弗惟好异。"盖防文滥也。③

《程器》《周书》论士，方之梓材，盖贵器用而兼文采也。④

《序志》 盖《周书》论辞，贵乎体要；尼父陈训，恶乎异端：辞训之异，宜体于要。⑤

刘勰引用《周书》，用于文体创作论、"风骨"创造论、"梓才"标准论、写作技巧论等几个方面，直接将《周书》的叙述用于写作之道的方方面面。

（9）赞美"圣历方兴"文学事业之鼎盛：

《时序》 今圣历方兴，文思光被；海岳降神，才英秀发；驭飞龙于天衢，驾骐骥于万里。经典礼章，跨周轹汉；唐、虞之文，其鼎盛乎！鸿风懿采，短笔敢陈？飏言赞时，请寄明哲！⑥

---

① 杨明照：《增订文心雕龙校注》，北京，中华书局，2000：539 页。
② 杨明照：《增订文心雕龙校注》，北京，中华书局，2000：332 页。
③ 杨明照：《增订文心雕龙校注》，北京，中华书局，2000：389 页。
④ 杨明照：《增订文心雕龙校注》，北京，中华书局，2000：598 页。
⑤ 杨明照：《增订文心雕龙校注》，北京，中华书局，2000：610 页。
⑥ 杨明照：《增订文心雕龙校注》，北京，中华书局，2000：542 页。

当前，“龙学”界普遍的意见是认为刘勰在此赞美的是“皇齐御宝”，周绍恒等先生则认为《文心雕龙》成书于梁代，刘勰赞美的是梁武帝。不论是齐是梁，刘勰均显示了极高的策略意识与避讳原则。作家活在当下，必然尊重当下。钟嵘《诗品》也是这样，不论当代，只追往古。其说曰：

> 方今皇帝，资生知之上才，体沈郁之幽思，文丽日月，赏究天人。昔在贵游，已为称首。况八纮既奄风靡云蒸，抱玉者联肩，握珠者踵武。以瞰汉魏而不顾，吞晋宋于胸中。谅非农歌辕议，敢致流别。嵘之今录，庶周旋于闾里，均之于谈笑耳。①

说来说去，就是担心自己品鉴不周，得罪了人，那岂不糟糕？我们当然不好说钟嵘此论是否受到刘勰为尊者讳、为尊者赞的影响，但是，钟嵘比刘勰走得更远，考虑得更周全，倒是真的：

> 一品之中，略以世代为先后，不以优劣为诠次。又其人既往，其文克定。今所寓言，不录存者。②

钟嵘品鉴流别，除了不录当下帝王皇室之外，还有一个原则，“不录存者”，凡是活着的诗人作者，概不考虑。这就避免了许多得罪人的可能，更少了很多因必须避讳而不中肯、不合己意的评价。可见，一个成熟的写作研究者，不仅要为自己的理论主张寻找出路，充分论述，更要关注写作的一些禁忌，注意避讳原则与策略意识。

第四节　树德建言的春秋笔法

《春秋》一书是孔子所作，《史记·儒林传·序》记载孔子著此书时说：“因史记作春秋，以当王法，其辞微而指博，后世学者多录焉。”③ 记述了

① 张怀瑾：《钟嵘诗品评注》，天津，天津古籍出版社，1997：107 页。
② 张怀瑾：《钟嵘诗品评注》，天津，天津古籍出版社，1997：116 页。
③ （汉）司马迁：《史记》（影印本），北京，中华书局，1997：3115 页。

《春秋》一书的资料来源、功能、风格、写法，成为泽被后世的名著。司马迁在《史记·孔子世家》中对此另有详细的说明，孔子自述在政治追求失败后，写作《春秋》一书的缘起与目的时说：

> 子曰："弗乎弗乎，君子病没世而名不称焉。吾道不行矣，吾何以自见于后世哉?"乃因史记作春秋，上至隐公，下讫哀公十四年，十二公。据鲁，亲周，故殷，运之三代。约其文辞而指博。故吴楚之君自称王，而春秋贬之曰"子"；践土之会实召周天子，而春秋讳之曰"天王狩于河阳"：推此类以绳当世。贬损之义，后有王者举而开之。春秋之义行，则天下乱臣贼子惧焉。①

除了阐释《春秋》的详细内容、写作目的与特点功能外，孔子非常担心名节不彰，"君子病没世而名不称"，不能"自见于后世"，故而著述立论，写作《春秋》，是想以此载道之外，更能彰显名节。《文心雕龙》"树德建言"的写作目的显然也有此意。孔子的意见对司马迁论说《春秋》有积极的影响。司马迁精辟的见解是这样的：

> 上大夫壶遂曰："昔孔子何为而作《春秋》哉"？太史公曰："余闻董生曰：'周道衰废，孔子为鲁司寇，诸侯害子，大夫雍之。孔子知言之不用，道之不行也，是非二百四十二年之中，以为天下仪表，贬天子，退诸侯，讨大夫，以达王事而已矣。'子曰：'我欲载之空言，不如见之于行事之深切著明也。'夫《春秋》，上明三王之道，下辨人事之纪，别嫌疑，明是非，定犹豫，善善恶恶，贤贤贱不肖，存亡国，继绝世，补弊起废，王道之大者也。"②

《春秋》记载历史，其根本目的是为了以史为鉴，明道治国。所以史称"春秋笔法"者，一则纪实，二则秉承儒家"怨而不怒" "主文谲谏"之

① （汉）司马迁：《史记》（影印本），北京，中华书局，1997：1943 页。

② （汉）司马迁：《史记》（影印本），北京，中华书局，1997：3297 页。

“义”。孟子与司马迁的这些意见，是刘勰对《春秋》艺术性与价值意义判断的重要来源。《文心雕龙》在论述《春秋》之“义”时，是这样说的：

《征圣》《春秋》一字以褒贬，丧服举轻以包重，此简言以达旨也。①

《宗经》《春秋》“五例”。②

《宗经》《春秋》辨理，一字见义：五石六鹢，以详略成文；雉门两观，以先后显旨。其婉章志晦，谅已邃矣。③

《宗经》《春秋》则观辞立晓，而访义方隐。④

《宗经》记传盟檄，则《春秋》为根。⑤

这些集中在《征圣》《宗经》篇中的论述，可以看出刘勰对《春秋》的几个看法：一是具有言简意赅，“一字褒贬”的精约的特点；二是具有“五例”的写法；三是“一字见义”之约与“婉章志晦”之隐和谐统一；四是“观辞立晓，访义方隐”，并不直言；五是从《春秋》中流出了“记传盟檄”等多种文体。很显然，这些论述，其核心集中在《春秋》“五例”上，即《春秋》的五种写作手法上。范文澜先生注“五例”曰：

杜预《春秋左氏传序》：“为例之情有五：一曰微而显；二曰志而晦；三曰婉而成章；四曰尽而不污；五曰惩恶而劝善。”⑥

“微而显”即“一字见义”之精约昭明；“志而晦”“婉而成章”即“婉章志晦”之隐义婉约；“尽而不污”即实录史记；“惩恶劝善”即因“一字褒贬”而使“乱臣贼子惧”的警诫作用。所以，《春秋》一书最核心的一条是“观辞立晓，而访义方隐”，本着儒家“主文谲谏”“温柔敦厚”“尊贤隐

---

① 杨明照：《增订文心雕龙校注》，北京，中华书局，2000：17 页。
② 杨明照：《增订文心雕龙校注》，北京，中华书局，2000：26 页。
③ 同上。
④ 杨明照：《增订文心雕龙校注》，北京，中华书局，2000：27 页。
⑤ 同上。
⑥ 范文澜：《文心雕龙注》，北京，人民文学出版社，1982：20 页。

讳”的言说方式进行写作。这就是“其义则丘窃取之也”之“义”的意思。《春秋》与《诗》，二者在“隐义”与讽谏方式上殊途同归，其目的均指向政教、治国、致用这一核心主题，在写法上差不多。

“五例”之“隐”，是《春秋》最主要的特点。《史传》篇在简述孔子作《春秋》与左丘明作《左氏传》时说：

> 昔者夫子闵王道之缺，伤斯文之坠，静居以叹凤，临衢而泣麟，于是就太师以正《雅》《颂》，因鲁史以修《春秋》。举得失以表黜陟，征存亡以标劝戒；褒见一字，贵逾轩冕；贬在片言，诛深斧钺。然睿旨幽隐，经文婉约，丘明同时，实得微言。乃原始要终，创为传体。①

在刘勰看来，《春秋》的特点主要就是“睿旨幽隐，经文婉约”，孔子以这种手法来进行“举得失以表黜陟，征存亡以标劝戒”的警诫讽谏，促使《春秋》的价值“褒见一字，贵逾轩冕；贬在片言，诛深斧钺”，可渭非同凡响。《春秋》在儒家文献中以“隐义”为特色，刘勰在《文心雕龙》中对此多有论述。仅《征圣》《宗经》两篇，与此相关的论述就有许多：

> 《征圣》　五例微辞以婉晦。②
>
> 《征圣》　隐显异术。③
>
> 《征圣》　虽精义曲隐，无伤其正言；微辞婉晦，不害其体要。④
>
> 《宗经》《春秋》则观辞立晓，而访义方隐。⑤

刘勰并举数经，认为《春秋》与《周易》在“隐义”上具有一致性，而且“体要与微辞偕通”，很好地做到了隐与显、隐义与史记文体的结合；又认

① 杨明照：《增订文心雕龙校注》，北京，中华书局，2000：205 页。
② 杨明照：《增订文心雕龙校注》，北京，中华书局，2000：17 页。
③ 同上。
④ 杨明照：《增订文心雕龙校注》，北京，中华书局，2000：18 页。
⑤ 杨明照：《增订文心雕龙校注》，北京，中华书局，2000：27 页。

为《春秋》与《尚书》在“辞约旨丰，事近喻远”上具有一致性。因此总结出“繁略殊形，隐显异术，抑引随时，变通适会”的特点。《春秋》记载历史，在简约、显隐、征时等方面具有鲜明的特色。

顺此，刘勰以“隐”为写作技法来论述各家文体与“隐秀”之美，使之成为《文心雕龙》一书中重要的写作技法与审美追求，这一思想贯通全书。《隐秀》篇作为核心重点，有另文专述。现略举《文心雕龙》用“隐”之例以证之。

首先，用于“记传檄盟”等出自《春秋》的文学体裁或写作纲领的评价：

(1) 实录无隐之旨。(《史传》)①

(2) 若乃尊贤隐讳，固尼父之圣旨，盖纤瑕不能玷瑾瑜也。(《史传》)②

(3) 露板以宣众，不可使义隐。(《檄移》)③

其次，用于具有“隐”这一特点的其他文体，往往与《周易》之“隐”合用：

(1) 经显，圣训也；纬隐，神教也。(《正纬》)④

(2) 观夫荀结隐语，事数自环，宋发夸谈，实始淫丽。(《诠赋》)⑤

(3) 隐心而结文则事惬，观文而属心则体奢。(《哀吊》)⑥

(4) 讔者，隐也。遁辞以隐意，谲譬以指事也。(《谐隐》)⑦

---

① 杨明照：《增订文心雕龙校注》，北京，中华书局，2000：206页。
② 杨明照：《增订文心雕龙校注》，北京，中华书局，2000：208页。
③ 杨明照：《增订文心雕龙校注》，北京，中华书局，2000：282页。
④ 杨明照：《增订文心雕龙校注》，北京，中华书局，2000：41－42页。
⑤ 杨明照：《增订文心雕龙校注》，北京，中华书局，2000：96页。
⑥ 杨明照：《增订文心雕龙校注》，北京，中华书局，2000：168页。
⑦ 杨明照：《增订文心雕龙校注》，北京，中华书局，2000：195页。

(5) 事以明核为美，不以环隐为奇：此纲领之大要也。(《议对》)①

特别在《谐隐》篇中，重点论述了“隐语隐言”之用：

(1) 昔还社求拯于楚师，喻眢井而称麦麹；叔仪乞粮于鲁人，歌珮玉而呼庚癸；伍举刺荆王以大鸟，齐客讥薛公以海鱼；庄姬托辞于龙尾，臧文谬书于羊裘。隐语之用，被于纪传。(《谐隐》)②

(2) 昔楚庄、齐威，性好隐语。至东方曼倩，尤巧辞述。但谬辞诋戏，无益规补。自魏代以来，颇非俳优，而君子嘲隐，化为谜语。谜也者，回互其辞，使昏迷也。或体目文字，或图象品物，纤巧以弄思，浅察以衒辞，义欲婉而正，辞欲隐而显。荀卿《蚕赋》，已兆其体。至魏文、陈思，约而密之。高贵乡公，博举品物，虽有小巧，用乖远大。观夫古之为隐，理周要务，岂为童稚之戏谑，搏髀而忭笑哉！然文辞之有谐隐，譬九流之有小说，盖稗官所采，以广视听。若效而不已，则髡朔之入室，旃孟之石交乎？(《谐隐》)③

最主要的，还是用于对文学写作“隐”之手法、风格、文采、思维、写作过程、写作规律、文辞修饰、声律练字等各个方面问题的论述。这种运用，往往与《周易》之“隐”结合起来。具体又可以分为如下几类：

一是写作发展史论：

(1) 逮及商周，文胜其质，《雅》《颂》所被，英华日新。文王患忧，繇辞炳曜，符采复隐，精义坚深。(《原道》)④

(2) 世夐文隐，好生矫诞。(《正纬》)⑤

---

① 杨明照：《增订文心雕龙校注》，北京，中华书局，2000：333 页。
② 杨明照：《增订文心雕龙校注》，北京，中华书局，2000：195 页。
③ 杨明照：《增订文心雕龙校注》，北京，中华书局，2000：195 页。
④ 杨明照：《增订文心雕龙校注》，北京，中华书局，2000：2 页。
⑤ 杨明照：《增订文心雕龙校注》，北京，中华书局，2000：40 页。

(3) 暨乎后汉，小学转疏，复文隐训，臧否亦半。(《练字》)①

(4) 岂直才悬，抑亦字隐。(《练字》)②

二是风格理论：

(1) 子云沈寂，故志隐而味深。(《体性》)③

(2) 士衡矜重，故情繁而辞隐。(《体性》)④

(3) 经典隐暧，方册纷纶。(《练字》)⑤

(4) 奥者复隐，诡者亦曲。(《总术》)⑥

三是写作规律探索：

(1) 神宝藏用，理隐文贵。(《正纬》)⑦

(2) 枢机方通，则物无隐貌。(《神思》)⑧

(3) 沿隐以至显，因内而符外。(《体性》)⑨

(4) 斯斟酌乎质文之间，而隐括乎雅俗之际，可与言通变矣。(《通变》)⑩

(5) 是以联辞结采，将欲明理，采滥辞诡，则心理愈翳。固知翠纶桂饵，反所以失鱼。"言隐荣华"，殆谓此也。(《情采》)⑪

(6) 隐括情理，矫揉文采。(《熔裁》)⑫

---

① 杨明照：《增订文心雕龙校注》，北京，中华书局，2000：484 页。
② 同上。
③ 杨明照：《增订文心雕龙校注》，北京，中华书局，2000：380 页。
④ 同上。
⑤ 杨明照：《增订文心雕龙校注》，北京，中华书局，2000：485 页。
⑥ 杨明照：《增订文心雕龙校注》，北京，中华书局，2000：530 页。
⑦ 杨明照：《增订文心雕龙校注》，北京，中华书局，2000：41 页。
⑧ 杨明照：《增订文心雕龙校注》，北京，中华书局，2000：369 页。
⑨ 杨明照：《增订文心雕龙校注》，北京，中华书局，2000：379 页。
⑩ 杨明照：《增订文心雕龙校注》，北京，中华书局，2000：397 - 398 页。
⑪ 杨明照：《增订文心雕龙校注》，北京，中华书局，2000：416 页。
⑫ 杨明照：《增订文心雕龙校注》，北京，中华书局，2000：425 页。

(7) 丹青初炳而后渝，文章岁久而弥光。若能隐括于一朝，可以无惭于千载也。(《指瑕》)①

四是修辞技法、写作手法论（《隐秀》篇略）：

(1) 割弃支离，宫商难隐。(《声律》)②

(2) “比”显而“兴”隐。(《比兴》)③

(3) 巧言易标，拙辞难隐。(《指瑕》)④

五是写作功能阐释：

(1) 立德何隐，含道必授。(《诸子》)⑤

(2) 五都隐赈而封。(《论说》)⑥

(3) 警郡守以恤隐。(《诏策》)⑦

从《文心雕龙》上述对“隐”的使用情况来看，刘勰特别重视“显隐异术”的写作方法论，而这种方法，是《春秋》与《周易》互通的；据此，儒家经典对于《文心雕龙》所论述的写作技法、写作规范、审美标准的渊源作用彰显无遗；复次，儒家经典对于《文心雕龙》全书写作理论的贯通与所起到的主导作用，得到了具体充分的实证。

上述所论，仅仅是《春秋》一书的运用与功能。通过这样的分析我们可以知道，“圣文雅丽”之“雅”，是指思想内容正确规范，符合儒家礼乐雅正之义；“丽”是指经典之美，这种美可以是外显的华丽之美，也可以是内隐的含蓄之美。于是，《原道》篇声文、形文视觉与听觉的和谐动态美与华丽文采美，就从外显的唯一表现方式，内化为人文有采的外显与内隐两种

① 杨明照：《增订文心雕龙校注》，北京，中华书局，2000：501 页。
② 杨明照：《增订文心雕龙校注》，北京，中华书局，2000：432 页。
③ 杨明照：《增订文心雕龙校注》，北京，中华书局，2000：456 页。
④ 杨明照：《增订文心雕龙校注》，北京，中华书局，2000：500 页。
⑤ 杨明照：《增订文心雕龙校注》，北京，中华书局，2000：230 页。
⑥ 杨明照：《增订文心雕龙校注》，北京，中华书局，2000：247 页。
⑦ 杨明照：《增订文心雕龙校注》，北京，中华书局，2000：266 页。

表现方式。人文虽然源自“自然之道”，但人文之采，则有其自身特殊的特点。同时，“显隐异术”各自成为贯通《文心雕龙》全书的写作技法与审美评价标准，这是后代各体文章都要向经典学习的。

结　论

综上所述，从儒、道、兵、法、阴阳、纵横、佛、玄、神秘文化、史传著作等方面的思想内容及其对《文心雕龙》文学思想所产生的影响情况来看，我们可以归纳出以下几点认识：

第一，《文心雕龙》以儒家思想为主导，结合道家思想与其他各家思想为辅助，体现了折中诸家而独尊儒学的鲜明思想取法。具体而言，“雅”出于儒家，儒家主张“雅丽”并重，而“丽”还有汇聚诸家思想的理论渊源之义。道家文艺美学思想重视对“美”和“妙”的探讨，同时，从《庄子》开始谈“丽”，《淮南子》大量论“丽”，但是道家论隐幽，谈避世，不论政，不谈雅，即“丽而不雅”。这样，“雅”与“丽”的结合，需要在整体上综合儒家和道家文艺美学思想，才能得到既雅且丽的结果。再按照刘勰《辨骚》篇的说法，“丽”是来自楚辞之“奇”的，汉赋随流而下，“追风以入丽”；而根据《时序》《才略》等篇的论述，屈宋楚辞的源头，是“纵横之诡俗”，是出于谈天飞誉、雕龙驰响、飞辩驰术的阴阳家和纵横家。由此联系到刘勰对《文心雕龙》书名解释中提到的邹奭“谈天雕龙”的言说之术，瑰丽迂回，虚诞莫测；联系到端木赐、烛之武、苏秦、张仪、范雎、蔡泽、李斯等人的游说君王干预政治的言辞技巧之术；联系到孟子的雄辩无敌、墨子的难楚存宋、鬼谷子的《飞钳》精术——这些“诡丽”的言辞技巧才是辞赋“奇丽”特点的根本来源。这就是说，是语言之“丽”影响到了文学之“丽”，从而形成“言文皆丽”的历史演变脉络。以儒家经典为代表的作品，其主要特点是思想内容与语言文辞的雅正规范。于是，五经之“雅”与辞赋之“丽”的结合，就成为“衔华佩实”的“雅丽”文学思想。《风骨》篇说：“熔铸经典之范，翔集子史之术”，经典雅正，史书实录，子书技法思想多样而丰富，这不仅是刘勰主张的作文如何才能有“风骨”的取法原则，实际上更是刘勰本人文学美学思想博杂精深、熔铸百家的来源所在。《文心雕龙》一书，其思想绝非儒家、道家、佛家三家所能概括，至少还包含阴阳家、纵横家、法家、墨家、兵家、玄学思想，并融会贯通，熔为一炉。而在所有的这些学术思想中，最主要的是儒家。

第二，《文心雕龙》的文学思想源出儒家的“雅丽”思想。这一思想体现了“文源于道，郁然有采”的文学本源与其尚丽因素的哲学依据，体现了“自然之道”循环相因的新变意识，体现了征圣宗经的经典意识与思想规范，体现了折中“雅”“丽”的思维方法，体现了上溯先秦、取法两汉的史学意识，体现了近承魏晋六朝重情尚美的文学美丽精神。从整体上看，是《文心雕龙》贯通全书枢纽论、文体论、创作论、附论、序论的中轴，是主导全书的理论红线。

第三，雅丽思想虽然源出儒家，但是，道家从庄子开始的尚美尚丽精神不仅一直在道家学术著作中得以贯彻，而且，对荀子、扬雄、王充、曹丕等人均有开启意义，所以，雅丽思想还有折中道家“美、妙、丽”思想的特点；阴阳家、纵横家的语言艺术和神秘文化的崇尚华美，对刘勰尚丽尚美的理论主张也有不容忽视的影响。尤其经纬诗骚是《文心雕龙》许多文论主张的具体承载体裁，其审美特质与尚丽规范，是非常重要的一部分内容。

第四，从贯通全书来讲，雅丽思想在“枢纽论”中得以提出，但具体体现是在文体论的创作规范、写作得失与创作诸论和附论部分，因此，讲究写作技法、追求“执正驭奇”、崇尚“执术驭篇”、探索内外因素，就必然成为《文心雕龙》论述写作问题的主要内容。这样，仅从原理上讲尚雅尚丽显然是不够的，对于具体技法、文术理论的讨论，刘勰继承了儒家开启于荀子，而荀子又取法于道、法、兵家等诸子各家的思想方法，尚法论术，使得雅丽思想能够贯通全书，成为既是形而上之的写作之道，又是形而下之的操作技法，体现了“本乎道，进乎技”的原理性质与技术层面的结合，成为理论性与操作性完美结合的思想主张。

除了上述四点之外，笔者认为，以下两点也是雅丽思想题中之意，需要加以说明：

第一，古代文学理论界讨论甚多的关于“文学自觉”的命题，有汉代萌芽说、魏晋自觉说等不同的意见和争执。诚然，汉代文论与创作实践体现了鲜明的尚丽特色和文学自觉的萌芽，但是，因为文学本质特征的抒情性、审美性是明显依附于附庸于汉代经学与政治王权的，所以，尽管《毛时序》“抒情言志”、《礼记·乐记》“中和之美”、扬雄《法言》“丽淫丽则”、王充《论衡》“疾虚妄”等儒家文论在文学创作与文学理论界产生了很大的影响，“文学自觉”的命题仍然无法得到公开的回应与鲜明的实践体现。最典型的例子莫过于两汉时期对屈原与楚辞的若干评价，这些评价往往出现互相矛盾的对立意见；即使同一个人的评价，也往往因为其所处立场与角度的差异而呈现大相径庭的分歧，如班固等。这样，真正摆脱经学附庸、探索文学纯粹特质的理论主张，是在汉末建安的曹丕与西晋年间的陆机才开始的工作。曹丕、陆机在前人基础上提出了“诗赋欲丽”“缘情绮靡”“体物浏亮”的尚丽文体风格论，提出了作家气质与文章风格类型的“文如其人”论，提出了文章功能的“伟业不朽”说，提出了文学鉴赏的态度意见，提出了文学写作思维探索与“物—意—文”的写作过程理论，对“物感说”“灵感论”“言意关系”等问题进行了实践探索和具体主张——这些直接关系文学审美、抒情、思维、风格、内容、功能、鉴赏的具体意见，直面写作本质与过程，直面实践与意义，直面技法与鉴赏，这才是文学真正自觉的到来。但是，曹丕、陆机开启的文学理论自觉，并没有走在一条健康和良性发展的正路上，而是在战乱频仍、世积乱离、杀人如麻、残酷血腥的时代政治格局下，在儒学式微、经学崩溃、思想混乱、玄佛思潮乘虚而入的学术思想局面下，文人学者一方面向重情尚美大力进军，逐渐出现了美文丽辞、绮丽巧艳的靡靡之音，另一方面恐惧现实谈玄论佛，走向了寄情山水、讽喻外物、远奥隐情、玄虚空淡之势，这两种趋势并存而以靡丽巧艳为主，使得六朝文坛“辞人爱奇，言贵浮诡；饰羽尚画，文绣鞶帨；离本弥甚，将遂讹滥”，刘勰于是在重视文学美丽精神的同时，提出复归儒雅中正的“雅丽”主张。因此可以说，“雅丽”思想是在萌芽于两汉、历经了魏晋六朝数百年时间之“文学自觉”基础上的再次自觉，是文学发展、文学理论与创作本质自觉探索之上的再次探索，是对“文学自觉的自觉”。

第二，受理论视域、时代限制或自身理论主张的束缚，《文心雕龙》雅丽思想并不是全知全能的文学思想，也存在不足与弊端。这种弊端主要体现在以下几点：一是独尊儒术的同时，虽然折中观照了其他诸家，但是往往有失公允。例如对魏晋玄学思想、玄言诗的评价：“迄至正始，务欲守文；何晏之徒，始盛玄论。于是聃、周当路，与尼父争途矣。”因此，《文心雕龙》全书评价玄学思想影响下的文学创作与时代文风，没有任何赞美之词。二是雅丽思想经典意识的复古宗经，使得刘勰对文学新变的认识尚欠不足，对新兴文体与创作往往评价失实。例如，在论述时代文风的时候，提出“楚汉侈而艳，魏晋浅而绮，宋初讹而新”的绮丽讹滥说；评价经典时举出辞赋“楚艳汉侈，流弊不还”来作反面典型，全书《诗》《骚》并举的时候，基本上是崇《诗》抑《骚》，谈论文学内容的《物色》、论述文质关系的《情采》等篇均是如此；论述技法时对于《比兴》《夸饰》《事类》《丽辞》均以经典为核心，基本上无视其他体裁的优势；尤其是，对于宋齐文学论述的缺失，使得刘勰对新兴山水诗赋的评价极低，对于陶渊明、谢灵运、鲍照等著名作家的诗文一字不提，不予正视。三是雅丽思想宗法先秦儒家，主要是孔子兴复礼乐思想与文学尚丽本质结合的产物，因此，带有明显的贵族立场与尚雅贬俗的倾向。孔子轻视劳动、厌恶郑声、正礼正名，刘勰受此影响，对于乐府、小说、谐隐、杂文等俗文学性质的文学创作评价很不好，笔者曾大力统计《文心雕龙》中出现过的作家作品，几乎都是历朝历代声名显赫的帝王将相、王公贵族、官宦名家及其作品，是贵文致用、树德建言思想标准的外化产物。我们间接可以看到，刘勰对于齐国稷下文人集团、楚国兰陵文人集团、汉代梁孝王文人集团、建安邺下文人集团、三曹七子、竹林七贤、竟陵王文人集团、永明宫体文人集团这样的贵族官僚文人，往往是以“梓才之士”刮目相看的；而对于底层文人、俗乐俗文或新兴文学，往往是贬斥或不做讨论的。

因此，我们在寻找、探索、发现《文心雕龙》雅丽文学思想，并对其进行渊源、内涵、表现、运用、影响诸方面论述的同时，应该以刘勰提出的“惟务折衷”的思维方法论为主来对上述问题进行讨论和分析。既要看到雅丽思想在特定历史时期出现的理论价值与积极影响，也要辩证地看到刘勰在运用上的一些不足。这是对刘勰伟大功绩的肯定，更是对他提出雅丽文学思想的辩证、求实的尊重。

参考文献

一、专著

（一）《文心雕龙》研究专著

[1] 杜黎均．文心雕龙文学理论研究和译释．北京：北京出版社，1981.

[2] 范文澜．文心雕龙注．北京：人民文学出版社，1958.

[3] 冯春田．文心雕龙释义．济南：山东教育出版社，1986.

[4] 郭鹏．文心雕龙的文学理论和历史渊源．济南：齐鲁书社，2004.

[5] 韩湖初．文心雕龙美学思想体系初探．广州：暨南大学出版社，1993.

[6] 胡大雷．文心雕龙的批评学．桂林：广西师范大学出版社，2004.

[7] 黄春贵．文心雕龙之创作论．台北：文史哲出版社，1978.

[8] 黄霖．文心雕龙汇评．上海：上海古籍出版社，2005.

[9] 黄侃．文心雕龙札记．北京：中华书局，1962.

[10]（清）黄叔琳辑注、纪昀评．文心雕龙辑注．北京：中华书局，1957.

[11]（日）户田浩晓．文心雕龙研究．曹旭，译．上海：上海古籍出版社，1992.

[12] 黄瑞阳．文心雕龙枢纽论研究．台北："国家"出版社，2000.

[13] 寇效信．文心雕龙美学范畴研究．西安：陕西人民出版社，1997.

[14] 李炳勋．文心雕龙理论体系新论．郑州：文心出版社，1993.

[15] 李建中．文心雕龙讲演录．桂林：广西师范大学出版社，2007.

[16] 李曰刚．文心雕龙斠诠．台湾：编译馆，1982.

[17] 林杉．文心雕龙文体论今疏．呼和浩特：内蒙古教育出版社，2000.

[18] 林杉．文心雕龙批评论新诠．呼和浩特：内蒙古教育出版社，2002.
[19] 刘永济．文心雕龙校释．北京：中华书局，1962.
[20] 陆侃如、牟世金．文心雕龙译注．济南：齐鲁书社，1995.
[21] 牟世金．台湾《文心雕龙》研究鸟瞰．济南：山东大学出版社，1985.
[22] 马宏山．文心雕龙散论．乌鲁木齐：新疆人民出版社，1982.
[23] 缪俊杰．文心雕龙美学．北京：文化艺术出版社，1987.
[24] 戚良德．文心雕龙校注通译．上海：上海古籍出版社，2008.
[25] 邱世友．文心雕龙探原．长沙：岳麓书社，2007.
[26] 石家宜．文心雕龙系统观．南京：江苏古籍出版社，2001.
[27] 涂光社．文心十论．沈阳：春风文艺出版社，1986.
[28] 汪洪章．文心雕龙与二十世纪西方文论．上海：复旦大学出版社，2005.
[29] 王更生．文心雕龙读本（上下）．台北：文史哲出版社，1997.
[30] 王更生．台湾近五十年文心雕龙学研究论著摘要．台北：文史哲出版社，1999.
[31] 王利器．文心雕龙校证．上海：上海古籍出版社，1980.
[32] 王运熙，周锋．文心雕龙译注．上海：上海古籍出版社，1998.
[33] 王运熙，文心雕龙探索（增补本）．上海：上海古籍出版社，2005.
[34] 吴林伯．文心雕龙义疏．武汉：武汉大学出版社，2002.
[35] 杨明．刘勰评传．南京：南京大学出版社，2001.
[36] 杨明．文心雕龙精读．上海：复旦大学出版社，2007.
[37] 杨明照．增订文心雕龙校注（上下）．北京：中华书局，2000.
[38] 杨明照．杨明照论文心雕龙．上海：上海科学技术文献出版社，2008.
[39] 易中天．文心雕龙美学思想论稿．上海：上海文艺出版社，1988.
[40] 詹锳．文心雕龙的风格学．北京：人民文学出版社，1982.

[41] 詹锳．文心雕龙义证（上中下）．上海：上海古籍出版社，1989.
[42] 张立斋．文心雕龙注订．北京：国家图书馆出版社，2010.
[43] 张少康，汪春泓，陈允锋，等．文心雕龙研究史．北京：北京大学出版社，2001.
[44] 张少康．刘勰及其文心雕龙研究．北京：北京大学出版社，2010.
[45] 张文勋．刘勰的文学史论．北京：人民文学出版社，1984.
[46] 赵盛德．文心雕龙美学思想论稿．桂林：漓江出版社，1988.
[47] 钟子翱，黄安祯．刘勰论写作之道．北京：长征出版社，1984.
[48] 周振甫．文心雕龙辞典．北京：中华书局，1996.
[49] 周绍恒．文心雕龙散论及其他（增订本）．北京：学苑出版社，2000.
[50] 周勋初．文心雕龙解析．南京：凤凰出版社，2015.
[51] 祖保泉．文心雕龙解说．合肥：安徽教育出版社，1997.

（二）史传与经部文献

[52]（汉）司马迁．史记（影印本）．北京：中华书局，1997.
[53]（汉）班固．汉书（影印本）．北京：中华书局，1997.
[54]（西晋）陈寿．三国志（影印本）．北京：中华书局，1997.
[55]（南朝·宋）范晔．后汉书（影印本）．北京：中华书局，1997.
[56]（南朝·梁）沈约．宋书（影印本）．北京：中华书局，1997.
[57]（南朝·梁）萧子显．南齐书（影印本）．北京：中华书局，1997.
[58]（北齐）魏收．魏书（影印本）．北京：中华书局，1997.
[59]（唐）房玄龄．晋书（影印本）．北京：中华书局，1997.
[60]（唐）姚思廉．梁书（影印本）．北京：中华书局，1997.
[61]（唐）姚思廉．陈书（影印本）．北京：中华书局，1997.
[62]（唐）李百药．北齐书（影印本）．北京：中华书局，1997.
[63]（唐）令狐德棻．周书（影印本）．北京：中华书局，1997.
[64]（唐）李延寿．北史（影印本）．北京：中华书局，1997.
[65]（唐）李延寿．南史（影印本）．北京：中华书局，1997.

[66]（唐）魏徵．隋书（影印本）．北京：中华书局，1997.
[67]（后晋）刘昫．旧唐书（影印本）．北京：中华书局，1997.
[68]（宋）宋祁等．新唐书（影印本）．北京：中华书局，1997.
[69]（汉）孔安国，（唐）孔颖达．尚书正义．上海：上海古籍出版社，1992.
[70]（汉）郑玄，（唐）孔颖达．毛诗正义．上海：上海古籍出版社，1992.
[71]（汉）郑玄注，（唐）贾公彦．周礼注疏．上海：上海古籍出版社，1992.
[72]（汉）郑玄注，（唐）贾公彦．仪礼注疏．上海：上海古籍出版社，1992.
[73]（汉）郑玄注，（唐）贾公彦．礼记正义．上海：上海古籍出版社，1992.
[74]（汉）赵岐，（宋）孙奭．孟子注疏．上海：上海古籍出版社，1992.
[75]（魏）王弼，（唐）孔颖达等正义．周易正义．上海：上海古籍出版社，1992.
[76]（魏）何晏，（宋）邢昺．论语注疏．上海：上海古籍出版社，1992.
[77]（晋）杜预，（唐）孔颖达．春秋左传正义．上海：上海古籍出版社，1992.

（三）其他专著

[78] 曹道衡．南朝文学与北朝文学研究．南京：江苏古籍出版社，1999.
[79] 曹顺庆．中西比较诗学．北京：北京出版社，1988.
[80] 陈鼓应．老子今注今译．上海：商务印书馆，2003.
[81] 陈鼓应．庄子今注今译．北京：中华书局，1983.
[82] 陈广忠．淮南鸿烈解．合肥：黄山书社，2012.
[83] 成林，程章灿．西京杂记全译．贵阳：贵州人民出版社，1993.
[84] 范文澜．中国通史简编（第二编修订本）．北京：人民出版社，1949.
[85] 傅刚．魏晋南北朝诗歌史论．长春：吉林教育出版社，1995.

[86]（德）歌德．文学风格论．王元化，译．上海：上海译文出版社，1982.
[87] 郭绍虞．中国文学批评史．天津：百花文艺出版社，1999.
[88]（清）何文焕．历代诗话．2 版．北京：中华书局，2004.
[89] 金春峰．汉代思想史．北京：中国社会科学出版社，1997.
[90]（清）纪昀．钦定四库全书总目（整理本）．北京：中华书局，1997.
[91] 李凯．儒家元典与中国诗学．北京：中国社会科学出版社，2002.
[92] 李士彪．魏晋南北朝文体学．上海：上海古籍出版社，2004.
[93] 刘师培．中国中古文学史讲义．上海：上海古籍出版社，2002.
[94] 刘文典．淮南鸿烈集解．北京：中华书局，1989.
[95]（唐）刘知几．史通．上海：上海古籍出版社，2008.
[96] 逯钦立．先秦汉魏晋南北朝诗．北京：中华书局，1983.
[97] 陆侃如．陆侃如古典代文学论文集（上下册）．上海：上海古籍出版社，1989.
[98] 李泽厚，刘纲纪．中国美学史（第一卷）．北京：中国社会科学出版社，1984.
[99] 李泽厚，刘纲纪．中国美学史（第二卷上）．北京：中国社会科学出版社，1987.
[100] 罗宗强．魏晋南北朝文学思想史．北京：中华书局，1996.
[101] 罗宗强．隋唐五代文学思想史．北京：中华书局，1999.
[102] 穆克宏．魏晋南北朝文论全编．南京：江苏教育出版社，1996.
[103] 钱志熙．魏晋诗歌艺术原论（修订本）．北京：北京大学出版社，2005.
[104] 钱穆．中国思想史．台北：台湾学生书局，1988.
[105] 汤用彤．魏晋玄学论稿．上海：上海古籍出版社，2001.
[106] 童庆炳．文学理论教程．北京：高等教育出版社，1998.
[107] 王明居．文学风格论．广州：花城出版社，1990.
[108]（清）王先谦．荀子集解．北京：中华书局，1988.
[109] 王文才．杨升庵丛书．成都：天地出版社，2002.

[110] 王以宪，张广宝．法言注释．北京：华夏出版社，2002.
[111] 王岳川．中国书法文化精神．北京：新星出版社，2002.
[112] 王运熙，顾易生．中国文学批评史．上海：上海古籍出版社，1981.
[113] 王运熙．中国古代文论管窥（增补本）．上海：上海古籍出版社，2006.
[114] 王之望．文学风格论．成都：四川文艺出版社，1986.
[115] 汪荣宝．法言义疏．北京：中华书局，1987.
[116] 汪涌豪．风骨的意味．南昌：百花洲文艺出版社，2001.
[117] 吴奔星．文学风格流派论．太原：北岳文艺出版社，1987.
[118] 吴公正．文学风格七讲．上海：上海文艺出版社，1983.
[119] 萧涤非．汉魏六朝乐府文学史．北京：人民文学出版社，1984.
[120]（梁）萧统，（唐）李善．文选．北京：中华书局，1989.
[121] 向宗鲁．说苑校证．北京：中华书局，1987.
[122] 谢建忠．《毛诗》及其经学阐释对唐诗的影响．成都：巴蜀书社，2007.
[123] 徐复观．中国文学精神．上海：上海世纪出版社，2006.
[124] 许结．汉代文学思想史．南京：南京大学出版社，1990.
[125]（清）严可均．全上古三代秦汉三国六朝文．北京：商务印书馆，1999.
[126] 殷孟伦．汉魏六朝百三家集题辞注．北京：中华书局，2007.
[127] 袁华忠，方家常．论衡全译．贵阳：贵州人民出版社，1993.
[128] 袁行霈．中国文学史．北京：高等教育出版社，1999.
[129] 詹福瑞．中古文学理论范畴．保定：河北大学出版社，1997.
[130] 张岱年．中国哲学大纲．南京：江苏教育出版社，2005.
[131] 张法．中国美学史．成都：四川人民出版社，2006.
[132] 张怀瑾．钟嵘诗品评注．天津：天津古籍出版社，1997.
[133] 张少康．中国文学理论批评史教程．北京：北京大学出版社，2004.
[134]（清）章学诚．文史通义（附校雠通义）．北京：中华书局，1994.
[135] 中国人民解放军军事科学院战争理论研究部《孙子》注释小组．孙

子兵法新注．北京：中华书局，1977.
[136] 周勋初．文史探微（周勋初文集第三卷）．南京：江苏古籍出版社，2000.
[137] 周振甫．文学风格例话．南京：江苏教育出版社，2005.
[138] 宗白华．美学散步．上海：上海人民出版社，1981.
[139]（宋）朱熹．四书章句集注．沈阳：辽宁教育出版社，1998.

二、论文集与论文

（一）论文集

[140] 郭绍虞，王文生．中国历代文论选（四卷本）．上海：上海古籍出版社，1979.
[141] 黄锦鋐．文心雕龙论文集．台北：学海出版社，1979.
[142] 中国文心雕龙学会编．论刘勰及其文心雕龙．北京：学苑出版社，2000.
[143]（日）兴膳宏．兴膳宏〈文心雕龙〉论文集．彭恩华，译．济南：齐鲁书社，1984.
[144] 王元化．日本研究文心雕龙论文集．济南：齐鲁书社，1983.
[145] 中国文心雕龙学会编．文心雕龙研究论文集．北京：人民文学出版社，1990.
[146] 中国文心雕龙学会编．文心雕龙研究（第六辑）．济南：齐鲁书社，1992.
[147] 文心雕龙综论．中国古典文学研究会编．台北：台湾学生书局，1988.
[148] 张少康．中国历代文论精选．北京：北京大学出版社，2003.

（二）论文

[149] 曹顺庆，李泉．为什么中国人读不懂中国文论？——从黄侃先生的“风即文意，骨即文辞”谈起．山东社会科学．2013（11）.
[150] 陈建郎．文心雕龙佛论辞源研究．台湾佛光大学硕士学位论文，2009.

[151] 陈良运. 勘《文心雕龙·隐秀》之“隐”. 复旦学报（社会科学版），1999（1）.
[152] 陈良运.《文心雕龙》与《淮南子》. 文史哲，2000（3）.
[153] 陈耀南.《文心》“风骨”群说辨疑. 求索，1988（3）.
[154] 方锡球. 从“中和”哲学观到“雍容典雅”的诗学追求——有关刘勰《文心雕龙》的一个重要贡献，求是学刊，2000（9）.
[155] 何世剑. 试论古典美学“丽”范畴的审美内涵与美学特征. 南昌大学学报：人文社科版，2006（3）.
[156] 何世剑. 中国古典美学“丽”范畴论纲. 贵州大学学报：社科版，2007（5）.
[157] 胡碟. 古典美学范畴中的“丽”. 中国文学研究第十辑，2007（12）.
[158] 黄霖. 文心雕龙——中国第一部写作心理学论著. 河北学刊，2009（1）.
[159] 黄天骥. 上博简《孔子诗论》研究. 中山大学2006年博士后出站报告.
[160] 黄维梁.《文心雕龙》“六观”说和文学作品的评析——兼论龙学未来的两个方向，北京大学学报（哲学社会科学版），1996（5）.
[161] 李诚. 论班固评屈. 四川师范大学学报（社会科学版），1992（2）.
[162] 李凯. “风骨”精神的文化阐释——兼论刘勰《文心雕龙·风骨》与儒家思想的联系. 四川师范大学学报（社会科学版），2002（5）.
[163] 李天道. “中和”原则与“和雅”精神. 西南民族大学学报（哲社版），2004（1）.
[164] 李玮娟. 文心雕龙修辞理论研究. 台湾中山大学中国文学系硕士学位论文，2000.
[165] 林颂育，王珂. 释“丽”. 现代语文，2007（6）.
[166] 林文琦. 文心雕龙文学评价问题之比较研究. 台湾私立东吴大学硕士学位论文，2007.

[167] 刘军政．挽颓风于通变，清流弊以雅丽——论《文心雕龙》的古雅审美范畴．中州学刊，2003（7）．

[168] 刘睿．从《文心雕龙·檄移》看刘勰的军事思想．潍坊教育学院学报，2010（2）．

[169] 刘文忠．《文心雕龙》与汉代诗学的渊源关系．江苏大学学报（社会科学版），2005（3）．

[170] 吕武志．文“约”为美－论文心雕龙的一个重要观念．台湾师范大学国文研究所，1996.

[171] 吕武志．刘勰文心雕龙与曹氏兄弟文论．台湾师范大学国文学系，1998.

[172] 吕武志．刘勰文心雕龙与陆机文赋．台湾师范大学国文研究所，1998.

[173] 吕永．《文心雕龙》与《老子》．湘潭大学学报（哲学社会科学版），1986（1）．

[174] 马宏山．论文心雕龙的纲．中国社会科学，1980（4）．

[175] 马宏山．有关《文心雕龙》的一些问题——答吴林伯同志的辩难．江汉论坛，1981（3）．

[176] 马宏山．《文心雕龙》之“道”再辨——兼答邱世友同志．新疆大学学报（哲学人文社会科学版），1981（3）．

[177] 马宏山．《文心雕龙》的理论体系——与牟世金同志商榷．学术月刊，1983（3）．

[178] 孟二冬．《文心雕龙》之“神理”辨——与马宏山同志商榷．文学遗产，1982（3）．

[179] 牟世金．实事求是地研究《文心雕龙》——答马宏山同志．学术月刊，1983（10）．

[180] 皮朝纲．《文心雕龙》与老庄思想．四川师范大学学报（社会科学版），1980（2）．

[181] 普慧.《文心雕龙》与佛教成实学. 文史哲，1997（5）.
[182] 普慧. 论刘勰及其《文心雕龙》的佛教神学思想. 文艺研究，2006（10）.
[183] 普慧.《文心雕龙》审美范畴的佛教语源. 文学评论，2009（3）.
[184] 戚良德.《周易》：《文心雕龙》的思想之本. 周易研究. 2004（4）.
[185] 乔守春. 刘勰二梦析论. 北京青年政治学院学报. 2008（2）.
[186] 乔雅俊. 论六朝文学的尚“丽”倾向. 首都师范大学，2003.
[187] 邱世友. 关于《文心雕龙》之“道”. 哲学研究，1981（5）.
[188] 饶宗颐. 文心与阿毗昙心. 暨南学报（人文科学与社会科学版）. 1989（1）.
[189] 石中华. 论美学中“丽”的嬗变及其审美内涵. 安徽文学，2007（6）.
[190] 孙立. 文心雕龙主导思想之辨析. 湖北民族学院学报（哲学社会科学版），1994（4）.
[191] 孙蓉蓉. 刘勰的“宗经”辩正. 求是学刊（哈尔滨），2004（2）.
[192] 谈文良. 试论《文心雕龙》的“雅丽”标准. 扬州师院学报（社会科学版），1985（4）.
[193] 陶礼天. 文化传统与《文心雕龙》之性质略论. 学术前沿，2008（1）.
[194] 陶水平. 隐秀篇主旨新说. 中国古代、近代文学研究，2001（1）.
[195] 王小盾.《文心雕龙》风格理论的《易》学渊源. 清华大学学报（哲社版）. 2005（5）.
[196] 王小强. “篇隐句秀”说：《文心雕龙》文学审美特征论——对《文心雕龙. 隐秀》篇主旨的解析. 内蒙古师范大学学报（哲学社会科学版），2007（3）.
[197] 邬国平.《文心雕龙》结构关系和基本文学思想再思考. 上海师范大学学报（哲学社会科学版），2015（9）.

[198] 吴林伯．论《文心雕龙》的纲．江汉论坛，1980（6）.

[199] 吴明德．遍照隅隙，通观衢路——《文心雕龙》全书组织体系之探析．台湾《中国技术学院学报》，2001（23）.

[200] 夏志厚．《周易》与《文心雕龙》理论框架．文艺理论研究，1990（3）.

[201] 姚素华．从《体性》篇看《文心雕龙》的思想渊源．齐齐哈尔高等师范专科学校学报，2011（1）.

[202] 杨明．释《文心雕龙·乐府》中的几个问题——兼谈刘勰的思想方法．文学遗产，2000（3）.

[203] 詹福瑞．《宗经》与《文心雕龙》的理论体系．河北大学学报：哲社版，1994（4）.

[204] 詹锳．《文心雕龙》的思想体系．暨南学报（哲社版），1989（1）.

[205] 张辰．刘勰美学思想发微．内蒙古大学学报（社会科学版），1995（4）.

[206] 张培艳．儒家尚“雅”观念在六朝文论中的传承与嬗变．首都师范大学，2003.

[207] 张启成．《文心雕龙》中的道家思想．贵州社会科学，1981（4）.

[208] 张少康．刘勰《文心雕龙》和佛教思想的关系．北京大学学报（哲学社会科学版），2005（4）.

[209] 朱清．《文心雕龙》与汉代易学．南都学坛（人文社会科学学报），2005（11）.

致　谢

一

感谢四川省社科联！在2013年将我申报的《〈文心雕龙〉雅丽思想研究》列为规划基金项目之后，又在2019年将本课题列为后期资助项目。感谢西华大学文新学院！在汉语言文学专业获得省级一流学科建设资助后，划拨经费资助学院学术研究成果，本书获得2020年学院出版资助，是一个值得感恩的好事。感谢北京人文在线文化艺术有限公司，在第5季学术专著免费出版活动中将本书纳入“学术潜力奖”，颁发奖金，雪中送炭般地为本书的问世助力！感谢新华出版社编辑们的全力支持，使本书能够顺利出版！

《文心雕龙》研究很难做，但四川一直有研究“龙学”的传统：从明代杨升庵状元批点开始，经刘咸炘、庞石帚、王利器、杨明照等本土名家及抗战时期潘重规等入蜀名家的努力，四川成为“龙学”研究重镇，为天下所公认，尤其杨明照先生，以其卓越的贡献，被誉为“龙学泰斗”！山东刘勰祖居有匾额，称赞杨先生为“龙王”！杨先生培养的杰出弟子祖保泉、项楚、曹顺庆、李建中等前辈学者，或继承“龙学”衣钵，东传安徽、武汉，或开拓研究领域，于敦煌学、比较文学研究领域引领时代——无论哪一样，都严谨研学，突破创新，此乃巴蜀学术之灵魂，当代创造之渊源。

但在杨先生仙逝之后，四川的《文心雕龙》研究人才断层了，成果数量少，研究影响力下降，这是不争的事实。仅以杨先生一手创建的国家一级学会中国《文心雕龙》学会为例，近十年来，长期只有一两个四川会员参加学术活动，学会领导层长期不见四川学者的身影，当代“龙学”界有影响的研究著作、研究学者，都不在四川。

我愿意继承四川“龙学”研究的严谨传统，把这件事情持续做下去。尽管现在很艰难，既没有钱，也没有名，但学术研究的传承应该有，四川应该处于当代“龙学”研究的在场状态，而不是边缘状态。

这本书就是在逆境中奋起前行心态的一个小小产物。全书主要解决了两个问题：一是对学术界长期悬而未决的“《文心雕龙》的文学思想是什么”这一问题做出了正面回答，以全书内证为依据，实事求是地论证指出《文心雕龙》的文学思想是雅丽思想；二是对《文心雕龙》文学思想的理论渊源做出了比较全面地分析，从儒家经、子与诸子思想、艺术理论、史传著作入手，得到了目前海内外“龙学”研究界对这一问题的最新研究成果。

二

我从 1995 年上师范学校时开始接触《文心雕龙》这本名著，当时只觉得好玩儿，某些段落读起来很有意味，很美。在校学习书法期间，常常看到历代名家手书之《文心雕龙》名句，作为书家代表作流传下来，对我的影响很大，触动很深。例如《夸饰》开篇之句：“夫形而上者谓之道，形而下者谓之器。神道难摹，精言不能追其极；形器易写，壮辞可得喻其真：才非短长，理自难易耳。”我在很多书法家的传世墨迹中见到过，最著名的例子是民国时期的郑孝胥先生，他的碑体行书功力极为深厚，写的《夸饰》本句行书，水平之高，卓然独立一代，可与于右任先生抗衡！可惜郑先生政治声誉不佳，书法难于流传罢了。

在 1998 年分配到乡镇教初中至 2006 年离开县城重点高中的 8 年时间里，我一直坚持手书《文心雕龙》和其他古典文学名句，借以消除块垒，娱情养性，或与古人相晤谈，或为茫然前途做点缀。不期然间，读上了

《文心雕龙》的主要篇目，特别对《原道》《神思》《风骨》《时序》诸篇，反复地逐段誊写，在此期间书艺渐进，雕虫篆刻，于短小的文句玩味之间，已渐入佳境，间有所得。

三

感谢硕士导师马正平教授，将我引入学术研究之门！

2005年，我在四川师范大学脱产攻读写作学硕士研究生，在著名写作学家马正平教授指导下学习理论，编纂教材。马老师最厉害的学问有两样：一是写作思维学，一是时空美学原理。他一讲，好多同学如听天书，四顾茫然；然而我一听，顿时大喜，这不就是《文心雕龙》宏大的宇宙意识、人文意识和写作思维原理吗？也就是说，马老师的学问，虽然有西方文论、哲学、美学在里面，但实际上主要是从古代文论、艺术理论、美学理论之中创生出来的，是新时代写作学理论的原创成果，其实践的核心是音乐的流动性和书法的空间性，幸运的是，这两样我都具备。在度过短期的不适之后，我不仅能听得懂，还能运用出来，顺利完成了研究《文心雕龙》的硕士论文。

后来，我在四川大学走上独立研究巴蜀书法史的文献开拓之路，又在西华大学走上写作课程的讲台，创新研究写作理论，创造“动态综合教学法”，承担创意写作、写作与沟通等课程的建设任务——马老师的写作思维学、写作美学理论发挥了很大的作用；《文心雕龙》立体而深邃的、辩证而操作性极强的写作理论与美学理论，同样发挥了很大的作用。

四

感谢博士导师李凯教授，指导我踏上《文心雕龙》研究之路！

这本小书的写作起点，可以上推到2009年我博士入学的时候，李老师反复指导我：深入精读原著，梳理各家思想之所出，汇总笔记之后，才能展开写作。近十年来，我一直运用这一研究方法，反复不断地精读原著，梳理研究思路，获得了许多生发点，并逐渐寻找到下一步的研究空间，在加入写作学、文化诗学、文学地理学、传播学、艺术学研究方法的情况下，申请到不少课题，并尝试着创新研究《文心雕龙》的不同可能性。

李老师一直认为我的博士论文《〈文心雕龙〉雅丽思想研究》尽管获得了四川省优秀博士学位论文的奖励，得到了儒家文明协同创新研究中心的资助，得以在中华书局出版，但是，对雅丽文学思想的渊源研究还很不全面。仅以儒家而言，对汉代儒家地位的上升和儒学文献称经的研究就很不够。所以，并不是博士毕业了，找到工作了，出了书，评了职称，当了研究生导师，就可以觉得心满意足了。要做学问，就必须安安静静读书，独立创新写作，非如此，不足以治学，更不可能研究好《文心雕龙》。

我愿意听老师的话，扎扎实实研究这本已经历时1500余年的文论名著，所以，才会继续寒窗苦读写下去，十年间，收获了400多万字的70多篇研究论文和多部著作成果，这些成果中的绝大部分文字还没有获得公诸于世并接受批评的机会。当然，这些都还只是起步，还差得远。

五

感谢武汉大学李建中教授，指导我“龙学研究四通”的方法论！

2017年8月初，中国《文心雕龙》第十四次年会在内蒙古师范大学举行。在8月7日下午的闭幕式上，李建中教授做了“龙学研究四通”的学术报告，指出：汇通经、史、子、集，深入精读原著，是当前研究《文心雕龙》势在必行的思路。根据这一指导，我回成都后，将十几年来梳理的相关内容做了详细分类整理，发现：在“《文心雕龙》的理论渊源”这一宏大的研究内容方面，论证范围最广、可信度最高的，居然是三十多年前刘纲纪、李泽厚先生在《中国美学史大纲》中写出来的的研究成果，其后所有论述这一问题的成果，都不能超越他们的研究范围与研究质量。历史事实表明：在“《文心雕龙》的理论渊源”这一问题上，“龙学”研究界已经几十年没有取得进步。于是，我修改旧作，新增内容，写成了这本小书。

根据研究计划和写作难度，全面、综合、立体地梳理《文心雕龙》的理论渊源需要十年以上的专门研究，所以这本小书只是搭起了一个框架，我期待未来能顺利完成这一工作。

王万洪

2019 年 12 月 12 日